운한

雲漢

운한雲漢 1

초판 1쇄 찍은 날 | 2015년 1월 22일
초판 1쇄 펴낸 날 | 2015년 1월 31일

지은이 | 소하
펴낸이 | 예경원

편집 | 유경화

펴낸곳 | 예원북스
등록번호 | 제396-2012-000132호
등록일자 | 2012. 7. 25
YRN | 제1-0091호

주소 | 경기도 고양시 일산동구 무궁화로 8-28 삼성메르헨하우스 712호 (우) 410-837
전화 | 031-819-9431 팩스 | 031-817-9432
http://cafe.naver.com/yewonromance
E-mail | yewonbooks@naver.com

ⓒ 소하, 2015

ISBN 979-11-5630-292-6 04810
ISBN 979-11-5630-291-9 (세트)

운한 雲漢

소하 장편 소설

YEWONBOOKS ROMANCE STORY

1

目次

第一章　투귀(鬪鬼)

팔보산 푸른 숲 위로 흰 구름이 흘러간다.

구름 등성이는 햇살에 하얗게 빛나도 산과 맞댄 쪽은 먹빛, 이런 구름이 나타나면 그날 날씨는 가늠할 수 없게 된다.

팔보산의 여름 하늘은 반쯤 미치광이 같아, 손바닥만 한 구름이 나타나도 언제 부풀어 매서운 비를 퍼부어댈지 모르기 때문이다.

그 팔보산 안에 있는 융금성(成), 성주의 거처 죽림관에서 사량은 남동생인 융금백(伯)으로부터 이웃한 후만성에서 반란이 일어났다는 소식을 들었다.

큰일이 났습니다, 하고 동생은 누나인 사량에게 말했다.

"어쩌다 그리된 건가요."

성의 장수였던 칠굉이 다툼 끝에 성주의 목을 베고 수하들과 함께 성을 약탈했다. 잠시 성을 점령했던 그들은 화양공이 군사를 보냈다는 말을 듣고 팔보산 안으로 도망 왔다.

　수는 고작 천 명 남짓이었으나 몸이 약하면 감기도 중병인 법이었다. 몇 해 전 이 지역을 휩쓴 큰 전란으로 군사를 거의 잃은 융금성의 입장에서는, 도적 떼나 다를 바 없는 그들도 근처로 오면 십만 대군보다 거대한 상대였다.

　"수괴 칠귕─ 후만백의 수하였다고 하는군요. 주인의 목을 벤 뒤, 군사를 데리고 근처 팔보산으로 들어와 사흘 전 아태관을 점령했습니다."

　"상황이 아주 나쁘네요."

　아태관은 원래는 황제의 군사가 주둔하며 소금하를 지키던 요새였다. 아버지가 죽고 황제가 군사를 보내지 않는 지금은 아태촌이 된 지 오래. 그래도 성벽은 아직 튼튼하고 위치도 좋아, 무기와 식량만 제대로 갖추어 들어앉으면 버티기 좋다. 아마도, 무기는 가지고 있을 터이니 식량을 위해서는 이곳을 약탈할 것이다.

　아마도 곧.

　"지원을 요청해요, 백."

　"누구한테 말입니까."

　"화양의 제후, 막채규. 화양공은 이 지역의 맹주고…… 화양군의 요새가 바로 근처에 있잖아요. 일단 화양공에게 부탁하고, 그다음 요새의 사령관인 마촉 장군에게 요청하면 도움을 받을 수 있지 않을까요."

　"일단 시간이 너무 걸립니다. 또, 화양공이 명령한다 하더라도 마촉 장군은 대가 없이 오지는 않을 테고, 저는 그 대가를 치를 수 없습니다."

　"그래도 그 외에는 방도가 없어요."

　"지금은 십왕쟁패(十王爭霸)의 난세(亂世)입니다."

　피로가 동생의 목소리에 배어 있었다.

　"열 명의 왕이 있고, 그보다 많은 자들이 왕이 되려는 세상입니다. 그

지독한 세상에 용금 같은 변방은 복종하거나 빼앗기거나, 둘 중 하나. 그런 지금, 일단 성민들을 피난시킬까 합니다."

"그러면 영영 성을 잃을 수도 있어요. 나는 반대예요."

"적어도, 목숨은 보전할 수 있습니다. 그것이 얼마나 중요한지는 지난 전쟁 때 충분히 알지 않았습니까."

슬픔이 밀려든다. 안다, 너무도 잘.

이 난세, 살아남는 것이 제일 중요하다. 살아남으려, 차라리 죽는 게 나을 일도 많이 견뎌야 한다.

"그럼, 내가 마 장군에게 갈게요."

"누님."

"내가 가겠어요. 무엇이든 달라는 대로 치르고 올 테니, 제발 그런 말은 하지 말아요."

"하지 마십시오. 그가 무엇을 원할지 뻔하지 않습니까!"

"지금은 성을 지키는 것이 우선이에요. 내가 갈 테니, 그럴 테니…… 성을 버리지 말아요. 그게 힘들다면, 하루만, 하루만 더 생각해 봐요."

"일단, 지금 무엇을 생각하시든 그건 그만두십시오. 내일 다시 상황을 보고 말씀드리겠습니다. 누님도 그때 다시 생각해 보도록 하세요."

"알았어요."

동생이 일단 말을 막으려 이런다는 건 사량도 안다.

지금 당장 수가 없으니, 사량 역시 순순히 그러겠노라 답할 수밖에 없다.

십왕쟁패(十王爭覇).

열 명도 넘는 왕과 황제, 제후들이 천하를 두고 싸우는 번잡한 난세(亂世).

대궁 아래 하나였던 천하가 내분과 외침으로 산산조각 난 것이 백여

년 전.

여기저기 쪼개지고 흩어져, 아들에게 물려주기는커녕 십 년 버티지도 못하는 황조가 속출하다, 최근에 남위와 북명이 가장 큰 세력이 되었다. 여기저기 크고 작은 제후국들과 본인들 기분 좋은 것 외에는 별 의미가 없는 황제국인 동제와 서한도 있다.

그러다, 다섯 해 전에 북명의 대군이 남위의 국경을 넘어 파도처럼 남하했다. 준비를 제대로 못한 남위는 정신없이 박살났다. 국경을 지키던 삼황자는 전사했고, 원군을 이끌고 가던 이황자는 진군 중에 암살당했다.

상황이 긴급해지자 황제는 휘하 제후인 화양공과 상산공에 군사를 요청하고, 태자에게 총지휘권을 쥐어준 뒤 동량으로 보냈다.

그곳, 동량에서 태자는 군사의 전열을 다듬기도 전에 북명으로부터 공격을 받았다. 단련될 대로 단련된 북명의 군사 앞에 태자와 그 군사는 독수리 앞의 메추라기 신세. 전쟁의 끝은 패배라기보다는 파멸에 가까운 전멸, 태자는 전사하고 그를 지원했던 장수들 역시 거의 전사했다.

그 패배로 남위는 단숨에 벼랑까지 밀려갔다. 언제 황성까지 점령당할지 모르는 상황.

그렇게 기세등등하던 북명군 앞에 화양의 제후가 보낸 원군이 도착했다.

고작 팔천, 지원은 했다는 구색만 맞추려 보낸 보잘것없는 규모였다. 지휘관도 화양공 막채규의 장남 막무염. 경험은커녕 나이조차 젊은이였다.

'한 줌이니 한 칼이면 되리라.'

허나 승리하는 자들만큼 패할 자들도 많은 것이 전장이니, 어제 이긴 북명의 장수는 오늘 화양군을 이끌고 온 장공자의 검에 목이 떨어졌다.

칠만을 상대로 팔천이 승리한 것이다.

그 승리의 소식을 들은 황제는, 미쳤다 싶을 정도로 파격적인 결정을 했다. 화양공의 아들에게 대장군의 검과 인(印)을 보낸 것이다. 약관을 넘긴 지 얼마 되지도 않은 젊은이에게 남위 군사의 총지휘권을 주었다.

다음 해 전쟁은 남위의 승리로 끝났고, 아무것도 아니던 그 젊은이는 남위의 영웅이 되었다.

그렇게 남위는 이겼지만, 사량의 아버지인 갈화징은 태자가 전사한 그 동량에서 전사했다. 참전했던 융금의 군사와 아버지 수하 무관들도 같이 전멸, 약혼자였던 채화도 돌아오지 못했다.

남은 군사는 성을 지키던 백 명가량의 병사들뿐. 이 난세, 알몸이나 다를 바 없는 상태로 내던져진 것이다.

삼경 무렵, 사량은 처소를 나섰다. 아직 밤이라 죽림관 안 사람들은 하나도 깨어 있지 않아 적막하다.

사량은 조심조심 마구간으로 들어갔다. 주인을 본 말이 푸륵거리며 앞발을 쳐댔다.

"쉿. 조용히 하고 나오렴."

말의 큰 머리를 쓸어 조용히 하도록 달랜 뒤 밖으로 데리고 나갔다. 바람이 비탈과 나무둥치 아래에서 불어와 목덜미를 쓸어내렸다. 여름이지만 산에 부는 밤바람은 서늘해 살이 식는다.

사량은 성을 나간 뒤, 말을 타고 숲으로 들어섰다. 산을 타는 데 익숙한 말은 일단 사량이 타자 가볍게 비탈을 타고 산 아래로 내려갔다.

밤에 출발했지만 지름길로 산을 벗어날 무렵에는 새벽이었다. 검었던 하늘이 엷어지고, 팔보산의 숲은 푸르스름하게 어둠이 씻겨 나가고 있다.

숲을 나서던 사량은 나무둥치와 덤불 아래에 사람들이 남긴 흔적을 발견했다. 부러진 덤불에, 산을 타다가 굴러떨어진 흔적도 여기저기 나 있고, 나뭇가지를 부러뜨리거나 도끼로 베어낸 자국도 많았다. 말발굽이나 수레바퀴 자국도 있었다. 어느 정도 되는 군사가 이 근방을 이동한 것이다.

사량은 말을 데리고 숲 속으로 다시 들어갔다. 숲에서 바람이 불어오며 짙은 체취가 풍겨왔다. 사람들, 낯선, 많을 것이다.

상황이 하나하나 짚이자 목덜미가 싸해졌다. 위험하다, 그리 생각한 사량은 일단 말에서 내려 깊은 덤불 뒤로 숨은 뒤 주위를 살피기로 했다.

어둠이 한 겹 더 벗겨진 숲 속, 우거진 덤불 아래 사람들의 뒷모습이 보였다. 그들 모두 무언가를 기다리는 듯 엎드려 있다.

사량은 그들의 시선이 바라보는 곳을 보았다.

숲으로 들어서는 넓은 길 끝에서 깃발과 군마가 보였다. 이제는 꽤 밝아 깃발에 적힌 이름을 볼 수 있었다.

상(常).

상산군이다.

이 융금이 자리 잡은 팔보산은 위로는 상산이, 옆으로는 화양이 있다. 둘 다 황제만큼이나 강력한 제후들이 다스리는 곳으로, 영토도 넓고 군사 역시 황제가 거느린 군사들 못지않게 많다. 특히, 지금 저 깃발의 주인인 상산은 지난 동량 전투 때 원군을 아예 보내지 않아 고스란히 군사를 보전했다. 지금, 황제보다 막강한 군사력을 가진 제후가 바로 상산공이다.

상산의 병사들이 왜 여기로 온 건지.

후만의 일 때문이라면, 화양군이 오는 건 당연하다. 후만의 맹주이며, 또 팔보산과 지척이니. 그런데 상산이 왔다면, 이 지역으로 세를 뻗으려는 것이다. 잘해야 거친 점령군이다.

사량은 말에 올라타 뛰쳐나갔다. 갑자기 말이 튀어나오자, 숨어 있던 자들이 더 놀라 고함을 질렀다.

"으아악!"

사량은 말 허리를 찼다. 말은 발굽을 차고 병사의 등을 뛰어넘어 급히 비탈 아래로 달려 내려갔다.

사량을 따라, 놀란 남자들 몇이 뛰쳐나오고 그 뒤로 너도나도 달려나왔다. 그들이 올라오던 상산군과 섞이며 한바탕 소란이 벌어졌다. 칼과 창이 부딪히고 함성과 고함에, 말 울음소리가 뒤섞였다.

사량은 비탈을 달려 숲 밖으로 뛰쳐나갔다. 숲이 끝나고 덤불과 풀에 덮인 비탈이 펼쳐지며 바람이 확 밀쳐 올라왔다. 어깨로 화살이 날아왔다. 사량은 급히 돌아보았다. 사량이 산 중턱에 도착하기도 전에 숨어 있던 적병이 파도처럼 쓸려 내려오고 있었다. 숲 쪽으로 피하려 했지만 군사가 너무 빨리 쓸려 내려와 그들과 섞이고 말았다. 보병에, 말 탄 기병들도 있었다. 비탈에 익숙하지 않은 듯 기병들의 말 다리가 꺾이고 보병들은 서로 얽혀 가시덤불과 명아주가 우거진 잡초밭으로 뒹굴며 쓰러졌다. 몇 명이 말에 탄 사량을 발견했다. 그들은 상대가 흰 옷을 입은 여자란 것을 알고 잡으려 했다.

"이랴!"

잡히면 큰일이라, 사량은 바위를 비켜 말을 몰았다. 비탈에 솟은 바위가 병사들을 갑자기 가로막으며 말이 부딪쳐 날아가고 기병과 병사들이 쓰러졌다.

그러다 사량은 비탈 아래에서 다른 깃발이 나타난 것을 보았다. 이번에는 붉은 깃발이다. 근방에 붉은 깃발을 들고 다니는 곳은 하나뿐이다.

"화양군이다!"

어디선가 고함이 터졌다.

설마, 화양의 마촉 장군이 나온 건가. 사량은 그 게으른 장수가 벌써 나온 거라면 놀랄 일이라 생각했다.

그때 화양군 쪽에서 키 큰 장수가 선두로 달려나왔다. 한 손에는 검이, 다른 손에는 창이 들려 있었다.

장수가 창을 들었다. 그를 향해 적병이 달려들고, 사량의 눈앞에서 적의 몸이 뚫렸다. 그 몸이 창에 꿰인 채 나동그라지며 비탈로 굴러떨어졌다. 적을 단숨에 쓰러뜨린 장수는 다른 적병의 목을 쳐 날렸다. 목이 날아가고, 달려온 속도만큼이나 엄청난 속도로 퉁겨 나간 몸이 비탈을 타고 너머로 날아갔다.

장수가 외쳤다.

"모두 공격하라!"

엄청난 고함이 비탈을 울렸다.

화양군에서 함성이 터지며 기병이 돌진해 올라왔다.

순식간에 화양군과 반란군이 뒤엉켰다. 창과 검이 부딪히고 그 검에 목과 팔이 떨어져 나갔다. 위에서 아래로 내려가는 반란군은 빠르게 돌진할 수는 있었으나, 덤불이 우거진 비탈에서 제대로 말을 다루지 못하고 화양군 기병들의 창과 검에 뚫렸다.

사량은 그 전장을 피해 말을 몰았다. 날렵하게 반란군 사이를 파고들어 헤치고, 그다음 비탈을 내려갔다.

그때 화양의 장수가 사량을 발견했다. 투구 너머의 회색 안광이 번득였다. 그 눈을 본 사량은 저도 모르게 말의 속도를 늦추었다. 장수는 말발굽을 적신 피를 떨쳐 내며 고삐를 당겼다.

어디서 고함이 들렸다.

"막무염이다!"

막무염—

사량은 속에서 번개라도 친 기분이었다. 장수가 고개를 들었다. 사량은 그 투구 아래의 얼굴이 웃는 것을 보았다.

"그래, 내가 막무염이다!"

굵고 큰 목소리였다.

여기저기서 저기다, 라는 고함 소리가 터지며 적들은 장수를 향해 덤벼들었다. 달려드는 적병의 목을 장수의 검이 후려쳤다. 목이 날아가고, 피가 솟구치더니 단숨에 말과 병사의 몸이 덤불 위로 쓰러졌다. 장수를 따르는 화양의 병사들이 적들의 시체를 밟고 뛰어올라 왔다.

뒤엉킨 난전 속에, 사량은 전율을 느끼며 장수를 보아야 했다.

저자가 막무염.

오패 제후 중 하나인 화양공 막채규의 장자이자, 남위의 영웅.

전쟁이 끝난 그해, 황제는 이기고도 축하할 입장이 아니었다. 그는 승자이기 이전에 아들 셋을 모두 잃은 아버지였고 슬픔을 같이 나눌 황후마저도 먼저 보낸 지아비이기도 했다.

전공의 포상이 논의되기 전날, 황제가 막무염에게 내린 명령은 모든 권한을 반환하고 맨몸으로 귀향하라는 것이었다.

그 뒤 젊은 공자가 고향으로 돌아와 얻은 별명은 전신도 투신도 아닌, 그저 투귀였다.

투귀, 막무염.

아무것도 아닌 남자가 전장에 나와 영웅이 되고, 다시 돌아갈 때는 역시 아무것도 아니게 된.

저 남자가 황제로부터 전쟁 직후 버림받은, 바로 그 투귀 막무염이다.

전투는 정오도 되기 전에 완전히 끝났다. 적병들은 도망쳐 산으로 숨었고, 상산군은 화양군을 피해 물러났다.

사량은 말을 몰아, 전쟁을 마치고 철수하려는 화양군 쪽으로 갔다. 병사들 앞에 있는 젊은 장수의 갑주는 피투성이였고, 투구 끝에서도 핏물이 떨어지고 있었다. 온몸에서 진한 살육의 냄새가 풍겨온다.

투구 아래 회색 눈이 다가온 사량을 아래위로 훑고는 물었다.

"뭔가."

"융금의 갈사량입니다."

"그래서."

사량은 말에서 내렸다. 투구 아래의 회색 눈이 그녀를 따라왔다.

막무염. 그 별칭은 투귀.

투신도 전신도 아니라, 투귀(鬪鬼)다.

지금 모습을 보니, 그 별명이 억울하다 할 수는 없겠다 싶었다. 제후의 큰아들 정도 되는 자라면 이리 선두에서 피를 뒤집어쓰며 싸우지는 않을 것이다.

"융금백(伯), 갈화징의 딸이며 지금 백인 갈사징의 누이입니다."

"아, 그래. 그 젊은 백. 소문은 들었지. 아주 젊고, 아주 건방지다고."

젊은 장수는 드디어 투구를 벗었다.

사량은 예상과는 달리 그가 상당히 빼어난 용모인 것에 놀라야 했다. 갸름한 편인 얼굴에, 코는 높고 눈 코 입 다 빼어나게도 자리 잡았다. 투구 아래 빛나던 회색 눈은 전쟁의 열기가 가라앉으니 오히려 기이한 분위기를 냈다. 있어서는 안 되는 곳에 있는 것이 으레 그러하듯, 어딘지 서늘하고 오싹하다.

"반란군이 코앞에 있으니 도와달라 온 거라면, 지금은 알아서 막아. 명색이 융금성 아닌가."

"융금은 지금 그럴 여력이 없습니다."

사량은 작게 말했다.

"정말 없어요."

"그래서."

"지난 전쟁 때 융금은 황상과 화양공의 요청에 따라 군사를 보냈어요. 모두 전사하여, 그 후 성에 남은 남자라곤 노인과 죽기에는 이른 아이들뿐입니다."

그리고 전사자에는 아버지와 사량의 약혼자도 들어 있었다.

그 이후로 사량은 상복을 벗어본 적이 없다. 항상 아마빛 옷을 입고 머리는 빗어내려 흰 끈으로 묶었을 뿐 땋지 않고 지냈다. 몇 해 정도 지나자 사량에게는 팔보선자라는 별칭이 붙어 있었다.

"우리 역시 마찬가지였어. 나도 가서 싸웠고 말이야. 낭자의 성만 유달리 억울하다 할 건 없는데."

"우리는 성을 지킬 병사 대부분을 잃은 거예요. 그리고 수괴 칠굉의 칼 앞에 놓이게 된 것은 우리 성이지요."

"그래서 지금 당장 지원군을 좀 보내달라?"

"아태관이 점령되었고, 그들은 언제 우리에게 닥칠지 모릅니다. 오늘이 될지, 내일이 될지 모릅니다. 화양군이 지금 코앞에 있으니, 아마도 오늘 오후나 내일 들어올지도 몰라요. 융금은 오랫동안 공자의 집안에 신의를 바치고 충성해 왔어요. 지난 동량에서도 아버지는 공자의 아버지가 원군을 보낼 거라 믿고 출정한 거고요."

나긋하고 예의 바른 목소리라, 병사들은 물론이요 막무염 옆에 붙어 있는 청년 장수의 눈빛도 부드러워졌다. 그런데 정작 막무염은 냉담했다.

"돌아가. 운 좋으면 칠굉이 나하고 싸우느라 정신이 없어 융금은 들여다보지도 않을지도 모르지 않나."

"그 운에 맡길 수만도 없습니다. 아태관에는 식량이 없고, 융금에는 있지요. 약탈한 뒤에 아예 점령해 거점으로 삼을 수도 있고요. 물러난다 하더라도, 돌이킬 수 없게 된 뒤가 될 겁니다."

그날로 사징의 목은 잘려 효수되고 사량은 수괴의 노리개로 떨어질 것이다. 그렇다고 성을 버리면 문제는 다시 복잡해진다. 이 막무염이 칠꽝을 이겨 바로 아태관과 융금을 손에 넣으면, 성은 화양공의 것이 되고 사량은 누구의 것이 될지 모른다.

"도와주세요."

"내가 말했…… 이봐, 뭐 하는 거지."

사량은 무릎을 꿇고 머리를 숙였다. 삼베로 묶은 머리카락이 아래로 길게 드리워졌다.

"부탁드립니다."

다른 이도 아닌, 상중임을 알리는 베옷에 흰 얼굴, 거기에 검고 긴 머리카락을 묶은 것은 비단색 끈도 아닌 흰 끈.

복장부터 애처로운 아가씨가 목을 내민 채 무릎을 꿇고 엎드리는 것은 누가 봐도 당장 달려가 그만 일어나라고 말하고 싶을 광경이었다.

저 막무염을 설득할 수는 없다. 그러면 적어도 눈치는 보게 만들 수 있다. 아무리 막무염이라 하더라도, 지금 혼자가 아니니.

잠시 침묵이 흘렀다. 옆의 장수가 흘끗거리며 말을 꺼냈다.

"저기, 공자님."

무염은 결국 한숨과 함께 말했다.

"이리 와."

사량은 고개를 들었다. 젊은 공자는 말 머리를 돌리며 말했다.

"내 막사에서 이야기하지."

화양군은 산비탈 아래에 모여 막사를 세워두고 있었다.

적어도 오륙천 정도, 제법 규모가 되었다. 동생이 이 사실을 알았다면 분명 사량에게 말했을 테니, 이들은 아마도 어제 도착했을 것이다. 이들이 온 것으로, 화양이 이 반란에 신경 쓰는 것은 알겠다. 다만 문제라면, 적이랄 수 있는 상산도 군사를 보낸 것이다.

"들어와."

무염은 중앙에 있는 큰 막사 안으로 먼저 들어가며 손짓을 했다. 사량은 안으로 들어갔다. 이제 막 세운 막사라 안에서 풀 냄새가 났다. 무염은 투구를 탁자 위에 놓았다.

단둘이 있으니, 그의 등이 굉장히 크다는 생각이 들었다. 말에 타고 있을 때도 커 보였으나, 바로 앞에 있으니 그저 큰 게 아니다. 단단하고 압도적이다.

"말씀하세요."

"아, 없어."

고개를 돌리며 하는 무염의 말은 단순하고 단호했다.

단호한 만큼 어처구니도 없다.

"네?"

"할 말은 없다고 했다."

"그럼 왜 부르신 건가요."

"할 말은 없지만 낭자가 그리 엎드려 있으면 눈치는 보이지. 그래서 여기, 바로 이 자리에 놔두기로 했어."

"막 공자님."

"공자님이 아니라 여기 이 전쟁터에서 나는 장수야, 낭자. 나는 지원을 부탁하러 온 융금성의 숙녀를 대접하는 중이고, 그대는 장수인 나의 대접을 받는 중이지. 그대는 도와달라 했고, 나는 도와주면 어떨까 생각하기 시작했다는 정도는 되었지. 그리고 끝이야. 움직일지 말지는, 조금 생각해 봐야 할 문제인데 아직은 움직이지 않을 가능성이 움직일 가능성보다 매우 높아. 때가 아니다 보니."

이건 뭔가. 사량은 이 남자에 완전히 말렸다는 것을 깨달았다.

그럼, 이대로 여기 앉아서 어떻게 되는지 기다리기만 하라는 건가. 절망과 당혹이 얼굴에 드러난 건지, 무염이 의자를 당겨 사량 뒤에 놓았다.

"일단 앉아서 잘 들어, 낭자."

"네."

"어차피 내가 지금 그대와 그대의 성을 도울 생각을 했다 하더라도 지금 당장 출발할 수는 없어. 일에 순서란 게 있어. 그리고 그 순서는 시작이 있어야 그다음이 있다는 뜻이기도 하지."

사량은 앉으며 무염을 보았다. 전장에 그을린 얼굴과 회색 눈이 앞에 있다. 사량은 어디서 저런 신기한 눈 색을 얻었는지 궁금했다. 저 눈 때문에 귀신이란 별명을 얻은 건지, 아니면 귀신같은 자가 눈빛도 이상해서 그런 별명을 붙였는지.

"내 말 잘 들어, 낭자. 지금 내가 낭자가 예쁘다고 당장 융금으로 달려갈 수는 없어. 그대도 귀가 있고 머리가 있다면, 그리고 눈치도 좀 있다면 내가 싸우는 게 칠꿩이 아니라는 건 알겠지. 지금 나는 저 앞에 있는 상산과 이 일대를 두고 눈치껏 전쟁을 해야 해."

"어째서요."

"칠꿩이란 놈이 반란을 일으켰지. 그런데 그가 반란을 일으킨 후만이란 곳은 말이야, 원래는 화양의 영향권 안이었으나 동량 전투 이후 상산에 예쁜 척하기 시작했지. 하필, 바로 그럴 때 반란이 일어나고 그 백의 목이 날아갔어. 상산은 그 일이 벌어지자마자 군사를 보냈지. 말이 좋아 반란 진압이지, 실제로는 공짜로 굴러온 성을 차지하러 간 거야. 그런데 내가 후만을 먼저 차지해 버렸지. 그러자 그들은 군사를 돌려 여기로 온 거야."

알아듣기를 바라며 하는 말이 아닌, 사량이 정신없기를 바라며 하는 말이다. 그러지 않고서야, 여자를 세워두고 이리 정황에 대해 상세히 말해줄 리가.

"공자······ 아니, 장군이 도착하기 전에 상산군이 칠궝을 치러 온 건가요."

"아니, 저들은 아태관과 예쁜 융금성을 먹어치우러 온 거야. 그러면, 이 일대는 상산의 것이 되고 나의 화양은 저 상산과 볼을 맞대는 처지가 되고 말이야."

부드럽고 우아한 목소리지만, 어투는 빈정대고 있다.

그래도 사량은 남자의 말을 흥미진진하게 들었다.

"이해했어요."

"좋아, 지금 그대에게 부탁 하나 하지. 그리고 그 부탁을 그대가 들어주면 그대의 소원도 들어줄 수 있어. 상황은 빨리 진행되고, 내 운신의 폭도 넓어지는 셈이니."

"무엇을 하란 건데요."

"다른 게 아니야. 지금 상산군을 지휘하는 것은 상산 제후 우동관의 오남인 오공자 우멱이야."

"정말이요?"

"그래, 그렇지. 지금 얼굴 좀 씻고 맞은편에 있는 상산의 꼬마 장군에게 가서 나에게 말한 것과 같은 말을 해. 그 얼굴로 눈물 좀 흘리며, 내가 거절했다고도 말하고."

"왜 그런 말을 하라는 건지요."

"알았어. 좀 더 자세히 말해주지. 낭자가 지금 말하는 것을 보니 거짓말할 배짱은 있을 테고, 다급할 테니 남 속이는 것 정도는 감수하겠지. 그대 말대로, 저 산의 반란군을 빨리 털어내야 그대 성은 안전하지. 하루 이틀 지체하면, 언제 그 반란군이 융금으로 쳐들어갈지 모를 상황이니. 자, 그러니 그런 낭자에게 동생과 성민의 목숨을 구할 기회와 생판 모르는 상산의 도련님에게 거짓말하는 것 중 뭐가 더 중요한지야 뻔하지. 안 그런가."

"그렇죠."

사량의 얼굴이 간절해지자, 무염은 빙그레 웃었다.

"그 앞으로 가서 내게 했던 말을 그대로 해. 그리고 나에게 도와달라 했는데 내가 겁먹고 거절했다고 해. 장담하지. 그 꼬마는 당장 궁둥이 들고 갈 거야. 그다음은 내 장수들이 알아서 할 터이니, 낭자는 그것만 하면 된다. 이것이 순서야. 그다음 순서는 낭자 성의 구원이지."

"일단, 우 공자가 당장 가게 해야 한다는 건가요."

"그래. 빠르면 빠를수록 좋다는 거야."

"만약 그리해서 성공하신다면……."

무염은 사량의 말을 막았다.

"더 이상의 조건은 걸지 마, 낭자. 이것이 동생을 구할 수 있는 가장 빠른 방법이라는 것만 가르쳐 주고 싶군."

"우리는 화양을 맹주로 모시고 있었어요."

"아직 나를 못 믿겠다는 건가. 말의 피로 맹세하든, 조상을 걸고 맹세하든, 맹세를 파기할 이유는 맹세를 할 이유만큼이나 많아. 십왕쟁패의 세상, 세상에 모실 왕은 열 명이나 있어. 맹주라 함은, 그중 하나를 고른 것뿐이지. 지금 중요한 건 어제 한 약속이 아닌, 오늘의 상황이야. 그리고 그 상황은 낭자 손에 달려 있기도 하지."

"아버지는 목숨도 버리셨습니다."

"태자와 같이 전사하였고 북명의 군사를 한 줌이라도 더 줄였으니, 그건 나도 감사하고, 황제 폐하도 감사하고 있을 거야. 그마저도 없었다면 나는 그대를 적당한 거짓말로 유혹한 뒤에 내 사심만 채웠을걸."

"알았어요."

"그대 동생이 왔어도 같은 말을 했을 거야."

"우 공자에게 현혹의 말을 하는 건데, 제 동생에게 그런 일을 맡기실 건가요."

무염의 눈이 사량을 향했다.

"어여쁜 누나가 있는데 부인으로 데려가도록 주선할 수 있다고는 하겠지. 융금성에서 내놓을 게 얼마나 있겠나. 아, 참 혹시 과부인가."

"남편이 아니라 약혼자예요. 동량에서 죽었죠."

"열녀군."

"유난 떠는 것에 가깝지요. 사실, 죽어서 다시 만나면 얼굴을 알아볼 자신도 없는걸요."

무염의 얼굴에 다시 미소가 올라왔다. 비웃는 건 아니고, 그저 '이것 봐라?' 정도의 가벼운 웃음이다.

"하여간 공자 말대로 하겠어요."

"금방금방 통하는군. 좋아, 이리 와봐."

장수가 다가온다고 생각한 순간, 물수건이 얼굴을 덮쳤다. 놀라 가만히 있자, 강한 손이 이마와 콧잔등 볼을 세게 문질러 닦았다.

"뭐 하는— 읍—"

"예쁘게 보이는 성의는 보여야 저쪽이 낭자 말에 귀라도 기울이지 않을까."

수건에 흙먼지가 시커멓게 묻어 나오자 사량은 부끄러웠다.

"여기 오느라 지저분해진 거라고요."

"시녀나 유모를 데리고 오지 그랬어. 여자의 분칠은 단도나 창보다 강한 법인데."

"검과 창에 역량이 있듯, 분칠을 더해도 역량이란 게 있어요."

"역량은 꽤 되어 보이는데."

사량은 웃으며 마주 보는 것으로 청년의 말에 답했다.

청년의 고요하던 얼굴에 섬세한 반응이 일었다. 눈길이 멎더니, 어색한 웃음이 떠오르고, 고개를 들어 시선을 피했다.

"곽안, 들어와라."

천막이 열리며 청년 장수가 들어왔다.

"상산의 군영까지 네가 안내해라."

"네, 알겠습니다."

그때 열린 문으로 날짐승이 훅 날아들었다. 자루라도 날아든 듯 커서, 사량은 놀라 뒤로 물러났다. 무염의 팔에 팔뚝만 한 부엉이가 가볍게 앉았다.

부엉이는 두리번거리며 부우 부우 울다 눈을 가늘게 떴다. 잔뜩 골난 표정이 되었다.

"애첩인가요."

사량의 말에 무염은 피식 웃었다.

"아내도 첩실도 없지만 축생과 정분을 나누는 사이라 그런 건 아니지. 내 것이긴 하지만. 이리 보여도, 이 병영에서 제법 제 할 일을 하지."

그리고 그는 막사 문을 가리켰다.

"가봐. 단, 그 애송이 우명 놈이 뭐라 귀에 꿀을 부어줘도 귀 기울이지 마. 나이는 열여덟인데 첩이 벌써 다섯이지. 내가 그놈보다 열 살이나 많긴 하지만, 아무것도 없는 내가 그놈보다 더 나을 테니 반드시 돌아와."

◆

"안녕하세요."

안내받아 만나게 된 상산의 우몌 공자는, 사량에 비해서도 소년이었다. 이런 아이에게 군사를 맡겨보냈나, 싶을 정도로 어려 보인다.

사량은 이 소년의 이복형인 장공자 우범신에 대한 소문을 떠올렸다. 범 같은 상산공의 아들들을 죄다 고양으로 만들어 버릴 수 있는 남자라 들었다. 그에 비하면 이 소년은 그 고양이들 중에서도 약한 고양이일 것 같다.

사량은 자신을 소개한 뒤에 사정을 말했다.

대충, 무염이 말한 대로.

"그래서 도와주십사 청하러 왔습니다."

소년 대신 옆의 부장이 말했다.

"융금의 맹주는 화양이 아닌가, 낭자."

"화양 장공자 막무염이 조금 전 거절했습니다."

"뭐라 하며?"

"여력이 없다 하더군요."

그리고 분위기가 어떤지 슬쩍 눈치를 보았다.

우몌이 웃으며 말했다.

"이봐, 낭자. 막무염은 장공자가 아니야."

"그렇다고 알고 있는데요. 제일 큰아들이잖아요."

"아들 중 나이가 가장 많긴 하지만, 화양의 장공자는 유 부인의 장남인 막무릉이지, 하녀의 아들인 천출이 무슨 장공자인가."

사량도 그건 안다. 이 근방에서 그것을 모르는 사람도 있나. 그러다 보니 참 잘 아신다며 쏘아주고도 싶었다.

조금 전의 무염은 좀 심술궂고 무례하기는 했으나, 그래도 상황을 보는 태도나 이기려는 자세나 다 진지했다. 그거면 되었지, 이 전장에서 어머니가 뭐 하던 여자인지가 뭐 그리 중요하단 말인가.

분위기가 식으며 더 말이 없자 부장이 큼큼 헛기침을 하며 말했다.

"후만은 우리 상산에 도움을 요청했고, 우리가 도착하기 전에 그만 그리된 거요. 곧 아태관으로 가, 후만백의 복수를 하고 도리를 지킬 예정이오. 융금이 위험해지기 전에 금방 소탕할 터이니, 낭자는 걱정 말고 돌아가시오."

"감사합니다."

"낭자, 정말 그 막무염이 지금 출정하지 않겠다고 하던가."

"네?"

막 돌아서려는데 우멱이 물었다. 사량은 뭐라 답해야 할지, 잠시 생각해야 했다.

그리 말하라고 했으니 말해야겠지.

"네."

"정말?"

"한동안 움직이지 않겠다고 했어요. 그래서 여기로 온 것이고요. 이만 가보겠어요. 이기시길 빌겠습니다."

우멱의 눈에 아쉬움이 떠올랐다.

"성으로 돌아가는 건가, 낭자?"

"네?"

"위험한데, 그냥 여기 머무르지. 내 수하들이 보호해 줄 거다. 어차피 나는 지금 당장 아태관을 치러 갈 테고, 그곳을 치면 그다음 낭자의 성도 도와주겠으니 여기서 기다려."

"저……."

"공자님, 아직 상중인 여인을 곁에 두는 것은 도리가 아닙니다. 보내십시오."

부장이 화난 목소리로 말했다. 사량은 무염의 경고를 떠올렸다. 아, 그래, 저 나이에 첩을 그 정도 거느릴 지경이니, 이 공자의 아버지는 저 부장에게 여자 조심시키라고 분명히 말해두었겠다, 싶다.

그나저나 막무염이 대체 무슨 생각으로 이런 명령을 내린 건지 모를 일이었다. 이들이 반란군 토벌 자체에는 딱히 관심이 없다는 점만은 분명했다. 특히나 우멱의 태도가 그렇다.

무염에 비해, 이 소년은 너무 쉽게 말한다. 마치 칠꽝이 아는 사이라도 되는 듯.

멍하니 있는데, 부장이 말했다.

"어서 가십시오, 낭자."

우리 공자님 욕심이 다시 동하기 전에 어서 가라는 투였다. 사량 역시 더 머물 이유는 없었다.

"안녕히 계세요. 잘되시길 빕니다."

사량은 상산의 진영을 나서, 일단 숲으로 들어간 뒤에 화양군의 진영으로 돌아왔다. 무염은 천막 밖에 나와 기다리고 있었다.

"어찌 되었지."

사량은 시시하기 짝이 없는 이야기를 할 수밖에 없었다.

"고작 그걸 하고 왔단 말인가. 내가 귀엽게 여기는 곽안까지 붙여 보냈더니."

"어차피 공자…… 아니, 장군이 원하는 대로 금방 출정할 것 같아요. 처음 보는 여자가 이렇게 해라 저렇게 해라 하며 잔소리를 늘어놓으면 오히려 싫어할걸요."

"하긴, 나도 어머니 잔소리는 싫었지."

사량은 이 남자가 어머니 잔소리가 싫을 정도로 정상적으로 자랐다는 게 믿어지지 않았다.

이 투귀 막무염은 전설과 소문의 주인공이었지, 이렇게 눈앞에서 눈을 깜빡이며 이야기를 나눌 사람은 아니었으니.

지난 전쟁에서 이 남자가 한 일은 차라리 사기를 쳤다고 봐도 무방할 엄청난 승리였다. 그럼에도 그 어떤 포상도 받지 못했다. 쫓겨난 거나 다를 바 없이 황성을 떠나 고향으로 가야 했다.

이유에 대한 말들은 많았다. 화양의 막무염에게 힘을 실어주면 아직 군세가 상당한 우동관이 가만히 있지 않을 테고, 화양도 북명과의 전투에서 의심쩍고 약아빠진 행적을 보여준 마당에 그 장자에게 군사를 쥐어줄 수는 없는 노릇이었다.

정치적인 이유는 그것이지만, 오히려 납득할 만한 이유는 이 막무염의 어머니가 막채규의 아내인 유 부인이 아니란 것이다. 무염은 막채규의 네 아들 중 유일하게 유 부인을 어머니로 두지 않았다.

결국, 온갖 정치적인 안배와 거래에 이 남자가 희생된 가장 큰 이유는 그 출신이다.

"그나저나 그 밝히는 놈이 그냥 보내줬을 것 같지는 않은데. 붙잡지 않던가?"

"어차피 저보다 어린 남자에게는 관심 없어요."

"그것참 다행이군. 수고했어."

그러며 사량 앞에 잔을 따랐다.

"뭔가요."

"임무를 마친 부하들에게는 항상 잔을 내리지. 그런 표정 짓지 마. 충성의 맹세는 하지 않았으나, 한 번이라도 명령에 따랐던 자는 모두 내 동료라 생각하지. 한잔 들어."

주는 술은 시큼한 탁주였다. 한 모금 마시니 취기가 머리끝까지 훅 올라온다.

어느덧 사방이 어두워져 있었다. 횃대에 앉아 있던 부엉이가 울자, 무염은 막사 문을 활짝 열고 날려 보냈다. 부엉이는 어두운 하늘을 길게 가르며 치솟아 올랐다.

무염은 문을 닫지 않고 기대며 주둔지 위 하늘을 보았다. 여름 하늘은 검었고 그 맑은 하늘 위로 그 흰 별들의 강, 운한(雲漢)— 은하(銀河)가 흐른다.

무염의 회색 눈이 하늘의 별들을 향했다. 사량 역시 같은 것을 보며 물었다.

"별을 읽으실 줄 아나요."

돌아보자 무염은 이제 사량을 보고 있었다.

"별들은 그냥 별이지. 별들이 사람 운명을 보여준다고는 생각하지 않아. 그저, 앞날이 어찌 될지 두려운 사람들이 의지할 것을 찾아 헤매느라 그럴 뿐. 낭자가 하는 일이 어찌 될지 아는 자는 아마도 내일의 그대뿐일 테지."

"모두 무사하기를 바란답니다."

사량은 마저 마시고 일어났다.

"갈 건가."

"지금 산 위로 올라가는 건 위험하니, 날이 샐 때까지 기다리겠어요. 여기 오래 머물면…… 사람 눈이 있지요."

"신경 쓰이나."

"제가 적령기보다는 나이가 좀 많아 약간 뻔뻔하다는 건 인정하지만, 그래도 여기 오래 머물면 공자가 저를 둘째 부인이나 셋째 부인으로 맞이해야 할지도 모르니 조심해야죠."

"말했잖아. 나는 정말 홀몸이야. 결혼한 적도 없거니와, 약혼녀도 없지. 적어도 그대는 약혼자는 있었으니 나보다 한 걸음은 앞서 있군."

그때 무염의 부하인 곽안이 달려와 보고했다.

"상산군의 움직입니다."

"저녁도 안 먹고 튀어나가나. 부지런도 하지. 나는 배고프면 꿈쩍도 하기 싫던데."

사량은 무염을 올려다보았다. 워낙 큰 남자라 얼굴은 보이지도 않는다. 그가 등진 하늘의 별들이 지워지고 있었다. 동쪽 하늘에서 피어오른 구름이 하늘을 덮는 것이다. 바람도 습하고 거칠다. 화창하다가도 당장 그날 저녁에 또 어떤 날이 될지 모르는 것이 팔보산의 날씨다. 새벽이나 아침에 거센 폭우가 올 것이다.

무염이 곽안에게 말했다.

"우리도 준비한다. 아마도 새벽에 출정하게 될 것이다. 명령해 둬."

"네."

곽안은 곧바로 진영으로 내려갔다.

무염은 옆의 막사를 가리키며 사량에게 말했다.

"곽안이 돌아오면 내 옆에서 자라고 할 테니, 낭자는 저기 가서 자."

"내일은 비가 올 거예요. 해가 떠도 밤처럼 어두울걸요."

"조금 전까지만 해도 날이 좋았는데."

"이곳의 여름 날씨는 금방금방 변해요. 하늘을 믿지 말고, 코와 살갗을 믿어요. 꽤 크게 폭우가 올 거예요. 이곳은 잠시 쏟아져도 엄청나서, 처음 본다면 굉장히 놀랄걸요. 물이 동이째 들이붓는 것 같아서."

"알려줘서 고맙군. 그만 들어가 쉬어."

무염이 좀 귀찮아하는 듯 보여, 사량도 그만하기로 하고 옆의 막사로 들어갔다.

안은 여자가 머문다고 해도 믿을 만큼 잘 정돈되고 깨끗했다. 드디어 혼자 남자, 금방 피곤해진 사량은 침상 위에 몸을 눕히고 잠을 청했다.

온갖 짓을 다 하며 돌아다닌 덕에 이내 잠이 들었다.

몰래 나가면 어떻게 하느냐 화내는 동생이 꿈에 나올까 봐 무서웠지만, 걱정과는 달리 새벽이 되도록 아무 꿈도 없었다.

아침이 되자 예상대로 사방이 어두컴컴하고 공기도 무겁다. 일어난 무염은 막사 밖을 보며 해가 뜨기나 한 건지 의심해야 했다.

그때 상산의 깃발을 든 무관이 산비탈을 타고 내려와 막사 앞으로 달려왔다. 몸이 땀과 진흙 범벅이었다.

무염을 본 그는 급히 무릎을 꿇으며 외쳤다.

"도와주십시오. 기습당했습니다!"

"이기는 중인가 지는 중인가."

무관은 아무 말도 하지 못했다.

무염은 곽안에게 이만 나오라 명령하려다, 옆의 막사에서 사량이 나오는 것을 보았다. 밤새 잘 잔 건지 못 잔 건지 얼굴은 흰빛이다.

저런 누나를 혼자 돌아다니게 하는 융금백이 어지간히 간이 큰 놈이란 생각이 든다. 아니, 아니다. 동생도 사내인데 사내들 눈에 제 누나가 어찌 보일지 모를 리가. 그렇다면 참 비겁한 놈이다. 누나가 저리 직접 군사를 요청하러 가게 만든 건, 이 누나를 드릴 터이니 군사 좀 빌려달라는 말과 뭐가 다르나.

등 뒤의 막사 문이 열리며 곽안이 급히 뛰쳐나왔다.

"죄송합니다! 제가 늦게 일어나서! 어떻게 되었습니까."

"모두 준비해라. 삼군만 움직인다. 나머지는 준비만 해두도록."

무염은 도망쳐 온 무관에게 지도를 던졌다.

"네 공자님이 두드려 맞고 계시다는 곳이 어디지."

무관은 지도를 펼치고 위치를 자세히 말했다. 옆으로 다가와 지켜보던 사량이 말했다.

"그곳으로는 가지 않는 게 좋아요."

이 여자는 언제 온 거야, 기척도 없이.

무염은 놀란 것을 간신히 감추며 물었다.

"왜지."

사량은 지도에 손가락을 얹었다.

"가는 길이 문제예요. 산 아래에서 위로 올라가면 좌로는 운곡천이 흐르는 벼랑이고 우로는 비탈이죠. 가파른 비탈은 아니지만 바위와 덤불이 울창하게 자라 있어요. 게다가 길이 좁아서 기마나 병사나 한 번에 셋 이상 지나갈 수 없어요."

"함정이다?"

"함정 파기 좋은 곳이란 거죠. 뒤를 막으면 꼼짝없이 포위되고, 또 이 비탈에 궁수를 배치하면 공자의 군대는 상자 안에 든 병아리 떼 신세가 될 테죠. 이렇게 올라올 때 중간에서 공격하면, 딱 맞지요."

그리 설명하던 사량은 모두가 조용하자 얼른 지도에서 손을 떼어냈다.

"그렇다고요."

무염은 다시 지도를 보며 말했다.

"그래도 가야 해."

"다른 데가 있어요. 가르쳐 달라 하시면 가르쳐 드릴게요. 아태관을 기습하실 거면 그 길로 기습해 일단 아태관을 구한 뒤 다음 일을 하는 편이 나을 거예요."

"하지만 나는 이쪽으로 가야 해."

사량은 지도에 손을 얹었다. 그녀의 손가락이 산 중턱에 얹혔다. 무염의 눈이 그 손이 가리키는 길을 물끄러미 보았다.

사량은 지도에서 손을 치우며 말했다.

"무사하세요."

"그래. 그러지."

무염은 지도를 구기듯 접어 던졌다.

"모두 준비시켜라. 곽안, 요운과 등춘을 데리고 와. 그리고 사량, 낭자는 여기 머무르고 있다가 전쟁이 끝나면 성으로 돌아가."

"알았어요."

사량은 무염의 어깨 너머로 산자락을 타고 오르는 구름을 보았다. 어제 생각했던 것보다 더 큰 비가 한번에 쏟아질 것 같았다.

팔보산, 여덟 가지 보물을 가졌다 하여 그리 이름 붙은 산이다. 그 숲의 여덟 보물이 무엇인지 제대로 읊을 줄 아는 자는 별로 없지만, 이 산에 숨은 여덟까지 위험은 누구나 읊을 수 있다. 길을 모르고 들어섰다가는 영영 나올 수 없는 울창한 밀림, 시도 때도 없이 쏟아지는 폭우, 독샘, 독사, 독충, 절벽, 맹수, 융금의 적일 경우에는 덫.

무염도 숲의 위명에 대해 익히 들어 알고 있었다. 오늘 숲에서 나온 그 여자에게는 그저 고향일 뿐일 테지만, 처음 들어서는 무염에게는 조심해야 하는 곳이었다.

빽빽하게 나무가 들어찬 밀림 안으로 들어서자 밤처럼 어두워진다. 주장(主將)인 무염이 선두에 서고, 그 뒤로 기병 이십여 기 정도가 따라왔다.

어느 정도 지나자 숲이 끝나며 시야가 탁 트였다. 높이 솟은 협곡이 나타나고, 그 바위 벽 위에 우거진 덩굴에 매달려 놀던 원숭이들이 군사를 보고 놀라 숨었다. 원숭이들 울음이 길게 메아리쳤다.

잠시 지나자 사량이 말한 대로 협곡이 넓어지고 오른쪽 절벽은 빠르게 완만해지며 비탈이 되었다. 무염이 생각했던 것보다 더 가파르고 바위도 많았다.

그때 하늘에서 천둥소리가 들렸다. 우르릉, 하는 울림과 함께 굵은 빗방울이 떨어지기 시작하더니 순식간에 시야를 덮었다.

무염은 투구를 쓴 머리를 위로 올렸다. 빗줄기가 그의 코와 턱으로 우두둑 떨어졌다.

"정말 큰 폭우군."

빗줄기는 삽시간에 기둥처럼 굵어졌다. 바위틈으로 쏟아지던 물이 불어나 폭포처럼 거세어지며, 아예 길을 막을 지경이 되었다.

무염의 말이 젖어 푸륵거렸다. 다른 말들도 폭우에 걸음이 느려졌다. 그리고 곧, 예상대로 비탈을 뒤덮은 덤불 사이에 엎드린 병사들이 보이기 시작했다.

빗줄기가 시야를 가려 제대로 쳐다보기 힘들었으나, 못 알아볼 정도는 아니었다.

무염은 팔을 들었다. 뒤따르던 화양군이 무염의 신호를 알아채고, 칼자루에 손을 얹었다.

"지금이다!"

복병들이 일제히 일어나며 비탈을 타고 내려왔다. 이미 대기하고 있던 화양군이 방향을 틀며 창과 검을 들었다. 복병들은 뒤로 쏟아져 들어오며, 벼랑 쪽으로 화양군을 공격해 밀어붙이려 했다. 그러나 무염이 고함을 지르자, 후미에서 더 많은 화양군이 쏟아지며 오히려 복병이 화양군 사이에 갇히고 말았다.

"공격해라!"

무염이 고함을 질렀다. 빗속에 호각과 고함이 들리며, 화양군이 포위

된 복병을 향해 공격을 시작했다.

그러나 폭우가 거세도 너무 거셌다. 적군이나 아군이나, 팔보산의 이런 엄청난 폭우에 대비한 것이 없었다. 양 진영이 봉사나 다를 바 없는 상태로 싸우게 되고 말았다.

그때, 꾸릉— 하는 엄청난 굉음이 들렸다.

꽈르르—

무염은 고개를 들었다.

설마, 했으나 그 눈앞으로 거대한 바위가 퉁겨 올랐다. 그리고 꽝— 하며 길을 후려쳤다. 비와 돌조각이 튀어 올랐다.

"젠장, 가지가지 하는군."

무염은 이를 갈아붙였다. 정말 예상하지 못했던 것이다. 산이 적과 아군에게 공평하게 노하는 것이다.

"산사태다!"

무염이 고함을 질렀다.

"모두 뒤로 물러나!"

비탈 위에서 집채만 한 바위들이 연달아 떨어졌다. 빗물을 튀기며 날아오른 바위가 병사들을 후려치고 깔아뭉갰다. 뼈 깨지는 소리와 비명이 터졌다. 빗줄기 속에서 누구도 제대로 바위를 피하지 못했다.

"모두 뒤로 물러나라! 화양군, 물러나!"

무염은 말 머리를 돌리며 빗줄기에 흐려진 눈을 감았다 떴다. 옆으로 큰 바위가 떨어졌다. 놀란 말이 빗길에 미끄러지며 같이 나동그라졌다.

"장군님!"

무염은 급히 덩굴을 잡았다. 몸이 덩굴에 걸리며 위로 훅 솟구치듯 충격이 왔으나 간신히 지탱되기는 했다. 그러나 비는 점점 거세어지고 손도 미끄러워졌다. 무염은 팔에 힘을 주었지만 다리가 미끄러지며 몸의 중심이 뒤로 밀려났다. 더 지탱할 수 없게 된 덩굴이 뽑혔다.

"아……!"

눈앞으로 거세게 쏟아지는 빗줄기가 보였다. 등이 텅 비어 있는 허공이고, 그 아래로는 절벽.

아찔해진다. 끝장이다, 싶은 순간이다.

그때 빗속으로 흰 옷이 보였다. 흰 몸이 새처럼 날아와 그의 목을 감쌌다. 가느다란 팔이 느껴지고, 그 팔에 힘이 들어가며 바위에 부딪히기 직전에 무염은 바위가 아닌 거센 물살 속으로 떨어졌다.

차고 묵직한 물살이 몸을 단숨에 휘감았다. 목 너머로 물이 쏟아지고 숨이 막혔다. 몸이 휘말리며 등 뒤로 쾅, 하는 진동이 왔다. 바위는 아니다. 빗속에 반짝이는 것은 굵은 쇠사슬이었다. 강을 가로질러 걸쳐 있다.

무염은 그 사슬을 꽉 잡고 한 팔 한 팔 당겼다. 간신히 물 밖으로 나오자, 무염은 바위 위로 몸을 던지고 그 위에 이마를 댔다. 빗줄기는 목덜미를 때리고 머리카락을 적셨다.

다시 숨을 깊이 들이마시려 했지만, 목이 콱 막혔다. 눈도 흐려진다.

'네가 가거라.'

아버지, 화양의 제후 막채규의 목소리가 들린다.

'이기고 와.'

아버지의 차가운 얼굴이 무염을 바라보고 있다.

그때 볼에 세찬 충격이 오며 시야가 확 바뀌었다.

다시, 여자의 얼굴이 보인다. 흠뻑 젖은 창백한 얼굴이다.

"막 공자, 정신 차려요!"

가슴으로 거센 충격이 왔다. 쿨럭, 하며 목 안에서 물이 솟아올랐다. 기침과 함께 무염은 엎드려 숨을 몰아쉬다 바닥을 노려보았다.

현기증이 올라오며, 세상이 감긴다. 완전히 어둡다. 컴컴하고 컴컴한

이 세상.

그리고 땅—!

망치가 모루를 후려치는 소리가 들린다.

땅—!

第二章　녹림의　계(計)

대장장이 장씨의 아들, 무염.

장씨의 친아들이 아니니, 장무염은 될 수 없다. 그래서 장씨의 아들, 무염. 실제로는 막무염.

화양공 막채규와 천한 하녀 사이에서 태어난 아들, 막무염.

무염의 어머니는 스물일곱에 열일곱이던 화양성의 이(二)공자 막채규와 동침해 무염을 낳았다. 태 부인은 아직 소년인 아들이 하녀와 동침해 아이까지 낳았다는 데 경악했으나, 그래도 손자는 손자라 무염이라는 이름을 지어주었다.

어머니는 공자의 첩이 되는 대신 성을 나와 화양의 대장장이에게 재가했다. 무염은 어머니를 따라갔고, 그 뒤로는 막씨 가문의 서자가 아니라 대장장이 장씨의 장남 무염으로 살았다.

의부와 어머니 사이에서 동생들도 태어났다. 무염은 그 아이들과 같이 새벽에 일어나 불을 때고 대장장이가 되기 위해 망치질을 배우며 글도 모르고 살았다. 동생들과 엉켜 놀고, 동생들을 괴롭히는 아이들이 있다 싶으면 달려나가 두들겨 패고, 종종 동생들과도 싸우며.

그러다 열네 살에 어머니가 앓아눕자 아버지는 무염을 불러다 앉혔다.

'염아, 네 친부가 어떤 분인지 알고 있느냐.'

안다. 무염은 말을 알아들을 수 있을 때부터 화양성의 성주가 친부라는 것은 알았다. 알아도 몰라도 달라지는 게 없으면 모르는 척 사는 게 좋아서 여태 모르는 척해왔을 뿐이다.

'알고 있었습니다. 그러나 만나뵐 필요는 없어요.'

'염아, 네 어머니가 세상을 뜨기 전에 네 아버지를 만나야지.'

'제 친아버지는 저에 대해 이미 알고 계시고, 그래도 찾지 않으셨습니다. 화양공 나리는 저를 아들로 키울 생각이 없어요.'

커다란 저택에 살며 화양을 다스리고 천녀처럼 아름다운 부인과 산다는 친아버지는, 사실상 무염의 세상에는 없는 존재였다. 친아버지가 준 거라곤, 따지자면 할머니가 준 이름이긴 하지만, 무염이란 이름 하나뿐이었다.

'염아, 네 자질은 여기서 썩힐 자질이 아니야.'

'여기서야 그렇지만, 밖으로 나가면 흔해 빠진 자질일지 누가 압니까. 게다가 아버지, 제후 나리의 서출 아이는 저 말고도 많습니다. 그중 하나라도 제후 나리가 자식으로 인정했다는 말은 들어본 적이 없습니다. 결혼 전에 둔 자식이든, 후에 둔 자식이든 간에 부인 외의 자식은 인정하신 적이 없어요.'

'그래도 너는 이름을 받았지 않느냐.'

'나리의 어머니이신 태 부인께서 주신 이름입니다. 화양공 나리와 저는 아무 상관도 없어요.'

상관없이 살면 좋을 것을, 무염은 친부를 닮아도 너무 닮았다. 막채규를 알면 누구라도 돌아볼 만큼.

의부는 어쩌면 친아버지인 화양공과 닮아서 남다른 자질이 있을 거라 착각하는 것일지도 모른다. 무기창의 대장장이 집안이다 보니, 병사나 교관들이 무염에게 무기 다루는 법을 가르쳐 주기도 했고, 장교들이나 장수들의 검에 문제가 없는지 살핀 적이 종종 있을 뿐, 특별히 자질이 있다 생각했던 적은 없다. 아버지 눈에야 좀 괜찮아 보였을지도 모르지만, 풀 속에서야 꽃이 눈에 뜨이지 꽃밭에서도 눈에 뜨이는 꽃은 드문 법이다.

'안 갑니다.'

무염은 그리 말하고, 더 말하지 말자고 했다. 그러나 어머니가 더 위중해지자, 의부는 무염을 데리고 제후관을 찾아갔다.

화양공 막채규는 당연하게도 만나주지 않았다. 이른 아침에 왔지만 정오를 넘기고 오후가 되었다. 막채규가 돌아가라는 말조차 하지 않은 덕에 시작도 끝도 없었다.

예정된 냉대 속에 무염은 일어나고 싶었다. 아버지에게 미안하고 수치스러웠다. 제발 가자고 말하려 하는데, 그들 앞에 풍채 좋은 여자가 나타났다.

여자가 말했다.

'부인께서 보자고 하십니다. 단, 아이만 오라 하시는군요.'

화양공이 아닌 그 부인이 부른 것이다. 아버지의 안색이 변했다. 아버지는 부인이 겪을 치욕감을 미처 생각하지 못했던 것이다.

성안에 소문날 대로 난 화양공의 엽색 행각은 사내의 일이라 참고 넘어가기에는 너무 질이 좋지 않았다. 싸우는 일을 싫어해 전장에 나가지 않는 막채규라 성 밖에서 여자들을 데려오는 일은 없어도, 여자는 성안에도 넘쳐 났다. 화양공은 그중에서도 하녀나 몸종 같은 비천한 여자들만 골라 건드렸다. 화양공의 아내는 질투가 아닌 수치심에 미쳐 가는 중이었다.

여자는 무염을 데리고 후원의 뒷길을 지나 안으로 들여보냈다.

방에는 붉은 비단을 입힌 의자에, 그 앞 화려한 탁자에는 작약이 듬뿍 꽂힌 화병이 놓여 있었다. 주변의 붉게 옻칠한 가구들은 무언가를 넣어두기 위함이 아닌 장식과 자랑을 위한 것이었다.

화양공의 아내인 유 부인은 그 방에서 무염을 기다리고 있었다.

'어서 오렴.'

아름다웠지만 얼굴은 웃음이 없이 차갑고 날카로웠다.

'멀리서 본 적은 있는데, 이리 가까이서 보는 건 처음이구나.'

부인이 살짝 몸을 숙였다. 맑고 깨끗한 체향과 함께 여인의 크고 선명한 눈이 가까워졌다.

'누가 보아도 아들이라 하겠어. 룽이는 나하고 닮기만 했는데, 너는 그분하고만 닮았네. 작은 그분 같구나. 그리고 그분처럼 크겠지.'

지긋지긋하다는 환멸에 찬 목소리였다.

'네 의부가 너와 그분을 만나게 해달라 하더구나. 부자의 연이라는데, 내가 어쩌면 좋을까. 응? 너를 받아들여 줘볼까. 알지 모를지 모르나, 나는 그 누구도 나리의 아이라 인정하게 한 적이 없단다.'

무염은 부인의 턱과 입술을 보았다.

빛나는 눈과 화사한 미모를, 그리고 그 안에 있는 슬픔을 보았다.

'예쁘시네요.'

여인의 눈이 흔들렸다.

'뭐라고 했니.'

'예쁘다고요.'

무례라는 것을 알면서도 그리 말했다.

진심이었지만, 반쯤은 동정이었다. 저리 아름답고 사랑스러운 분인데 왜 그런 표정을 짓느냐는 동정.

어머니는 절대 저런 표정을 지은 적이 없는데.

화낼 줄 알았는데, 얼음 같던 부인의 얼굴이 슬퍼졌다.

'그분은 내게 한 번도 그리 말한 적이 없지.'

부인의 목소리가 누그러졌다.

'이름이 뭐라 했지?'

'염.'

'그래, 염아.'

부인은 빙그레 웃었다.

'내가 너를 화양의 공자로 만들어주마.'

그때 알았어야 했다.

자신이 어떤 존재가 될지, 어디까지 갈 수 있는지.

첩실조차 되지 못한 어머니를 둔 아들이란 것이 어떤 건지, 적출 아들이 세 명이나 있는 집안의 서자가 무엇인지 좀 더 제대로 알아야 했다.

다섯 해 전의 봄, 북명이 대군을 끌고 쳐들어왔다.

황제로부터 긴급한 원병 요청이 오자 아버지는 전세에 대해 간만 보다가 무염을 출정시켰다.

북명의 당시 군세만 십만이 넘고 곧 추가될 텐데, 무염에게 아버지가 준 군사는 일만도 되지 않았다. 그나마도 가는 길에 삼천을 놓고 가야 했다.

그건 출정이 아니라 태자와 함께하는 순장(殉葬)이었다.

원병과 아들을 보내긴 보내야 하니 잃어도 상관없는 무염을 보내는 것이다.

그때 생각했다.

아, 그래.

이러라고 나를 키운 거구나.

눈이 떠졌다.

"공자?"

얼굴 하얀 여자가 그를 바라보고 있다.

별 재수 없는 꿈을 다 꿨다고 생각하며, 무염은 조금 전에 있었던 일과 훨씬 더 전에 있었던 일을 떠올려 보았다. 여기서 낮잠 자다 깬 건 아니란 건 안다.

아, 그래. 이 여자.

전쟁 중에 뛰어들어 왔었지.

죽은 짝을 위해 몇 년간 상복 입고 수절하며 지내는, 이 배덕한 시대에 홀로 정절을 지키는 여인이라 누가 했던가.

사실, 그 약혼자란 말에 웃음이 나왔다. 친부를 위해 상복을 입는 것은 그렇다 쳐도, 몸 한 번 섞어보지 못했을 약혼자를 위해 무슨 수절인가. 사랑했더라도 세 해가 아니라 석 달이면 잊힌다. 하물며, 자식은커녕 혼례도 올리지 않은 남자를 위해 그런 청승이라니.

여자는 여전히 무염을 보고 있었다. 밤 같은 얼굴이다. 비가 다 내리고 조용해진 그런 밤. 저 표정 앞에 있으니 가치 없는 존재가 된 기분이다. 남자와 살을 대고 있어도 저런 눈빛일까. 그러나 저리 탐욕도 경계도 없는 눈으로 보고 있으니, 딱히 가망은 없겠다. 아버지 앞에 있는 유 부인이 이런 기분이련가. 아버지는 세상 모든 남자가 원하는 여인의 남편이어도 천한 여자를 침대로 끌어들였다. 마음이 있어서 그러는 것도 아니다. 아버지는 이불이 식기도 전에 그 여자들을 잊는다. 무염의 어머니 역시, 아버지는 얼굴도 이름도 기억못하리라. 그나마 좀 나은 건 어머니도 잊고 살았다는 것 정도일까.

"나는 괜찮나."

"내 안부도 좀 물어보시지 그래요."

"다쳤다면 그건 그대 사정이지 내 사정이 아니잖아."

벼랑 너머로 떨어진 것까지는 기억나는데, 그다음은 거의 기억나지 않는다. 차가운 물속으로 빠졌다가 간신히 기어 나오고, 그대로 정신을 잃었다. 어떻게 여기로 온 건지도 모르겠고, 왜 누워 있는지도 모르겠고.

동굴 안인 것 같으나, 그 입구에 처마가 있고 안에는 침구와 그릇 등 가재도구가 얌전하게 놓여 있었다. 동굴 안에 꾸려놓은 살림들이다.

"궁금하면 움직여 봐요. 아픈 데 없으면 다친 데도 없는 거니."

여자가 말했다.

"여기는 어디지."

"성민들이 쓰는 오두막이에요. 산에서 채집하다가 해가 저물면 여기서 자죠."

"이 몸집을 데리고 여기까지 오려면 힘들었을 텐데."

"제가 천하장사라서요."

"뭐."

"정말 천하장사라고요."

차분한 목소리로 헛소리하는 것이 취미인가, 말버릇인 건가.

무염은 일어나려다가 지저분한 모포에 덮인 몸이 아무것도 걸치지 않았다는 것을 알게 되었다. 무염이 이게 뭐냐고 묻는 얼굴을 보이자, 사량은 시선을 돌리며 말했다.

"갑옷하고 옷은 젖어서 다 벗겼어요. 몸이 식으면 위험하니. 다행히 물속에 오래 있지도 않았고 옷도 빨리 벗겨내서 괜찮아요. 자, 일단 불 쬐며 몸 말려요. 걸칠 만한 누더기가 있으면 찾는 대로 드릴게요."

사량은 화로를 밀어주었다. 무염은 그 팔을 확 낚아챘다.

"이봐요, 막 공자."

놀란 여자의 눈이 무염과 마주했다.

무염은 여자의 팔을 잡아 누르고, 반대편 손으로 턱을 잡았다. 손가락에 힘만 좀 주어도 붉은 자국이 날 나약한 턱이었다. 공포가 여자의 얼굴을 스치고 지나가자, 무염은 왠지 웃음이 올라왔다. 그래, 이런 표정 지을 줄 알기는 아는군. 더 골려보고도 싶다. 그러나 목에 단도가 닿았다. 그 서늘한 촉감에 무염은 눈살을 찌푸렸다.

"이봐, 특별히 나쁜 짓을 한 것도 아니잖아."

"여자 찾을 시간은 아닌 것 같네요. 그리고 저 역시, 다른 마음을 품을 만큼 당신이 좋아지지는 않았고요."

"좋아지기는 했나."

"잘생겨서 마음에는 드는 정도였어요. 그런데 너무 자신하지는 마세요. 조금만 더 건방지고 무례하게 구시면 그 잘난 얼굴도 소용없겠네요."

무염은 여자의 얼굴을 보았다. 말 내용이나 단도는 살벌해도 말투는 우아하고 여자도 상냥하게 웃고 있다.

"일이 이리되었다고 저에게 성질부리지는 말아요. 저는 분명 경고했어요. 함정이 있을 거라고."

"알아."

"네?"

"나라도 그곳에 복병을 숨겨두었을 거야. 그리고 이 산속으로 들어온 군대가 이동하는 경로를 보며, 이들이 산에 대해 잘 알고 있다는 것도 알게 되었지."

"그런데 왜 걸려들었어요?"

"애초에 내가 데리고 온 군사는 그리 많지 않아. 공격이 시작되면 빠르게 전진해 앞으로 간 뒤, 후미에 있던 후발대와 비탈을 타고 올라가 미리 대기하던 다른 군사가 적을 공격할 예정이었어. 일부러 요란하게 출정한 건, 그래야 적군이 너도나도 몰려올 거라 생각해서 그리한 거야."

"당신을 너무 과소평가했네요."

"나는 진 전쟁보다는 이긴 전쟁이 더 많아. 누구나 생각하는 것보다는 더 많이 생각해야 하지."

"그런데 왜 여기 계시는 건가요."

"누구나 재수 없는 날은 있는 법이니까. 폭우가 그렇게 엄청날 줄도 몰랐고, 내 말이 그 폭우에 휘청대다 넘어질 줄도 몰랐고, 산사태가 날 줄도 몰랐어."

"그나마 제가 구할 수 있어서 덜 재수 없었던 거네요. 걱정돼서 뒤쫓아 온 건데."

"내가?"

"그럼요. 당신에게 일이 생기면 제일 곤란한 건 저와 동생, 고향이니까요."

"그러게 처음부터 나한테 미인계를 써보지 그랬어."

"공자 같은 남자는 여자를 취하는 대가로 무언가를 줘본 적이 없는 사람일 게 뻔한데."

"그대는 얻지 못해도 나는 얻었겠지."

무염은 사량의 목덜미를 쓸어내렸다. 조금 전 물기를 닦아낸 듯 살이 차갑고 축축했다. 사량은 웃으며 몸을 치웠다.

"돌아갈 궁리나 해요."

"뭐, 구해줘서 고맙다는 인사인데."

"감사 인사 한번 빨리, 자기 마음대로 하네요. 공자의 말대로라면 화양의 군사가 이겼을 테니 어서 돌아가요. 지금쯤 찾고 있겠네요."

"나가는 길은 아나?"

"이 산은 제 손바닥만큼 잘 알지요. 어디로 갈 건가요."

"아태관."

사량이 놀라 눈을 깜빡였다.

"반란군이 득실득실할 텐데요. 아무리 무적의 투귀라도, 그 많은 병사들을 혼자서 상대하시게요? 그냥 돌아가 군사 끌고 가서 해치워요."

"그들은 반란군이 아니야. 우동관, 즉 상산 제후의 군사지. 그들이 반란을 가장해 후만의 백을 죽이고, 화양에서 군사를 보내자 이 산으로 잽싸게 기어들어 온 거야. 그다음 그곳, 아태관을 점령하고…… 융금을 점령할 계획이었지. 나는 반란을 막으러 온 것이 아니라 우동관의 상산군이 화양의 코앞으로 오지 못하도록 하려고 온 거고."

사량의 얼굴이 굳었다.

"우멱 공자는요?"

"합류하려고 온 거야. 그날 당신이 본 건, 그들이 우멱의 적인 척하느라 벌인 한판이지. 나를 끌어들이려고 한 거야. 하지만 내가 안 나간다 하니, 조금 전의 일을 벌인 거지. 일단 우멱이 먼저 들어가 기다린 다음, 나더러 우멱이 기습을 당해 위기에 처했으니 도와달라 청하는 거야. 내가 구하러 가면, 그때 내 뒤통수를 돌로 찍는 거지. 이렇게."

그리고 무염은 손으로 돌을 치는 시늉을 해 보였다.

"그럼 공자는 왜 저더러 그리하라 했어요."

"조바심나게 하려고. 당신을 통해 그런 말을 흘려두면 그들이 급하게 움직일 거라고는 생각했지. 녀석들 모두 예상대로 해주었고 말이야. 어차피 십왕쟁패의 세상, 황제는 아들들을 모두 잃은 뒤 정신을 놓았고, 우동관은 지금 이때를 놓치지 않고 싶은 거야. 우동관이 성공하면 황조는 이제 고씨가 아닌 우씨가 될 테지. 아직은 우동관의 꿈일 뿐이긴 하지만."

어느덧 빗줄기 소리가 약해져 갔다. 동굴 입구를 가린 처마에서 떨어지는 물줄기도 약해지며 부옇게 흐려졌던 숲이 보이기 시작했다.

"그대가 말한 그 누더기나 줘."

사량은 안으로 들어가 옷을 찾아와 던져 주었다. 무염은 옷을 받으며 말했다.

"작겠군."

"공자만큼 큰 남자가 세상에 몇이나 더 있겠어요."

"내가 곰만 하긴 하지."

무염은 피식 웃고는 옷을 챙겨 입었다. 그가 다 입자, 사량은 옆에 놓아두었던 검을 집어 건네주었다.

"당신 검이에요."

"이리 줘."

옷을 받을 때와는 달리 검을 받는 무염의 손이 다급하다. 사량은 칼자루를 꽉 말아 쥐는 그 손을 보며 물었다.

"소중한 건가요?"

"내 팔처럼 귀중하지."

"장인의 이름은 적혀 있지 않던데요."

"그럴 사정이 있었어. 하지만 나에게만 만들어주고, 나를 위해서만 만든 검, 누군가에게 자랑하려 만든 것도 나보다 더 유명한 이를 위해 만든 것도 아니니 이름은 없어도 상관없어."

비가 완전히 그치며 산 아래까지 고요해졌다. 소용돌이치는 물소리만 요란할 뿐이었다.

"낭자는 안내만 해주고 위험하다 싶으면 돌아가. 알겠지?"

"혹시…… 계획이 있나요?"

"지금 하는 중이야."

무염은 짧게 휘파람을 불었다. 숲 속에서 큰 부엉이가 날아와 입구에 앉았다. 부엉이 다리에 나무통이 달려 있었다.

무염은 그 통을 잡아끌어 빼냈다. 안에는 둥글게 만 종이와 도장이 있었다. 무염은 종이를 펼치고 그 위에 도장을 몇 개 찍은 뒤, 다시 넣고 뚜껑을 닫았다.

"뭐 하는 건가요."

"계획을 하고 있는 중인데, 지금 다 가르쳐 줄 수야 없지. 이봐, 이리 와봐."

시키는 대로 다가가자 무염은 허리를 숙였다. 목덜미에 그 묵직한 손이 닿는가 싶더니, 반대편 손이 허리로 내려가 치마 속으로 들어왔다.

"공자!"

뜨거운 손이 허벅지를 쓸어 올리며 치마를 걷어 올리고 다리를 훤히 드러냈다. 경악한 사량의 목덜미에 무염의 이마가 얹혔다.

"가만."

벗어나고 싶었지만 꿈쩍도 할 수 없었다. 무염은 가볍게 짚고 누른 것뿐인데 사량에게는 바위로 조이는 것이나 다를 바 없었다.

"뭐 하려고⋯⋯!"

"기다려."

무염은 검을 풀어 사량의 허벅지에 댄 뒤, 가죽끈으로 여러 번 돌려 묶어 꽉 조였다.

"이거 뭐예요."

"분명 그곳으로 가면 검을 빼앗길 테니 당신이 가지고 있어. 도망치기 전에 던져 주기만 하면 되는 거야."

사량이 멍하니 보자, 무염의 얼굴이 다가왔다. 입술이 귀에 닿았다.

"미인계를 써보지 그랬어. 정말 넘어갔을지도 모르겠는데. 몸매 좋군."

그리고 회색의 차가운 눈이 닿을 듯 가까워지며 흥미진진하게 사량의 다음 반응을 기다렸다.

사량은 흐— 하고 웃었다.

"어차피 저도 공자의 엉덩이를 봤으니 공평한 걸로 쳐요."

"내 건 보기 어떻던가."

"미안해요. 공자와는 달리 나는 비교해 볼 다른 엉덩이가 없어서."

무염이 웃었다.

"재미있는 아가씨군."

"머뭇대지 말고 어서 이리로 오세요. 산속은 금방 어두워져요."

사량은 앞장서 걸었다.

이제 완전히 밤, 컴컴했다. 벼랑을 타고 올라 조금 가자 깊은 계곡이 나타났다. 그런데 멀쩡히 있어야 할 다리가 끊어져 있었다.

"다른 길은 없나."

"있기는 한데 좀 돌아가야 해요."

사량이 그곳으로 돌아가자고 말하려는데 굵은 팔이 허리를 확 감더니, 몸이 붕 떠올랐다. 입을 물고 각오했지만, 생각지도 못할 정도로 가볍게 건너편에 착지했다. 남자의 손에 힘이 들어가며 사량의 허리를 감싸 안았다.

"뭐 하는 건가요."

"다시 그 생각. 미인계를 쓰게 놓아둘 걸 그랬다고."

"그만 놀려요. 공자 같은 남자가 얼마나 많았는지 알아요? 공자가 조금만 더 이러면 저는 놀란 새처럼 휙 도망칠 거라고요."

"그건 또 무슨 소리지."

"아버지는 없고, 아버지의 형제도 없이 어린 동생을 보호자로 둔 여자, 십왕쟁패란 영토와 왕위만이 아니라 모든 것을 두고 싸우는 세상이란 뜻이기도 하죠. 남의 것을 빼앗고. 주인 없는 것이면 당장 취하죠. 재물이든 여자든. 그리고 저는 여자라, 차지하는 전리품의 다양한 종류 중 하나라고요."

"그래서—?"

"팔보산 근처를 지나가고 융금성에 들렀던 장수들, 아내가 있건 없건 나이가 많건 적건 참 많이도 재미 한번 보자고 덤볐어요. 믿음을 접고 기대는 시작도 하지 말자, 그것이 아버지 없이 보낸 다섯 해에 터득한 거라고요."

"장수들은 검과 재주를 팔고 문관들은 지략과 흉계를 팔지. 그리고 여인들은 집안과 몸을 파는 거야. 거래할 건 다 거래하는 세상이잖아."

사량은 쓸쓸한 기분이 들었다.

이봐요, 공자님. 거래는 공평한 게 아니라는 걸 모르시나요.

"한 번 팔리기 시작하면 내 가치가 떨어질 때까지 팔리겠지요. 아내로 들이든 첩실로 들이든, 일단 품에는 안을 테죠. 그렇게 재미 다 본 다음에, 필요한 게 생기면 다른 사내에게 저를 팔아넘기겠지요. 그래서……."

"그래서 아무도 원하지 않을 정도로 늙을 때까지 그 상복을 걸치기로 한 건가. 이봐, 사량. 남자가 여자를 원한다면 상복이 아니라 수의를 걸쳐도 소용없어."

"소용없긴 해요. 그렇다고 아무 노력도 하지 않을 수는 없고, 포기하고 저를 넘기고 싶지도 않아요. 그리 자존심 지키며 살기에는 세상이 혼란하다는 것도 알고, 오히려 손해 보는 일이란 것도 알아요. 그래도 아직은 비참하게 살고 싶지는 않아요. 버틸 만큼은 버티고 싶지."

"약혼자였던 남자가 참 착했나 보군."

"아니요. 파혼 직전이었어요. 출정 전날에 파혼하자고 하던데요."

"뭐? 아니, 왜?"

사량은 이 남자 반응이 꽤 격하다 싶었다.

"다른 여자가 생겼다고요. 제 몸종이던 려아라는 아이였지요. 화야 났지만 출정 전이라 아버지께 비밀로 했어요."

"설마, 그 충격으로 산골에서 썩어가는 것을 택한 건가."

"그 일은 잊었어요. 아버지도 그 사람도 돌아오지 않았으니. 게다가 여기서 태어나 여기서 죽는 사람들이 얼마나 많은데 썩어간다니. 이 융금은 제게 아주 소중해요. 외지에서 비참하느니, 이곳에서 처량한 게 나아요. 밖으로 나돌며 헌 그릇처럼 구르고 망가지고 부서지고 싶지는 않기도 하고요. 저는 이곳을 사랑해서 어떻게든 버티고 싶은 거지, 그 남자 때문에 세상이 무서워 여기 있는 게 아니에요."

"지키고 싶다?"

"네."

"이런 세상에서는 말이야, 자기 자신을 가장 먼저 버려야 해. 자의든 타의든, 자기 자신이 가장 먼저 부서지고 가장 먼저 사라져. 그러니 낭자도 영원히 그러고 살 수 없을 거야."

그리 말하며 사량을 보는 남자의 회색 눈은 어두웠다. 노을 없이 창백한 어스름 같은, 어둡고, 쓸쓸하고, 조금은 안쓰러워 보이는 그런 빛이다. 그의 어깨에 힘이 들어간다. 사량은 그가 무언가 할 거라 생각했다. 그의 큰 손이 다가와 머리를 쓸어내리고 목덜미를 어루만진다. 욕정이나 탐욕이 아니었다. 오라버니가 어린 누이를 달래는 듯 부드러웠고, 야수의 친절인 듯 이상했지만 따뜻하고 상냥했다.

"사량, 나는 그렇게 필사적으로 지키려는 사람들이 속절없이 무너지는 것을 많이 봐왔어. 단 하나만을 지키고 싶어하건만, 그 단 하나를 잃고 모든 것을 잃지."

그리고 무염은 사량의 이마에 턱을 댔다. 정말 순수한 위로의 몸짓이었다.

"하지만 힘내."

이 남자 대체 뭔가 싶다. 먹고 먹히는 세상에서 먹히지 않기 위해 도망치는 처지인 사량에 비해 이 남자는 거대한 괴물처럼 먹어치우기만 하는 존재일 것이다. 그러나 이 상냥함은 뭔지, 그리고 묵직한 위로는 뭔지. 정말 이상하지만, 더 이상한 것은 위로는 된다는 것이다.

"가만."

무염이 말하며 손을 내렸다.

잠시 뒤, 어두운 숲 속에서 횃불이 보였다.

"우리를 마중 나왔군."

"누가……?"

"아마도 우멱이 보냈을 거야."

나타난 자들은 갑옷에 무기까지 제대로 갖춘 병사들이었다. 그들은 무염과 사량을 보고, 횃불로 얼굴을 확인한 뒤에 오라 했다.

"어디로 가는 건가."

"아태관."

병사가 짧게 말하곤, 무기가 있는지 없는지 몸을 뒤져 살폈다. 없다는 것을 완전히 확인하자 그는 손을 내렸다.

"순순히 오십시오."

"뭐, 어차피 그럴 생각이었어. 어두운데 더듬더듬 가야 해서 걱정했는데, 이리 와줘서 오히려 고맙군."

"너는 저 여자 잡아."

명령을 받은 더 어린 병사가 사량을 잡으려 했다.

"이봐, 거기서 더 들이밀면 목 졸라 버린다."

무염이 살벌하게 하는 말에, 병사는 얼른 손을 내렸다.

"데려갈 곳이 있으면 데리고 가."

"오, 오시지요."

병사들은 그를 데리고 예상대로 아태관으로 향했다.

그곳에서 무염은 예상했던 대로, 너무나 예상했던 대로 우멱과 만나게 되었다. 다른 놈이 앉아 있거나, 아니면 우멱이 포로가 되어 있거나 하는 반전이 있을까 기대했지만 그런 건 없다.

"역시 계책대로 걸려들었군!"

저거 얼마나 연습했을까. 무염은 안쓰러워하면서 시큰둥하게 말했다.

"아주 신묘한 계책이었지. 나도 완전히 속았지 뭐야, 공자."

사량이 어이가 없다는 듯 보았다. 무염도 자신이 생각해도 너무 성의가 없는 답변인 건 알았다.

무염은 주변을 보았다. 그 유명한 요새인 아태관은 다섯 해간 완전히 엉망으로 버려져 있어, 뜰은 잡초밭이고 성벽은 덩굴로 덮여 있었다. 반란군으로 보이는 병사들은 지친 얼굴로 앉아 있다.

"그럼 우멱 공자, 후만에서 일어난 반란도 네가 일으킨 건가."

"내 계획이었지."

"그것참, 몰랐네."

순순히 말해주는 것에 무염은 혀를 찼다. 너 말이다, 너. 네가 내 동생이었으면 벌써 귀 잡혀서 끌려갔다. 이런 멍청한 짓에 멍청한 진행이라니.

우멱이 검을 뽑았다. 칼날이 무염의 코끝에 닿았다.

"이제, 내 손으로 네 수급을 들고 갈 거야. 아버지도 좋아하시겠지. 융금도, 후만도, 화양도 내가 가장 먼저 출정해 점령할 것이다."

"이 텅 빈 요새 하나 점령하고 그렇게까지 멀리 보는 건 너무한데."

"허세 부리지 마!"

"어느 쪽이 허세인지 모르겠군."

머리를 좀 굴린 술책이라는 점은 무염도 인정했다. 잔머리만 굴린 게 문제지만. 뭐, 그 앙증맞은 잔머리 덕에 지금 무염은 아태관은 물론이요 후만, 융금까지 손에 넣을 수 있게 되었으니 감사하긴 감사해야 할 것이다.

후드득 소리가 들렸다. 불빛 너머로 그림자가 비치더니, 부엉이가 날아와 요새 성벽에 앉았다.

무염은 우멱을 보았다. 소년 장수는 검을 들어 무염을 겨누면서도 아주 긴장하고 있었다.

바로 지금. 무염은 몸을 날려, 우멱의 턱을 갈겼다.

"으악!"

비명과 함께 공자의 몸이 거꾸러지자, 무염은 다시 그 가슴에 주먹을 꽂고 그 몸이 주저앉자 발로 턱을 날렸다.

"으…… 이, 이놈 잡……!"

눈앞으로 다른 자가 날린 검날이 번득였다. 바로 주먹을 들었으나, 옆에서 날아온 단도가 먼저 무사의 목에 박혔다.

단도를 던진 사량이 외쳤다.

"공자!"

무염은 달려가 사량의 허리를 잡아당겼다.

"공자, 뭐 하려고!"

"가만히."

가는 몸이 품 안으로 들어오는 순간에 무염은 치마를 걷어 올리고 허벅지에 매인 검의 칼자루를 잡아 뽑았다.

정신 차린 우멱이 달려와 검을 내리찍었다. 무염은 사량을 옆으로 밀고 검을 막았다.

"진짜 전쟁이 무엇인지 보여주지, 꼬맹아!"

"여기서는 네 몸뚱이 하나야!"

"곧 아니게 될 거다."

그때 아태관의 입구에서 불길이 치솟았다.

아태관 안에 있던 군사들이 관문으로 달려갔다. 얼마 되지도 않아 이번에는 후문에서 불길이 치솟았다.

부하가 외쳤다.

"공자님, 입구와 후문에서 동시에 공격받고 있습니다!"

양쪽에서 불이 오르자 병사들은 우왕좌왕하기 시작했다. 어디로 가야 할지 몰라 상산군이 대응하지 못하는 동안, 드디어 함성이 터지며 문이 무너졌다. 그 무너진 문을 밟고 화양군이 들이쳤다. 후문도 거의 동시에 무너졌고, 그곳으로 곽안이 군사를 끌고 들어왔다.

무염은 곽안을 보고 팔을 들었다.

"여기다, 곽안!"

사량은 놀라 무염을 보았다.

"이게 뭔가요."

"그대가 말한 그 길. 낭자를 보낸 뒤 곽안에게 말해두었지. 그 산을 타고 이 아태관의 후문을 공격하라고. 원래는 정문만 할 생각이었는데, 길을 아는 이상 양쪽에서 하면 더 좋겠더라고."

무염은 다시 달려드는 우멱의 머리를 갈겼다. 우멱이 시원하게 쓰러져 이번에야말로 기절했다.

"그리고 나는 내 부엉이를 통해 공격할 시간을 가르쳐 준 거야. 잠복하고 있다가 내가 아태관에 도착하면 바로 공격하라고 했고……."

무염은 덤벼드는 적병의 머리를 갈겨 쓰러뜨렸다. 화양군과 상산군이 엉키며 고함, 함성이 뒤섞였다. 그 사이로 곽안이 말을 달려왔다. 옆에 안장이 빈 말이 있었다. 무염은 그가 던져 주는 말의 고삐를 잡은 뒤 올라탔다.

"자, 낭자는 숨어 있어. 전쟁 끝나고 보도록 하지."

第三章　죽원(竹園)

오패 제후 중 하나인 화양은 남위의 황제에게 충성하는 신하이면서 주변 호족들의 충성을 받는 맹주였다. 화서항과 함께 온 남위의 쌀과 비단이 모인다 할 정도로 부유한 곳이며 서쪽의 서한과 맞서는 수문장이기도 하다.

그런 화양의 주인인 화양공 막채규는 아침부터 마주한 상황에 난감해하는 중이었다. 드문 일은 아니나, 그렇다고 반가운 일이나 익숙해지는 일도 아니다. 당할 때마다 난감하고 화가 난다.

아침이라 눈을 떴고, 뜨고 보니 앞에 아내가 앉아 있었다.

유미흔, 화서항주의 금지옥엽이자, 이십 년을 같이해 온 여자다. 아내는 항상 들고 다니는 공작 깃털 부채를 흔들며 앉아 있다가, 마주하자 싱긋 웃었다.

"간밤에 안녕하셨나요?"

"어떻게 들어온 거요. 보령이가 앞에 있었을 텐데."

"아, 보령이는 제 시녀장인 장 부인과 이야기를 나누고 있어요. 들어가지 말라고 막기는 했으니 자기 할 일은 다 했다고 봐야죠."

장 부인이라. 채규는 그 사나운 얼굴의 여자가 항상 마음에 들지 않았다. 그 장 부인과 몸종인 보령이 하는 이야기는 입으로 하는 이야기가 아니라 손바닥과 따귀로 하는 이야기가 될 것이다.

"오늘은 무슨 일로 이리 뛰어들어 온 거요."

"축하할 일이 생겨서요."

"무랑이에게서 소식이라도 온 건가?"

"시집간 지 고작 석 달이니 아직은 무리지요. 다른 거예요. 우리 아들이 이겼답니다."

"무염이는 우리 아들이 아니라 내 아들이오, 부인."

"친모 아래에서 자란 날보다 제 아래에서 자란 날들이 약간 더 많잖아요. 조만간 아주 많아질 테고요. 이제는 정말 제 친아들처럼 여겨진답니다."

"여인은 역시 사내보다 정 주는 것에 너그럽군. 아비인 나도 때때로 그 아이가 남 같은데, 아예 남인 부인은 그 아이가 자식 같다니. 그나저나 그건 어디서 들었소."

"나리가 주무시는 동안 제가 소식을 받았어요. 칠굉의 목은 잘려 후만의 성문에 효수되었고, 후만으로는 화양의 군사가 들어갔다지요. 그리고 이건 비밀인데, 우동관의 아들 우몃 공자도 포로가 되었다는군요. 어찌할까, 고민되는 상황이네요. 우동관에게 이야기해서 몸값 받고 풀어줄지, 아니면 황상께 알려 우동관이 반역을 꾀했다고 일러바칠지."

반역이라고 해봤자, 우동관은 '네에, 네에, 죄송합니다~'로 끝날 것이다.

지난 동량 전쟁 후, 황제는 아들들을 모두 잃은 슬픔에 젖어 죽은 것이

나 다를 바 없이 칩거하는 중이다. 그 덕에 신난 우동관은 이 남위를 차지할 궁리를 하고 있다. 그 신나서 하는 일 중 하나가 바로 우몍 공자가 팔보산과 후만에 얼쩡대는 일인 것이다.

"우동관은 아들 혼자 저지른 일이라 발뺌할 거요."

"상산공은 좋은 아버지가 아니지요. 당신이 좋은 남편은 아니듯 말이죠."

아내의 서늘한 눈이 채규의 뒤를 향했다.

예전에는 저 눈에 혐오감이라도 있었는데, 이제는 서리칼 같은 경멸뿐이다.

"그 말을 하러 아침부터 온 거요. 이건 반란조차 아닌 고작 난동이오. 염이가 지면 그게 더 이상하지."

"그런 고작 난동에 염이를 보낸 이유도 궁금하네요."

"진압이 아닌, 점령을 위해 보낸 거니 그렇지."

"점령이라뇨."

고작 난동을 진압하라고 병사 오천을 쥐어 보낸 것이 아니다. 기왕 이리된 거, 후만과 팔보산까지 다 손에 넣으라고 보낸 것이다.

"부인, 이런 말은 아랫것들 두고 나눌 이야기는 아니지 않소."

"그건 그렇군요. 이봐라, 육매야."

유미흔은 남편의 등 뒤를 보며 말했다.

"일어나야지."

잔뜩 웅크린 등이 오그라들어 벌벌 떨었다.

채규는 드디어 시작되었다 생각하며 이를 물어야 했다. 그 표정에 아내가 싱긋 웃었다.

"보령이가 요즘 들어 숨기는 기술이 늘어난 것 같습니다. 제가 어젯밤이 돼서야 알게 된 걸 보니. 예전에는 당신이 여자를 찍으면 찍은 그날로 알게 되더니, 요즘은 일을 치른 당일이거나 다음날 아침이 돼서야 알게 되네요."

"보령이 당신 첩자들 알아보는 기술이 늘어난 거지."

"얼마 전에 하나 쫓겨났죠. 아까워라. 그 아이에게는 기대가 컸는데 너무 단숨에 들켜서. 요즘 저도 사람 보는 눈이 없어지나 봅니다."

"그렇게 치워도 어디든 부인이 보낸 것들이 하나씩 꼭 끼어들더군."

"그러면 포기하세요. 어차피 당신이 누구하고 놀아나든, 제가 언제 방해를 했나요. 그저, 저는 누가 나리와 동침하는지만 알면 되는 거라고요. 그 정도는 알아야, 나중에 그 여자가 당신 자식이랍시고 데리고 오면 당신 자식인지 아닌지 알 수 있으니까."

"약 올리지 마시오."

"저 계집애나 내보내세요. 계속 있으면 저도 계속 약 올리고 싶어지겠네요."

채규는 지친 목소리로 말했다.

"나가라."

여자 아이는 얼른 침대 밑으로 뛰어내려 도망쳤다.

아내가 여자들을 끌어들일 때마다 항상 나타나는 것은 아니다. 할 말이 있을 때, 하필이면 이럴 때를 골라 들이닥치는 것이다. 그럴 때마다 채규는 아내의 말을 들어줄 수밖에 없고, 들어준 뒤에 대체로 후회했다.

"이제 할 말이나 하지."

채규는 일어나 옷을 걸쳤다. 아내가 부채를 부치며 말했다.

"여전하시네요. 육매도 어젯밤에 즐거웠겠습니다."

웃어야 했다. 어이가 없어서 웃는 건지, 기가 막혀 웃는 건지. 이 여자가 빈정댈 때면, 채규는 장인을 관에서 꺼내 딸 교육을 왜 이따위로 시켰느냐고 따지고 싶은 심정이었다.

"염이보다는 못하지."

"그 아이는 젊잖아요. 비교할 데 비교합시다."

"나는 늙었고?"

"나리, 저도 늙었어요. 지금이야 미련이 남아 이리 꾸미지만 몇 년 지나면 포기하고 손자 손녀들을 둘러앉혀 놓고 이 할미 좀 예뻐해 달라 하며 어르겠지요. 아, 제가 손자 볼 때 나리는 또 자식을 볼지도 모르겠네요. 침대 식는 날이 없으니 언제고 하나 더 생기겠지요."

"투기하는 거요?"

"싫어요?"

"아니, 정말 투기라면 귀엽기라도 하지. 그냥 나를 화나게 하고 싶어 그리 긁어대는 거 아니오. 어차피 아내는 당신 하나뿐이니."

"그리 여자들을 건드리고 다녀도, 둘째 부인도 첩도 들이지 않으시니 조강지처만은 살뜰히 존중하는 거랍니까. 대단히 고맙네요."

"그리고 어차피, 이제는 자식이 생길 일도 없지 않소."

부채를 흔들던 손이 멎었다.

"우연히 그렇긴 하네요."

"우연이 아니지. 내가 병을 앓은 지 꼭 십 년인데, 꼭 십 년 동안 자식이 없지. 이제는 부인이 툴툴거릴 일은 좀 줄어든 걸로 아는데. 안 그래? 침대 덥힌 여자들만 잡아내면 되니까. 아, 아쉽기도 하겠어. 다른 여자들에게 자식들이 생기면 당신이 얻어낼 게 더 많을 텐데 이제 하나도 없으니."

"나리의 방사가 너무 잦아 씨가 여물 틈이 없었던 게지요. 그럼, 우리 무흔이는 뭐랍니까. 올해 여덟 살이잖아요."

일순 목 안에서 뜨거운 것이 울컥 올라왔다.

"부인 덕에 이 나이에 손자 같은 아들을 얻은 건 사실이지. 애쓰셨소,

참. 원하는 게 무엇인지나 말하시오, 부인. 나를 놀리는 데 시간을 너무 쓰고 있고, 조금만 더 나를 조롱하면 부인의 청이 무엇이든 나는 부인을 쫓아낼 거요."

"염이 일입니다."

"염이는 왜."

"이번에 돌아오면, 염이의 혼사를 추진하려고요."

"당신이 직접?"

"뭐, 골라 드릴 테니 그중에 하나 골라보세요. 눈 두 개보다야 눈 네 개가 낫겠지요."

"누구 딸을 붙여주려고? 서효 장군? 이상 장군? 아니면 당신 오라버니인 화서항주의 스무 명이 넘어가는 딸 중 하나?"

"벌써 다 알고 계시네요."

"당신이 아는 사람이야 뻔하지. 그러나 그 누구도 허락 못하오. 그 아이는 내 아들이지, 아무리 당신이 양자로 들였다 하나 당신 아들인 건 아니야."

"그리 총각으로 늙어 죽으란 건가요?"

"그래."

"대체 왜 그러시는 건지 모르겠군요. 비록 열네 살에 들어왔다 하나, 그 아이가 이 집 아들로 지내온 것이 몇 해입니까. 제 할 일을 안 하는 것도 아니고 모자람도 없는 이 성의 공자입니다. 때때로 내 아들보다 더 효자기도 하고요."

"내가 알아서 하는 거요."

"보고 있자면, 당신이 그 아이를 아들로 여기는 건지 하인으로 여기는 건지도 모르겠어요."

"부인—"

채규는 속에서 불길이 올라왔다.

"왕이나 황제, 제후의 자식들은 죄다 사랑하라 만들어진 게 아니오! 때때로 인질로 보내고 때때로 부질없는 전쟁터로 보내기도 해야 하지! 그 아이가 공이 많다 하나, 그건 그거야!"

아내의 입술이 올라갔다. 그 비웃음에, 채규는 속 안에 있는 것이 꽉 조여드는 기분이었다. 안에 있는 분노가 숨 막히듯 몸을 뒤틀어대고 있다.

"당신에게 자식들이란 다 그런 것 아니던가요. 그 아이나, 내 아이들이나, 다. 어느 자식이 당신 사랑이나 받을까 몰라. 당신이 버린 그 많고 많은 서자 중 하나이려나."

"가시오, 부인."

아내의 눈에 환멸이 차올랐다.

뭔가 또 쏘아붙이려는 것을 알아챈 채규는 고개를 들어 외쳤다.

"보령아!"

주렴이 걷히며 흰 얼굴의 여자가 고개를 들이밀었다. 그 얼굴을 본 채규는 한숨이 나왔다. 볼과 목덜미에 붉은 자국이 나 있었다.

보령을 본 아내의 눈초리가 싸늘해졌다.

"저 계집애는—"

"밖으로 모시고 가라. 어서!"

"오지 말라고 해요. 내가 나갈 테니!"

아내의 뒷모습이 주렴 너머로 사라지자, 채규는 밀려드는 감정을 가라앉히느라 애써야 했다. 온갖 일로 긁어대는 건 참아줄 수 있지만, 무염과 자식들 일로 긁어댈 때면 참기가 힘들었다.

"나리."

보령이 다가왔다.

"괜찮다."

두통이 콱콱 치밀며 송곳으로 푹푹 찔러대는 통증이 온다.

그래, 염아. 이겼고, 곧 돌아오겠구나.

이가 갈린다.

❖

무염은 새소리에 깼다.

어찌나 크게 우는지, 거위만 한 흰 새가 그리 울며 날아가는 것을 보지 않았다면 산사태라도 난 줄 알았을 것이다.

일어난 무염은 이마를 문지르고는 주변을 살폈다. 대나무로 만들어져, 나무와 흙으로 마감한 집이다. 침대와 침실 칸막이는 모두 대나무, 그 위로 얇은 휘장을 둘러 빛을 가렸다.

무염은 침대를 나와 옷을 챙겨 입고 방을 나섰다.

침실과 붙은 내실은 시원한 바람과 죽향이 어우러져 청량했다. 창턱에는 부엉이 탕탕이 앉아 쥐를 먹고 있었다. 불쌍한 쥐는 그 부리 안으로 통째로 죽죽 빨려 들어갔다.

"오늘은 오랜만에 사냥에 성공했구나."

저 녀석이 아기일 때 구슬 같은 눈을 데굴데굴 굴리며 바라보면 참 귀여웠는데. 눈은 여전히 구슬처럼 동글동글 귀엽지만 덩치는 집채만큼 커졌다. 녀석이 쥐 꼬리를 입에 물고 볼을 내밀어 긁어주는데, 뒤에서 고요한 목소리가 들렸다.

"일어났나요?"

"좀 전에."

돌아보니 사량이 아침이 놓인 소반을 들고 있었다.

"숲 속은 조용할 줄 알았더니 굉장하군. 대체 저 소리 뭔가. 나는 산사태라도 난 줄 알았지."

"숲이 원래 도시보다 시끄러워요. 사람은 잠들지만 숲은 항상 깨어 있거든요. ……가만, 이 녀석은 며칠 안 보이더니 언제 온 거죠?"

"오늘 아침."

사량은 탕탕에게 손가락을 내밀어 보였다.

"사량, 그거 물어."

"세게 무나요?"

"살이 찢어지지."

그리고 무염은 손등에 난 흉터를 보여주었다. 사량은 얼른 손을 당겼다.

"얼른 씻고 아침이나 먹어요."

사량은 세숫물을 따라주고 침실의 휘장을 걷었다.

이 여자는 무염이 이곳에 머무는 첫날부터 시중을 들어주었다. 귀한 손님이라 그러는 거라 생각했는데, 알고 보니 시중들 만한 하녀가 없어서 직접 하는 것이었다.

"항상 낭자가 손님들 시중을 드나."

"왜요."

"그렇다면 당신이나 당신 동생이나, 지나가는 놈마다 당신을 달라고 졸라댄 것에 불평할 수만은 없다는 거지."

"공자처럼 하인도 없이 들어오는 경우는 없어요. 제가 할 일은 그 하인들에게 필요한 것이 없는지 묻는 거였죠. 공자는 그 큰 덩치로 혼자 들어와, 밥 내놔 잘 곳 내놔 하고 있잖아요. 그러니 제가 다 할 수밖에."

무염은 사량이 차를 따르고 소반 위에 놓인 그릇의 뚜껑을 여는 것을 보았다. 그릇 안에는 부드러운 달걀 요리와 밥, 삶은 채소와 고기가 있었다.

사량은 젓가락을 놓으려다 말고 말했다.

"공자, 손 치우세요. 제가 채워 드릴 건 식욕뿐이니, 색욕은 접어두세요."

그리고 젓가락으로 허리에 얹힌 손을 찔렀다.

"어서."

"지나가는 놈마다 이놈 저놈 다 입질을 한 이유가 있었어, 라고 생각하다 보니."

"네, 공자도 그냥 지나가는 놈이 되시고 아침이나 먹어요. 또 그러면 알죠?"

사량은 젓가락을 들어 보인 뒤, 그릇 옆에 놓았다.

"어서 먹어요."

무염은 그 젓가락을 들고 상 앞에 앉았다.

창으로 햇살이 맑게 비껴들고, 습해도 바람에 실린 숲 냄새가 무척 좋다. 날이 서늘해지면 극락처럼 살기 좋을 것 같다.

저 멀리서 아이들이 소란을 떠는 소리가 들렸다. 전란시대, 바로 며칠 전에 위협을 받았는데도 무척 평화로운 성이다. 짚이나 나무껍질을 얹은 집들 뒤로 푸른 숲이 우거지고, 그 나뭇가지마다 희고 큰 새들이 앉아 있었다. 새들은 물끄러미 마을을 보다, 갑자기 울기 시작했다. 아침 내내 들었던 그 바위 깨지는 소리였다. 무염은 놀라 젓가락을 놓칠 뻔했다. 옆의 탕탕도 머리를 돌리며 부우 부우 울었다.

"저 새들은 대체 뭐야."

"백관 앵무새예요. 울음소리가 아주 크죠. 공자가 데리고 온 저 금양 부엉이가 백관 앵무새의 천적이고요."

"다 잡아먹고 오라고 하고 싶군. 뭐가 이리 시끄러운지."

"저들 영역에 공자의 부엉이 같은 천적이 들어오면 죄 몰려나와 우는 습성이 있어요. 며칠간은 아침마다 울어댈걸요. 게다가 요즘은 새끼 키우는 철이라 더 날카로워요."

"늦잠 자긴 글렀군."

"그러게, 왜 여기로 오셨어요."

아태관은 금방 점령했고, 우멱의 군사는 포로가 되거나 도망쳤다. 그 와중에 그 누구도 우멱을 보호하지 않아, 무염은 쉽게 우멱을 포로로 잡을 수 있었다. 함께 있던 칠꾕은 목만 후만으로 갔고, 우멱은 통째로 화양으로 보냈다.

그리고 모든 일을 해결한 뒤, 무염은 군사를 나누어 일부는 후만으로 보내고 자신은 나머지 군사와 함께 융금으로 들이닥쳤다. 융금은 성 앞에 군대가 나타나자 난리가 났다. 혼비백산해서 뛰쳐나온 사량에게, 무염은 정중하게 말했다.

"거, 여기서 좀 머물고 싶은데."

무염은 융금의 주인인 갈사징은 만나지도 않고, 사량을 앞세우고 성으로 들어와 군사를 주둔시키고 자신은 죽림관으로 들어갔다. 사량은 최선을 다해 수습해야 했다. 군대가 머물 곳을 정하여 모두 그곳으로 가라 하고 무염은 객관에 밀어 넣었다. 말이 좋아 방문이고 접대이지, 실제로는 무염과 화양군이 융금을 점령한 것이나 다를 바 없다.

객관에 자리를 잡자, 사량의 남동생인 사징은 무염에게 사람을 보내 성주인 자신을 만나러 오라 했다. 무염은 사징더러 오라고 했다. 전령은 얼마 되지도 않은 거리를 바삐 오고 갔으나, 둘 중 그 누구도 먼저 자리에서 일어나지 않았다.

며칠 지나자, 동생과 무염 사이의 힘겨루기에 지친 사랑이 말했다.

"공자, 검을 드릴 테니, 동생하고 직접 싸우는 걸로 해결해 봐요."

무염은 갈사징이 화를 내는 건 이해했지만 그 태도가 가소롭기도 했다. 변변한 군사도 없어서 고작 천을 헤아리는 군세를 가진 반란군 앞에서도 벌벌 떨던 주제에, 그나마도 직접 엎드려도 모자랄 판에 누나의 등을 떠밀어 보내 도와달라 한 놈이, 성주랍시고 자존심을 부린다.

"머물기는 후만이 더 나을 텐데."

"여기가 더 좋아."

"성도 좁고, 맛있는 것도 없고, 여자도 없는데도?"

"그래서 왔지."

싱긋 웃었다. 당신 생각과는 달리, 이 죽림관은 아주 아늑하고, 식사는 제법 먹을 만하고, 여자는 당신이 있지.

농담이라 생각한 사량은 한숨을 내쉬었다.

"정말이지. 공자가 안 보는 데서 공자의 수하가 몰래 나쁜 짓을 하면 어쩌려고 그래요. 욕은 고스란히 공자가 먹게 된다고요."

"사람 잘못 뽑은 내 탓이니, 욕을 먹어도 어쩔 수 없어."

"참 대범하네요."

"그 정도도 믿지 못하면서 부하들을 끌고 다닐 수는 없어. 돌멩이 십만 개보다는 생각을 하고 책임을 질 줄 아는 사람 열이 나아. 나는 그 열 개를 제법 잘 골랐다고 생각해."

"후만으로 갈 생각이 없다는 건가요."

"그래."

"좋아요, 여기 계속 머물 생각이라면 동생하고 만나봐요."

"나를 만나고 싶으면 그대 동생더러 오라고 해야지. 그 쉬운 방법을 두고, 왜 이러는지 모르겠군."

"동생이 여기로 오면 사람들 눈에 공자가 이 성을 점령한 것으로 보여요. 성민들에게 그리 보일 수는 없다고요."

"아, 그래. 좋아. 내가 찾아가지. 갑옷 입고 검 들고 수하 끌고 찾아가면 이러나저러나 똑같아 보일 텐데."

"심술부리지 말아요. 대체 왜 그래요? 좀 친절하게 해줄 수도 있잖아요. 우리가 힘이 있는 것도 아닌데."

힘도 없으면서 고집을 피우는 당신 동생이 문제인 거야, 라고 말하고 싶었으나 참았다. 그리 말하면 이 부드러운 태도는 싹 식고, 처음 만났을 때처럼 경계하게 될 테니.

"성을 차지할 생각인가요."

"아직은 아니야."

"공자, 이 성은 말이죠, 가지려면 황제의 인가가 필요한 다섯 성 중 하나예요. 아무리 종이인형 같은 황제라도, 공자가 임의로 이 성을 점령하고 차지하면 공자를 부를지도 몰라요. 재수가 없으면 정말 재수가 없어질 수도 있는 상황이라고요."

"그때 가서 죽지 뭐."

"공자는 왜 그렇게 죽고 싶어 안달인 건지 모르겠군요."

"내가 왜."

"지난번, 공자의 생각이 옳았다고는 하지만…… 위험했어요. 공자가 직접 선두에 설 필요는 없었어요. 공자의 장수들 중 누구라도 갈 수 있어요. 공훈이 필요한 젊은 장수 누구든 말이죠. 그런데 공자는 직접 갔어요. 그리고 위험해졌죠. 아태관으로 간 것도 그래요. 혼자서 그리 갈 필요까지 있었는지는 의문이네요."

"하고 싶은 말이 뭐지."

"그냥 내 생각이 그렇다는 거죠. 공자, 동생을 만나요. 구태여 문제 일
으키지 말고, 평화롭게 서로 만나 이야기를 나누어요. 공자의 말대로 동
생은 당신을 몰아낼 힘이 없어요. 어린아이나 다를 바 없는 상태인데, 굳
이 팔을 부러뜨리고 주저앉힐 필요까지는 없잖아요. 군대를 주둔시켜야
한다면, 하세요. 그건 제가 몰아낼 수 없으니. 다만, 동생을 만나고 이야
기해 줘요."

"나는 체면을 지킬 필요가 없는 남자야."

"그렇다고 굳이 더럽힐 필요는 없잖아요. 그러니 제발, 동생을 만나러
가줘요."

무염은 식사를 마치고 젓가락을 놓았다. 제발, 이라는 말까지 들으니
매정해질 수도 없고 굳이 이리 대치하며 시간 낭비할 필요도 없다는 생각
이 들었다.

"알았어."

"잘 생각했어요."

사량은 고운 무명옷을 가지고 와 앞에 놓았다.

"갈아입어요."

"당신이 만든 건가."

"아뇨, 저는 바느질 못해요. 당신 하인에게 말했더니 가져다주더라고
요. 부인께서 챙겨주신 옷인데 입을 일이 없어서 가지고만 있었다고 하더
라고요."

"내 부인이 아니라 아버지 부인이야. 나는 정말 부인 없다니까."

"알았어요. 그 하인은 왜 데리고 오지 않은 거죠? 만나자마자 자기를
언제 부르는 거냐고 물고 늘어지던데."

"내 시중을 들어주는 게 귀찮았나 보군."

사량은 웃으며 답했다.

"네, 그래요."

"답이 너무 빠르네."

"들어가서 준비나 하고 나와요. 그리고 당신 하인을 부를 테니, 이제부터 시중은 그 하인에게 해달라 해요."

그리고 사량은 나가지 않고 의자에 앉았다.

"거긴 왜 앉지?"

"제대로 준비하나 지켜보게요. 맡겨놓고 나가면 안 할 수도 있으니."

"핑계대지 말고, 덮치러 들어올 거면 더 늦기 전에 미리 말해. 그러면 굳이 옷 입고 있을 필요가 없으니."

사량은 한숨을 내쉬었다.

"……옷 입어요."

잠시 뒤, 무염은 예상했던 것과 완전히 다른 청년과 마주하게 되었다.

여태 사징이 보여온 행적을 보며, 무염은 그가 풀뿌리처럼 말라비틀어지고 볼품없는 서생일 거라 생각했다. 그렇게 생각하고 대했고, 그리 생각하며 만나러 왔다.

그런데.

"……화양공자 막무염이요."

"융금백 갈사징이요."

앞에 있는 것은 달에서 내려온 듯 아름다운 청년이었다. 흰 눈에 달빛을 더한 듯 싸늘한 얼굴은 넋 나가게 아름다웠다. 눈, 코, 입, 하나하나 다 아름답고 합쳐 놓으니 더 아름답다. 몸은 늘씬하고 나긋나긋하고, 피부 역시 옥처럼 희고 흠이 없다.

이게 과연 사람인가.

무염은 사량이 그의 얼굴에 딱히 감탄하지 않았던 이유를 드디어 납득했다. 이 정도 미모의 동생과 같이 살면 주변 남자들은 죄다 해산물 내지는 짐승으로 보일 것이다.

"누님, 누님은 나가보셔도 됩니다. 그간, 정말 수고하셨습니다. 이제부터 이 손님을 접대하는 것은 제가 할 터이니, 그동안 걱정 끼쳐 드려 정말 미안합니다."

사량은 상냥하게 말했다.

"그럼 공자와 이야기 잘해봐요."

"걱정 마십시오, 누님. 이리 만났으니, 다 잘될 겁니다."

사량은 웃으며 인사한 뒤 나갔다. 사징은 누나가 영주관을 나가는 것을 확인한 뒤 문을 닫았다.

둘만 남자, 날아가던 새도 얼어붙어 떨어질 만큼 차가운 침묵이 흘렀다.

사징은 뚜벅뚜벅 걸어와 무염 앞에 앉았다. 무염은 그런 사징을 물끄러미 보았다. 긴 속눈썹 아래의 눈으로 노려보는 얼굴은 가히 절세의 미모. 화양을 뒤집어도, 아니, 이 대륙을 죄다 뒤집어도 이 정도 미모가 있기는 할까 싶다. 사람이 낳은 게 아니라 지나가던 선녀가 낳아놓고 간 것 같다.

그런 미모였으나, 그 눈빛은 매섭고 표정은 싸늘하다.

무염은 이제 이 청년을 비웃지 않기로 했다. 무염더러 직접 오라 한 것은, 맥없는 놈의 자존심 싸움이 아니라 정말 승부수였던 것이다. 오판이었다. 열여섯 살부터 이 난잡한 세상에서 성을 이끌고 지켜온 놈이 소심한 서생일 수도, 도련님일 리도 없었다.

"딱히 대접할 건 없어, 공자."

"대접을 바라고 온 건 아니야."

"그럼 왜 여기로 온 건가. 군사까지 끌고."

"성에 군대를 빌려주려고 온 거지."

"아무리 봐도 빌려주는 게 아니라 점령 같은데, 공자."

"군량과 마초는 모두 우리가 대겠다. 무기도 우리가 대지. 다시는 칠꾕 같은 녀석들에게 불안해할 일이 벌어지지 않도록 해주겠다는 거야."

"왜지."

"화양이 이 성의 맹주가 아니었던가. 지켜주기로 했으니, 지켜 드려야 지."

"십왕쟁패. 모실 왕도 많고 맹주로 모실 제후는 더 많아, 공자. 화양이 우리를 지키려고 그러는 것 같지는 않고, 아무래도 우리가 화양을 버리고 상산을 택할까 봐 감시하려는 것 같은데. 점령도 하고 말이야."

"내가 여기 군사를 남겨놓지 않는다면 상산이 나 대신 이 성을 점령할 거다. 우멱 공자를 포로로 잡긴 했지만, 우동관에게는 아들이 많고, 더 나은 아들도 있지. 우멱이 왔기 망정이지, 우범신이나 우의신이 왔다면 내가 오기도 전에 이 성을 점령한 뒤에 백을 죽이고 백의 예쁜 누이는 노리개로 삼았겠지."

사징이 노려보았다.

"여기에 화양군을 주둔하게만 하면 된다는 건가."

"하나 더."

"뭐지."

"우리 맹약이 굳건하다는 것, 융금이 우리 화양에 충성한다는 보장이 필요해, 백."

"나더러 화양에 오라는 거라면 가주지."

"아니. 내가 원하는 건 백이 아니라 다른 사람이다. 아무리 백이 여기서 할 일이 없다 하더라도, 한 달이건 두 달이건 자리를 비울 수는 없잖

아. 그 꽃 같은 누이를 여기 홀로 두고 간다는 건 더더욱 있을 수 없는 일이지. 백이 여기 누이를 놓고 가면 일단 나부터 자네 누나 침소로 들어갈 것 같군."

사징의 눈이 더 매서워졌다.

"대체 누구를 원하는 건가."

"백은 필요 없고, 백의 핏줄. 그런데 백에게는 자식이 없잖아. 그러면 자네 누님뿐이지."

"누님을?"

"그래."

조용해졌다.

무염은 사징의 답을 기다렸고, 사징은 의외로 담담하게 말했다.

"공자, 바둑을 둘 줄 아나?"

"둘 줄은 알지."

"그럼 한 판 두지."

"왜?"

"누군가는 이기고 누군가는 질 테니."

사징이 명령하자 하인이 바둑판과 바둑알이 든 단지를 놓고 나갔다. 바둑판을 놓고, 사징은 한 판 둔 다음 이기는 쪽이 다 가지는 거라 말하는 것도 아니요, 이것으로 그대의 실력을 가늠하겠다는 것도 아니었다. 바둑판을 앞에 놓고 보고만 있었다.

무염은 푸른 얼음물이 뚝뚝 흐를 것 같은 아름다운 얼굴과 마주하고 앉아, 이 남자와 결혼할 여자를 불쌍하게 여겼다. 이 미모에 대적하려면 얼굴을 아예 가리는 수밖에 없다.

"누님은 나를 위해 무슨 일이든 할 분이지."

"그래. 성을 도와줄 테니 몸을 달라고 했다면 바로 허리띠 풀었을 여자지."

성질낼 줄 알았는데, 사징은 말없이 백돌이 든 나무단지 끌어당겼다. 무염도 흑돌이 든 단지를 끌어당겼다. 사징은 백돌을 집어 판에 놓았다. 무염도 옆에 흑돌을 놓으며 말했다.

"이 성안에서 성주의 바둑 상대가 될 만한 이는 백의 누님뿐이겠군."

"누님은 바둑을 못 둬. 어린아이 상대로도 지지. 원숭이하고 두면 좀 나을까."

"그럼 백은 누구와 바둑을 두는가."

"나도 못 둬."

"그럼 왜……."

사징이 백돌이 든 나무단지를 들어 무염의 머리 위로 올리더니 손목을 틀었다. 백돌이 우르르 쏟아져 무염의 이마와 머리를 후두둑 쳤다.

"……."

무염은 잠시 눈을 감았다가 떴다. 사징은 여전히 냉정한 얼굴로 단지를 털었다. 몇 개 남은 바둑돌이 마저 떨어져 무염의 머리를 툭툭 쳤다.

"이러려고."

"……."

"누님은 못 보낸다. 그리고 너. 속셈 뻔히 보이는데 누님한테 수작 걸지 마."

"……."

"그 혓바닥으로 말도 섞지 말고, 쳐다보지도 말고, 옆에서 숨도 쉬지 마."

"이봐, 백. 내가 그 말을 들어줄 리 없잖……."

갑자기 벌어진 일이었다.

바둑판이 위로 치솟아 올랐다. 놀란 무염은 본능적으로 몸을 젖혔다.

어깨 위로 바둑판이 날아가 벽에 부딪혔다. 꽝 하고 박살난 바둑판 조각이 후드득 떨어졌다.

"……."

거, 원, 성질도 참, 허허허. 하고 웃을 만한 상황이 아니었다.

비범하다. 어느 정도냐면, 곽안하고 부딪히면 거구의 곽안이 나가떨어질 만한 힘이었다. 우범신도 이 힘 앞에서는 승리를 장담할 수 없을 것이다.

"저기, 우리 말로 하지."

사징은 손을 내렸다.

"나는 무공은 못해."

잘하면 어느 정도가 될지. 정통으로 맞았다면 지금 깨진 것은 바둑판이 아니라 무염의 머리였을 것이다.

"그래서 내 스승님은 단 한 번의 일격만은 성공할 수 있는 비법을 가르쳐 주었다. 그래서 단 한 번은 항상 성공해."

"이번에는 실패했군."

"실패한 게 아니야."

"……."

"나가."

"벌써 이야기 끝났나요?"

사량은 급히 달려와 물었다.

"그게…… 잠시 중단한 거라고 봐야지."

"하긴, 동생이 약간 화가 나긴 했더라고요."

"약간?"

그게 조금 화가 난 거면 제대로 화가 나면 무슨 일이 벌어지는 거냐고 묻고 싶은 심정이었다.

　온갖 무서운 놈들을 다 상대해 왔고, 북명의 용장이자 남위의 입장에서는 섬뜩한 흉장이었던 탁우기 장군과 대결하기도 했던 무염이지만, 사징 같은 이상하고 무서운 놈은 처음이었다.

　"오해하는 분들이 종종 있지만, 좋은 아이예요."

　"내 생각인데, 그 사람들이 오해한 게 아니라고 봐."

　"정말이에요. 친해지면 괜찮아요."

　"그건 당신 동생의 성격이 나쁜 건 사실이지만 시간이 지나면 익숙해질 거라는 말이잖아."

　"아니에요. 동생은 정말 상냥하고 친절한 아이라고요."

　무염은 어처구니가 없었다.

　"상냐앙? 친저얼? 그 말은 이 지역에서 특별히 다른 뜻으로 쓰는 사투리인가."

　사량은 난처하다는 얼굴로 손을 저었다.

　"그게 아니라, 저도 말투가 조금 거친 건 알아요. 그저 원래 그런 거니까. 동생에 대해 너무 오해하지 말아요."

　"그런 식으로 따지자면, 그대 동생도 나를 오해하고 있는 것 같더군."

　"뭐라 오해했는데요."

　"오만하고 방자하고 욕심 많은 개자식."

　"그건 동생의 오해라기보다는, 공자의 태도가 그런 선입견을 불러일으키는 것 같아요. 게다가 좀 심술궂고 건방져 보이는 건 사실이잖아요."

　"나도 알고 보면 상냥하고 친절한 사람이야. 그놈이 그런 평을 들을 정도라면 나는 기어코 군자라는 칭찬은 들어야겠어!"

　"저기, 그만하죠. 여기…… 전부 다 성 사람인데. 사징에 대해 그리 말하면 곤란해요."

여기저기 숨어 있던 아이들이 머리를 내밀고 있었다.

이 아이들 덕에 사량을 찾는 것은 쉬운 일이었다. 가장 시끄러운 곳으로 가보니, 사량은 아이들에게 묻혀 있었다.

커다란 무염이 사량을 부르며 나타나자, 놀던 아이들은 놀라서 바로 여기저기로 숨어버렸다. 어지간한 남자들보다 큰 무염이 성큼 들어서면 사람이 들어오는 게 아니라 곰이 들어오는 거나 다를 바 없다.

무염이 둘러보자 아이들은 다시 납작해졌다. 그것을 본 사량이 말했다.

"공자, 일단 이리로 와요. 이미 화가 난 동생이 외간 사내가 수화문(垂花門) 안에 있는 것을 보면 더 화낼 거예요."

"여기에 나 말고도 사내는 많아 보이는데."

그리고 열두엇 되는 남자아이들을 가리켰다. 손가락이 닿자마자 아이들 모두 다시 엎드려 숨었다.

"애들 겁주지 말고 이리 와요."

사량은 무염을 데리고 수화문을 나서 바깥채로 갔다. 대나무로 뒤덮인 벽 위에, 성 밖으로 나가는 동그란 동문(洞門:벽에 난 문)이 나 있었다. 대나무 사이에 문이 있는 듯 보였다.

사량은 그 문을 통해 밖으로 나갔다. 바로 팔보산 숲으로 들어가는 길과 바위들이 나왔다. 검은 바위들이 가산처럼 겹겹이 서 있었다. 일부러 세워놓은 것이 아니라, 바위가 들어찬 곳에 길을 낸 것이다. 그 위로 무화과, 비파나무, 덤불이 우거지고 원숭이들이 그 나무에 매달려 지켜보고 있었다. 사량이 지나가자 원숭이들은 무염을 경계하면서도 슬금슬금 내려왔다.

"원숭이하고도 친구인가."

"네. 그러니 저한테 못된 짓 하려고 하지 말아요. 쟤들이 복수해 줄 거라니까요."

무염은 다시 웃음이 나왔다.

숲이 긴장을 풀어준 걸까. 항상 어깨에 들어가 있던 힘이 풀어지고 기분도 편안해진다.

앞서가는 사량은 치마를 살짝 들고 돌로 덮인 오솔길을 가볍게 걷고 있었다. 무염은 잡아 세워줄 기회를 바랐으나 사량은 산양처럼 능숙하게 비탈과 바위를 올랐다.

그 등을 보다, 무염은 벼랑을 덮은 녹색 덩굴 위에 있는 작은 너와 지붕을 발견했다.

"저 집은 뭐지."

"황 선생님 댁이에요. 동생과 저의 선생님이자, 두 번째 아버지 같은 분이시죠. 지금은 출타 중이세요. 곧 돌아오실 텐데, 공자가 가기 직전에 오시거나 못 만날 것 같네요."

"귀한 분이군."

"그럼요. 연세가 연세라, 좀 더 편한 곳으로 오라 해도 저 집이 편하다며 한사코 저기 머무시죠."

사량은 숲 사이로 난 길을 걸어가며 말했다.

"이리 돌아가면 처소로 가는 지름길이 나와요. 이리로 와요. 데려다줄게요."

"참, 벼랑에서 떨어질 때 어떻게 나를 구한 건지 말해줘. 정말 그대가 천하장사라서 그런 건 아닌 것 같은데."

"천하장사라니까."

"그럴 리가."

"알았어요. 저리로 가요. 하지만 비밀이니까 여기저기서 말하지는 말고. 얼른 보고 가요. 곧 비가 올 것 같으니 서두르고."

"이곳은 시도 때도 없이 비군."

"그래도 비가 그치고 밤이 되면 정말 맑아요. 하늘이 참 높고 높아서, 운한이 너무나 눈부시게 빛나죠. 황 선생님이 그러는데, 별이 여기처럼 맑게 한가득 반짝이는 곳이 없대요."

무염은 며칠 전의 하늘을 생각했다. 그래, 참 빌어먹게도 빛나기도 했다. 너무나 빛났어. 저런 별 처음이다 싶을 정도로 넋을 놓았지. 나야 그렇다 쳐도 당신도 넋 놓고 보던데.

"왜 또 그래요."

무염이 조용해지자, 사량이 돌아보며 물어왔다.

"아무것도 아니야."

무염은 눈길을 내려 사량을 보았다. 사량의 어깨에 자그마한 원숭이가 앉아, 그 아기 같은 손으로 사량의 목을 끌어안고 있었다.

"이 공자는 누구신가."

"공공이라 불러요. 어미를 잃고 넝마 조각이 다 되어 울고 있는 것을 제가 거두어 키우고 있어요. 곧 다 크는데, 아직 여기 맴돌며 숲으로 돌아가질 않네요."

"아까 본 원숭이들보다 작은데."

"큰 원숭이들도 있지만 작은 원숭이들도 있어요. 작은 원숭이는 여기보다 더 깊은 숲에 살아요."

무염을 노려보던 원숭이는 사량의 머리카락 속에 머리를 묻었다.

"이봐, 혹시 이거 수컷인가."

"네."

"아무리 봐도 그대를 자기 암컷으로 생각하는 것 같은데. 조심해. 알고 보면 둔갑한 망량(魍魎)일 수도 있어. 밤이 되어 모두가 잠들면 사내로 둔갑해 그대를 덮칠지도 모르지."

사량의 눈이 빙긋 웃었다. 웃고 싶어서 웃는 건지, 그저 상냥함의 표현인지 모를 웃음이다. 아마도 누구에게나 공평하게 지어 보이는 웃음일 것이다. 무염 앞에서도 이리 웃을 것이고, 모르는 사내 앞에서도 이리 웃을 것이다. 시장 상인에게도 이리 웃을 것이며, 지나가다 만난 이웃 농부에게도 이리 웃을 것이다.

……마음에 드는 웃음은 아니다.

사량은 벼랑 아래로 바짝 다가가 그 위를 가리켰다.

"공자, 저기 봐요."

무염은 고개를 들었다. 벼랑에 바퀴 같은 것이 달려 있었다. 사량은 소매 안에서 둥근 고리 같은 것을 꺼냈다.

"그건 뭔가."

사량은 무염이 보는 앞에서 그 고리를 던졌다. 고리는 바퀴 아래에 걸리더니, 그 바퀴에 매인 줄을 아래로 죽 늘어뜨렸다. 바퀴인 줄 알았더니 도르래였다. 사량이 그 줄을 잡아당기자 팽팽해졌다.

사량은 그 줄을 양손으로 잡았다.

"저걸 잡고 내려왔어요. 그래도 아슬아슬했어요. 온몸으로 당기지 않았으면 바위에 부딪혔을 테고, 공자가 강을 가로지른 그 사슬을 잡고 나오지 않았다면 역시 힘들었을걸요."

"그 사슬은 뭐지."

"사람들이 급류에 휘말릴 때를 대비한 거죠. 이 산사람들은 어디에 사슬이 있는지 잘 알아요. 공자가 용케 잘 잡고 나와서 다행이었죠. 물론 그다음 공자를 벗기고 동굴에다 가져다 놓는 건 힘들었지만. 이걸로 옮기긴했는데, 아무도 그걸 못 봤으니 천만다행이죠."

"나도 내가 못 본 게 다행이군."

무염은 아래로 물결치는 강을 보았다. 며칠 전보다 줄어든 물은 얌전해져 있었다.

"이 숲의 벼랑은 항상 위험해요. 하지만 약초나 벌꿀 등을 캐려면 벼랑을 타야 할 일이 많아, 융금성 근처의 벼랑에는 이런 걸 달아둬요. 여기는 작업하지 않는 곳이라 이 정도지만, 작업하는 곳에는 걸터앉을 의자가 같이 걸려 있죠. 그걸 타고 내려가 작업하고 올라가요. 공자가 떨어진 곳은 그나마 작업을 하던 곳이라 줄이 제대로 달려 있었고, 사슬도 단단하게 매여 있었죠."

"운이 정말 좋았군."

"그렇죠."

사량은 어깨에 붙은 원숭이를 끌어내 덤불에 놓아주었다. 원숭이는 덤불을 타고 올라가 숲 속으로 사라졌다. 멀리서 툭, 툭, 소리가 들려오더니 곧 무염의 이마와 목덜미로 빗방울이 후드득 떨어졌다.

"또 비가 오는군."

"소나기네요, 큰 건 아니라 조금 기다리면 그치니 이리로 와요."

사량은 무염을 데리고 바위틈으로 들어갔다. 바위 사이에 좁은 길이 있었다. 무심코 들어갔던 무염은 바닥에 산처럼 수북하게 쌓여 있는 벌레 떼를 보고 기겁했다.

"이건 뭐야!"

"벌레 무서워해요?"

"저렇게 많으면 누구나 놀라. 저 안에 독충도 있을 거잖아."

새카만 벌레 떼 위로 통통한 지네의 몸이 불쑥 나왔다가 들어갔다. 핏기가 확 가신 무염의 얼굴을 보며 사량이 말했다.

"투귀도 지네는 무서워하네요."

"저런 지네라면 투신도 무서워할 거야, 사량."

"그런데 말이죠……."

"뭐······."

갑자기 무염의 머리 위로 지네 더미가 후드득 쏟아졌다. 고약한 냄새가 나는 어마어마한 다리들이 목덜미와 머리를 사악 삭— 휩쓸고 지나갔다. 경악하는 무염에게 사량이 손을 들었다.

"가만히 있어요. 움직이면 물려요."

"아픈가?"

"아뇨, 죽어요."

"······."

사량은 손가락을 들어 무염의 콧잔등에서 머뭇거리는 작은 지네를 탁 날렸다.

"더 없겠지?"

"지금 목소리 떨리는 거 알아요?"

"이만한 벌레들이 튀어나오면 누구나 놀라지 않을까."

"놀란 정도가 아니라 정말로 겁먹은 것으로 보이네요. 더 없어요. 걱정 말아요."

사량은 안으로 들어가다 말고 돌아보았다.

"와요. 정말로 더 없다고요."

무염은 이 여자가 일부러 이 길을 고른 것은 아닌지 의심이 갔지만 그리 물었다가는 더 무서운 곳으로 안내할 것 같아 그만두었다. 어머, 그래 보여요? 정말 무서운 곳 한번 볼래요?

한참 가자 굴이 끝나며 밖으로 빗줄기가 굵게 쏟아지는 숲이 보였다. 지난번에 머물렀던 그곳이었다.

"산에서 일하다 보면 금방 해가 지지요. 그래서 이런 오두막이 많아요. 굳이 위험하게 내려오기보다는 여기서 하루 이틀 정도 머문 다음 내려오죠."

"팔보산 꿀이 이런 고행을 통해 얻어지는 줄은 몰랐군."

"막 공자의 아버지 같은 부자들이 듬뿍 사주어야 보람이 있지요."

"성의 생계가 달려 있으니?"

"그 정도는 아니에요. 우리도 논과 밭이 있고, 그것도 중요해요. 꿀은 그다음이지요. 비싸게 팔리는 사치품이 돈이 되긴 하지만, 한계가 있어요. 너무 의지하면, 그 꿀이 적거나 많을 때 성의 살림이 너무 크게 요동치고, 사가는 성이 전란에라도 휘말리면 끝이죠. 그래서 꿀은 부업 정도로 여기고, 논과 밭, 소와 돼지 등을 더 중요하게 여겨요. 꿀은 없어도 살지만, 그건 꼭 있어야 하거든요. 그래서 주력하지 않아요. 또, 많이 버는 사람과 적게 버는 사람이 나뉘는 게 좋지는 않고."

"거부가 있으면 빈자도 있는 것 아닌가."

"장사가 필요하다고는 생각하지만, 그것에 모든 것을 거는 건 저나 동생이나 위험하다고 생각해요. 세상 모든 사람이 백 냥을 가질 수가 없고, 모두가 백 냥을 가지면 백 냥은 한 냥만도 못해지죠. 그러면 애초에 한 냥밖에 없던 자는 더 가난해지고요."

"무슨 소리인가. 만 냥도 만들고 천 냥도 만들어야지."

사량은 고개를 저었다.

"천 냥을 가진 사람이 열이 될 때, 이상하게도 백 냥을 가진 사람은 없어지고 열 냥을 가질 수 있는 사람도 줄어들더군요. 그리고 때때로 한 냥이 아니라 반 냥조차도 없는 사람도 많아지지요. 천 냥, 만 냥을 만드는 게 중요한 게 아니에요. 한 냥으로도 행복한 세상이 좋은 거죠. 열 냥을 가지고도 서로 나눌 수 있는 세상이라면 더 좋지요. 하지만 천 냥 가진 사람은 한 냥 나누어 주는 것도 아쉬워하고, 만 냥 가진 사람은 남의 한 냥마저 뺏으려 하더군요. ……그게 이상해요, 참."

사량은 고개를 젖히고 고요한 빗줄기를 보았다.

"저는 이 작은 성을 꾸려본 적밖에 없지만, 이 성안에서만은 비참한 사람은 없게 하고 싶어요. 십왕쟁패의 시대가 되던, 하늘이 낸 천자 한 사람의 시대가 되던 그래도 이 성은 그럭저럭 사는 시골이었으면 해요. 비단옷, 금귀걸이, 옥가락지가 없어도 웃을 수 있는. 가난할 수도 부유할 수도 있지만, 가난해도 비참하지는 않은, 그런."

"부자가 되면 좋잖아."

"누구나 부자가 될 수는 없잖아요. 천 냥이 생기면 그 천 냥은 단 한 사람만의 것이지, 모두의 것은 아니지요. 그리 가지면 뭐 하나요."

"그대가 원하는 건 그뿐인가."

"네. 단지 그뿐. 성 사람들이 그 정도만이라도 행복하면 저도 행복해요."

"그래서 아직 시집을 못 간 거야."

"그럴지도요. 하지만 저는 열 냥이 좋듯 열 냥의 남자면 돼요. 소박한 상대가 좋아요. 전쟁터 나갈 일도 없고, 궁금한 것은 그저 오늘 저녁 식사뿐인 남자가. 배가 수박처럼 나와도 상관없어요. 착하고 인내심 많아 나하고 잘 지내는 남자면 돼요."

"나는 어떠한가, 낭자."

"너무 잘생기고 너무 잘났고 너무 잘난 집안 출신이잖아요. 막 공자의 주변은 항상 시끄러울 테죠. 시끄러운 것은 참 귀찮아서 말이죠."

다시 나긋한 표정이 돌아왔다.

"항상 긴장하고 항상 부지런하면…… 고달프죠. 항상 놀면 누군가에게 빌붙어야 하지만, 적당히 놀며 적당히 일하며 자기 몫을 가지고 살아갈 수 있으면 좋은데, 공자 옆에서는 힘들 것 같아요."

"그대하고 살면 참 재미있겠군."

"다시 한 번 말하지만, 제가 막 공자하고 같이 살 일은 없어요. 그저 열

냥짜리 남자라 세상에 나 하나가 전부인 남자가 좋긴 한데, 공자는 그럴 사람이 아니죠."

"나에 대해 모르잖아."

"글쎄요."

사량은 웃고는, 벽장을 뒤져 그 안에서 술병을 찾았다.

"그건 뭔가."

"일꾼들이 마시는 술이죠. 맛은 없지만 몸에 훈기는 돌게 할 거예요. 와요. 팔보산의 비는 아름다워요. 보고 있으면 푸른 비단 위로 은빛 구슬이 한없이 떨어지는 것 같죠."

사량은 질그릇에 술을 따라 무염에게 건네준 뒤, 벽장에서 비파를 꺼냈다.

"공자, 좋아하는 노래 있나요?"

"운한가."

"답지 않게 아주 고운 노래를 청하시네요. 남녀 사랑 이야기잖아요. 칠석의 견우야 직녀야, 그대들은……."

"뭐를 청해야 나와 어울리는데."

"외로가, 무쟁가, 협가?"

죄다 군가다. 무염은 다 질색이었다.

"그런 건 전쟁에 한 번도 나가본 적이 없는 자나 좋아하는 거야. 전쟁터에서 군인은 죄다 계집애 같은 노래를 듣고 싶어하지. 내일 죽을지도 모르는 놈들은 죄다 오늘은 계집애야. 저기 저 전장에 가서 운한가 한번 불러줘 봐. 훌쩍대는 소리로 가득할걸."

"흐음, 병사들을 그런 식으로 괴롭히고 싶지는 않네요."

사량은 비파를 퉁기기 시작했다.

검은 하늘 은빛별의 강 가득 흐르고
건너려 하니 시린 물이 허리까지 차올라

배도 없고 노도 없이
내게 있는 것이라곤 맨발에 얹힌 짚신 하나

오늘도 서성이다 돌아와 베틀 위에 별빛을 넣고
검은 머리와 눈물을 섞어 비단을 짜네

한 올에 그대의 피리 소리
그 위로 나의 그리움을 붓고
한 올에 그대의 속삭임
그 위로 나의 한숨을 불어넣네

꿈에서는 흰 돛을 달고 푸른 노를 저어가건만…….

좋은 음색에, 그에 실린 감성은 참 절절하다.

여기다 두고 가면 이 여자는 이렇게 평화롭게 살 테고, 무염은 서로가 사갈의 독을 흘리는 곳에 갈 테지.

무염은 술을 삼키며, 이 여자가 뛰어들었을 때를 떠올렸다.

욕망이 일지 않았다면 거짓말이다. 여자를 보는 순간 망량에 머리를 홀린 듯 훅 끓어올랐고. 막사 안에 단둘이 있게 되자 뻔뻔해지고 싶기도 했다.

사내인 이상 품고 싶은 상대가 없을 수가 없다. 게다가 욕정 없이 대체 무슨 애정이 일어난단 말인가. 품에 안고 싶은 욕망이 실리지 않으면 누구를 사랑스럽게 본단 말인가. 사랑스러움 없이 누가 행복할 수 있단 말인가.

그리 때로는 피가 끓고, 어느샌가 식고. 그러다 다시 끓어오르고.

그런 사내다 보니, 지금도 그 욕망이 그를 기분 좋게도 아프게도 했다. 오래갈지 내일이면 끝날지는 모른다. 그저 그런 기분이 든다는 것만 안다.

"언제 떠날 건가요."

노래가 끝나고 사량이 물었다.

"그대 동생에게 말했지만, 여기다 군대를 주둔시킬 거야. 앞으로 그런 일이 또 벌어지지 않도록. 아, 동생에게도 말했지만 군량은 우리가 대. 그건 걱정 마."

"군율은 괜찮나요?"

"곽안을 놓고 가지. 그놈이 행패를 부리고 전횡을 하면 그놈 목을 자르고 내 손가락도 자르겠어. 그만큼 믿을 만한 부하야. 당신이 홀딱 벗고 같은 방에 앉아 있어도 아무 일도 없을 테지."

사량의 눈이 가늘어졌다. 탐색과 계산이 그 눈에 어렸다.

"그럼, 조건은 뭔가요."

"당신."

역시, 사량의 얼굴이 창백해졌다.

"미쳤어요?"

"내가 좀 돌았다는 건 나도 인정하지만, 지금은 제정신인데."

"설마…… 저를 당신 첩으로 데리고 가겠다는 건가요."

점령하거나 점령 비슷한 주둔을 하고 그 성 출신의 여자를 침대로 끌어들인 뒤 그 길에 버리거나 데리고 가는 일은 흔하다. 흔하다 못해 거의 풍습이 아닌가 싶을 정도로 빈번하다. 번우 장군은 제일 심해서 가는 곳마다 여자를 들여 곳곳에 장인어른이다.

"그렇다면 어쩔 건데."

"막 공자, 저는 좋은 집안 여자예요."

"나는 잘생겼지."

"농담 그만하고, 진짜는 뭐예요?"

"융금이 상산과 동맹을 맺지 않으리란 보장이 필요하고, 그래서 누군 가가 같이 가는 게 필요해. 백의 피붙이는 그대뿐이잖아."

"그곳에서 저는 어떻게 되는 건가요?"

"그 상으로 나하고 계속 사는 거지."

"그게 상인지 벌인지 어떻게 알라고."

"상이 될 거야."

그리고 지금은 이 여자를 여기다 놓고 가기 싫다.

지금까지야 무사히 지내왔다 해도, 언제고 이 여자를 차지하는 남자가 있을 것이다. 저 몸을 눕히고 난폭하게 범하며 울릴 테지.

열 냥짜리 남자는 무슨. 그런 남자하고 결혼했다간, 대번에 누군가 쳐 들어와 그 남자를 죽이고 이 여자를 끌고 갈 것이다.

그게 지금은 참 싫다.

세상 모든 여자를 지켜줄 수 없다는 건 알고, 그럴 필요도 없다. 그저 이 여자가 그리되는 것이 싫다.

"재미있게 해줄게."

사량은 어이가 없어서 웃었다.

"농담도."

"정말이야."

웃는 여자의 이마에 무염은 자신의 이마를 대보았다. 작은 이마 아래 의 눈이 놀라며 무염을 바라본다.

가까워지니 기분이 좋아졌다.

"가자."

다시 욕망이 인다. 입 맞춰주고, 놀라게 해주고 싶은 욕망이.

역시 그냥 놓아두고 갈 수는 없겠다. 나중에 어떻게 되든 일단 지금 낚아채 품 안에 넣은 뒤 남들 눈에 안 뜨이는 곳에 데리고 가 나만 보고 싶다.

"공자, 잠깐."

사량이 무염의 팔을 잡고 살짝 밀었다.

"일단 융금성에 화양군이 머물게 된다면 맹주가 우리를 보호한다는 인상이 분명하죠. 우리 성이 얼마나 약해졌는지는 소문이 다 났거든요. 그런 마당에 당신이 군사를 여기 남겨두고 간다면 참 좋아요. 제가 공자의 여자든 뭐든 간에 화양으로 간다면 융금과 화양이 더욱더 돈독한 관계가 된다는 증거도 되겠으니 더더욱 좋네요."

"당신하고는 말이 잘 통해서 좋군."

이 일에 얽힌 복잡한 사정과는 달리, 무염이 생각하는 건 이 옷 안에 있는 젖가슴이 얼마나 풍만할지, 저 아래에 있는 속살이 얼마나 젖어 있을지, 그리고 이 여자 목소리가 정말로 달콤하다는 정도였다. 가만가만 속삭이는데, 그 속삭임만 듣고 있어도 허리에 힘이 들어간다.

"공자……."

"왜? 설마 처녀가 아닌가."

"아뇨. 등 뒤에 지네가 있네요."

무염은 그대로 굳었다.

"가만히 있어요."

"애초에 움직일 수가 없잖아!"

그러다 무염은 사량의 평온한 얼굴을 보고 그 의도를 알아챘다.

"장난친 건가. 구렁이만 한 지네가 있어도……."

사량의 목에 지네가 나타나더니, 목을 타고 가슴속으로 들어갔다. 무염이 경악하는 동안 사량은 아무렇지도 않게 앉아 있었다.

"위험하잖아."

"가만히 있으면 돼요."

"물리면 죽는다고 했잖아."

"안 물리면 되죠."

무염은 기가 차서 바라보았다. 차마 지네가 무서워서 더 이상 아무것도 못하겠다 할 수도 없는데, 지금 지네 때문에 아무것도 못하는 것이 맞았다.

"비가 그쳐 가네요."

"그럼 내 제안은 어떻게 되는 건가."

"받아들일게요. 재미는 있을 것 같네요. 맛있는 것도 주고, 재미있는 것도 보여주고. 그러면 되는 거 아닌가. 그건 약속해 줘요."

"알았어. 재미있게 해주지."

"단, 첩실은 싫어요."

"결혼이라도 해달라는 건가."

"그것도 아니지만 첩실로 가는 건 싫어요. 인질도 괜찮고 사절도 괜찮아요. 하지만 첩실로는 싫어요. 그게 싫다면 다른 사람을 데리고 가요."

"다른 사람?"

"동생이요."

"동생 없이 성을 지킬 수 있나."

"노력해 보죠."

"하긴, 내가 그대 동생을 데리고 화양으로 가면 그곳 여자들의 영웅이 될 것 같긴 하군. 나라를 구하고 돌아갔을 때보다 더한 환대를 받을 거야."

사량이 웃었다. 재미있는 여자지만 그 웃는 얼굴은 역시 보면 볼수록 싫다. 은은하게 입술에 얽힌, 나는 이렇게 웃고 있을 테니 당신은 이 표정만 보라는 얼굴.

친어머니의 웃음이 생각난다. 항상 호탕하게 턱을 젖히고 깔깔 웃던 그 웃음이. 온 세상이 다 날것이던 그때, 세상이 날것이듯 무염도 날것이었다.

"그런 이유는 아니니, 걱정 마. 군자가 되어 정중하게 모시고 갈 거야."

뭔가 할 필요 있겠나, 싶다.

이 마음도 언젠가 식겠지. 그리 식을 때만 기다리면 되리라.

"가죠, 비 그쳤어요. 어서 일어나요."

무염의 손이 사량의 턱에 닿았다. 그 큰 손은 얼굴을 어루만지고 귓불을 쓸어내렸다. 의도한 건 아니었다. 그저, 앞에 있으니 건드려 보고 싶었고 그리하고 있다.

사량의 눈이 무염을 향했다.

그 잔잔한 눈을 보며 무염은 다시 끓어오르는 것을 느꼈다.

지금, 이 비 내리는 산속에서 시간이 다르게 흐르는 것 같다. 시(時)와 공(空)의 흐름이 달라진다. 맥은 선뜩할 정도로 강해지고, 목 안으로 차오르는 열기에 갈증이 일고, 이 여자를 가슴 밑에 두고 헐떡이며 남자가 되는 순간을 느끼고 싶었다. 내일 어떻게 되든 간에 지금 채우지 않으면 죽을 것 같은 허기가 느껴진다.

그래도 사량의 눈에 가득한 것은 원숭이나 아이들을 보던 때와 같은 눈빛이다. 상냥한 애정, 연민. 그리고 끝.

"왜 이래요, 공자."

"그대를 얻으려면 무엇을 더 해야 하는 거지."

"아주 비싸게 치러야 해요."

"무엇을 원하는지 말해봐."

"마음."

사량이 다시 말했다.

"마음이죠."

사량의 눈이 무염의 깊은 곳을 바라본다.

"주실래요?"

"못 주면."

"공자, 제값을 치러야 할 때는 제값을 치러야 해요."

그리고 무염을 떠나는 눈에는 그늘이 드리워져 있었다.

"자, 어서 일어나요. 조금만 더 내버려 두면 공자의 물건이 옷을 뚫고 나오겠네요."

"……."

"누님이 같이 가겠다고 했다고?"

무염은 사징의 싸늘한 얼굴이 더 싸늘해지는 것을 보았다. 온몸에서 흰 냉기가 뿜어져 올라 사방을 퍼렇게 얼리는 것 같았다.

"그래."

찬물처럼 고요한 검은 눈이 무염을 향하더니, 지친 목소리가 나왔다.

"그래, 그렇군."

"어쩔 건가."

"내가 이번 일을 겪으며 참 후회한 일이 있었다. 석 달 전이었을 거다. 예전에 아버지의 수하였다가 이 산골을 떠나 우동관의 수하가 된 자가 있지. 무예가 출중하고 재주가 있어 중용되어 장수가 되었더군. 그자가 여기로 와 누님을 달라 했지."

"가만, 나이가?"

"공자 아버지 또래일 거야."

"뭐."

무염은 네가 얼마나 우습게 보였으면 이놈 저놈 다 입질을 하느냐고 묻고 싶었다. 너무 화가 났다.

"나는 거절했어, 공자."

"잘했군."

"그런데 며칠 전 나는 그 결정을 후회했지. 만약 그때 이 성이 적들에게 넘어갔다면, 아마도 나는 죽고 누님은 첩실보다 못한 노리개가 되었을 테지."

그리고 잠시 생각한 뒤에 덧붙였다.

"뭐, 좀 더 재수가 없으면 둘 다 노리개가 될 수도 있겠지만."

"……."

유감스럽게도, 쳐들어온 놈이 사량과 이놈 중 누구에게 먼저 덤벼들지는 무염에게도 고민이 되는 문제였다.

"그래서 무척 후회했다. 그자의 아내가 되었다면, 적어도 이런 걱정은 하지 않아도 되었을 텐데. 스무 살이나 많은 남편이라도 남편은 남편인데, 모르는 사이도 아니고 아버지의 은혜도 입었던 자이니 누님에게 도리는 지키는 남편이 되었을 텐데, 내가 왜 그때 누님을 보내지 않았던가. 그저, 나는 그 아들과 누님을 혼인시키는 게 아니라 본인이 그 욕심을 채우려 하는 데 화가 난 것뿐이었는데, 그게 누님의 안전과 바꿀 만큼 중요한 문제였을까."

"이봐."

"공자, 한 줌 가진 것을 빼앗기는 것은 억울하지 않아. 가진 만큼 빼앗기는 것이 이 세상. 십왕쟁패라 하나 손가락 하나 꺾을 힘만 있어도 그 힘을 이용해 사욕을 채우려 하는 세상, 그런 세상에…… 지켜줄 남자 하나 제대로 없는 여인이 어떤 꼴이 되는지 공자는 알까. 그 여인의 심정도, 그 여인을 보는 가족의 심정도."

"그래도 백의 잘못은 아니야."

"그건 나도 알아. 그러니 공자에게 위로받을 생각은 하지도 않았으니 아무 말도 하지 마. 입 다물고 내 말이나 들어, 공자."

이 자식은 한탄을 하면서도 재수 없게 군다는 생각이 드는 무염이었다.

"지금 내가 누님을 보내고 공자가 여기 군사를 주둔시키면, 아마도 많은 이들이 공자가 내게서 누이를 받고 군사를 주었다고 생각할 거야. 그리고 나는 공자의 양심을 그다지 믿지 않아. 공자의 손에 맡겨 보내면, 언제고 누님을 건드리려 할 테지. 감언이설로 유혹하든, 협박하든, 힘으로 유린하든 언제고 그럴 테지."

"이봐, 나는 사량과 나이 차도 별로 안 나는데다가 아내도 첩도 없다. 보통 그런 사내라면 누이의 남편감으로 생각하지 않나. 그리 드러내 놓고 나쁜 놈으로 만들기 전에 말이야, 그냥 누님을 소개해 줘보는 게 어때."

"그러나 공자는 부모가 있고, 게다가 서출이라 그 부모의 입김에 따라 입지가 오락가락하게 되지. 공자의 어머니는 제후의 여자가 아니니까 말이야. 공자 마음대로 부인을 들일 수 없는 처지, 만약 공자가 누님을 데려가 취했는데 공자의 부모가 허락하지 않으면 누님은 공자의 첩실일 수밖에 없잖은가. 아이를 낳으면 서자가 되고, 공자의 부모가 명령하면 공자는 본처를 들여야 할 테지."

"정말 나를 못 믿는 거군."

"대체 내가 어떻게 공자를 믿나. 믿음직한 모습이라곤 하나도 못 봤는데. 지금 나는 공자가 여기다 둔 장수인 곽안도 믿을 수가 없어."

"곽안은 도련님에다 내 수하 중 가장 깨끗한 놈이다."

"아니, 그 곽안을 믿더라도 곽안이 명령을 받을 수는 있지. 공자이거나, 공자의 아버지인 화양공 막채규나."

"……이봐."

"화양공이 무슨 명령을 내렸을지 나도 짐작 못하는 바가 아니야. 후만을 점령하고, 분명 이 융금도 차지하라 했겠지. 그리고 여기에 주둔하는 군사가 내일 해가 저물 때 주둔군이 될지 적군이 될지는 아무도 모르지. 만약 그리된다면, 공자의 아버지가 이 성을 점령하고 나를 살해하라 한다면, 그러면 내 누님은 또 어떻게 되지? 또 곽안이 점잖은 자라 하더라도, 곽안 다음에 오는 자도 점잖을까. 그렇게 나마저도 없게 되면 누님은 정말 뭐가 되나. 누구의 보호도 받지 못하고, 오늘 누군가의 첩실이 되고 내일 또 다른 자의 첩실이 될 테지."

무염은 화를 내려다 간신히 참았다. 그래, 그래. 맞는 말이다. 그리고 여태 이 녀석이 겪어온 것을 보면, 누님의 일에 날카로운 것은 당연한 일이기도 하다.

다만, 왜 나까지 그런 취급을 받는지, 그게 싫다.

"그래도 공자에게 맡기는 거야."

"뭐."

"적어도, 그 모든 것에도 불구하고 공자는 강하니까. 공자에게 농락당하지 않기를 바라지만, 공자에게 농락당하는 동안만큼은 보호받겠지. 내일 버리더라도 오늘 품은 여자를 오늘은 지켜주겠지. 그리고 화양은 이 융금만큼 위험하지도 않겠지."

"대체 왜 그리 지껄이는 거냐."

수치심에 머리에 열이 올랐다.

"네가 뭐라고 그리 지껄여!"

"무례한가."

"아니, 백은 내가 만난 그 누구보다 참…… 싸가지가 없군."

사징의 눈이 무염을 빤히 보았다. 흑구슬처럼 차가운 눈이다.

"그래, 그 수치심을 기억해."

"뭐라는 거냐."

"누님을 맡기겠어. 공자가 누님을 데려가 그곳에서 손님으로 머물게 한 뒤에 혼처라도 정해서 보내준다면 참 고맙겠지만, 공자 같은 자가 그럴 리는 없지. 하지만 공자, 누님을 농락하고 싶어지면, 그때마다 나를 생각해. 내 말을 생각하고, 지금 그 수치스러운 기분을 생각해. 적어도, 한 번은 머뭇거릴 테지."

"그리 걱정되면서 왜 보내는 거냐."

"말했잖아. 적어도 화양은 안전해서 보내는 거야. 그것 하나만도 감지덕지한 상황이니. 나머지는 운이 좋기만 바라는 거지."

그리고 사징은 일어나며 말했다.

"이렇게 결정했으니, 공자는 내일이건 모레건 빨리 떠나 버려."

第四章

별이 흐를 때

무염이 화양성으로 출발한 것은 닷새 뒤였다.

곽안에게는 앞으로 반 년간 이곳 융금에서 주둔하라 했다. 동맹의 성이니, 군율을 엄격하게 지킬 것을 다짐받고 만약 실수라도 하면 엄히 다스리라 했다.

곽안이 엄한 성격이 못 된다는 건 무염도 알아, 군율을 어긴다면 처형당한 자들보다는 노역형을 받는 자들이 더 많을 것이긴 하다. 곽안은 노역형을 감시하는 자가 제대로 못하면 같이 노역형을 시키는지라, 감시자들이 더 엄하게 하곤 했다. 이 성의 입장에서야, 잘린 목보다는 일꾼이 더 좋을 것이다.

그렇게 정하고, 확인까지 다 마친 뒤 드디어 떠날 날이 되었다.

무염이 사징의 서재로 찾아갔을 때, 사징은 이제 막 쓴 서찰을 접고 있었다.

"화양공에게 보낼 서찰이다."

"신나게 내 욕을 썼겠군."

사징은 어깨를 으쓱해 보였다.

"나는 솔직하게 썼을 뿐이야. 확인해 보고 싶다면 확인해 보던가. 자, 여기."

무염은 사징이 건네준 서찰을 펼쳐 보고 한참 동안 가만히 바라만 보았다. 아무 말이 없자 사징이 물었다.

"왜 그러지? 실례되는 말이라도 있나?"

"이봐, 백. 애초에 읽을 수가 있어야 실례인지 결례인지 알 수가 있지 않을까."

무염은 종이를 뒤집어 사징에게 보여주었다.

악필도 이런 악필은 처음 본다.

글자의 윤곽 비슷한 모습으로 보이긴 하나, 여기저기 문질러 대듯 쓴 데다 크기도 굵기도 들쭉날쭉, 획과 점은 흩어지거나 뭉개지며 뭘 쓴 건지 도무지 알아볼 수 없다. 게다가 먹의 양도 제대로 조절을 못해, 종이는 먹물로 된 피를 흘리고 있었다.

그러나 사징의 싸늘하게 태평한 얼굴을 보니, 본인이 무엇을 잘못했는지 전혀 모르고 있었다.

"이게 뭐."

"백, 진심으로 묻는 건데, 이거 편지 초안인가."

"아니, 초안은 아니야. 다시 쓴 건데. 나도 예의가 있지."

"정말?"

"그럼 초안을 보겠나."

사징은 바닥에 구겨 던진 초안을 집어 보여주었다.

"……."

무염은 지금 자신이 쥔 종이에 적힌 것보다 더 엉망인 글자가 존재할 수 있다는 것을 두 눈으로 확인했다. 이 서재에서 기밀이 새어나갈 일은 없겠다 싶었다. 애초에 읽을 수조차 없으니.

"다시 써, 백."

"읽을 수만 있으면 되는 것 아닌가. 서예니 뭐니, 다 허식이야."

"아예 읽을 수가 없다니까. 다시 써."

사징은 버텨보려 했으나 무염이 계속 종이를 든 채로 가만히 있자, 별 수 없이 종이를 펼치고 다시 쓰기 시작했다.

자세는 완벽했다. 반듯한 어깨에 팔의 움직임도 아름답다. 붓을 쥔 손은 얼굴만큼이나 아름다웠고, 종이를 향해 내리깐 눈도 선녀처럼 예뻤다. 다만 그런 주제에 글을 쓰는 게 아니라 새 발자국을 여기저기 찍어대고 있었다. 막냇동생 무흔이도 이것보다는 잘 쓰겠다. 아니다, 미안하다 무흔아. 최소한 너는 읽을 수는 있게 쓰는구나.

잠시 견뎌보려 했던 무염은 결국 사징에게서 종이와 붓을 빼앗았다.

"내놔. 내가 쓸 테니 백은 옆에서 무슨 말인지 불러."

"허, 공자는 무인인데 글자를 잘 쓸 수 있다는 건가."

"너보다는 낫다. 어서 불러라."

잠시 뒤 사징은 무염이 유려한 필체로 써 내려간 서찰을 보고 있게 되었다. 어떻게든 트집을 잡아보려 했으나 도무지 흠잡을 데가 없자, 사징은 서찰을 접으며 냉담하게 말했다.

"제법, 쓰네."

"태어나면서부터 서생 교육을 받았을 백이 열네 살까지 문맹이던 나보다 글자를 못 쓰는 건 문제가 있지 않나."

"아, 서예에는 재능이 없어. 누구나 재주가 있는 게 있고 없는 게 있는 것 아니겠나."

"이 지경으로 못 쓰면 그건 이미 재능의 문제가 아니라 장애의 문제야."

"노력을 안 해본 건 아니지만 그다지 늘지 않아서 시간 낭비 같더군. 그래서 더 노력하지 않기로 했네. 그리고 글자를 못 쓴다고 딱히 나를 탓하거나 혼내는 사람도 없었고."

다 포기했군.

무염은 한숨이 나왔다. 이제부터 저 녀석과 어떻게 연락을 주고받는단 말인가.

"그럼, 공자는 이걸 가지고 가기로 하고. 해 저물기 전에 산을 나가려면 지금 출발해야 할 거야."

"가는 길에 마촉이 지키는 금하 요새에 들를 텐데, 달리 할 말은 없나."

사징의 눈꼬리가 올라갔다.

"공자, 거긴 가지 마."

"나더러 길바닥에서 노숙하라는 말인가. 그럼, 나만 노숙하는 게 아니라 백의 그 소중한 누님도 노숙하게 될 텐데?"

"굳이 그 요새에서 자야겠다면 공자는 거기 가서 자고, 누님은 다른 데로 보내."

"이봐, 자네가 산속에서 살아서 잘 모르는 거 같은데, 자네 누님을 사람들 많은 곳으로 혼자 보내는 것 자체가 범죄 유도 행위야. 엄한 사람들을 시험에 들게 하지 말고, 솔직히 말해. 이유가 뭔가."

"그게……."

사징은 말해야 하나 좀 고르는 눈치였다. 긴 속눈썹을 내리깔고 생각에 잠긴 그 모습은 기막히게 아름다워, 호수 옆에 있으면 물고기가 헤엄치는 것을 잊고 하늘을 보면 새가 나는 것을 멈출 것 같다. 다만, 문제는 저놈의 성질머리와 입버릇이다.

"말해라, 백. 나도 알 건 알아야지."

"그 마촉 장군이 말이야, 새끼손가락이 없어."

그러며 왼손 새끼손가락을 까딱여 보았다.

"어쩌다 그리된 건데."

"작년, 내가 잠시 성을 비웠을 때 마촉 장군이 이 성에 왔었지. 참 이상하지. 나는 분명, 마촉 장군이 내게 할 말이 있다며 전령을 보냈기에, 며칠 뒤 성을 비우니 그다음에 오라고 했거든? 그런데 딱 그때 왔더군."

"그래서."

"황 선생의 말을 듣고 도착해 보니 상황이 좋지 않더군. 누님은 도망쳐 숨어 있고, 마촉 장군은 화가 나 있었지. 무슨 일이냐 했더니, 마 장군은 누님이 예의가 없다고 따지더군. 간신히 누님을 찾아 물어보니, 마 장군이 밤중에 누님의 침실에 들어와서 술 한잔하자느니, 시 한 수 읊자느니, 하며 수작을 걸어서 도망쳤다 했지. 내가 누구 말을 믿어야 하겠나."

"……그래서 손가락을 잘랐다?"

"처음부터 그럴 생각이었던 건 아니었어. 나는 마 장군더러 그냥 가라 했는데, 내 멱살을 잡고 따지더군. 누님과 이야기를 나누고 오해를 풀어야겠다느니, 누님을 자기에게 보내 사과하게 하라느니 하면서. 그런데 그때 그만 손에서 단도가 미끄러졌어."

"……."

"매우, 우연히."

"하필. 거기로. 우연히?"

"그렇지. 그래도 마 장군은 지난번의 그 유기 장군보다는 점잖은 편이어서 달래 보낼 수는 있었어."

"그때는 무슨 일이 있었는데."

"유 장군은 내 눈앞에서 눈치도 안 보고 누님 방으로 들어갔지. 어이가 없어서, 원."

"그놈은 팔을 잘랐나?"

"공자라면 어떻게 했을 텐데."

"다리 셋 중 하나를 자르지. 가운데 있는 것으로."

"나는 그렇게 포악한 사람은 아니라, 누님을 가지고 싶으면 차라리 나를 가지라 했지. 욕정이 생기면 나에게 풀고, 범하고 싶으면 나를 범하라고."

소름 끼쳐라. 듣고 있는 무염은 이가 저릴 지경이었다.

"그, 그래서 어떻게 되었나."

"바지도 못 입고 울면서 나간 뒤…… 돌아오지 않더군. 아, 그 바지는 내가 벗긴 것이라 누님이 그 추잡한 물건을 볼 일은 없었으니 그런 표정은 짓지 마. 누님은 요령이 좋은 편이라 그놈이 옷 벗는 시늉도 하기 전에 도망쳤어."

"……그걸 걱정한 게 아니야."

무염은 탄복했다. 이 무슨 창조적인 포악함이란 말인가.

그 유기 장군은 작년 요양이 필요하게 되었다며 급히 벼슬을 던지고 고향으로 도망쳤다. 그다음 서둘러 보낸 것이 바로 마촉 장군이었다. 그런데 이런 사정이 있었을 줄이야.

무염은 이런 성격이 만들어진 맥락은 납득하기로 했다. 열여섯 어린 나이에 부모도 친척도 군사도 없이 이 성을 지키고 별 시시껄렁하고 추잡한 놈들로부터 누이도 지켜야 했을 테니, 이미 버린 성격 아예 버린 것이다.

"공자는 누님이 불편하지 않도록 해줘."

"근처도 가지 말라는 말로 들리는군."

"다시 한 번 말하는데, 누님 울리지 마. 누님을 울리면 정말 지옥을 보게 될 테니."

"그래. 네 누님의 옷 속이 보고 싶을 때마다 네 말을 생각하지."

사징이 막 뭐라 하려는데, 다행히 그때 사량이 들어왔다.

사량은 둘을 번갈아 보며 물었다.

"이야기 끝났나요? 아니면 방해한 건가요."

사량은 여전히 상복 차림이었지만, 머리는 빗어 묶어 올리고 허리와 소매는 여행하기 편하게 묶고 있었다.

"공자와의 이야기는 막 끝났습니다, 누님."

사징은 가면이라도 갈아 끼운 듯 표정이 삭 바뀌고 말투는 비단처럼 부드러워졌다. 무염은 반은 경악하고 반은 가증스러워하며 백의 얼굴을 보아야 했다. 사량은 아무 의심도 없이 둘의 표정을 번갈아 보고는 웃으며 말했다.

"이야기는 잘되었나 봐요. 표정들이 좋네요."

무염은 어이가 없어서 말했다.

"이봐, 사량. 당신 봉사야?"

"네?"

사량은 동생을 보며 물었다.

"백, 공자가 무슨 말을 하는 건가요?"

"공자가 그저 농을 하는 것입니다. 누님, 제가 보기에 막 공자는 믿을 만한 사내, 누님에게 남녀의 유별을 다할 군자 중의 군자입니다. 조금 전 제가 그리 말씀드렸더니, 이 겸손한 분이 한사코 아니라 하더니 오히려 저리 농을 하는군요."

사량이 픕 웃었다.

"정말요?"

"그렇습니다, 누님. 저를 믿듯 공자를 믿으십시오. 공자가 직접 누님을

친. 누. 이. 처럼 대해줄 거라 약조했으니, 믿고 따라가십시오. 저는 조상님과 천지신명, 팔보산의 신령께 누님이 무사히 다녀오도록 빌겠습니다."

무염은 너무나 가증스러워 할 말을 잃었다. 저놈이 뭐라는 건가.

사량은 그 말을 뽀얗게 믿으며 말했다.

"세상에. 공자, 대체 어떻게 동생을 속인 건가요."

"이 상황에서 속고 있는 건 당신뿐이거든?"

사량은 이해를 못하고 고개만 갸웃했다. 그 표정에, 무염은 깨달았다. 아, 이 여자. 동생 앞에서는 장님이구나.

사징이 그런 누나의 어깨를 잡아 밀었다.

"이만 나가보십시오. 공자와 마저 이야기할 게 있어서요."

"그럼, 나는 준비는 끝났으니, 기다릴게요."

"네, 그러세요. 제가 문 앞까지 배웅해 드리겠습니다."

사량이 나가자, 무염은 어이가 없다는 얼굴로 사징을 보아야 했다.

"야, 이 가증스러운 놈아."

사징은 옥처럼 차갑고 우아한 눈빛으로 마주 보며 말했다.

"내 말이나 잘 기억해."

그리고 새끼손가락을 까딱여 보였다.

무염이 나왔을 때 사량은 뜰에 그녀의 검은 말을 세워놓고 짐을 정리하고 있었다. 말은 발이 굵은 짐말이었다. 지난번 처음 만났을 때 타고 온 말이기도 했다.

"좋은 말이군."

사량이 눈을 반짝이며 돌아보았다.

"고마워요."

말은 털에 윤기가 흐르고 흰 점이 박힌 얼굴은 매우 잘생겼다. 네 다리다 잘 뻗은데다 엉덩이도 튼튼하고, 주인을 보는 눈에는 애정이 가득했다.

"동생이 공자를 좋게 본 것 같아요."

"전혀 아니거든."

"그래도 분위기는 좋아 보이던데."

"전혀."

무염의 심드렁한 반응에 사량이 이유를 짐작하고 웃었다.

"공자, 동생이 좀 엄격한 아이라 그런 거니, 정말로 오해하지 마세요. 어린 시절부터 힘든 일을 많이 겪어서 사람을 편하게 대하지 못하는 버릇이 들었어요. 그러니 사실 공자에게 잘해주려 한 거예요."

"아, 그래. 참 그렇군."

무염은 사량의 짐을 보았다. 별다른 건 없었다. 사징이 보낼 서찰과 선물은 무염에게 전해져 무염의 하인이 실어 나르기로 되어 있어, 사량의 짐은 옷 몇 가지와 일용품, 삿갓과 물통 정도였다. 허리에는 단도가 있고, 안장에 낚싯대, 비파도 같이 매어 있었다.

"가요."

사량은 말 위에 올라탔다. 안장에 있던 원숭이가 사량의 목덜미로 뛰어올라 왔다.

"그 녀석은 왜."

"제가 잠시 자리를 비운다는 것을 알아채곤, 제 방 앞에 애처롭게 앉아있더라고요. 그래서 같이 가자고 하니 좋아서 따라왔어요. 크게 폐를 끼치지 않도록 할 테니, 같이 가게 해줘요."

"그건 당신이 알아서 할 바지. 그런데 그런 걸 가지고 가면 우리 집 막내를 조심해야 할 텐데. 그 녀석이 동물만 보면 좋다고 달려들어 주물럭

대서…… 아냐. 그건 당신이 알아서 할 바지. 그건 그렇고, 마촉 장군이 주둔하고 있는 요새로 갈 예정인데 융금백이 그에 대해 아주 언짢아하더군."

사량의 얼굴이 어두워졌다.

"안 좋은 일이 있었어요."

"들었어. 마 장군이 무례하게 굴었다고 하던데."

"무례하게 굴었다기보다는……."

"둘러말할 거 없어. 그건 무례한 짓이 맞아."

"아뇨, 무례했다기보다는…… 정말 추잡하고 개 같은 짓이었어요."

그리고 소풍 이야기라도 하듯 생긋 웃었다.

"웃으면서 그런 말 하지 마, 사량."

"그렇다고 울면서 말할 수도 없잖아요."

"그건 그렇긴 하네. 그래도 일단 가야 하긴 해서."

"저도 불편하고 공자도 불편할 텐데, 차라리 저는 다른 데서 머물면 안 될까요. 근처 나루터에 있는 객점에 머물게요. 아는 사람이 하는 객점이 있어요."

"아니, 같이 가. 그 마촉 장군에게 해둘 말도 있고, 또 요즘 같은 때에 그런 불화를 해결하지 않으면 얼마나 위험한지는 이번 칠괭의 일로 알게 되었잖아."

"무슨 말이세요?"

"마촉 장군은 원래대로라면 칠괭이 산으로 들어왔을 때 바로 군사를 내보내 아태관을 수복했어야 했어. 그게 그의 일이었지. 하지만 보아하니 여기 이 융금에서 그에게 도움을 요청했는데도 무시했더군. 당신과 당신 동생이 마음에 안 들어서 자기 할 일도 하지 않은 거야."

"아마도 제가 가길 기다렸을 거예요."

"자기 할 일을 두고 그리 거래를 하는 건 배임이야. 그래, 사량. 혹시 그러려고 숲에서 나왔던 건가."

"처음에는 그럴 작정이었어요."

무염은 정말 그렇다고 듣게 되자 뒷골이 당겨왔다.

"이봐."

"그러다 공자하고 만난 거예요. 덕택에 마 장군을 찾아갈 일 없이 해결된 거죠."

"큰일 낼 여자군. 나하고 만나지 않았으면 설마 그 마촉 장군 앞에 드러누울 생각이었나."

"해야 한다면."

"앞으로는 절대로 그런 일은 하지 마. 내가 하자고 해도 하지 마."

"마음대로 되는 건 아니잖아요."

"당신 마음대로 안 되면 내 마음대로 해. 나는 싫어. 아주."

기세가 강압적이라, 사량은 당황했다.

"아, 알았어요."

"자, 출발하지. 어이, 모두 일어나라! 화양으로 간다!"

죽림관 밖에서 쉬고 있던 기병들이 그 고함에 일어나 말에 탔다. 짐을 챙긴 하인도 짐말에 오르고 수레도 출발했다. 병사들은 며칠간 즐긴 성의 절경과 서늘한 바람을 아쉬워하며 말을 몰았다.

성을 나서 산을 나오자 팔보산의 절경이 한눈에 들어왔다. 사량이 돌아보았다. 무염도 따라 돌아보았고, 그의 수하들 역시 감탄을 하며 안개가 걷히는 푸른 산을 보았다.

산은 숨을 내쉬듯 옅어지는 안개를 휘감고 높이 솟아 있었다. 흰 새들이 날아오르고 구름은 그 위로 그림자를 드리운다. 그 옆으로 흐르는 푸른 소금하를 낀 협곡, 그 협곡을 품은 높은 층층바위, 붉은 꽃들을 피운

덤불들이 그 계곡을 뒤덮고, 그 사이로 맑고 깊은 물이 넘실대며 물소리를 냈다. 그리고 돌아보는 지평선 너머에는 낯선 산과 강, 호수와 언덕, 논과 밭이 펼쳐져 있다.

사량의 눈이 젖어 들어갔다. 동생을 두고 오는 것 때문인지, 아니면 그 산에 묻힌 아버지를 생각하는 건지, 무덤 없이 위패만 있는 약혼자인지.

"가지."

무염이 말하자 사량이 돌아보았다. 눈가에 맺힌 눈물이 보이자, 무염은 엄지손가락으로 그 투명한 방울을 닦아주며 말했다.

"벌써 울면 어떻게 하나."

반나절 좀 지나 금하 유역에 세운 요새에 도착했다. 처음에는 영채였다가, 아태관의 군사가 없어진 지금은 금하에서 화양으로 들어가는 수로를 지켜보는 요새가 되었다.

"승리를 축하드립니다, 공자."

마촉 장군이 입구까지 나와 무염을 맞이하다, 옆에 있는 사량을 발견하고 얼굴이 굳었다.

"융금에 있다가 왔지, 마 장군."

그리 말하며 무염은 마촉의 손가락을 흘끔 보았다. 정말 새끼손가락 한 마디가 없었다. 실수로 그리한 것도, 화가 나서 얼결에 그리한 것도 아니다. 손가락은 정확하게 한 마디가 끊어져 날아갔다. 제대로 노리고 침착하게 끊어낸 것이다. 자로 대고 썰어도 저리 정확하지는 못할 것 같다.

"저기, 공자님……."

무염은 말을 막았다.

"내일 아침에 바로 출발할 거네. 그전에 보고받을 게 있으니 같이 들어가지."

무염은 마촉 장군과 함께 영채 안에 있는 장군의 방으로 들어갔다. 요새나 다를 바 없는 곳이라 집무실이 있는 곳은 따로 건물을 높이 만들어 완전히 구색을 맞추었다.

"이번 출정 건에 대해 말하려고 왔어. 애초에 내가 아닌 자네가 왔어야 하지 않나. 그런데 내가 올 때까지 꿈쩍도 안 했더군."

"출정은 명령받은 바가 없어서 안 한 겁니다."

"칠꿩이 팔보산으로 들어간 건 알고 있지 않았나. 원래대로라면, 나는 나갈 필요도 없고 자네가 먼저 나서 아태관을 수복했어야 했어. 그러면 내가 직접 나설 일도 없거니와, 후만에서 나올 필요도 없이 일이 끝났을 것 아닌가."

"그게 말입니다, 제가 이 요새를 비워두고 갈 수가 없어서."

"이곳에 주둔하고 있는 병사가 내가 데리고 온 병사들보다 많아, 마 장군. 이 중 일부만 데리고 갔어도 된다."

"팔보산은 아주 험합니다. 여기 병사들은 대부분이 수군이라, 그곳으로 가면 장담을 할 수가 없어서 그랬습니다."

"그렇다면 칠꿩이 팔보산으로 가기 전에 끊었어야지."

"그건 칠꿩이 워낙 빨리 팔보산으로 들어가서……."

무염은 잠시 마촉 장군의 얼굴을 바라만 보아야 했다. 핑계가 참 잘도 나온다 싶다.

"일부러 그런 건 아닙니다, 공자님."

"그래, 그래서 내가 일을 다 해야 했고 아태관과 융금에도 내 병사들을 주둔시켰네. 곽안이 그들을 지휘를 하니, 앞으로 자네도 당분간은 그의 지휘를 받아."

"곽안이라면 곽효명 장군의 아들 아닙니까. 제 나이의 반도 안 되고, 제 막내아들보다 어립니다. 그의 지휘를 받으라니."

"그 재량권은 아버지가 내게 주었으니, 그 재량으로 정한 거야. 자, 여기서 명하지. 앞으로 곽안의 지휘를 받아."

"공자, 행여…… 저기, 그 융금백이 요청한 겁니까."

"자네도 그 융금백의 성격이 얼마나 엉망진창인지 알지 않나. 그런 자가 청을 한다고 들어줄 사람이 있기는 할지 모르겠네."

"융금의 성주인 갈사징은 그렇다 쳐도, 그 누이 말입니다. 행여, 저 낭자가 장군님께 저를 벌하라 했습니까?"

"그 낭자에게 벌 받을 짓이라도 한 건가."

"그 남매에 관해서라면 할 말이 많습니다. 그들 아버지의 친우들이 그 남매를 지켜주려고 얼마나 노력했는지 아십니까. 그런데 아버지 친구들을 무시하고 강호 출신의 무사를 기용하질 않나, 성의 수비를 위해 군사를 빌려준다고 해도 거절하질 않나. 그러다 아쉬운 것이 생기면 그제야……."

"그제야?"

"공자도 이미 겪으셨지 않겠습니까. 융금백의 누나는 숙녀인 양 행세하지만 기녀나 다를 바 없습니다. 왜 아직 시집도 안 가고 있겠습니까. 아니, 못 가는 겁니다. 융금백이 아쉬운 것이 생길 때마다 주변의 백이나 제후들은 물론이요, 상인들까지 그 누이가 찾아가지요."

"그리 말하는 자네는?"

"저는 아닙니다. 주둔비만 달라 했습니다."

"얼마였나."

"아주 적었습니다. 잘…… 기억은 안 나지만요."

"자네가 원한 것에, 그 여자는 포함되어 있지 않았나."

"오해하시고 계신 듯한데, 저는 정중하게 청혼한 겁니다. 어차피 과부나 다를 바 없지 않습니까. 절개를 굽히는 처지에, 제가 나이가 많으면 어떻습니까. 전대 융금백을 존중하는 마음에서 저는 청혼을 하고 그 아가씨를 남편으로 돌보아준다 했던 겁니다."

"마음이 참 넓군."

"그런…… 건 아닙니다. 서로 도와야 하는 처지에, 사돈지간이 되면 더 돈독해지고 좋지 않습니까."

"자네도 전대 융금백과 친구였나."

"제법 잘 지냈지요. 아들과는 달리 성격 좋은 사람이었으니."

"그럼 그 여자가 어렸을 때부터 알았겠군."

"네. 태어날 때부터."

"자네 마누라도 아나?"

"네?"

"나는 자네가 상처했다는 말은 아직 들은 바 없거든. 아나?"

"공자님― 제 말을 오해하신 것 같은데."

뭐 이런 게 다 있나 싶다. 날 때부터 봐와 딸이나 진배없는 연배의 여자에게, 아직 마누라도 살아 있는 놈이 뭐 하는 짓인가.

이해 못할 바는 아니다. 혼란한 세상에, 주인과 군사를 잃은 성안에 동생밖에 없는 예쁘고 젊은 아가씨라니. 그야말로 주인 없는 황금, 먼저 먹는 놈이 임자라 생각하며 바지춤 잡고 달려들었을 것이다. 친구의 딸, 아는 사람의 딸이라도, 염치가 먼저냐 욕심이 먼저냐 하는 문제에서 염치를 지키면 바보만 되는 세상이다.

다만, 어린 시절부터 알아온 어르신이 침 흘리며 달려들 때 그 여자는 어떤 기분이었을까.

"그래. 무슨 말을 하려는 건지는 알겠어. 자네는 내가 그런 여자에게 속아 넘어가는 것이 안쓰러운 건가."

"뭐, 그 여자 입장에서야 요새를 지키는 장수보다야, 화양 제후 막채규

나리의 아드님이 더 나아 보이긴 할 겁니다. 하녀 소생이라 부인의 소생이 아니면 또 어떻습니까. 유혹해 볼 만한 상대긴 하지요."

이거 봐라.

화는 나지 않지만, 이 말을 하는 저의가 궁금하기는 하다.

허세인지, 아니면 어차피 이리된 거 내가 주는 엿은 먹고 가라는 건지.

"마 장군, 나는 그 일로 온 게 아니야. 자네에게 직접 할 말이 있어서 온 거지."

"뭡니까."

"이미 장부 다 털었어, 장군. 빼돌린 게 참 많더군. 주둔비와 주변 성에서 받은 군비. 게다가 군사 중 공병(工兵) 일부를 자네의 고향에 있는 저택을 짓는 데 보내기도 했더군."

"네?"

"물론 아버지께는 이미 다 보고했고, 여기로 오면서 자네를 어찌할까 생각했네. 물러나게 할까, 아니면 목을 칠까. 목을 치는 건 좀 심하다 싶은데, 아버지께서 화가 나시면 나도 어찌할 수가 없네. 조금 전까지는 사정을 들어볼까 했는데, 지금은 자네가 여기 있는 것보다 없는 편이 낫다는 생각 외에는 안 드는군."

"아니, 그건 곤란하지 않습니까!"

"자네가 그간 화양에 충성해 왔다는 건 알고 있지만, 자네 재량과 인품을 넘어서는 일을 맡은 거란 생각도 들어. 그래서 장군이 알아서 물러나 주면, 아버지가 자네에 대해 결정을 할 때 벌주라고 부추기지는 않겠어."

"저기, 그…… 그건 아니지 않습니까. 갑자기 물러나라니요!"

"어차피 자네도 여기 이 요새에서 할 줄도 모르는 일을 하는 것보다야 고향으로 돌아가 고향을 지키는 게 낫지 않나. 나는 그 이야기를 하러 온 건데, 장군은 전혀 다른 일에만 신경 쓰는군. 그건, 유감이지만 아예 신경

꺼. 내가 어떤 여자를 취하든 내 소관이지 장군 소관은 아니지. 그리고 어차피, 자네도 알 테지만 지금 이곳이나 금하 쪽으로 상산공 우동관이 침을 흘리기 시작할 거야. 전쟁이 벌어지면 여기서도 벌어질 테고, 이런 곳에 썩은 기둥을 놓아둘 수는 없어."

"저기, 공자."

"전쟁이 벌어지면 어차피 자네 실력으로는 죽어. 그러니 죽기 전에 발을 뺄 기회를 주는 것이야. 자존심은 굽혀. 기분보다 중요한 게 목숨이니."

"기회를 주실 수는 없습니까."

"기회는 언제나 한 번뿐이야. 아버지는 여기에 자네를 연습하라 보내지 않았어. 책임지라 보낸 거지."

"공자님!"

"한 달 주겠네. 길어도 두 달 안에 자네 후임이 오도록 하겠어. 그리고 자네와의 이야기는 이걸로 마치고, 나는 내일 출발하겠네."

경악한 마촉 장군을 내버려 두고 무염은 직접 문을 열었다. 열자마자 문 앞에 앉아 있던 사량을 보게 되었다.

"왜 여기 있는 거지."

"여기서 공자를 기다리겠다고 했어요. 다 끝났나요?"

"그래. 다 해결되었으니 일어나."

무염은 사량의 팔을 잡아 일으켜 세워 데리고 갔다.

무관이 달려오자 명령했다.

"여기가 아닌, 화양군의 진영에 있는 객관으로 안내해라. 하루 머물 테니, 준비 많이 할 필요는 없다. 이 아가씨가 머물 곳도 좀 알아봐."

"네."

"사량, 할 말이 있으니 일단 나하고 이야기한 뒤에 쉬어."

사량은 입술을 물고 고개를 끄덕였다.

"마 장군이 주둔비로 얼마를 달라고 했지?"

안내된 객관으로 오자마자 무염이 물었다. 사량은 예상했던 질문이 아니자, 잠시 답을 못한 채 앉아 있었다.

"이미 보고받았어. 마 장군은 후만에도 그 비용을 과하게 요구했고, 후만은 화가 나서 우동관에게 군사를 요구했지. 그리고 우동관이 보낸 군사는 성을 보호하는 것이 아니라 반란을 위장해 백의 목을 베고 그 후만을 점령한 것이고. 이렇게 마촉 장군이 안에서 새는 바가지였다는 점은 분명하고, 곧 물러날 테니 눈치 보지 말고 말해봐. 얼마였지?"

"금 이천, 비단 이백 필. 군마 백 필은 따로."

"여기다 성이라도 새로 세울 작정이었나."

"후만이나 융금이나, 정말 군사가 없기는 했으니까요. 하지만 우리는 거절했어요. 그러자 얼마 뒤 동생이 성을 비웠을 때 마촉 장군이 직접 찾아와 그의 여자가 되어주면 절반으로 깎아주겠다고 했어요."

"당신은 거절했고?"

"아뇨. 그럴 거면 다 깎아달라고 했어요. 사돈이 되면 가족이 되는 거니, 자기 일처럼 해야 하는 거고 사병이라도 보내달라고 했지요. 주둔하는 군량미 정도는 우리가 댈 테니 짜게 굴지 말라고."

"……미안, 내가 잠시 갈씨 가문 사람들이 상식적이라 착각했군. 그래서?"

"물론 거절당했어요. 제가 그 정도로 가치 있지는 않대요."

"그리 말했으면서 왜 그대에게 덤빈 건지."

"애초에 그럴 생각이 없어서였겠죠. 아버지도 남편도 없고 젊은 동생 하나밖에 없는 여자, 하룻밤 취하고 마음에 들면 한 해나 두 해 정도 더 데리고 있다가 아쉬운 일 생기면 다른 장수에게 첩으로 선물이라도 할 생각이었겠지요. 가만, 안에서 그 이야기한 건가요?"

"그 이야기는 할 생각이 없었는데 마 장군이 당신 이야기를 꺼내더군. 어차피 마 장군이 물러나야 할 사연은 넘치도록 많아. 줄줄 적다 보면 당신과 마 장군의 일은 적을 필요도 없이 끝나 있을 테지."

"그럼 누구로 바뀌는 건가요."

"상산 제후 우동관의 움직임이 수상하니, 아무래도 여기로는 경험 많은 장수와 내 동생 중 하나가 오게 될 테지. 그전까지는 곽안에게 다 맡겨야 할 거야. 믿을 만할 테니 걱정 마. 어차피 마 장군은 유 장군이 급하게 그만두는 바람에 그곳으로 간 거니까, 오래 있을 사람도 아니었어."

"우리 성의 형편이 나아질까요."

"당신 동생은 당신이 걱정 안 해도 잘살 녀석이야, 사량. 아주, 너무, 지나치게 강해. 나는 오히려 같이 있을 곽안이 걱정인걸."

"이해해 주세요. 동생은 참 힘들게 여기까지 왔는걸요. 아버지를 잃고, 황 선생은 요즘 편찮으시고, 그나마 형제처럼 지내던 채화도 없고."

"그래, 그렇군……."

채화, 이 여자의 지금은 없는 약혼자. 상복을 볼 때마다 무염이 상기하는 것은 이 여자에게 약혼자가 있었다는 것이다. 그것도 어렸을 때부터 같이 자라온 약혼자. 자그마치 몸종을 사랑한다며 성주의 딸과 파혼하자던 어처구니없던 놈. 그래도 오늘 사라지면 내일이면 잊을 무염보다는 이 여자 인생에 좋든 나쁘든 더 많은 영향을 준 남자다.

무염은 채화란 이름은 들은 적이 없다는 듯 말했다.

"황 선생은 어떤 분이지. 지난번 오두막 주인이란 건 아는데."

"동생의 무술 스승이세요. 강호 출신이지요."

"강호 출신을 스승으로 둬서 성격이 그 모양인 건가."

"오해하지 마세요. 타고난 신분이 빈한하고 살아온 날이 거칠어 바람에 머리를 빗고 비로 목욕하는 삶이 길었지만, 그래도 세상에 그분만 한 분은 없어요. 천손의 후손도 그분만 한 신의와 인품을 가질 수는 없을걸요."

"대단한 분인가 보네."

"그럼요. 대단한 분이세요. 정말로 좋은 분이고."

알면 알수록 기이한 남매다. 유서 깊은 가문의 자손이면서도 강호의 협사(俠士)를 스승으로 두고 저리 칭찬이니.

"아버지가 돌아가시고, 군사는 거의 없게 되었지요. 황 선생이 전쟁 당시 성에 남았던 것은 그분이 강호 출신이라 벼슬을 받지 못해서였지만, 아버지는 그분께 저희들을 맡기고 갔지요."

"대단한 신뢰군."

"그럴 만한 분이세요. 황 선생님은 아버지의 믿음에 신의로 보답하셨어요. 아직도 그분 은혜를 어찌 갚아야 할지 모르겠어요. 지난 일인데, 아버지가 돌아가시고, 아버지 친구 중 한 명이 성으로 군사를 끌고 왔어요. 말이 좋아 성을 보호하는 거였지, 실제로 저와 동생을 가두고 성을 점령한 거였죠. 동생은 언제 죽을지 모르고, 저는 그 남자의 여자가 되어야 할 처지였어요."

무염도 쉽게 예상할 수 있는 상황이었다.

아버지를 잃고 보호자 없이 남겨진 어여쁜 소녀가 도와달라 하면, 진심으로 보호해 주려는 사람보다는 바지부터 내릴 놈들이 더 많긴 할 것이다. 게다가 군사를 끌고 왔다면 재미 좀 보자며 덤비던 마 장군이나 유 장군과는 격이 다른 위험이었을 것이다. 그건 정말 성이 점령당한 것이고, 이 여자는 언제 범해질지 모르는 전리품이었던 것이다.

"그때 황 선생이 우리를 구해주셨어요. 그 도적은 황 선생이 하인인 줄 알고 내버려 둔 거고요. 황 선생은 제게 어떻게든 동생을 구해낼 테니 잠시 시간을 벌어달라고 했어요. 그래서…… 일단, 그 도적에게 아직 상중이라 저를 취하는 것은 기다려 달라 했어요. 다행히 그런 자도 상중이라는 말에는 누그러져 기다려 준다고 하더군요. 황 선생이 동생을 구해 도망치기로 한 날, 저는 상이 끝났다고 하며 그 도적을 찾아갔어요."

"아무 일도 없었나."

"없지는 않았어요."

가슴이 통째로 출렁인다.

"뭐……."

"제가 그를 죽였으니까요."

놀란 무염에게 사량은 웃으며 말했다.

"옷 벗고 들어오라고 하니, 정말 하나도 안 걸치고 다 벗고 들어오더라고요. 그래서 그때 얼른 죽였지요."

"……정말?"

"네, 죽은 건 확실해요. 그동안 황 선생은 사징과 함께 사람들을 모으고 병사들을 설득했어요. 그 후 힘을 합쳐 그자의 병사를 몰아내고 성을 되찾았고요. 운이 좋았죠. 그 일을 겪은 뒤 동생도 저도 미움이건 분노건 더 생각하지 않기로 했어요. 미워하면 미워할수록 속만 상하더라고요. 다시는 그런 일이 벌어지지 않도록 하면 되는 거라 생각하기로 했어요. 미워하지는 말자, 미워하지는 말자, 원수이든 도적이든 용서할 수 없으면 잊기라도 하자. 빼앗긴 것은 잊고, 지키는 것만 생각하자…… 그리고 그렇게 하루하루, 동생과 지냈어요."

참 많은 것을 같이해 온 남매다. 무염은 사징이 누나를 보낸 것이 얼마나 큰 결정인지 알 것 같았다. 성 주변 상황을 정말 위급하게 본 것이다. ……그리고 이 여자, 정말 무서운 여자였네.

"미친 오늘 뒤에 더 미친 내일이 오는 날들이었어요. 성은 누구 손에 넘어갈지 알 수 없는 상황에다, 마을 사람들 중 도망치는 사람도 부지기수였지요. 결국, 동생은 성문 앞에 무릎을 꿇었어요. 성민들 앞에서 머리를 숙이며 말했지요. 이 성을 살리고 지켜낼 터이니 믿어달라고. 제발 떠나지만 말아달라고…… 성민들이 다 남은 건 아니죠. 누구는 남고 누구는 떠나고. 그래도 동생은 남은 성민들에게 약속을 지켰어요. 성은 아직은 약하지만 먹고사는 데는 지장이 없죠. 이제는 되었다, 그리 생각했는데……."

사량은 쓸쓸하게 고개를 숙였다.

"그런데 그것이 얼마나 얕고 약한 꿈이었는지, 이번 일로 알게 된 거죠. 폭풍 한 번만 일면 다 휩쓸려 사라지는 종이 같은 날들."

"사량."

"푸념해서 미안해요. 그래도 어디라도 원망하고 싶기는 했어요. 서쪽의 야만족들은 신의와 약속에 목숨을 건다고 하죠. 수하는 주인과의 맹세에 평생을 바치고, 주인은 수하들의 재산과 가족을 목숨을 걸고라도 지켜준다 하지요. 하지만 우리는 문자를 알고 예의와 충심에 대해 그리 수다를 떨어대면서도 신의는 그들만 못하고, 협심은 강호 사람만 못하군요."

사량이 부드럽게 무염을 보았다. 그 안도와 신뢰의 시선에 무염은 쑥스러워졌다. 미안, 나도 사심이 엄청 많아.

"공자, 오늘 밤 여기서 머물러도 될까요."

"뭐."

잘못 들었나 싶어 긴장했다.

사량은 어깨를 으쓱하고는 싱긋 웃었다.

"아무래도 이 요새에서 공자가 없는 데서 자는 것은 위험할 것 같아서. 방해 안 되도록 구석에서 잘게요."

"아아."

그 생각을 미처 못했다. 일단, 여기는 화양군 진영 안이고, 마 장군이 오늘 나한테 좀 쪼여서 당신을 덮치러 갈 정도의 여유는 없을 거라 말하려다가 남자들이 그 문제에 관한 한 얼마나 부지런한지 알기에 그러지 말라 할 수도 없었다. 그래도 엉뚱한 기대를 한 건 좀 부끄러웠다.

"그럼 기다려."

무염은 일어나, 하인을 불러 밧줄과 평상, 침구를 가지고 오도록 했다. 하인이 밧줄을 가지고 오자, 무염은 그 밧줄로 방 한가운데를 가른 다음 하인에게 침대 맞은편에 평상과 침구를 놓도록 했다.

"뭐 하는 거예요?"

"가만히 있어."

무염은 침대 밑에 깔린 요를 가져다 그 밧줄에 걸어 가렸다.

"나는 거기 그 평상에서 잘 테니, 당신은 침대에서 자."

"공자는 곰처럼 커서 여기서 못 자요. 침대로 가요. 보는 사람 안쓰럽게 하지 말고, 널찍하게 써요."

그리고 사량은 얼른 평상에 앉았다. 사량의 원숭이가 줄 위로 올라가, 꼬리를 드리우고 앉았다.

무염은 그 너머에 앉으며 말했다.

"비파나 켜줘."

이불 너머에서 답이 들렸다.

"뭘 해드릴까요."

"운한가."

"그 노래를 아주 좋아하네요. 공자, 어디 연모하는 사람이라도 숨겨둔 건가요."

"글쎄."

"모르죠. 공자를 따라 성에 가면 공자가 숨겨놓은 부인과 첩들과 만나게 될지."

"설마. 내 방 뒤져 봐야 춘화 한 점 안 나올걸."

무염은 등을 기대며 오른쪽 벽을 보았다. 아직 끄지 않은 호롱불이 벽 너머로 여자의 그림자를 드리웠다.

무염은 그 그림자를 물끄러미 보았다.

사량이 말했다.

"증오하면 천 리 밖에 있어도 속을 헐게 하나, 연모하면 지척에 있어도 그리운 법."

"그건 또 무슨 말이지."

"화서항의 시인들이 하는 말이지요."

비파의 현이 울렸다.

"공자 말대로 정말 아무도 없다면, 공자에게도 그런 사랑이 오기를 빌게요."

저런, 그리 빼기는 것을 보니 당신은 있기는 했나 봐. 목구멍까지 그 빈정거림이 올라왔지만 하지 않았다. 두려운 답을 듣기는 싫었다. 그러니까 '네, 그래요.' 라는 단순하고 확고한 답.

그 대상이 저 상복을 입게 한 남자일까 봐.

사량이 비파를 타기 시작했다.

이미 어두워진 하늘을 가르며 부엉이 탕탕이 나타났다. 녀석이 창턱에 앉자, 줄 위에서 자던 원숭이가 펄쩍 뛰어 혼비백산 숨어버렸다. 배가 고픈 부엉이는 원숭이가 숨은 곳을 노려보았다.

무염이 말했다.

"원하던 것들은 있었어."

찬란한 비파의 음은 그치지 않았다. 그 음 하나하나가 운율을 자아 바람과 맥박과 숨결과 함께 소리의 비단을 짜고, 귀를 덮는다. 한 겹 한 겹, 다시 한 겹 한 겹. 부드럽고 부드럽게. 무염은 그 소리에 귀를 기울이며 말했다.

"내가 사랑하는 것들 중 몇은 내 것이기도 할 거라 믿었지. 하지만 사량, 하나도 아니더군. 나는 문 앞에 있는 거였지…… 문 앞에 서서…… 그 문 안에 있는 것들이 내 것이라고 믿었던 거야. 하지만 내가 조금만 거슬리려도 그 문은 닫힐 테고, 나는 문 밖에 버려질 테지."

무염은 눈을 감았다.

비파 소리는 밤과 어우러져 허공에 녹아 마치 세상이 숨을 쉬는 소리처럼 들렸다.

선율이 녹아들며 세상이 살아난다. 숲을 흐르는 물소리, 창가를 스치는 바람 소리, 그렇게 온 세상이 숨을 쉬고 그 숨소리와 함께 밤하늘의 별은 더욱 희게 빛나고 달은 더욱 파랗고 하늘은 검어진다.

그 속에서 심장은 새로 난 듯 힘차게 가슴을 후려친다.

둥, 다시 둥—

이상하다.

얼마 전까지만 해도 세상에 있는 줄조차 몰랐던 여자 앞에서 이렇게 누워 있고 이렇게 이야기하고 있다는 것이.

이리하는 것이 정해진 듯, 이것이 옳고, 이리해야만 한다는 듯 행동하고 있다. 이것 말고 다른 것은 생각도 안 들 만큼, 단 하나의 목소리만 들으려 하고 단 하나의 눈빛만 보려 한다.

그러니 사량, 어디 가지 말고 거기 있어.

사량, 가지 마.

사량, 내 말에 귀 기울여 줘.

그리고 당신도 이리로 와 뭐든 속삭여 봐.

그건, 지척에 있어도 그리운 법…….

무염은 그대로 깊이 잠들었다.

깊이 잠들면 벌이라도 내리듯 난폭하게 찾아오는 꿈이 있다.

벼락이 내리듯, 땅이 쪼개지듯 그 꿈이 갑자기 들이닥쳐 잡아끌면 속수무책으로 끌려가 고스란히 하나하나 다시 겪어야 한다.

다섯 해 전, 그 전장. 그 싸움이다.

피어오르는 모래와 먼지 내음, 역한 피와 쇠 냄새, 공포에 얼어붙은 고요를 향해 천둥 같은 외침이 울린다.

'이 남위 땅에서 나와 맞설 자는 더 없나!'

고함 소리가 다시 쩌렁쩌렁 울렸다.

무염은 피죽이 되어 쓰러져 있는 청년 장수를 보았다. 같은 것을 보는 병사들의 손이 겁에 질려 떨린다.

남위군 앞에 있는 거인은 북명의 흉장, 탁우기.

저 정도인 줄은 몰랐다.

무염은 후회와 공포 속에, 아무에게도 하고 싶지 않은 말을 자신에게 했다.

몰랐다고, 저 정도인 줄은.

여자가 낳기는 낳았는지 의심스러운, 사람 중에서는 도저히 비슷한 것을 찾을 수 없고 지옥에나 가야 생김새나마 닮은 걸 찾아낼 수 있을 것이다. 그런 남자가 손에는 바위라도 썰 거대한 검과 육중한 철퇴를 쥐고, 거대한 몸집으로 고함을 질러대고 있다.

조금 전 그와 맞서겠다고 나섰던 무사가 그 철퇴에 맞아 쓰러졌다. 상대가 흙바닥에 내팽개쳐지자 탁우기는 말에서 내려오더니 그 철퇴로 짓이겨 다져 버렸다.

조금 전까지 호탕하게 웃던 청년은 이제 부모조차 알아볼 수 없는 몸이 되었다. 그전에 나간 무사는 허리가 잘려 나갔고, 그전에 나간 무사는 머리가 쪼개진 뒤 거한의 말에 짓밟혔다.

내가 어쩌다 여기 있는 건지.

무염이 등진 병사들 모두 그 생각을 하고 있을 것이다.

답은 하나.

나, 막무염이 여기로 가자 했다.

다른 장수들의 반대를 꺾고 저 탁우기가 끄는 북명군과 맞서자 한 것은 무염이다.

동량에서 패배한 적은 동쪽은 포기하고 서량 산맥을 통과하는 세 군데 소로로 내려오고 있었다. 그 길이 뚫리면 남위의 문이 다 열리는 것이나 다를 바 없으니, 그곳 방어에 최선을 다해야 한다는 의견이 지배적이었다.

그 무렵 북명의 탁우기 장군이 오만 정도의 군사를 끌고 황성을 향하고 있다는 소식이 들어왔다. 그 흉흉한 자와는 정면대결은 피하는 것이 좋다는 의견 반, 그래도 하자는 의견 반이었다. 정면대결을 하자니, 다들 탁우기라는 이름만 들어도 다리가 얼어붙었다. 그렇다고 황성을 내주자니, 적이 오래 점령하지는 못할 거라 해도 치명적이다.

'정면으로 맞서야 합니다.'

회의에서 무염이 말했을 때, 다들 싸늘하게 식었다.

경멸과 배척의 시선이다. 저놈이 지금 말을 했네? 라는 표정들이었다. 어쭈, 감히, 웃기네 등의 추임새도 있고.

'대체 왜.'

장요 장군이 물었다.

황제의 심복이랄 수 있는 그 장요 장군을 처음 만난 것은 그가 황제가 내린 대장군의 보도와 인을 들고 왔을 때였다.

동량에서 이기고, 태자의 시신을 수습해 황성으로 보낸 뒤 무염은 황제의 명령을 기다렸다.

원래대로라면 근처의 군사와 합류해 북명과 싸워야 했다.

황제는 그런 당연한 결정을 하는 대신 무염을 대장군으로 임명했다.

다 놀랐지만, 무염 자신이 제일 경악했다. 젊은, 그해 처음 군사를 이끌어본 무염에게 전 남위의 군사를 지휘할 통수를 넘긴 것이다.

며칠 뒤, 무염은 그를 찾아온 장요 장군의 둥글고 태평한 얼굴을 보며 실질적인 대장군은 이 남자이며 무염 자신은 황제가 세운 허울 좋은 인형이란 사실을 인정해야 했다.

황제는 화양과 상산을 이간질시키기 위해 무염을 대장군으로 임명한 것이다. 무염이 대장군이 된 덕에, 상산은 화양이 황제와 손을 잡은 건 아닌지 의심하느라 가만히 처박혀 있게 되었다. 화양 역시 상산을 위해 섣불리 움직일 수 없는 처지가 된 건 마찬가지. 그것을 아는 황제의 장수들은 철저하게 장요에게만 복종했다. 무염은 어서 죽어 없어지길 비는 존재, 대장군의 지위는 받았으나 그 자리로 인해 죽어야 하는 존재였다.

그리고 그 장요가 소처럼 태평하게 마주 보고 있다.

'왜 그렇게 생각하는지 물었어.'

'조용히 말하고 싶습니다.'

장요 장군은 주변 장수들에게 나가라 했다.

'자, 이제 말해보게나.'

'황성이 넘어가면 지금 북명의 진로를 막고 있는 장수 중 적어도 둘은 배신할 겁니다.'

'자네가 어떻게 알아.'

'저는 화양 사람입니다.'

'그래서.'

'상산의 주군은 우동관이고 화양의 주군은 제 아버지입니다. 위급해지면 자기들 주군에게 충성하지 황상께 충성하지는 않습니다. 그런 와중에 황성을 일단 내어주면 배신할 빌미만 줄 뿐입니다. 그들은 가장 먼저 전장에서 내려갈 겁니다. 그러니 탁우기가 흉장이든 뭐든, 염라대왕이 빌려준 야차라도 피해서는 안 됩니다.'

'그래서 달려가 정면으로 맞서자는 건가, 공자.'

공자.

공자, 라는 말 안에 들어 있는 조롱의 의미를 무염도 알았다.

황제의 장수들 중 그 누구도 무염을 장군이라 부르지 않았다. 위에서부터 아래까지, 장수건 졸병이건 죄다 그저 '공자'라 부른다. 무염은 화양에서 온 예쁘장한 도련님이지, 무인도 장군도 아니란 것이다.

그뿐만도 아니다. 무염이 부인 소생도 아닌 천출이란 것은 이미 다 알고 있다. 그것이 알려지자, 공자라는 말에 담긴 비웃음은 더 강해졌다.

어머니 출신에 대해 부끄러웠던 적은 한 번도 없었다. 이들 역시, 천출이라는 것만 가지고 문제 삼는 것이 아니다. 무염이 적자였으면 적자라고 비웃었을 테니. 그저, 무염이 싫은 것이고 그 이유는 무엇이든 상관없는 것이다.

알아, 내가 허수아비란 건 알아, 아니까 그러지 마.

속에서 몇 번이나 불길이 일었지만 참았다.

정치적 이유로 대장군 자리에 있는 무염에게는 그 어떤 실질적인 권한도 없었다. 공자라 부르며 조롱을 해도, 말을 해봤자 들어주는 시늉도 하지 않아도, 다 참아야 했다. 모두 내보내 달라 했던 것도 그 탓이었다. 모두의 앞에서 이야기하면 모두가 무시하지만, 장요 앞에서 말하면 적어도 이 남자는 막무염이 무슨 헛소리를 하든 들어줘야 한다.

'그럼, 자네가 선두에 설 수 있나.'

'네?'

'자네가 탁우기와 맞서 선두에 서. 그걸 할 수 있느냐 물었어.'

'하겠습니다.'

태평하기 그지없는 장요 장군의 눈은 아무 동요도 없었다. 세상이 무너져도 소처럼 가만히 있을 그 남자는 이번에도 잠자코 있다가 그 소처럼 태평한 어조로 말했다.

'다시 회의를 소집하지.'

그날 탁 장군과 맞서는 것이 결정되었다.

그런데 막무염이 예상치 못한 것이 있었다.

탁 장군에 대한 악명이야 워낙 많이 들어 각오는 했으나, 이 정도로 막강할 줄은 몰랐다.

'차라리 그냥 전쟁을 시작하는 편이 나을 것 같군.'

장요 장군이 한숨과 함께 말했다.

'일단 지고 전쟁을 시작할 수는 없습니다.'

'저 칼이 언제고 닳기만 바라며 목을 들이밀라는 건가, 공자. 다음에 누가 나갈까.'

'제가 나갑니다.'

장요 장군의 얼굴은 여전히 태평했다.

'자네가?'

'네, 갑니다.'

'죽을 자리 찾으러 가는 거라면, 되도록 시체가 깨끗하게 남는 곳으로 가지 그러나.'

'말씀하셨잖습니까. 제가 맞설 수 있느냐고. 그리하겠다 했고, 지금 나

갑니다. 그리고 저는 죽을 생각은 없습니다.'

장요 장군의 얼굴이 이상했다. 그 태평한 얼굴이 굳는다.

'그래. 가봐.'

무염은 말을 몰아 앞으로 나갔다.

가까이에 보는 탁우기는 멀리서 보았을 때보다 더 거대하고 무시무시했다. 온몸에서 피 냄새와 살기, 잔인함과 흉포함이 자욱하게 풍겨왔다.

마주하자 탁우기가 웃었다.

'여태 나온 놈들 중 제일 예쁘장하군! 오늘 자네를 죽이면 세상 여자들이 죄다 나를 원망하겠어.'

싸우는 것을 보면 이 남자는 말 그대로 말도 안 되는 놈이었다. 빠르고, 세고, 종종 예상보다 더 빠르고 더 셌다.

'뭐지, 젊은이. 이름이나 듣지. 아, 정말 예쁘장한 녀석이 나왔는데 그만 다 망가졌어. 아깝지 뭐야! 이러며 어떻게 그 얼굴을 망쳤는지 이야기할 때 그게 누구인지는 알아야 하지 않나.'

'막무염.'

이름을 듣자 탁우기가 웃음을 터뜨렸다.

'네가 바로 남위 황제 고락천이 아들을 잃고 미쳐서 대장군의 인을 집어 던졌다던 청년인가? 와하하, 정말? 동량에서 이긴 건 대단했어. 아주 감탄했지! 자, 그런데 협잡술을 쓰는 데는 능해도 검과 검을 맞대어 합을 맞추어보는 것은 어떨지 모르겠군.'

시작하자는 말도 없이 탁우기가 장도를 들었다. 이길 수 있을지 없을지 가늠하는 것도 잊었다. 바로 검이 날아들었다. 맞서 부딪혔을 때 팔꿈치까지 울렸다.

위력적인 공포의 순간들이 벼락처럼 내리쳐 왔다. 강력한 검이 허리를 찔러 들어오고, 걷어치자 목으로 들어왔다. 폭풍 치듯 순식간에 방향이 바뀌고 무작정 때려대는 듯하며 빈틈을 노린다.

무염은 몸을 젖히고 팔을 휘둘러 주먹을 날렸다. 주먹에 그 육중한 몸이 정통으로 맞았다.

'헉!'

예상치 못한 힘에 탁우기가 쓰러지며 말에서 떨어졌다. 바닥으로 구르는 그를 향해 창을 찔러 넣었지만, 탁우기는 일어나 직접 몸을 내던졌다. 엄청난 거구가 말을 향해 통째로 부딪혔다. 무염은 검으로 막았다. 철퇴가 맞물리며 무염의 검이 부러졌다. 방향을 잃은 철퇴의 머리가 말의 머리를 후려쳤다. 말이 울부짖으며 주인을 내동댕이쳤다.

'젠장!'

무염은 이를 갈며 바닥으로 굴러떨어졌다. 피와 살점에 젖은 바닥이 몸을 후려쳤다. 그 순간에 검이 날아와 무염을 찔렀다. 간신히 몸을 젖혀 피하며, 무염은 허리를 뒤틀어 상대의 목을 후려치고, 다시 가슴을 후려쳤다. 탁우기의 피가 신음과 함께 터져 바닥에 떨어졌다. 놀란 눈이 보였다.

'이 자식, 이거 세잖아.'

탁우기의 육중한 검이 무염을 향해 날아왔다. 목으로 검이 날아들어도 무염은 피하지 않고, 그 손목을 잡았다. 무염의 팔에 잡히자 그 힘도 틀어막힌 듯 꿈쩍할 수 없었다. 무염은 그 팔을 뒤틀어 내리고, 왼손에 쥔 창을 휘둘렀다.

우드득 소리와 함께 창이 탁우기의 몸을 뚫었다.

'너……!'

탁우기가 팔에 힘을 주었다. 죽기 직전에 내지르는 힘이 무염을 이기며 검날이 목덜미를 파고들었다. 피가 솟아올라 목과 가슴을 타고 뚝뚝 흘러내려 갑옷과 옷을 적시고 바닥으로 흥건하게 젖어 들어갔다.

무염은 창을 쥔 손에 더 힘을 주고 찔러 넣었다. 탁우기의 배에서 흐른 피가 바닥으로 떨어지며, 탁우기의 검은 결국 무염의 목을 다 베어내지 못하고 떨어졌다.

육중한 몸이 털썩 쓰러졌다. 무염은 피에 젖은 탁 장군의 검을 빼 들어 그 목을 내려쳤다. 묵직하고 둔탁한 저항이 끊어지며 목이 잘려 쿵 떨어졌다. 무염은 묵직한 목의 머리카락을 쥐었다.

핏방울 떨어지는 소리까지 들릴 정도로 고요했던, 모두가 숨죽이고 바라보던 전장으로, 적장의 머리가 올라갔다.

일시에 벌어진 일이었다.

함성과 구호가 터졌다.

누군가가 깃발을 들었다. 깃대가 바닥을 내리찍었다. 쿵, 소리와 함께 다른 기수가 깃대를 내리찍었다.

충격 속에 얼어붙은 북명의 군사와 장수들은 꿈쩍도 못했다.

장요가 고함을 질렀다.

'돌격!'

남위의 기병이 장군을 잃고 정신이 나간 북명군을 향해 돌진하기 시작했다. 벽이 무너지고 땅이 꺼지고 하늘이 사라진, 그런 기분이 지금 북명군이었다. 불패의 흉장 탁우기의 목이 떨어진 순간, 그들은 어미 잃은 병아리 떼였다.

장요가 선두로 달려나왔다. 그의 손에 새 말의 고삐가 달려 있었다. 장요는 그 고삐를 무염에게 던졌다.

'이리 오게.'

장요는 끈으로 팔을 단단히 묶어 출혈을 막은 뒤 검을 쥐어주었다. 아, 그래, 싸우라 이거지. 애초에 이런 정면대결에 대해 말했을 때 장요는 분명 무염이 나갈 것이라 생각했을 것이다. 나가지 않으면 등이라도 떠밀었을 것이다. 다만, 탁우기란 말에 공명심으로 덤벼든 다른 장수들이 장요의 예상 밖이었을 뿐이다.

안단 말이다. 내가 잘났으면 얼마나 잘났다고 이 나이에 대장군이란 말인가.

남위의 황제가 무염을 대장군으로 앉히자 우동관은 막채규와 황제의 결탁을 우려해 자기 성에서 꼼짝도 하지 않고 눈치를 보게 되었다. 막채규는 막채규대로 더 이상 가만히 있을 수 없어 황제를 위해 수군을 출정시켜야 했다. 화양이 나서면 화서도 나선다. 그리고 그들이 지금 금하를 막으며 북명의 수로를 틀어막았고, 그렇게 여유가 생긴 황제에게는 이제 무염이 필요 없었다. 자, 여기까지 오느라 수고했으니 이제 저기서 죽어. 일단 지금은 안 죽었으니, 다음에 저기서 죽게나. 이번에는 확실히 죽을 거야.

그래, 좋다.

수만 번 거듭 생각해도 결론은 그것이다.

나는 좋이야.

그날의 전쟁이 대승으로 끝났을 때 무염은 반은 죽은 채로 말 위에 얹혀 있었다.

어떻게 싸웠는지 기억도 나지 않았다. 피로와 출혈에 지친 목에서 나오는 것은 처량한 한마디였다.

'아버지.'

화양공 말고. 그 사람은 화양공 나리지 아버지가 아니다.

의부, 대장장이 장 씨.

피 한 방울 섞이지 않았어도 무염은 그를 아버지로 사랑하고 아버지의 아들로 사랑받았다.

사무치게 그리웠다. 뼈가 시리도록, 살이 찢기도록 아버지가 보고 싶

었다. 사랑받던 시절이, 사랑하던 시절이, 그것만 하면 되던 시절이 그립
다.

'아버지…….'

그 집은 말입니다, 아버지가 보낸 그 집은 말입니다, 아름답고 기품 있
는 어머니와 강한 제후 아버지가 있고 잘생긴 동생들이 있는 그 집은 말
입니다, 제 집이 아닙니다.

그곳에는 도저히 쉴 곳 없어요.

눈을 감을 곳도, 기댈 품도 없어요.

그리고 이곳…….

이곳에는 제가 살기를 바라는 사람조차 없습니다. 매일매일, 제가 언
제 죽는지만 기다리지요.

그런데 죽기 싫어요.

모두가 죽으라 하는데 저는 죽기 싫어요.

무염은 피를 토하며, 울부짖듯이 외쳤다.

보고 싶어요.

아버지, 보고 싶다고요.

나, 죽기 싫어요.

눈을 뜨자 컴컴했다.

검게 잘라낸 듯 먹먹한 고요다.

무염은 아직도 꿈을 꾸는 건지 한참을 생각해야 했다. 낯설어서, 천장
이 어디의 천장인지, 창밖으로 보이는 풍광이 어디의 풍광인지 한참 생각

했다.

"아!"

무염은 놀라 일어났다.

비파 소리는 멎은 지 오래, 호롱불도 꺼져 컴컴하다. 무염은 옆을 보았다. 부엉이 탕탕이 침대 아래를 노려보고 있었다. 탕탕은 슬그머니 고개를 숙여 아래로 들어가려 했지만 침대 아래에서 기겁하며 꽥꽥대는 소리가 들렸다. 부엉이는 입맛을 다시며 물러나, 다시 노려보기만 했다.

무염은 땀에 젖은 이마를 쓸어 올리며 주변을 살폈다. 푸릇한 어둠 속에 그가 자기 전에 방을 가로질러 걸어둔 이불이 보였다.

갑자기 흠칫한 생각이 들었다.

속이 꽉 조이듯 다급한 마음이 들며, 자기도 모르게 벌떡 일어나 이불을 걷었다. 왜 그랬는지 모르겠는데 정말 급하게 그리했다. 당장 그렇게 하지 않으면 세상이 끝이라도 나는 듯 다급했다.

확 열어젖혔을 때 달빛에 젖은 평상 위에서 상복 차림의 여자가 몸을 일으켰다.

"공자."

여자가 기겁하거나, 겁먹거나, 경계해야 정상일 것 같다. 믿고 자게 해달라 했는데 덮치러 들어오는 꼴이지 않은가.

사량은 눈을 깜빡이며 바라보다가 바로 앉았다. 경계도 두려움도 거부의 말도 없다. 무안해진 무염이 말했다.

"안 자고 있었어?"

"자고 있었는데 조금 전에 깼어요. 공자가 무언가 말해서."

"내가 뭐라 말했지."

"아버지…… 아버지라고."

아. 탄식이 나온다.

그렇구나.

"공자?"

무염은 그대로 서 있기만 했다. 돌아서자니 왜 왔는지 설명해야 하겠고, 그대로 서 있자니 왜 서 있는지를 설명해야 한다.

사량이 옆을 가볍게 치며 말했다.

"이리 앉아봐요."

"응?"

"앉아봐요."

거절하고 돌아가야 했지만, 무염은 그 옆에 앉고 있었다. 삐걱, 하며 평상 아래에서 소리가 난다.

"꽤 끙끙 앓더라고요. 대체 무슨 꿈을 꾼 거예요."

"아주 나쁜 꿈."

사량은 가만히 바라보았다. 달빛 아래 무염은 여자의 얼굴 하나하나를 다 볼 수 있었다. 여기에 눈이 있고 여기에 코가, 그리고 그 아래에 입술.

"얼마나 나쁜 꿈이길래."

"탁우기라고 알아?"

"북명의 흉장이죠. 키는 팔 척이고 나무둥치 같은 팔에 무쇠 망치와 대도를 들고…… 음, 내가 말하니 하나도 안 무섭네."

주먹을 불끈 쥐고 눈썹을 찡그려 보이긴 했지만 그래 봤자 귀여운 얼굴밖에는 안 나온다. 무염은 피식 웃음이 나왔다.

"나도 그렇게 들었는데, 실제로 보니 정말 무섭게 생겼더군. 처음 보는 순간, '아 이건 무리다.' 싶었어. 그날 정말 죽을 뻔했는데…… 그 후로 잠 좀 제대로 자려고 하면 꿈에 나와. 나한테 그 자식 귀신이 붙었나 봐."

"그럼…….""

사량이 고개를 내밀었다. 여자가 다가오는 것이 느껴지자 무염은 목

언저리가 뜨거워졌다.

"목덜미에 난 흉터가 그건 가요. 여기, 이 정도에 있던 거."

손끝이 다가와 목덜미를 건드렸다. 그저 건드림인데, 긴장감에 몸이 굳었다. 뱀이라도 다가오는 듯 오싹해지며 한숨이 나온다.

다가온 손가락은 가만가만 목덜미를 건드리며 흉터를 찾다가 멎었다.

"여기."

손가락 끝이 지긋이 눌러오자 맥박은 툭툭 튀어 오르고 숨소리는 짧아진다.

무엇인지.

심장 언저리를 툭툭 두드리는 듯 이 오싹하고 감미로운 두려움이 무엇인지.

"맞아요?"

손가락이 내려간다. 아지랑이처럼 피어오르던 열기가 가시며 아쉬움이 밀려들었다.

좀 더, 좀 더 있어줬으면 좋았을 것을.

무염이 아무 말도 없자 사량이 물었다.

"혹시 건드리는 거 싫어해요?"

"그건 아닌데, 저기, 이렇게 단둘이 있을 때 그러면…… 저 내 몸 아래에 있는 녀석이 일어나지 않을까."

"아……?"

"내가 지금 달리 무언가를 해보겠다는 건 아닌데, 이 녀석도 기껏 일어났는데 할 일이 없으면 실망할 거 아냐. 그러니 그렇게 갑자기 건드리지 마. 나는 놀라고 이 녀석은 기대하고, 나는 실망하고 이 녀석은 뭔가 하고 싶어질 테고, 이 녀석에게 오늘은 아무 일도 없다고 설득하는 건 조금 힘든 일이 될 거야."

"으악."

사량은 신음과 함께 움츠러들었다.

"저런, 농담이니 그렇게 무안해하지 마."

"그래도 깊은 상처긴 하네요."

"탁우기가 그날 기분이 좋았다면 내가 죽었겠지."

전쟁이 끝나고 승리의 함성으로 가득한 벌판을 지나 진영으로 돌아온 뒤, 무염은 며칠을 앓아누워야 했다.

무엇이 되고 무엇이 이루어졌는지 모를 며칠이었다.

정말 죽는구나 생각하다가 기어코 살아나 정신이 들었을 때 컴컴한 막사 안에 누워 있었다. 목과 어깨는 붕대가 감겨 있고 머리는 어지러웠으나 그래도 대충 살아 있다.

침대맡에 잘 잡힌 체격의 남자가 앉아 있었다. 막사 틈으로 빛이 비껴들어 남자의 윤곽을 드리웠다. 처음 보는 남자다.

남자는 무염이 눈을 뜬 것을 보고 말했다.

'살아났군.'

굵고 진한 목소리다. 살아났다고 하는 걸 보니 저승사자도 염라대왕도 아니려나. 앞의 남자는 성성한 백발에 얼굴은 주름져도 그 아래에 있는 눈은 맑고 선명했다.

'장요 장군이 자네를 아주 걱정하고 있네.'

그럴 리가, 장요는 처음부터 원수라도 대하듯 무염을 압박했다. 그 노련한 장수 앞에서 젊은 무염은 기 싸움이라 부를 만한 형평성도 없는 처지였다.

'장요 장군은 말이야, 내가 아는 남자 중 가장 태평한 남자지. 자기 아들이 출정할 때도 잘 다녀오라고 한마디만 하더군. 그런데 그 남자가 내 앞에서 엉엉 울더군. 믿어져? 하긴, 두 눈으로 본 나도 믿어지지 않는데

자네가 믿을 수 있을 리가.'

남자가 웃었다. 활짝 웃는 게 아닌, 그저 입술 끝으로 피어오르는 웃음이다.

'최화 장군, 어렸을 때부터 봐와서 잘 알아. 피에 얼음이 둥둥 떠다니는 냉철한 사람이지. 그런데 그 사람이 지금 막사 밖에서 겁먹은 강아지마냥 쭈그려 앉아 안절부절못하고 있네. 자네가 그 표정을 봐야 하는 건데 말이야.'

남자는 천천히 무염을 돌아보았다. 얼굴의 윤곽이 더 뚜렷하게 드러났다. 정제된 향유로 빚은 듯 우아한 풍모다.

'나는 자네가 금방 죽기를 바랐어. 대단한 첫 승리를 거두고, 그 와중에 황제가 사령관의 인까지 줬지. 오만 방자하게 굴며 제멋대로 설치다가 가장 먼저 죽을 거라 믿어 의심치 않았네. 나는 말이야, 자네가 재빨리 제 역할만 하고 사라지기만 바랐지. 그 빌어먹을 도화의 맹으로 맺어진 제후들이 서로 부지런히 저울질만 해대다 아무 일도 못하기를 바랐다네.'

도화의 맹.

꽃이 세 송이더라도 한 가지에서 났더라.

남위의 황실을 이끄는 고씨 가문, 그다음 상산을 이끄는 우씨 가문, 화양을 이끄는 막씨 가문. 실제 나라 이름은 위, 상, 양. 남위는 황실을 주축으로 하여 상나라와 양나라가 받치는 형태로 평화를 유지하고 있는 나라다. 그것이 바로 도화의 맹, 강한 자 둘과 더 강한 자 하나로 유지되는 나라. 남위는 그 맹약과 몇 번의 회맹으로 평화를 얻었다.

'그런데 자네는 참, 내 예상과는 완전히 다르게 행동하더군. 자네는 졸이었어. 그런데 졸이 어느새 차가 되고 포가 되었지. 언제고 버릴 패였는데, 이기기 위해 가지고 있어야 할 패가 되고 말았어. 왜 이렇게 된 건지, 나는 정말로 모르겠단 말이야. 그런데 그리되었지.'

'……'

말을 하고 싶은데 막힌다.

남자는 물끄러미 보다가 물었다.

'왜 그리 진심으로 싸웠지?'

다시 물어온다.

'나는 그게 궁금해. 왜 그리 진심이었나?'

그러나 답할 수가 없다.

그저, 하다 보니 그리되었다는 말밖에는 없다.

할 일이어서 했다.

남자는 피식 웃고는 몸을 일으켰다.

'누구나 자신이 살아낸 삶의 무게만큼의 발자국을 남기는 법이지.'

남자가 일어나자 밖에 있던 자들이 급히 막사 문을 열었다. 남자를 향
해 빛이 쏟아졌다. 남자는 눈이 부신 듯 눈을 가늘게 뜨다가 감았다.

'자, 이제 살아나게. 이들과 함께 이기고, 이들과 함께 살아남아 내일
을 보고 내년을 보고, 새로운 세상을 보게, 막무염 장군.'

활짝 열린 막사 밖 세상 끝까지 펼쳐진 평원 위로 가득한 것은 남위의
깃발을 세운 병사들이었다. 일렬로 서 있는 것도, 정렬한 것도 아니었다.
남위의 군사들이 스스로 쏟아져 들어온 것이다. 그들을 바라보는 남자의
어깨와 등에는 찬란한 황금용이 수놓아져 있었다.

남위 황제 고락천.

얼굴을 그렇게 제대로 본 것은 그때가 처음이자 마지막이었다. 그리고
그 황제는 전쟁이 끝나자 무염을 황성에서 몰아냈다.

예상 못했던 바는 아니다. 아무리 전쟁에서 이겼다 하더라도, 황제의
입장에서 화양공의 아들을 성안에 군사까지 쥐어준 채로 둘 수는 없었다.

그래서 이해하고 납득하고 미련 없이 떠나왔다.

이제 창밖으로 보이는 하늘의 흰 별도 제법 기울었다. 그날 밤은 무염이 아는 밤 중 가장 길었는데 오늘은 참 짧다는 생각이 든다.

"공자, 황 선생은 막 공자의 대단한 숭배자예요."

사량이 말했다.

"그 강호 협객 선생 말인가."

"네. 탁우기 장군과의 결투에 대해 어찌나 상세히 이야기하는지, 나는 황 선생이 보고 온 줄 알았어요. 시간만 나면 입이 닳도록 공자의 칭찬을 했고, 황제 폐하가 공자를 황성에서 쫓아냈을 때 아무리 황제라 해도 그리 배은망덕하면 안 된다고 매우 불충한 표현을 쓰며 화를 냈어요. 공자가 선생이 없을 때 왔다 갔다는 것을 알면 지금쯤 땅을 치며 울고 있을지도 몰라요."

"당신 동생이 그 황 선생이었어야 하는 건데."

그러면 바둑판 박살 내며 으르렁대는 대신 술을 나누며 화기애애하고 즐거운 시간을 보냈을 텐데.

"안 만나는 게 나아요. 황 선생께 공자는 구름 타고 내려온 상제의 신장 같은 존재인데, 공자는 분명 심술을 부려 망쳤을걸요."

무염은 벽에 기대며 사량을 보았다. 바라보는 눈에는 여전히 경계도 두려움도 없었다.

내가 위험해 보이지 않는 건가. 이봐, 지금 내가 덮치기라도 하면 당신은 정말 꿈쩍도 못하고 내 것이 될 거라고. 내 품 안에서 옴짝달싹못하고 나를 받아들여야 할 텐데. 그리고 사실, 당장 끌어안고, 누가 뭐라 하던 당신의 살 냄새를 맡으며 내가 남자라는 걸 느껴보고도 싶어.

두 감정이 물과 기름처럼 뒤엉켜 있다. 물이 많은 것도 기름이 많은 것도 아니다. 정확히 분리되어, 두꺼운 경계를 통해 서로를 보고 있을 뿐이다.

이 여자의 믿음에 답하고 싶은 마음과 가지고 싶은 마음, 계속 저리 믿게 하고 편하게 해주고 싶다는 마음과 내 것으로 만들고 싶다는 욕망이 서로 마주하며 심장의 떨림과 함께 그 경계가 흔들린다.

"궁금한 건데, 대체 왜 아직도 결혼을 안 했어요?"

"아버지가 시켜주지 않아서."

"혼담도 없었어요?"

"전쟁이 끝난 직후에는 상당히 많았는데, 갑자기 끊어졌지. 황상이 나를 황성에서 나가게 했을 때였을 거야. 그리되자 행여 혼담이 진행이라도 될까 봐 황급히 다른 데로 시집가더군."

"저런."

사량의 얼굴에 동정이 어린다.

무염은 다시 욕망을 느꼈다. 이번에는 그리 큰 것은 아니다. 볼을 매만져 보고 싶고, 더 이상 아무것도 안 할 테니 좀 더 가까이 오라 하고 싶다. 흰 볼에 입술을 대보고 싶고, 손바닥으로 따스한 온기와 맥박을 느끼고 싶다……. 그 정도는 괜찮지 않을까. 딱 그 정도인데.

품고 싶은 여자가 없지는 않았다. 눈길을 끄는 미모의 여자들은 항상 있었다. 다만 여느 사내가 그렇듯 오래가지는 않았다. 그저, 별다른 일 없이 이어진 찰나였을 뿐이다.

이 여자는 뭐가 될지 모르겠다. 내일이면 잊을지, 모레가 되어야 잊을지. 내 것이 되어줄지, 내가 가질 수 있을지도 모르겠다.

무염은 지금은 신뢰를 택하는 편이 나을 거라 생각했다. 지금 가지는 것을 택하면 이 여자는 그의 것이 되는 것이 아니라 그의 품 안에서 무너질 것이다. 안개 젖은 숲 속 흰 난초처럼. 맑은 금양의 호수 속에서만 사는 금빛 물고기처럼. 서두르거나 거칠게 대하면 시들거나 수면 아래로 사라질 테지.

지금은 그저 여기에 있으련다.

아련히 바라기만 하며, 여기에.

옆에 이리 머물러 주기를, 저 손이 언제고 내 팔에 닿기를, 저 입술이 언제고 더 가까워져 속삭여 주기를. 저 눈이 나를 담아주기를……

그리 바라며.

지금은 당신이 나를 어떻게 보는지도 모르고, 나 역시 내일은 당신을 어떻게 볼지 모르겠지만, 그저 그리 바란다.

그래서 여기 있을 테니, 여기 이렇게 가만히 있을 테니 가지 마, 사량.

좀 더 보게 해줘, 좀 더 느끼게 해줘.

이 기분, 이 달아오름, 이 목마름을 좀 더 느끼게 해줘.

아픈데도 달콤한, 두려우면서도 설레는, 이 느낌이 계속되도록 해줘.

사량은 조용해진 무염을 보았다.

저리 앉아 무슨 생각을 골똘히 하는 걸까.

조금 전 사량을 얕은 잠에서 깨게 한 것은 신음 소리였다.

잠귀는 밝다. 아버지를 잃은 뒤 제일 예민해진 것이 잠귀였다. 밤에 누가 성을 야습할지 몰라 잠들 수 없었고, 또 지켜줄 이가 없는 처지라 더더욱 그러했다. 누군가가 들어오면 가장 먼저 알아채고 숨을 수 있도록 조심하다 보니 잠귀만 밝아졌다. 정말 담을 넘어 들어와 납치하려 하는 자들도 있다 보니, 더 밝아졌다.

그렇게 깨어났을 때 들린 것은 헐떡임과 고통의 신음, 그리고 이어지는 부름.

'아버지.'

들어가 볼까, 깨워야 하나, 그리 생각할 때 신음이 멈추었다.

잠시 고요하다가, 그가 짧은 고함과 함께 일어나 휘장을 걷었을 때는…… 아주 놀랐다.

그제야 알았다. 그동안의 태도가 어떠했든 간에, 이 남자의 마음이 변하면 이 남자를 상대로는 칼을 찔러 넣을 틈도 도망칠 순간도 오지 않으리라는 것을.

여태 만난 그 어떤 남자보다도 강한데, 사량은 여기로 오는 내내 단 한 번도 그에 대해 생각하지 않았다. 정말 모르는 사람인데, 어떤 남자가 될지도 모르는데, 그런데 그랬다.

아버지의 오랜 벗이든, 공손히 대해왔던 어르신이든 아버지를 잃은 뒤에 깨달은 것은 그들 역시 욕망을 가진 인간이며 자신은 철저하게 물건이라는 것이었다. 아무도 믿어서는 안 된다. 그런데 믿지도 말아야 하는데, 원망하며 미워하여 눈을 흐리게 해서도 안 된다.

마음은 거두고 그들이 되어 생각하자.

나쁜 것이든 좋은 것이든, 너무 좋게도 나쁘게도 생각하지 말고 거듭 거듭 되짚어보며 더 옳게 더 바르게 택해야 한다.

그러고 살아왔다.

소망도 바람도 비추지 말자고, 기대도 말고 설레지도 말라고, 몇 번이나 그리 말하며 살아왔건만.

지금 나는 왜 이러고 있는 건지.

조금 전 혼란하고 복잡해 보이던 무염의 눈은 지금 고요하다. 그리고 그렇게 조용히 앞에 있는 남자는 투귀도, 화양의 공자도, 장수도 아닌 그저 커다란 막무염일 뿐이다.

위협적이지도, 강하지도 않은, 그냥 막무염.

어느새 사량은 눈이 무거워지는 것을 느꼈다. 그가 잠들면 자리를 뜨자고 생각했는데 어느새 스멀스멀 잠이 피어오른다.

이러다간 그보다 먼저 잠들어 버릴 것 같다고 생각하며, 그래도 괜찮겠다고 생각하며 눈을 감았다.

이렇게 강한 남자가 옆에 있는데 누가 오든 괜찮겠지.

연모하면 지척에 있어도 그리운 법.

더운 바람이 목덜미를 스치고, 다정한 손길이 머리카락을 쓸어내리고 몸을 눕혀준다. 관자놀이에 따스한 숨결이 닿아오며 들려오는 속삭임.

"마음을 내어주면 천 겹의 철갑을 둘러도 소용없으니……."

당신도 아는 시였구나.

그다음이 뭐였더라. 사량은 기억을 더듬다가 잠들었다.

잠 속에서 사량은 드디어 다음 시구를 기억해 냈다.

연모하면 지척에 있어도 그리운 법.

마음을 내어주면 천 겹의 철갑을 둘러도 소용없으니.

그대 말 한마디에도 하늘은 산산이 무너지네.

第五章　귀(鬼)의　전야(前夜)

풀벌레 소리 가득한 밤, 사징은 일지 적는 것을 마친 뒤 물끄러미 보고 있었다.

"⋯⋯."

아무리 보아도 나아질 기미도 가망도 없는, 완벽한 악필이다.

그 막씨 곰이 유려하게 써 내려가던 서찰이 떠오른다.

그래, 그 곰 녀석. 의자에 대충 걸터앉고 붓을 들더니 참 잘도 써 내려 갔지.

"⋯⋯쳇."

속에서부터 화가 끓어오른다. 자신이 악필이라는 것에 별 불만은 없 다. 사징의 악필은 너무나도 개선의 가망이 없어 노력으로 될 문제 자체 가 아니었다.

다만, 그놈이 더 잘하는 것이 싫을 뿐.

물론 문맹도 사징보다야 글자를 잘 쓰긴 하지만, 그래도 그놈만큼은 같이 못 써야 했다. 아니, 적어도 못 쓰는 축에는 속해야 한다.

그런데 왜 잘 써.

마음에 안 든다.

손가락에 힘이 들어가며 붓끝이 종이 위에서 뭉개졌다.

싫다.

누가 먼저 인사를 하러 가느냐는 문제로 실랑이를 벌인 것을 제하곤, 다 잘해 버리고 가서 싫다.

멀쩡하다 못해 착하고 청렴한 곽안이란 장수를 놓고 간 것도 싫고, 아무 나쁜 짓도 안 하고 간 것도 싫고, 적장들 일도 너무 잘 처리하고 간 것도 싫다.

트집 잡을 게 없으니 정말 참을 수 없이 싫다.

그 곰을 같이 따라간 누님 역시, 엉뚱한 놈이 집적댈까 봐 걱정할 필요도 없이 안전할 것이다. 밉든 싫든 간에 그 막무염은 옆에 있기만 해도 주변 남자들의 의욕을 꺾을 만한 존재다.

다만, 그 곰 자체가 문제지.

역시 싫어.

뚝, 소리와 함께 붓이 부러졌다.

사징은 부러진 붓을 노려보았다. 이게 몇 번째인가. 요즘 문득문득 정신이 들 때마다 이렇게 부러진 붓과 마주하게 된다.

"나리, 계십니까."

바깥문이 열리며 그를 부르는 소리가 들린다.

사징은 부러진 붓을 놓고 서재 문을 열었다.

뜰에 허름한 차림의 노인이 서 있었다. 얼굴은 주름지고 백발은 성성했지만 허리나 어깨는 나무처럼 꼿꼿한 남자다. 사징은 그에게 공손하게 인사했다.

"어서 오십시오, 황 선생님."

노인은 허리를 깊이 숙였다.

"늦은 밤에 죄송합니다, 나리! 급히 드릴 말이 있어서 왔습니다요."

"아닙니다. 황 선생님은 언제 오셔도 됩니다. 무슨 일입니까."

"금하 쪽에 선단(船團)이 나타났습니다요."

"선단이?"

"네. 어느 나라의 배인지는 모릅니다만, 꽤 큰 배가 여러 대 나타나 정박 중입니다."

"어디서 올라온 겁니까. 금하에서 올라왔다면 이미 알았을 텐데."

"북에서 내려오고 있었습니다. 오면서 그 선단이 내려오는 것을 보았습니다."

"북에서? 북의 수로는 막혔을 텐데."

지난 동량 전투 때 북명의 수군이 내려오지 못하도록 수로 옆의 절벽을 터뜨려 수로를 막았다. 그 덕에 물고기와 물이 오고 가는 것은 문제없으나 배들은 오고 갈 수 없게 되었다. 북에서 내려왔다면 그 막힌 것을 뚫어냈다는 뜻이다.

황 선생은 더 걱정 어린 목소리로 말했다.

"게다가 나리, 그 선단만이 아닙니다. 팔보산 안에 상산군이 아직 있는 것 같습니다."

"어디서 보셨는지요."

"해릉봉 근처니, 화양으로 넘어가는 길목입지요. 숫자가 많지는 않았으나, 그 몸을 보니 무위가 상당할 것으로 보였습니다. 정예 중의 정예라 할 수 있지요."

"선단과 같은 편인 것 같습니까."

"아닙니다. 상산군은 오히려 그 선단을 공격하려 기회를 엿보고 있더 군요."

"그런가요."

상산의 적이 선단을 끌고 소금하를 내려와 아태관으로 향한다는 뜻. 상산은 그들을 노리고 있다…….

상산의 적이 될 만한 이들이 어디 있을까. 일단 화양은 아니고, 화서도 아니다. 화서고 화양이고, 상산의 호구지 적은 아니다.

"황 선생님, 우선 저하고 같이 가보시지요. 같이 보고 의견을 나누어보 는 것이 좋을 듯합니다."

"직접 오지 않으셔도 되는데요."

"얼마 전 난리 때문에 마을 사람들이 겁에 질렸습니다. 화양이 군사를 빌려주었다 하나, 선단이 내려오는 건 또 다른 문제. 상산의 군사가 아직 팔보산 안에 있는 것 역시 문제지요. 그러니 직접 가겠습니다, 선생님."

"후만에 대한 일은 성문에서 다 들었습니다요. 죄송합니다. 하필 그럴 때 자리를 비워서."

"공교로웠던 거지, 선생님 잘못은 아닙니다. 자리를 비우실 때지 않습 니까."

그래도 황 선생은 미안해 죽겠다는 얼굴이었다.

"나리께서 아가씨를 보냈다고도 들었습니다."

"누님이 떠나기 전 선생님께 편지를 남겨놓았습니다. 돌아오는 대로 드리겠습니다."

"그런데 말입죠……."

황 선생의 얼굴이 어두워졌다.

"행여, 아가씨를 달라고 했습니까요. 성을 구해준 대가로……."

"선생님, 누님을 탐내던 파렴치한들을 제가 어떻게 처리해 왔는지 아시지 않습니까. 투귀든 뭐든 간에, 화양공 아들이 아니라 화양공 본인이 와도, 심지어 황제가 와도 누님을 강제로 취하려 한다면 가만히 둘 생각은 없습니다. 그런 건 아닙니다. 제가 사정하여 보냈습니다."

"왜 보내셨습니까요."

"황제 폐하께서 칩거 중인 지금, 우동관이나 막채규나 누구라도 황위를 요구하며 전쟁이 벌어질 수 있습니다. 융금은 가장 위험한 곳 중 하나고, 그러면 누님도 위험합니다. 적어도 화양 정도 되는 곳이라면 안전할 것 같아 부탁했고, 공자는 제 부탁을 들어준 겁니…… 다."

뒷말이 조금 떨리긴 했지만, 황 선생을 걱정하게 할 수는 없어 필사적으로 괜찮아 보이려 노력했다. 황 선생은 매우 안도했다.

"다행입니다. 그럼 그렇지요. 절대 그럴 분이 아닙죠."

뭐. 사징은 비위가 뒤틀렸다.

아무것도 모르는 황 선생은 허허 웃으며 말했다.

"행여 제가 실망할 일이 벌어진 걸까 봐, 정말 걱정했습니다요. 그분이라면 정말 안심할 만합니다. 서자이긴 하나, 정말 빼어난 분인데다 인품도 훌륭하여 부하들에게 신뢰도 신망도 높습니다. 게다가……."

"그만."

사징은 이 황 선생이 그 막무염을 얼마나 신성시하는지 알고 있었다. 신성함이 흠집이 날 수도 있었던 위기가 지나갔으니, 이제 마음 놓고 다시 숭배할 것이다. 즉, 앞으로 이 황 선생이 막무염의 이야기를 꺼낼 때마다 사징은 매우 비위가 뒤틀리게 될 것이다.

"선생님, 선생님 아들도 아닌데 그리 칭찬하지 마십시오. 또, 능력이 좋다고 예의가 바른 것도 겸손한 것도 아니더군요. 제가 직접 본 그는 오만 방자한데다 심술궂고 이기적이며 게으르고 불친절하며 배려도 없는데다 짜증나고 키는 너무 크고 웃는 것도 기분 나쁘고 말투도 불쾌하며 무례한 자였습니다."

놀란 황 선생이 눈을 깜빡였다.

"……나리의 마음에 안 들었다는 건 확실히 알겠습니다요."

"제 표현이 과격했군요. 죄송합니다. 하여간 좀 무례한 사람이었습니다."

"그럼 아가씨를 왜 보내신 겁니까요."

"말씀드렸지 않습니까. 이곳이 위험해서 그렇습니다. 저는 누님을 또 그런 아찔한 처지에 놓고 싶지 않아요."

"그것이 나리의 핑계라는 것을 모를 정도는 아닙죠. 제가 나리를 한두 해 봤습니까. 말하세요. 다 이해해 드릴게요. 왜 보내셨습니까."

"그게……."

"네."

"누님이……."

답하는 사징의 목소리는 작아지고 뭉개지고 있었다. 뒷말을 도무지 알아들을 수 없어 황 선생이 되물었다.

"뭐라고요?"

사징은 눈살을 찌푸리고 입술을 꾹 물었다가 토해내듯 말했다.

"그저, 그뿐입니다."

이해 못해 머리를 긁적이던 황 선생은 눈썹이 위로 올라갈 정도로 눈을 크게 떴다.

"저기, 나리, 혹시……."

"그만. 이만 갑시다."

사징은 더 듣지 않고 검을 챙겼다.

밤이었지만, 소금하를 바라보는 절벽까지 이동하는 것은 산을 타는 데 익숙한 사징과 황 선생에게는 쉬운 일이었다.

한 시진도 되지 않아, 별빛을 담고 흐르는 소금하가 나타났다. 검고 거대한 배 몇 척은 그 강변에 있었다. 돛은 접혀 있고 노는 안으로 들어가 있다. 갑판 위에 주변을 감시하는 무장한 무사들이 보였다. 아주 으리으리한 전함임에도, 깃발도 없고 배에 표식도 없다.

"사흘 전부터 남쪽으로 이동하고 있는 것을 보고 따라와 보았습니다. 하지만 어디의 배인지, 제 선에서는 도무지 알아낼 수가 없었습니다요. 게다가 워낙 무장 상태가 좋아 가까이 갈 수도 없었고요."

"확실히 수적은 아닌 것 같군요."

수적이 저런 배를 가지고 있다면 상선들이 오고 가는 대금하 쪽에 배를 댈 것이다. 영업 끝내고 도 닦을 생각이 없는 한, 연어도 아닌데 여기까지 올 리가 없다.

사징은 배의 돛과 그 모양을 살폈다. 황 선생 말대로 북쪽에서 온 배 같다.

"선생님, 제가 내려가 보겠습니다."

"위험합니다요."

"여기 있어도 위험해질 것 같습니다."

사징은 숲 속에 숨은 자들을 노려보았다. 아까 전부터 숲 속에 한둘 나타나기 시작하더니, 이제 제법 많이 모여 사징과 황 선생을 노려보는 중이다. 황 선생이 말한 상산군은 아닌 것 같다. 지난번에 온 녀석들과는 분명 다르니.

그럼, 저 배에서 보낸 것이다. 배를 정박한 뒤, 주변으로 병사들을 깔아두었다.

사징은 절벽 옆으로 난 길로 뛰어들며 칼자루에 손을 얹었다. 무장한 병사가 뛰어나오며 고함을 질렀다.

"멈춰라!"

"누구냐."

"멈추라고 했다!"

"그거 하나 답하기가 그리 어렵나. 누구냐."

병사 뒤로 다른 무장한 병사들이 뛰어들었고, 사징의 등으로도 병사들이 들어차 퇴로를 막았다.

삽시간에 포위당한 사징과 황 선생은 서로 등을 대고 그들을 상대했다.

사징은 그들을 살폈다. 모두 갑옷 차림. 검은 날이 잘 서 있다.

황 선생이 물었다.

"어떻게 하실 겁니까, 나리."

"일단 이쪽은 제압해 두는 게 좋을 것 같군요, 선생님."

사징은 단숨에 검을 뽑았다.

발도(拔刀)의 순간, 바로 맨 앞에 있던 병사의 검을 날리고 그 뒤에 선두 병사의 검을 쳐올린 다음 왼팔로 팔목을 후려쳐 검을 떨어뜨렸다. 검을 놓친 병사가 고함을 질렀다.

"막아, 어서! 움직이지 못하게 해!"

그러나 말을 끝내기도 전에 사징의 칼등이 그의 목을 후려치고, 다른 병사는 무릎을 맞고 쓰러졌다. 나무 위에서 병사 둘이 뛰어내리며 검을 날렸지만, 황 선생의 주먹이 그들을 향해 쏟아졌다. 퍽퍽, 소리와 함께 그들 모두 몸을 웅크린 채로 돌처럼 떨어졌다.

"뒤로 물러났다, 모두 한번에 덤벼!"

병사가 외쳤다.

사징은 병사들이 일시에 어둠 속에서 움직이는 것을 보았다. 하나, 둘, 셋—

사징은 검을 내렸다가, 그들이 자리를 잡자마자 단숨에 그 속으로 파고들었다. 중앙에 있는 병사가 돌파당하며 검을 떨어뜨리고, 그가 비틀거리자 황 선생이 그 명치를 후려갈기고 무릎을 쳤다. 사징은 그들이 짠 진의 양옆에 선 자들의 검을 떨어뜨린 뒤, 허리를 젖혀 나무 위에서 날아든 자들의 검을 후려쳐 날렸다. 그 뒤를 이어 황 선생의 주먹이 검을 떨어뜨린 자들의 명치와 목덜미를 단숨에 후려갈기며, 다 쓰러졌다.

"나는 분명 누구냐 물었는데, 이에 답할 자는 없나."

그리고 사징의 검은 병사들 뒤에 나타난 남자를 가리켰다. 병사들과는 달리 갑옷 차림이 아니다.

순간에 날래고 작은 몸집이 제비처럼 빠르게 날아와 사징의 검을 막았다. 어둠 너머로 그 무사의 날카로운 눈매가 보였다. 검은 제법 맵지만 몸집은 무척 작다. 꼿꼿이 서도 사징의 턱에나 올까.

"멈춰!"

작은 무사가 말했다.

주변으로 무사들이 몰려드는 소리가 들렸다.

나무둥치 뒤로, 나뭇가지 위로, 절벽 아래로, 소리는 없지만 신속하게 주변을 포위하기 시작한다.

사징은 달라진 분위기를 분명히 느낄 수 있었다. 조금 전까지는 그저 급히 사징을 막으려 하는 정도였다면, 지금은 목숨을 건 듯 필사적이었고 빈틈이 없다.

"누구냐, 다시 묻는다."

사징은 무사를 내려다보며 다시 물었다.

"그것만 알면 된다. 누구냐. 예의를 지켜야 할 상대라면 지키고, 적이라면 여기서 죽도록 싸울 것이다. 그러니 말해라."

무사는 이를 악물고 검을 밀어젖혔다. 사징은 검을 뒤로 밀어 던지고, 무사의 목을 향해 검을 휘둘렀다.

챙, 다시 검과 검이 맞부딪혔다. 황 선생이 나서려 했지만, 황 선생 앞으로 거구의 무사가 뛰어들었다. 무사의 거대한 몸이 황 선생의 팔을 잡았다. 황 선생은 단숨에 그 품으로 파고들어 무사의 몸을 위로 올린 뒤에 내던졌다.

앞의 소년이 사징을 노려보며 외쳤다.

"그만둬라!"

"나는 이곳의 주인이고, 너희들이 침입자다."

사징 주변의 모든 검과 화살이 올라갔다.

앞의 어린 무사가 아닌, 등 뒤에서 부드러운 목소리가 들렸다.

"우리가 먼저 그만두지."

사징은 어린 무사 뒤로 나타난 남자를 보았다. 마른 몸이 걸친 검은 옷 위에는 황금용이 수놓아져 있었다.

"검을 내리거라."

남자가 말했다. 그러나 앞의 어린 무사의 손에 힘이 풀리지는 않는다. 사징은 앞의 어린 무사를 보았다.

"내가 먼저 검을 내리겠다. 그러니 너도 내려라, 꼬마."

꼬마— 라는 말에 무사의 눈이 사나워졌다. 사징은 검을 쥔 손에 힘을 빼며 말했다.

"선생님, 선생님도 거두십시오."

"네?"

사징은 힘을 완전히 뺐다. 검은 매끄럽게 아래로 내려가 칼집으로 들어갔다.

"어서요, 선생님."

황 선생은 어리둥절하면서도 주먹을 내렸다.

"이게 대체 무슨 일인 겁니까."

사징은 맞은편 남자를 마주 보며 말했다.

"배가 무엇인지 알겠군요."

"네? 아니, 왜요?"

"용주(龍舟:황제나 임금이 타는 배)입니다."

"네?!"

웃음소리가 들리더니, 앞의 남자가 팔을 들었다.

사방에서 탁탁, 소리와 함께 횃불이 확 타올랐다. 숲의 구석구석이 대낮처럼 환해지자, 눈이 부신 황 선생이 눈을 감았다.

상대방의 얼굴이 이제 완전히 드러났다.

"만남 한번 거창하군. 달빛 아래 검광이 난무하니."

머리 흰 노인이었다. 마른 체구였으나 허리는 꼿꼿했고, 그 검은 눈은 우아하게 웃고 있었다. 횃불 아래로 사징의 얼굴을 본 몇몇의 얼굴이 굳더니 서로의 눈을 보며 의아해했다.

사징이 말했다.

"융금백 갈사징입니다."

"저 황성에 사는 고씨 사내라네."

황제, 고락천.

옆의 황 선생이 놀라 숨을 컥컥 내쉬었다.

이제 사징은 황 선생이 발견한 상산군이 무엇을 노리는지 짐작할 수 있었다.

"황성에 계셔야 할 분께서 이 변방에는 무슨 일이십니까."

"이보게, 융금백. 나라를 다스리는 일이야, 신하들이 알아서도 할 수 있는 것. 내 신하들은 빼어나고 장수들은 용맹하여, 내가 잠시 자리를 비워도 충성하네. 근 다섯 해간 성안에만 있었더니, 답답하기도 하고 나라를 둘러보기도 해야 할 것 같아 나왔지."

그리고 황제는 팔을 툭툭 치고는 사징의 얼굴을 보았다.

"융금백이라 했나?"

"그렇습니다."

"그대 부친 되는 선대 융금백에는 신세진 것이 있지. 부친이 내 아들과 함께 싸우다 목숨을 바친 것에, 항상 감사하고 있네."

이걸 뭐라 해야 할지. 사징은 황제가 황성 밖에 나오지도 않으며 칩거한 덕에, 주변의 모든 호족과 성주들, 심지어 도적들까지 날뛰게 된 것을 알고 있었다. 특히나 맹렬하게 날뛰어준 것이 바로 상산공 우동관, 그 덕에 후만에서 변란이 일어났으며 사징은 누님을 그 곰에게 보내야 했다.

그래도 이리 나오니, 사징을 무사히 보내주기는 하겠다는 뜻이기도 하겠다.

"황상을 쫓는 자들이 있는 건 아십니까."

"알아. 황성에서 나오자마자, 우동관이 보낸 자들이 내 뒤를 쫓기 시작하더군. 이 숲에 들어와 나를 쫓는데, 아마도 내 목적지까지 따라올 거야. 하지만 안심하게. 그들은 나를 쫓는 거지, 그대의 성민과 그대를 해치지는 않을 거야."

"그렇다면 다행이군요."

황 선생이 놀라서 보았다.

"나리."

그가 모시는 나리가 좀 건방진 건 알고 있었으나, 앞의 상대는 자그마치 황상이시다. 황상이 나타난 것만도 황 선생은 신이 왕림하신 것마냥 벌벌 떨리는데, 젊은 나리는 안마당 들어온 이웃 사람 취급.

황제는 웃으며 말했다.

"그간 내가 내 일을 소홀히 한 건 알고 있고, 그 탓에 콧대 높아진 이들이 많다는 것도 알아. 미안하게 생각하네. 그래도 자네 부친이 생각나 그 아들딸에게 안부라도 묻고 싶었는데, 이리 만나게 되어 다행이군. 자네는 이리 확인했으니 되었고, 자네 누나가 있지 않았나."

"이 자리에 없습니다."

"시집갔나?"

"아직 홀몸이며, 화양으로 피신을 갔습니다."

"화양? 그것참 우연이군. 나도 지금 화양으로 가는데, 자네 누이를 만나면 내 안부라도 전하지."

"안부를 전할 만큼 오래전에 간 건 아닙니다. 괜찮습니다."

"그렇게 말할 게 아니지. 어제 안부를 오늘 확인해야 하는 세상 아닌가."

"정말 괜찮습니다, 황상."

사징의 마음에 드는 상황이 아니다. 이 황제는 처음 보는 사징을 상대로 잡담을 유도하고 있었으며 사징 역시 말려들고 있었다. 덕택에 중요한 이야기는 하나도 못하고 있다.

황상, 화양으로는 왜 가십니까.

"오늘 밤 여기서 정박하고, 내일 아침 일찍 떠나겠네. 또, 다시 한 번 말하지만 산에 있는 상산군은 걱정할 거 없어."

"언제쯤 물러나게 됩니까."

"곧. 내가 내일 오후에 이곳을 빠져나갈 테니, 그들 역시 비슷하게 나갈 테지. 그들은 아마도 위장을 하여 화양으로 잠입하게 될 거야. 그다음은 자네가 걱정할 바 아니지."

정말 신경 쓸 바가 아닐까. 사징은 숲 쪽을 보았다. 황상이 이리 군사를 깔아두었다면, 상산군은 이 자리를 지켜볼 수 있는 자리에 얌전히 잠복하고 있을 것이다.

왜 이러는 걸까.

아들들을 잃은 뒤 반 미쳐서 칩거한다는 소문의 주인공이었으나, 앞의 황제는 그런 소문과는 거리가 먼 상태다. 우아한 얼굴에, 눈빛과 웃음은 활기차 있다.

혹시, 할 일이 없어서 안 나온 걸까.

"……."

딱히 그런 건 아닌 것 같고, 황제가 정말 다섯 해간 칩거한 덕에 상산의 우동관이 다음 황제가 될 거라는 소문은 이제 소문이 아닌 믿음이 되는 중이다.

"무사히 가시길 빕니다."

"고맙네."

황제는 빙그레 웃었다.

"자네 부친에게 입은 은혜가 크니, 그냥 빈손으로 가지는 않겠네. 내일이나 모레, 배 한 척이 올 거야. 선물로 받게."

"망극합니다."

"밤에 폐를 끼쳐 미안하게 되었네."

사징은 그들이 물러나는 것을 지켜보았다.

황 선생이 물었다.

"무엇을 주신다는 걸까요."

"뇌물입니다."

"뇌물?"

"화양에 알리지 말라는 겁니다."

뭐가 일어나려는지.

일어날 일은 전쟁, 누구와 누구의 전쟁이며 누가 승리할지만 모를 뿐이다. 어차피 십왕쟁패.

다만 저들이 화양으로 가는 것이 꺼림칙하다.

화양은 안전할 거라 생각했는데, 곧 번잡한 곳이 될 것 같다.

괜히 보냈나.

울컥, 올라온다.

❖

"이게 뭔가."

무염은 앞에 놓인 아침상을 보며 말했다. 드는 감정 중 반은 감탄이요 반은 감사였다. 막사 안의 나무 상이고 음식이 담긴 그릇은 투박한 질그릇이었지만, 그래도 밥상은 밥상이다.

"오늘 오후면 화양으로 들어가니 마지막으로 아침이나 차려 드리는 거죠. 먹어요."

"재료는?"

"공자의 하인이 주었어요."

재료가 재료라 진수성찬이라 할 수는 없지만 보기 좋은 상이었다. 삶은 닭살을 양념에 버무리고, 돼지 뼈로 끓인 국과 구운 야채, 두부를 볶아 만든 요리가 놓여 있었다.

"그럼, 맛있게 들어요."

"만드느라 고생했겠군."

"아니요, 공자의 하인이 도와줘서 어렵지는 않았어요. 그 하인, 정말 부지런하고 좋은 사람이던데요. 일을 하고 싶어 온몸이 근질거린다면서, 내가 부려도 되냐 물어보니 일만 시켜달라며 아주 좋아하더라고요. 공자가 할 일을 안 준다고 불만이 상당하던데."

"일을 안 하고 놀면 좋지 않나."

"혼자 빈둥대면 다른 사람들 볼 낯이 없다고 하던데요. 재료를 구해달라 하니 금방 다녀오고, 또 부엌일을 도와주면서 신나하더라고요. 왜 그런 사람을 그리 놀게 해요."

"그야……."

할 일이 생겨서 좋은 게 아니라 당신이 예뻐서 그런 거겠지, 라고 말하려다 그만두었다. 그 녀석, 오늘 아침 내내 신났겠군, 신났겠어.

"같이 먹지."

"네?"

"혼자 먹을 수는 없잖아. 앞에 앉아."

"의외로."

"의외로?"

"조금 드시네요."

"그런 뜻은 아닌데."

"어, 알았어요."

사량은 잠시 기다리라 한 뒤에 밥을 들고 왔다.

처음으로 같이 식사하는 자리가 되었다. 사량은 젓가락으로 밥과 반찬을 집어 먹다가 문득 멈추고 무염을 물끄러미 보았다.

"왜."

"가지 싫어해요?"

"아, 좋아하는 거면 당신이 다 먹어. 내가 양보하지."

사량은 가지를 집어 들었다.

"그래도 먹어요. 제 회심의 역작인데."

"두드러기 나."

"아닐걸요. 융금에 있을 때 확인한데다, 당신 하인에게 이미 물어봤어요. 호불호가 있을지언정 못 먹는 건 없다고."

"이런 배신자."

무염은 사량이 집어 든 가지를 직접 받아먹었다.

"자, 된 거지? 이제 나머지는 당신이 다 먹는 거다."

사량은 빈 젓가락을 물끄러미 보았다.

"다 먹여줄 생각인가? 그럼 나는 입만 벌리고 있지."

"아뇨, 아뇨. 그건 아니에요."

사량은 얼른 젓가락을 내렸다.

"어서 먹어. 그리 하얗고 말라서야, 성에 들어가면 다들 잡아먹으려 들 거야."

사량은 얌전하게 먹기 시작했다. 무염은 문득 사량의 옷을 보았다. 여전히 상복 차림이다.

"사량, 성으로 들어가면."

"아, 네."

무염은 긴장하는 사량의 눈과 마주쳤다.

"그 상복은 갈아입어."

"네? 왜요."

"옷이 없으면 하인더러 하나 구해오라고 할 테니 그 상복은 갈아입도록 해."

"그곳에서는 이리 입으면 안 되나요?"

"그건 아닌데, 개선(改善)의 의미랄까."

"네?"

"그러니까 이런 거지. 문만 있는 것보다 문 옆에 꽃을 놓으면 더 좋잖아. 길옆에 꽃을 심어놓으면 더 보기 좋고…… 즉…… 뭐, 더 예쁘지 않을까 하는 생각에 제안한 건데…… 마음대로 해."

조용해져서 흘끔 눈치를 보자, 사량은 이 남자가 무슨 괴이쩍은 소리를 하는 건지, 진담인지 농담인지 몰라 의문 가득한 눈으로 보고 있었다.

"공자, 상복이 싫은가 봐요."

"좋아할 사람이 어디 있나. 게다가 지금 당신이 가는 곳은 화양성, 즉 내 집이야. 상복 입고 오는 손님은 좀 그렇지."

사량은 눈을 크게 뜨고 고개를 끄덕였다.

"아, 그렇겠네요. 미처 생각 못했어요."

무염은 상복 자체가 아니라 상복의 의미가 싫었다. 그 약혼자에게나마 감사하는 것은 죽기 전에 우리 혼약 없던 일로 하자고 한 뒤에 떠났다는 것이다. 바람난 줄도 모르고 그 남자를 기다리다 애도하고 있는 거라면, 그리고 그 남자에게 좋은 기억만 가지고 있다면, 그것도 그것 나름대로 열 받았을 것 같다.

그래도 사량이 남편으로 받아들이기로 했던 남자가 있었다고 생각하니 속에서 불이 난다.

전쟁이 없었다면 그 자식하고 결혼했을지도 모르고, 무염과는 아무 상관도 없이 살았을 것이다.

오래오래 행복하게.

그리고 나는……

난 그대로 살았겠지. 이 여자가 세상에 있는 줄도 모르고.

다시 언짢아진다.

시작도 하지 않았는데 져 버린 기분이다.

"하여간, 갈아입어."

사량은 빈 밥그릇 위에 젓가락을 내려놓았다.

"나가볼게요."

"하인 녀석을 불러다 치우라고 할 테니, 당신은 그냥 출발할 준비나 해."

"알았어요."

보내고 나니, 무염은 왜 그런 말을 한 건지 후회가 들었다. 저 여자하고 지내면 사사건건 후회할 일만 만드는 것 같다.

무염은 막사를 나와, 병사와 하인이 주둔지를 치우고 막사를 거두는 것을 지켜보았다. 출발 준비는 곧 끝나고, 무염은 사량을 찾았다. 사량의 천막 옆에는 검은 말이 준비를 다 마치고 서 있었다.

하인이 막사 앞에서 말했다.

"아가씨, 치워도 될까요."

"아, 준비 끝났으니 막사 거두세요. 미안, 늦어서!"

사량이 급히 짐을 들고 달려나왔다. 입은 옷이 확 바뀌어 있었다. 푸른 끈으로 묶은 은청색 옷을 입고, 긴 머리도 여태까지처럼 끈으로 대충 묶은 것이 아니다. 여느 아가씨처럼 볼 옆에 땋은 머리를 드리우고 푸른 끈으로 묶었다.

"어, 옷 바뀌셨네요."

"불평하는 사람이 있어서. 어떤가요."

"아주 보기 좋은데요! 성에 도착하면 제가 성 구경을 시켜 드리겠습니다."

"그럴 필요까지는 없는데."

"괜찮습니다. 부르기만 하세요. 어차피 성으로 가봤자, 역시 할 일이 없습니다!"

무염은 하인의 뒤통수를 노려보았다. 너, 이 자식. 들어가는 대로 아주 제대로 부려먹어 주마.

사량은 말안장에 짐을 싣고, 그 고삐를 풀다가 무염이 나온 것을 알고 돌아보며 말했다.

"공자가 불평하신 대로 옷은 갈아입었어요. 새 옷인데다 처음 입어보는 거고, 거울이 없어서 불안한데 괜찮아요?"

무염이 아무 말이 없자 사량은 다가오며 다시 물었다.

"기껏 시켜서 갈아입었더니, 왜 아무 말도 안 해요. 나쁘다 좋다 말이라도 해주지…… 역시, 색이 별로인가."

"아니."

"공자?"

"새 옷이 있기는 했군. 언제 장만한 건가."

"저도 여인인지라 어느 날 갑자기 성에 괜찮은 남자가 올지도 모르니까 장만해 뒀어요. 마음에 드는 남자가 나타났는데 상복만 입고 있으면 성의 없어 보일 것 같아서."

"남자에게는 웃어주기만 해도 아주 대단한 성의를 보여주는 걸 텐데."

"그건 공자 생각이지요. 사실, 좀 더 요사스럽고 야한 색으로 하고 싶었는데, 동생이 말리더라고요. 저하고는 안 어울린대요. 그래서 이런 색으로 골라주던데…… 상복하고 별 차이도 없어 보이네요. 그때 좀 더 제 의견을 밀어붙였어야 했는데, 어찌나 완고하게 이 색으로 해야 한다고 하던지…… 공자?"

다른 옷을 입는 편이 더 예쁠 거라 한 말을 왜 한 걸까.

"왜 그래요? 역시, 이상해요?"

"아니, 그건 아니고."

아찔하고, 아득하고, 두근거리고, 눈이 시리고.

어지러운 혼돈 속에 아무 말도 할 수가 없다.

그저 드는 생각은 하나. 왜 지금 당신은 내 여자가 아닌 거지.

지금 하고 싶은 일은 당신의 허리에 손을 얹고 어여쁘다 칭찬해 주는 것이고, 보고 싶은 것은 감사를 담은 수줍은 눈인데. 아무것도 할 수가 없다.

"이제 출발하지."

"네."

사량은 짐을 잘 묶은 뒤에 말에 탔다.

무염은 그 모습을 다 지켜본 뒤에 그의 말에 타고 출발을 명했다.

오전에 일찍 출발한 덕에 정오 무렵에 화양에 도착할 수 있었다. 해가 가장 높이 있을 무렵 지평선 너머로 바다와 그 바다와 마주하는 거대한 화양이 모습을 드러냈다.

화양성의 유명한 붉은 기와지붕들이 하얀 구름 흐르는 하늘과 바다를 바라보고 있었다.

드디어 도착이다.

무염은 사량의 눈이 커지는 것을 보았다.

"대단히 큰 도시였네요."

"크지. 아름답고."

아름답다―

말하는데 왠지 성의 없다는 생각이 든다. 다들 아름답다, 아름답다, 하지만 저곳에 나고 자란 무염에게는 항상 저런 곳이었다.

"가면 어머니에게 보내줄게."

"화양공의 부인인, 유 부인 말이죠?"

"그래. 여자 손님이 되어 화양에 머물 거야. 어머니는 정말 좋은 분이시니, 걱정 마."

"그래도 화서항주의 따님인데다, 화양공의 지체 높은 부인이시잖아요."

"긴장할 필요 없어. 정말 좋은 분이고, 열네 살 난, 짐승이나 다를 바 없는 나를 화양의 공자로 키운 분이니 당신 정도면 선녀로 보일걸."

"그럼 화양공 나리는 어떤 분이신가요."

"당신이 만날 일은 없을 테니, 긴장할 필요 없어. 얼굴 풀어."

만나는 건 무염이다. 그리고 이제, 무슨 일이 벌어질지는 무염 자신도 모른다.

아버지—

아버지를 만난다 생각하니, 무염은 속에서부터 어둡고 찬 것이 밀려오는 기분이었다.

"어서 오거라."

화양공 막채규, 그리고 무염의 아버지이기도 한 남자는 차가운 얼굴로 아들을 맞이했다.

질책할 일이 있는 것이다, 무염은 짐작이 되었다.

아무 일도 없으면 심드렁하게 왔구나, 정도의 인사로 맞이한 뒤에 보냈고, 무슨 일이 하나라도 있으면 이런 표정으로 단단히 각오하라는 듯 어서 오라 한다.

"네 보고는 이미 받았으니 결만 추려서 이야기해도 될 테지."

"하십시오."

"우먁은 어떻게 할 생각인 거냐."

"우먁의 큰형인 우범신이 올 것입니다. 오는 길에 전령을 만났고, 그리 전달을 받았습니다. 아버지께도 곧 전령이 올 것입니다."

포로가 된 우먁을 두고, 그 부친인 상산공 우동관은 '못 배워먹은 자식이 제멋대로 한 일'이라 했다.

다만, 그래도 못난 자식일망정 자식의 일이라 합당한 배상을 할 터이니 용서하고 풀어달라 했다.

"언제 온다고 하느냐."

"중원절 지난 뒤에 올 거라 하니, 며칠 기다렸다가 그가 오면 몸값을 받고 보내면 될 거라 생각합니다."

"후만은 화양의 영토가 되는 거고?"

"네. 그건 문제없습니다."

"후만으로는 누구를 보내는 것이 좋겠느냐."

"곽무구 장수 쪽이 나을 것 같습니다. 곽안과 사촌이니, 융금에 있는 곽안과 잘 지낼 수 있을 테고, 또 군기를 엄하게 잡는 사람이라 혼란한 후만을 다스리는 데 좋을 것 겁니다."

"그래."

이제 이 일의 주동자로 우멱을 넣을지 칠굉을 넣을지 결정해야 한다.

이미 목이 잘려 할 말이 없는 칠굉이 될 가능성이 클 것이다. 황제는 아들 셋을 잃은 뒤 황궁에 박혀서 얼굴 구경하기도 힘든 상황이니, 우동관과 막채규가 적당히 말을 맞춘 뒤 보고해도 문제가 없을 것이다.

"마촉 장군은?"

"말씀드린 대로 했습니다. 유기 장군이 그만두며 급하게 보낸 거라, 어차피 그곳에 오래 둘 사람은 아니었습니다."

"어찌하는 게 나을 것 같지."

"고향으로 보내는 편이 낫습니다. 이미 전횡을 할 대로 했습니다. 그가 자기 일만 제대로 했다면 후만의 백이 불만을 품을 일도 없고, 융금이 그리 노출되지도 않았을 겁니다. 그 와중에 출정도 하지 않았습니다. 해서는 안 되는 일을 하며 할 일은 하지 않았지요."

"그래, 그렇지. 그럼, 융금의 일은 어찌 되었느냐."

드디어 이 말이 나왔다. 아버지의 얼굴을 보았을 때부터 바로 이게 문제일 거라 짐작했다.

"융금은 그대로 놓아두는 게 좋겠습니다."

"내가 분명 그곳도 점령하라 했을 텐데."

"융금백 갈사징은 군세를 완전히 회복할 수는 없는 처지라 속수무책이었던 것뿐입니다. 일단 군사를 빌려주었으니 성민들과 성주가 도와줄 테고 융금은 안전해질 겁니다."

채규는 눈살을 찌푸렸다.

"염아, 출발하기 전 내가 분명……."

"압니다. 성을 점령하라고 하셨지요. 하지만 아버지, 갈사징은 아무런 잘못도 없고, 우리를 배신한 적도 없거니와 해를 끼친 적은 더더욱 없습니다. 또 폭정을 저지른 적도 전횡을 한 적도 없는, 성민에게 아주 존중받는 성주입니다. 아버지가 말씀하신 대로 그를 몰아내고 제가 그 성을 차지한다면, 곽안은 그 성에 앉아 성을 방어하는 것이 아니라 성의 반란부터 걱정해야 할 처지가 될 것입니다."

"가기 전에 분명 그리한다 했잖으냐."

"사정이 변했습니다. 제가 알아보지 않고 그런 겁니다. 사정이 다르다는 것을 안 지금, 그리할 수가 없었습니다."

만나기 전만 해도, 무염에게 사징은 오만 방자하게 굴다가 주변 장수들과 성주들에게 도움도 못 받고 정작 급해지니 누나 등 떠밀어 보낸 녀석이었다. 만나기만 하면 제대로 뭉개주려 했는데, 그리 방만하게 대하다가 오히려 무염의 머리가 깨질 뻔했다.

그 후 융금을 살피며 무염은 자신이 판단을 완전히 잘못했다는 것을 인정해야 했다. 군사만 없었을 뿐, 성은 잘 다스려지고 있었다. 몇 년간 협조를 받지 못한 것은 애초에 찾아온 놈들이 다 개자식이라 그런 것일 뿐, 사징의 잘못이 아니다.

군세가 빨리 회복되지 못한 것도 이유가 있다. 성민 살림을 살리는 데만 집중하다 보니, 성주의 재산은 별반 없었고, 부역과 군역도 줄여 아태관도 비워둬야 할 지경이었다. 그것도 역시, 사징의 잘못은 아니다. 오히려 그 편이 나았다.

아버지 잃고 여기저기서 시달리던 성을 그 정도로 살려둔 것은 굉장한 업적, 인정하기 싫지만 그 녀석은 매우 유능하다.

그래서 마음에 안 든다.

존재하기만 해도 주변 남자들의 자신감을 땅에 떨어뜨리는 놈이지 않은가. 무능하거나 멍청하거나, 최소한 평범하기라도 했으면 사랑을 데리고 오며 자신감에 충만했을 것이다. 그런데 하필이면 그런 동생과 같이 살던 사랑이니, 같이 있는 내내 '과연 괜찮은 것인가?' 라는 의문을 품다가 성에 도착할 무렵이 되니 '과연 괜찮을 것인가!' 라는 초조감으로 변해 있었다. 사내로서 장점이라 생각했던 모든 것이, 사장에 대하자니 딱히 대단히 잘나 보이지 않았다. 심지어 생김새까지. 가장 많이 본 사내 얼굴이 동생의 얼굴인 사랑에게는 세상 모든 남자가 털 없는 짐승일 터이니 무염도 그저 털 덜 난 곰에 지나지 않을 것이다.

"무슨 생각을 하는 거냐."

허공을 노려보던 무염은 그제야 자신이 자그마치 아버지를 앞에 두고 다른 생각을 하고 있었다는 것을 깨달았다.

"어차피 성주의 가족이 여기 오지 않았습니까."

"그 누이를 인질로 데리고 온 거냐."

"그런 건 아닙니다. 성주가 누이를 부탁했습니다. 전란에 휩싸이면 안전하지 못할 거라 여겨, 이곳이라면 안전할 테니 부탁한다고. 그렇게 서로 약조하고 동맹을 확인하고 왔습니다."

물론 우호적인 어조로 하지는 않았고, 부서진 바둑판 하나가 필요하긴 했지만 말이다.

"정말 그 이유냐."

"……네."

"정말?"

드디어 시작이다.

무염은 턱에 힘이 들어가는 것을 느꼈다.

아버지의 목소리 하나하나에 들린 경멸이 손에 잡힐 듯했다. 이러면 좋지 못하다.

"그렇습니다."

"늙건 젊건 장수들은 죄다 사내지. 예쁘장한 계집애들 앞에서 마음 약해지는 거야, 본능. 그러니 힘없고 무능하면 자기들 딸이나 누이, 심지어 아내까지 건네주지."

"좋은 여자입니다."

"뭐."

"부족할 것 없는, 과분할 수도 있는 여자입니다. 그런 식으로 생각하지도, 말씀하지도 마십시오. 첩실로 삼거나 하는 사심을 채우고자 여기로 데리고 온 것이 아닙니다. 게다가 저는 아직 홀몸이고, 그녀 역시 홀몸입니다."

지금 무슨 소리 하는 거지. 아버지의 얼굴이 굳어가고 있었다. 싸늘한 눈은 더더욱 싸늘해지고 입술은 돌처럼 맞물린다.

"아내로 들이고 싶다는 말이냐."

"안 될 것도 없지 않습니까. 첩실로 데리고 왔다면야 제가 사욕을 취한 것이 될 테지만, 아내로 맞이하면 그때부터는 서로 예를 다해야 하는 사이가 될 겁니다."

패륜, 근친, 남의 아내를 취하는 것이 아닌 한 스물다섯 넘어가는 자식의 혼사에 부모가 관여해서는 안 된다는 것은 암묵적인 법도다. 막채규와 무염이 평범한 부자지간이었다면, 일단 데리고 오라는 것으로 결론이 났을 것이다.

평범한 부자지간이라면.

채규가 피식 웃었다.

"그래?"

무염은 주변이 차갑게 얼어붙는 것을 느꼈다.

나쁜 상황이다.

나쁜 것은 무릎 꿇고 앉아 사람들이 보는 앞에서 혼나는 것이고, 더욱 더 나쁜 것은 아무도 보지 않는 곳에서 혼나는 것이다. 혼날 이유가 없다 생각해도 아버지는 어디서 어떻게든 그 이유를 찾아내 앞에 던졌다. 특히나 단둘이 있을 때는 그게 잘못인지 처음 아는 경우조차 많았다.

지금이 바로 그 더 나쁜 상황이다.

"홀몸인 것이 싫은 거냐. 그래, 이 아비가 장가는 보내주마. 적당한 아이야 어디에 있겠지. 그러나 이런 식은 곤란하지. 나는 네 아버지고, 그리 네가 던지는 통보를 받으며 장가보낼 생각은 없어."

"그런 게 아닙니다. 아버지, 아무 흠도 없는 여자입니다. 그리고 저 역시, 딱히 흠 없고 대단한 사내인 것도 아니지 않습니까."

"그래도 너는 내 집안 남자지. 그 아이가 그 집안 아이이듯 말이다. 그 집안과 우리 집안은 좋은 사이는 아니지 않느냐."

"동량 전투를 말씀하시는 거라면 아버지께서 늦게 군사를 보냈다 하나 그 집안은 그 전쟁의 패배를 아버지 탓이라 하지 않고 원망하지도 않았습니다."

"그건 네가 그리 생각하길 원하는 것이겠지."

"아버지."

"다른 건 몰라도, 내 집안에 나에게 원한을 품을 만한 자는 들이고 싶지 않구나. 네가 혼사를 약속했다면, 적당히 다른 데로 보내라."

"무슨 말씀이십니까."

"다른 장수에게 보내라는 거다. 곽안과의 혼사를 추진하면, 그건 허락한다. 삼남인 곽안에게야 나쁠 거 없는 혼사지. 둘 다 오래되고 명망 있는 집안이고, 곽안은 아직 홀몸이고 또 젊지. 여자 아이 집안도 만족할 테고 너도 네 본분은 다한 셈이 될 것이다. 옛 교분을 생각하여, 혼수와 예물 정도는 선물로 줄 수 있다."

무염은 목구멍까지 화가 치밀었다. 아버지 앞이 아니라면 상이라도 엎고 싶은 심정이었다. 그 속마음은 굳은 얼굴과 주먹 쥔 손으로 여지없이 드러났다.

"꽤 마음에 들었나 보구나. 네가 내 앞에서 그런 표정을 짓는 것은 처음 보는 것 같아."

다시 아버지가 웃음을 보였다.

"참 안 되었다만 어쩌겠느냐. 더 욕심 내지 마. 주는 대로 받고, 하지 말라는 건 하지 마."

"그건."

무염은 돌덩이가 올라오는 것 같았다.

저 비웃음 하나를 사자고, 내가 무엇을 한 것인가.

"싫은 거냐?"

"아버지—"

"좋아, 그럼 내가 해주마. 일단, 내가 사람을 보내……."

"어머니께 말씀하십시오."

"뭐라?"

"그녀는 이제부터 어머니 손님이니, 그 일은 어머니와 말씀하십시오."

"언제부터 그리된 거냐."

"애초에 성으로 오는 여자 손님은 어머니의 손님이지 않습니까. 저에게는 더 이상 그 사람 이야기는 꺼내지 말아주십시오. 제 일이 아니니."

아버지가 더 말하기도 전에 무염은 일어났다.

"나가보겠습니다."

"끝난 게 아니다."

"나갑니다."

무염은 아버지가 뭐라 하든 말든 그냥 나가 버렸다. 나중에 다시 불려 가 또 잔소리를 듣는 한이 있어도, 지금만큼은 앞에 버티고 앉아 있을 수 가 없었다. 항상 숨이 차오르게 하는 아버지인데, 오늘은 아예 목이 졸리 는 기분이다.

밖으로 나오자, 본관을 둘러싼 난간 너머로 화양이 보였다.

여름에 더욱 푸른 바다와 그 뒤로 펼쳐진 평원과 산, 모래 빛 돌을 쌓아 올린 성벽과 용머리로 장식한 강철 수문, 그 아래로 푸른 운하가 흐르며 바다로 흘러가고 있었다.

화양공의 거대한 저택은 그런 화양을 굽어보는 높은 위치에 있었다. 난간에 기대 있으면 푸른 물과 붉은 지붕, 하얀 절벽까지 어우러진 남쪽 제일의 성인 화양이 한눈에 보인다.

이리 아름답고 화려하나 차지하는 건 쉬워도 수성은 어렵다는 성이다. 지금이야 주변에 있는 여러 요새들이 화양을 들어오는 관문을 지키고, 수 군과 해군이 가진 강력한 함포(艦砲) 덕에 엄두도 내지 못하지만, 화양 막 씨 가문이 이 성을 차지하기 전까지 몇 번이나 주인이 바뀌었고 침략도 여러 번 당했다.

그래도 무염의 증조부가 이 성을 차지한 이래로 가문이 계속 이어져, 그만큼 번영하여 이 영주관의 웅장함은 유명하다.

지금 무염이 서 있는 난간도 성의 원림(園林)을 가로지르는 장랑으로 이어지고, 그 장랑을 따라가면 연못과 버드나무, 비파와 파초나무 우거 진 숲과 금빛 기둥을 세운 정자, 백로와 사슴이 오고 가는 연못을 볼 수 있다.

무염은 한참 서 있다가, 속이 좀 가라앉자 발을 떼고 주랑으로 들어갔다.

기다리고 있을 사량에게는 뭐라 말한다.

하인에게, 어머니의 내원이 아닌 그의 처소로 보내라 했다.

혼자 가는 것보다야 무염이 직접 데리고 가는 편이 나아 그리한 것이지만, 아버지가 이런 식으로 나왔으니 어머니에게 간다 해도 사량의 입장이 불편해지는 건 어쩔 수 없었다. 한동안이야, 어머니가 아버지가 뭐라 하든 말든 귓등으로 날려 버릴 것이다. 그러나 아무리 어머니라도 친척도 아닌 처녀를 오래 맡아줄 수는 없다. 언제고 아버지 말대로 될 것이다.

무슨 짓을 한 거지, 너란 놈.

어렴풋이나마 기대한 건 사실이다. 오는 내내 근거 없이 낙관적이 된 것도 사실이다.

그러다 보니 아버지가 어떤 사람인지를 잊고 있었다.

그때 작은 공이 눈앞으로 날아왔다. 무염은 얼른 공을 받고 날아온 방향을 보았다. 어린아이가 숲에서 뛰쳐나와 달려들었다.

"형님!"

무염은 두 팔로 막냇동생 무흔의 몸을 잡아 번쩍 들었다.

"우리 막내구나! 네 형들은 다 바쁜가 보구나. 너 먼저 나오니."

"승리하셨다 들었습니다, 형님!"

"축하하려고 기다린 거니, 아니면 놀자고 기다린 거니."

"축하드리려고!"

"이게, 거짓말하지 마."

"아뇨, 정말이에요!"

무염은 팔에 아이를 앉히고, 그 머리를 잡아 흔들었다.

"요놈, 요놈. 거짓말은. 놀아주는 사람이 없어서 그런 거지. 내가 없으니 담의가 너를 잡더냐."

무흔은 진절머리가 난다는 듯 고개를 저었다.

"아아, 말 마세요! 그분은 너무 엄하십니다. 매일매일 하나도 재미없어요! 그냥 하루에 한 시진씩 공차기만 하면 되는데 왜 그러시는지."

"알았다, 알았다. 드디어 솔직해지는구나. 이리 와. 형이 놀아주마."

무염은 소년을 안고 한 바퀴 돌아주었다. 반갑고 신난 동생이 깔깔 웃는다. 그러다 무염은 본관 난간에 나와 서 있던 아버지와 마주쳤다. 아버지는 둘을 보고 있다가 마주치자 등을 돌렸다. 아버지 옆에 있던 보령이 흘끔 보았다. 고작 몸종이나, 보령은 무염에게 불편한 여자였다. 다른 가족들에게도 마찬가지라, 어머니가 벌써 몇 번이나 저 아이를 내보내라며 이를 갈았을 텐데, 아버지는 대체 무슨 생각인지 끈질기게 옆에 둔다.

무염은 이제 가자고 말하려고 동생을 보았다. 동생의 얼굴이 굳어 있었다.

"왜 그러니."

"아버지는 제가 싫은 것 같아요."

"설마."

"정말 그렇습니다, 큰형님. 아버지는 제가 싫은 것 같아요."

"나도 아버지께 좋은 소리 들어본 적이 없단다. 아버지란 원래 아들에게 그래야 하는 거니까, 속상해하지 마."

"담의는 만이에게 그러지 않던데요. 저에게는 무서운데, 만에게는 항상 싱글벙글 웃어요."

"아버지마다 다르단다, 막내야. 아버지는 이 성의 제후이시고 엄하셔야 하지. 그리고 만이는 너보다 말을 잘 듣잖아. 안 그래?"

무흔의 얼굴이 부루퉁해졌다.

"거봐요. 형님도 만이하고 저를 비교하십니다."

"형은 무흔이가 좋은데, 아주 조금만 더 점잖아지면 좋겠어."

"얼마나 더 점잖아져야 합니까. 지금도 숨이 막힐 지경인데! 아, 오면서 봤는데, 제 청을 들어주시면 군자가 되겠습니다. 약속드리지요."

"말해봐라. 어지간하면 들어주마."

사량은 하인의 안내를 받아 무염의 처소에 도착했다.

무염과는 성 입구에서 헤어졌다. 아버지에게 다녀오겠다고 하며 갔고, 사량은 그가 돌아오면 부인에게 같이 가는 걸로 하고 먼저 처소로 안내받은 것이다.

으리으리한 집에 살고 있을 줄 알았더니, 아니다. 성의 본관과 떨어진 병영과 가까운 아담한 별채였다. 그 큰 남자가 살기에는 참 작아 보였다. 세 채 정도 되는 집채에, 병영으로 이어지는 문이 있고 옆에는 무염의 서재가 있었다. 하녀는커녕 하인도 하나뿐, 그나마도 무염이 출정하면서 데리고 가는 바람에 오랫동안 비워져 있어서 문은 닫혀 있고 사람 냄새가 없어 적막했다.

원숭이 공공은 사량의 어깨에 앉아 둘러보다, 뜰에 있는 무화과나무로 올라갔다.

하인이 빗자루를 들고 와 닫힌 문을 모두 열고 허겁지겁 안팎을 쓸어대며 말했다.

"잠시 기다리시면 공자님이 오실 겁니다. 얼른 치워 드릴 테니, 기다리세요. 이렇게 항상 지저분한 게 아닙니다."

"괜찮아요. 지저분한 것도 아닌데요, 뭐."

"일단 저기가 공자님 손님이 오면 묵는 방이니, 저기 계세요. 제일 먼저 치워두었답니다."

하인이 가리킨 곳은 아담한 집채였다. 안에 들어가니 정원을 바라보는 누창이 있고, 그 창을 통해 능소화 우거진 담과 커다란 백일홍 나무가 보인다. 가산이나 연못은 없고, 담 옆에 맥문동이 가득 심겨져 보라색 꽃을 피우고 있을 뿐. 화양 근방을 평정한 장수의 집이 아닌, 평범한 무관의 집 같다.

사량은 의자에 앉아 창턱에 기댔다. 푸른 바다와 흰 갈매기들이 보였다. 바다가 가까워서 그런지 어딘지 짠 내음이 풍기는 것 같고, 또 햇살도 융금과는 비교도 되지 않게 강하다.

참으로 낯선 곳에 왔다는 생각이 든다. 안개가 피어오르는 녹음과 검푸른 바위들로 가득한 산에서, 이렇게 햇살 가득하고 화려한 화양으로 왔다. 남쪽에서 가장 부유한 곳이자, 가장 강한 성.

그렇게 생각하다가 사량은 객관의 책상에 쌓여 있는 책이 아이들이 글자를 배우기 위한 책인 것을 발견했다. 구석에 작은 실내화도 던져져 있었다. 벽에는 낙서가 가득하고, 창가에는 돌로 놀이를 한 흔적이 있다.

무염의 말대로 첩실은커녕 춘화 한 점 없기는 한데, 어쩌면 더 굉장한 존재와 만나게 될지도 모른다는 생각이 들었다.

원숭이 공공이 어깨로 올라왔다. 사량은 원숭이의 작은 볼을 어루만져 주며 다정하게 말했다.

"나는 낯선 곳에 와서 어리둥절한데 너는 참 신이 났구나. 재미있니?"

원숭이는 그저 만져 주는 것이 기분 좋은 듯 손에 머리를 비빌 뿐이다. 그러다 사량은 문밖 서 있는 무염을 발견했다.

"언제 왔어요, 공자?"

"조금 전. 좀 별로지? 병영도 가깝고, 경치도 별로 좋지 않아."

"아뇨, 괜찮아요. 그런데……."

사량은 제후와는 어떻게 되었느냐고 물으려다, 무염의 목에 대롱대롱 달려 있는 아이를 발견했다.

사량은 웃으며 말했다.

"공자의 아들인가요? 닮았네요."

사량은 아이에게 손을 흔들어주고는 무염을 보았다.

"공자?"

이어질 소개와 자랑을 기대했으나, 무염의 얼굴은 기대했던 표정이 아니었다. 정말, 제대로 충격 먹은 얼굴이다.

"이봐, 사량. 어쩌다 그런 결론이 나온 거지?"

"아내나 첩실이 없다고 했지 아이가 없다는 말은 안 했으니까요."

"내 아들은 아니고, 아버지 아들이야. 어이."

무염은 아이를 흔들었다. 아이는 무염이 부르든 말든, 자신이 형님의 아들이 된 줄도 모르고 지글대는 눈으로 원숭이를 보고 있었다. 우와, 이거 나 줘요! 라는 말이 나오기 직전이었다.

"어이, 막내야. 네가 해명을 해야 내가 네 아범이 되지 않을 거 아니냐. 어이, 우리 막내."

다시 흔들자, 무흔이 얼른 말했다.

"아! 화양의 공자, 막무흔입니다."

"융금의 갈사량입니다."

"안녕하세요!"

집 안에 있던 아이들 물건이 이해가 된다. 아들 또래의 동생이다 보니, 아들처럼 키우는 것 같다.

"그런데 공자의 아들이라고 해도 되겠네요."

"아버지께는 손자 같은 아들이자, 나에게는 아들 같은 동생이지. 어머니께서 힘내셨어. 그런데 늦게 나온 주제에, 이 녀석 아주 제대로 걸작이야. 이리 내려와라, 무흔아. 숙녀분 앞에서 그리 아이처럼 구는 건 군자의 도리가 아니란다. 내가 말했지? 이제 점잖아지는 거라고."

무흔은 내려오는 것도 잊고 여전히 원숭이를 간절한 눈으로 보고 있었다. 원숭이가 겁을 먹고 사량의 품에 찰싹 달라붙었다.

"이 말썽쟁이가 지나가던 길에 그 원숭이를 봤나 봐. 원숭이를 졸졸 따라다니다, 이곳에 손님이 온 것을 알고 졸라대더군. 보고 싶다나, 소개해 달라나, 뭐라나. 이것아, 얼른 내려오라니까."

소년은 팔을 풀고 바닥으로 내려왔지만, 뜨거운 눈은 여전히 원숭이를 향하고 있었다. 사량은 품 안의 원숭이를 어르고는 상냥하게 말했다.

"이 아이를 자세히 보고 싶은가요, 공자님?"

"숙녀분의 것입니까?"

"아뇨, 제 것이 아닌 제 친구랍니다, 작은 공자님."

"저기, 그럼 저도 벗으로 삼으면 안 될까요? 네?"

"그게……."

말이 좋아 벗으로 삼는다는 거지, 그냥 달라는 말이다. 난처해하는 사량에게, 무흔 공자는 가련한 표정을 지으며 손을 모았다.

"부탁드립니다! 제 벗으로 삼게 해주세요! 같은 방을 쓰고 같은 밥을 먹으며 군자처럼 대우하겠습니다."

무염이 무흔의 머리를 당겼다.

"막내야, 처음 뵙는 분에게 그리 졸라대면 숙녀분이 곤란하잖니. 이봐, 사량. 늦둥이에 막둥이라 여기 여자들이 애지중지하는 게 더 문제 같으니 당신이라도 엄하게 대해. 조금만 더 커봐라. 내가 전쟁터에 데리고 다니며 고생을 시켜 버리겠어, 요놈."

그리고 소년의 작은 머리를 큰 손으로 움켜잡고 흔들었다. 사량은 쩔 쩔매며 두 팔을 들었다.

"그만둬요. 막 공자처럼 큰 남자가 그러면 애가 다치겠네요. 괜찮아요.

저기, 소공자. 이 아이의 이름은 공공이라 합니다."

"네!"

"이 아이와 벗이 되고 싶다면 말이죠, 작은 공자님. 먼저 예의를 지키고 군자로 대해야 합니다."

"어떻게 하면 되나요?"

"일단 거리를 두고, 상냥하고 조심스럽게 대하며 친절을 베푸세요. 선물을 하고 놀아주고. 하지만 친하게 지내자며 억지로 붙들거나 귀여워하려 하면 벗이 될 수 없어요. 알았어요?"

"알겠습니다!"

"자, 공공."

사량은 공공의 등을 밀었다.

"놀아봐."

공공은 세상 망한 표정으로 소년의 팔 위로 올라갔다. 소년은 기뻐하며 원숭이를 잡고 흔들어대기 시작했다. 놀란 원숭이는 틈이 보이자마자 얼른 나무 위로 뛰어 도망갔고, 아이는 그 뒤를 쫓아 사라졌다.

"애들을 잘 다루는군."

한숨 돌렸다는 듯 안도하며 무염이 말했다.

"성에 넘쳐 나는 것이 아이들인걸요. 그나저나 화양공 나리와는 어떻게 되었어요?"

"그게."

사량은 무염의 얼굴이 어두워지는 것을 보았다.

"그냥저냥 되었어."

"좋아하지 않으셨나 보네요."

"당신하고는 상관없는 일로 그런 거니, 그러지 마. 금방 여기 이 지저분하고 재미없는 사내 집 대신, 어머니가 계시는 내정(內廷)으로 가게 될 거야. 무랑이가 시집간 후로 내내 쓸쓸해하시던 어머니니, 젊은 여자가 오면 정말 좋아하실 테지. 어머니는 얌전하고 귀여운 아가씨들을 정말 좋아하시니."

"제가 그리 귀여운 나이는 아니라 죄송스럽네요. 언제 가는 건가요. 지금? 아니면 조금 뒤?"

"그리 헤어지기 전에. 우리도 벗이 되는 게 어때."

"네?"

"내 꼬마와 당신의 꼬마도 벗이 되는데, 당신이 나와 벗이 되지 못할 일은 뭐 있나. 안 그래."

"음, 공자와 벗으로 지내면 저는 무엇을 해야 하는 건가요."

"내가 찾아가면 비파를 켜주고, 내가 헛소리하면 들어주고. 내가 부르면 와서 나하고 같이 찻잔이나 돌리며 노는 거지."

사량은 무염의 손이 볼을 쓸어내리는 것을 느꼈다.

따뜻하고 낯선 손은 눈가를 어루만지다 느리게 내려갔다. 턱을 스치고 어깨를 쓸어내리고 허리로 내려와 멎는다.

"그리고……."

무염의 입술 사이에서 얕은 한숨이 흘러나온다.

사량은 이 남자가 원하는 것이 무엇인지 궁금했다. 그저 욕정인지, 아니면 좀 더 따뜻한 것인지. 여느 남자와 같은 건지, 조금은 기대하고 믿어도 되는 건지.

"네, 그리고."

사량은 무염의 손목을 밀어내려다 손끝으로 느껴지는 그의 열기에 놀랐다. 허리에 얹혔던 무염의 손이 사량의 손목을 잡았다. 그의 손가락에 힘이 들어가며 꼼짝할 수 없게 된다. 힘으로 압박하자, 두려움이 스산한 그림자처럼 사량의 몸 안으로 스며들어 왔다.

"저기…… 공자."

"쉿."

그 손이 손목 위로 올라와 소매 속으로 파고들어 왔다. 손은 팔을 스치며 어깨까지 더듬어 올랐다. 어느새 가슴 앞까지 다가온 그의 숨소리에 긴장하고, 몸에 힘이 들어가며 굳어갔다. 옷 속으로 파고들어 온 손이 팔아래의 속살을 건드렸다. 치우게 하고 싶어도 그 열기와 강한 힘에 꿈쩍도 할 수 없었다.

"곧 중원절이야."

"알아…… 요."

"밤에 지전과 가면을 태우는 불꽃이 타오르고, 모두가 귀신과 도깨비 가면을 뒤집어쓰고 북을 울리고 나팔을 불며 나오지."

"그것도…… 알아요."

"무시무시한 가면으로 얼굴을 가리고, 화양성의 운하와 다리를 돌고 항구를 보는 거야. 법선에 제물을 얹어 강과 호수로 보낸 뒤 불을 놓으면 온 강 위로 불이 타오르지. 그리고…… 자정을 넘기고 오경이 되면 사람들은 불 속에 가면을 던지고 귀신을 쫓아 보내. 새벽빛이 밝을 때 세상에 귀신은 없고……."

사량은 입술을 물고 소매를 잡아당겼다. 그의 손은 순순히 빠져나왔다. 안도와 함께 한숨이 나왔다. 사량은 옷 앞을 꽉 잡고 힘을 주었다.

"알았어요."

"같이 가자."

"네?"

"같이 보러 가자."

거절해야 한다고는 생각했지만, 그의 목소리가 간절하다. 거절의 말이 그를 얼마나 상처 입힐지 두려워져, 사량은 고개를 끄덕였다.

"그래요. 기왕 큰 도시로 왔는데 구경이라도 실컷 해야죠."

"잘 생각했어."

"지금 부인의 처소로 가면 되나요. 아니면, 당신 어머니의 시녀가 올 때까지 기다려야 하나요."

"그게……."

사량은 고개를 돌리고 무염을 보았다. 그런데 조금 전까지는 두려웠는데 정작 무염을 보자 눈을 뗄 수가 없었다. 창밖을 보는 그 시선에는 피로와 쓸쓸함이 묻어 있었다.

"공자."

무염은 고개를 숙이며 어둡게 웃었다.

"물고기를……."

"네?"

"어렸을 때 금양호에 물고기를 잡으러 갔었지. 그때 수면으로 정말 예쁜 물고기가 올라왔어. 그 유명한 금빛 물고기였던 거야. 원래는 보는 것조차 드문 녀석인데, 그날따라 그 물고기가 정신을 놓았나 봐. 내 그물에 잡히고 말았지. 신나게 낚아 올리니, 겁에 질려 날뛰다 지쳐 늘어지더군. 어찌나 예쁘던지. 몸은 온통 금색인데, 지느러미는 붉은빛. 눈은 흑구슬처럼 까맣더군. 그런데 내가 말이야, 그 녀석이 너무 불쌍해서 이렇게 물속에 놓고 잠시 숨이라도 쉬라고 해주었어. 그러자 녀석은 이때다 싶어 펄쩍 뛰어올라 물속으로 들어갔지. 그리고 두 번 다시 보지도 못했어. 비슷한 녀석조차."

웃는 얼굴은 여전히 쓸쓸했다.

사량은 궁금해졌다. 부족한 것 없어 보이는 남자가 왜 이러는 건지.

성의 사람들은 모두 그를 존중하고, 막내의 태도를 보니 유 부인 소생의 자식들과도 잘 지내는 것 같았다. 스스럼없이 어머니에게 부탁한다 하는 것을 보면 유 부인과도 잘 지내는 것이다. 그러니 서출이라 하나 무염은 화양의 공자일 뿐만 아니라 완전한 장공자다.

그런데 왜 이런 눈인지.

모든 것이 있는 사람인데 왜 아무것도 없는 듯 구는 건지.

처음 봤을 때 그의 태도는 예상했던 대로였다. 건방지고, 무례하고, 성으로 군사를 들여와 동생을 압박할 때는 정말 심했다.

그런데 화양으로 오는 내내 그는 사량이 생각한 남자와 다른 남자로 변해갔다. 건방진 남자에서 부드러운 남자로, 무례한 남자에서 조심스럽고 섬세한 남자로. 이 남자가 그리 변해가면서 사량 역시 속 안에 굳었던 마음이 나비 날개인 양 떨리며 약해진다.

그리고 지금, 사량은 무염을 보며 자신이 이 남자 손짓 하나로도 흔들릴 만큼 연약해져 있다는 것을 깨달았다.

이렇게 사르르 약해지면 안 되는데. 속을 알 수 없는 상대를 원하게 되면 허물어지고 약해지며 불안해지는데, 오늘 입을 맞춰주고 품에 안아도 언제 떠날지 모르는 사람인데. 내 남자로 약속된 남자가 아닌데.

그런데 하지 말자, 하지 말자, 하면서도 약해지고 있다. 지금도 조금도 경계하고 있지 않고 그가 다가오든 뭘 하든 내버려 두고 있지 않은가.

그러다 어쩌면.

언젠가는.

사량은 시선을 내렸다.

그러지 말자, 사량.

"그런데 그 물고기를 찾으러 매일매일 금양호 근처에 갔다가, 다친 부엉이 새끼를 주웠지."

사량은 정신이 들었다.

"네?"

"머리는 달걀만 하고 눈은 금방이라도 눈물을 쏟을 듯 그렁그렁한 것이 어찌나 귀엽고 가엾던지. 그래서 허겁지겁 데리고 왔어. 산지기에게 물어보니 말이야, 커봤자 내 손바닥만 한 꼬마 부엉이라는 거야. 그래서 데려다 애지중지 키웠지."

"그게 탕탕인 건가요. 가만, 그 부엉이는 엄청나게 큰데."

"내가 그 귀여운 얼굴에 완전히 속았지. 자라는 게 멈추질 않더니 그리 거위만 해지지 뭔가. 산에 놓아주면 돌아오고, 돌아오고. 몇 번 그리하다가 포기하고 데리고 다니는 거야."

그 말을 하는 무염의 눈 안에 더 이상의 쓸쓸함은 없다.

다시 그, 반짝이는 눈빛으로 돌아갔다. 약간 심술궂고 난처한 그런 사람으로.

사량은 눈길을 거두자 거두자 하면서도 그의 얼굴을 멍하니 보고 있었다. 그의 눈빛, 그의 목소리, 그의 표정 하나 하나에 사로잡혀 있다.

그때 안에서 와장창, 소리가 들렸다.

"세상에."

놀라 일어서려 했으나 무염이 어깨를 잡았다.

"내버려 둬. 원래 저렇게 잘 깨."

"엄청나게 큰 소리가 났는데 정말 괜찮아요?"

"저 녀석, 엄청나게 튼튼해. 아무리 굴리고 굴려도 도무지 다치지를 않는다니까. 나도 저런 통뼈는 아니었는데, 저 녀석이야말로 정말 돌 같은 녀석이지."

"여기에 자주 놀러 오나 봐요."

"내가 여기 있는 동안에는 매일 오지."

"공자는 이곳에서 동생하고 놀기만 해요? 원래는 뭐 하고 놀아요?"

"글쎄."

무염의 손이 사량의 턱 언저리를 쓸어 올리곤, 귓가에 늘어진 머리카락을 조심스럽게 넘겨주었다. 이마에 그의 이마가 닿았다. 고개를 들자 회색 눈이 따뜻하게 감싸듯 바라보고 있었다.

"기억이 안 나."

"뭐가요."

"당신이 옆에 없을 때 어떻게 재미있게 지냈었는지. 어머니가 당신을 채가면 나는 또 어떻게 재미있게 지낼지."

숨소리가 가까워지는 것 같았다.

그만.

여기까지, 여기까지.

사량은 고개를 숙였다. 호흡을 놓친 상대의 입에서 한숨이 나왔다.

"처녀예요."

"엉?"

"저번에 물었잖아요. 그러니까 처녀라고요."

"그 이야기가 갑자기 왜 나와."

"저를 건드리면 제대로 물고 늘어질 거란 말이죠. 손만 잡아도 평생 책임지게 할 테니, 알아서 해요."

멍하니 있던 무염이 갑자기 피식 웃었다.

"이봐, 사량. 저기 저 팔보산에서야 당신이 뻐길 만했지만 여기는 화양이야. 내 바닥이라고."

"무슨 상관인 건데요."

"여기에 나를 노리는 여자가 얼마나 많은 줄 알아? 그러니 사량, 나를 노리고 있다면 그리 뻣뻣하게 으름장을 놓을 게 아니라 일단 그 여자들 뒤로 가서 줄부터 서라고."

사량은 비위가 뒤틀렸다.

"뭐라고요."

무염의 목 안에서 다시 웃음이 터졌다.

"와. 그 표정, 당신 동생하고 똑같군! 그 못마땅한 표정! 정말 둘이 똑같아."

좀 더 비위가 뒤틀렸다. 주먹에 힘이 들어가며, 눈을 감고 뭐라 막 외치려는데 묵직한 손이 볼을 감쌌다. 놀라 사량이 눈을 뜨자 그의 턱이 관자놀이에 닿았다. 입맞춤도 속삭임도 없었지만 턱을 쓸어 올리는 큰 손은 뜨겁다. 이마 위에서 열기 어린 탄식이 터진다.

아찔하다. 가슴 안에서 물컥 올라온 뜨거운 것이 목을 타고 올라와, 숨을 달군다. 눈앞에 그의 목이 있었다. 흥분한 숨소리와 함께 가만히 오르락내리락하는. 단단한 목 아래, 옷깃 사이로 맨가슴이 보인다. 사량은 숨이 조금 가빠지며, 두려움과 설렘이 동시에 밀려 올라왔다.

아, 내가.

어쩌면 이미.

속삭임을 삼키며 그로부터 눈을 감고 고개를 숙였다. 이마에 남자의 굵고 힘찬 맥박이 닿았다. 쿵, 쿵, 밀려 올라온다…….

그때 뜰 구석에서 와장창 소리가 들리더니 비명이 터졌다.

"이번에는 가봐야겠군."

무염은 길게 한숨을 내쉬었다.

"드디어."

무염은 낙지처럼 퍼져 자는 동생을 들어 올렸다.

온 집 안을 삽시간에 난장판으로 만들어놓은 무흔은 해 저물기도 전에 곯아떨어져 버렸다. 사량은 벌벌 떠는 원숭이에게 부채질을 해주며 달래야 했다.

무염은 팔에 잠든 동생을 안아 들곤 작게 말했다.

"깨기 전에 얼른 가져다 놓고 올게."

"같이 갈까요?"

"조금 뒤에."

"그럼 부인께 제 이야기 잘해주세요."

"욕할 거야. 그러면 당신을 절대 데리고 오지 말라 하겠지."

"그러지는 말고."

무염은 동생을 들고 조심조심 내정으로 향했다.

유 부인은 시녀들과 중원절 연등을 달고 있다가 무염을 맞이했다.

"어서 오거라."

부인은 상냥하게 웃으며 다가왔다가, 잠든 막내를 보고 뒤로 한 발자국 물러났다. 그리고 황급히 주변을 둘러보며 입모양으로 소리 없이 말했다.

'안으로 들여보내.'

시녀들은 살금살금 다가와 잠든 무흔이를 조심스럽게 인계받았다. 중간에 무흔이 신음을 흘리며 깨려 하자, 다들 흠칫 놀라 멈추며 침을 삼켰다. 아이는 좀 뒤척였을 뿐 다시 곯아떨어졌다. 다들 길게 안도의 한숨을 내쉬고 살금살금 발을 옮겼다.

"오자마자 인사 올 줄 알았는데, 막내에게 붙잡혀 갔구나."

"죄송합니다."

"그리고 손님이 있다며."

"벌써 아시네요."

"사실, 성에 들어오기도 전부터 알고 있었단다. 간만에 여자 손님이라 반갑구나. 무랑이가 시집간 뒤 너무 적적해서 말이야. 아, 참. 나한테 보내는 거 맞지?"

그리고 은근한 눈빛으로 무염의 반응을 살폈다.

"네?"

"솔직히 말해보렴. 응? 나한테 보내는 거니, 아니면……"

무염은 주변 시녀들을 둘러보았다. 다들 안 듣는 척 주변을 치우고 닦는 시늉들을 하고야 있지만 모두 귀를 기울이고 있었다. 무염은 시녀들을 가리켰다.

"내보내 주시죠."

다들 축 늘어지며 실망했다. 부인은 부채를 저었다.

"장 부인만 빼고 다 나가."

시녀들이 나가고 장 부인만 남자, 부인이 말했다.

"뭐니."

"어머니 손님 맞습니다."

"그래?"

부인은 좀 실망한 눈치였다. 밖에서도 '거봐, 내가 뭐랬어.', '아, 실망이야.' 하는 소곤거림이 들려왔다. 무염은 이게 무슨 상황인지 몰라 당황했다.

"그런데 이 문제로 아버지와 조금 언쟁이 있었습니다."

"왜?"

"오해를 좀 하셔서—"

"무슨 오해?"

사정을 듣자, 부인은 한숨을 내쉬었다.

"왜 그렇게 말했니."

"그게, 그렇게 되었습니다."

"그럼 기왕 그리된 거 반항이라도 해보지 그랬니."

"융금에 곽안을 남겨놓은 상태라, 아버지와 싸우면 좋지 않습니다. 그 사람이 난처해지지요."

부인은 부채를 흔들며 고개를 저었다.

그 사람이라, 그 사람, 이렇게 중얼거리며.

"어머니?"

"그래. 정말 다른 건 없고?"

"그 사람하고 그런 이야기는 한 적도 없고, 정말 아무것도 없습니다."

"네가 왜 화가 난 건지는 알겠다. 눈치 보며 손도 못 대고 데리고 왔을 텐데 대뜸 그러니 속이 못에라도 찔린 기분이었겠지. 그렇지?"

"네?"

말이 좀 이상하게 돌아가는 것 같다.

부인은 부채를 흔들었다.

"그래도 네 아버지가 그리 나오는 건 의외구나. 그 일에 대해서는 생각 안 하는 줄 알았는데."

"어차피 전쟁이었지 않습니까. 그리고 그곳에 있을 때, 그 누구도 그 일에 대해 이야기하지 않았습니다. 어차피 전쟁에서 누구나 오판을 하고 제때 결정을 내리지 못할 수 있습니다. 그게 오판인지 적절한 때가 아니었는지는 이기거나 지고 나서야 아는 것이고요."

"모르는 사이도 아니고 젊었을 때 잠깐이지만 친했던 사이라 그럴지도 몰라. 애초에 질 전쟁이라 생각했는데, 남위가 이기는 바람에 네 아버지가 오판을 해서 친구를 죽인 셈이 되었으니."

"아버지와 융금백이요?"

"내가 네 아버지한테 시집올 즈음 화서항에 융금백이 왔었지. 갈화징은 원래 근처에 나타만 나도 화서항의 화장품이 바닥나게 만드는 사람이었던지라, 항구 입구에만 있어도 일각 뒤에 모든 사람이 다 알게 되었거든. 그때 네 아버지와 같이 지내는 것을 봤어. 둘 다 취미도 비슷하고 성

향도 비슷한 사람이라 친한 줄 알았는데, 나하고 결혼한 뒤에는 융금과 연락하는 건 보지 못했지."

"어떤 분이었습니까."

"누가? 갈화징?"

"네. 살아 있는 모습을 본 적은 없으니까."

"참 유명했지. 얼굴, 목소리, 성격. 완벽했지. 그 사람이 장가갈 때 화서항 여자들 곡소리가 사흘을 갔어."

정말 좋은 추억인 듯, 유 부인의 얼굴에 그리움이 어렸다.

"성격도?"

"응. 성품이 정말로 좋은 분이었단다. 왜?"

그런 아버지 밑에서 그따위 녀석이 태어난 거란 말인가.

부인이 웃으며 물었다.

"무슨 생각하는 거니."

"그분 아들 생각을 했습니다."

"잘생겼더니? 융금백은 지나가기만 해도 그 옆자리에 서로 서겠다고 난투극이 벌어지던 사람인데."

"그 옆에는 누구도 앉으려 하지 않을 것입니다."

"잘생기지 않았나?"

"그것과는 좀 다른 의미로."

근처만 가도 여자든 남자든 죄다 짐승이나 낙지, 오징어가 될 텐데 누가 가려나.

"일단, 그럼 오늘 저녁에 어머니께 보내겠습니다."

"아?"

"제 처소에서 재울 수는 없으니, 지금 데리고 올게요."

"오오, 그러니."

부인은 활짝 웃었다. 웃음이 좀 불길하다고 생각하며, 무염은 긴장했다.

"어쩐다. 정말 보고 싶은데 내가 지금 손님을 맞이할 수 없구나."

"왜 그러십니까."

"청소를 해야 해서."

"청소?"

"대청소를 해야 해. 아주 큰 청소. 그래서 당분간 손님을 들여놓을 수가 없구나. 네가 데리고 있어."

"저기, 제 처소는 남자 사는 곳인데."

"어휴, 괜찮아. 여기가 너무 지저분해서 말이야, 도저히 보일 수가 없구나. 어서 청소를 해야 해."

밖에 있던 시녀가 놀라며 '아니, 마님. 중원절 대청소가 그저께 끝났는데 또 하려고요?' 하고 말하다가 동료에게 끌려갔다.

무염은 주변을 둘러보았다.

"지저분해 보이지는 않는데요."

"정말?"

부인은 꽃병을 밀어 던졌다. 와장창 소리와 함께 꽃과 깨진 병 조각이 흩어졌다.

"아주 지저분한데."

"……."

"여자 손님 묶기 불편하지 않도록, 내가 장 부인을 시켜 하녀와 필요한 것을 보낼 테니 너무 걱정 말렴. 저런, 이거 여기도 지저분하고 저기도 지저분하구나. 청소하는데 아주 아주 아주! 오래 걸릴 것 같아. 그러니 기다리라고 해라. 자, 어서 가."

그리고 행여나 더 있을까 부채로 어깨와 등을 후려쳐 쫓아내듯 몰아냈다.

"어서! 아무리 내 양자라 하나 사내인데 해가 저물었는데도 수화문 안에 있다니. 어서 네 집으로 냉큼 달려가."

"제집에서 지내다 그 사람 평판이라도 떨어지면⋯⋯."

"그러면 네가 책임지면 되는 거지, 뭐가 그리 복잡하니. 자, 어서 가라니까!"

무염은 어머니가 부채를 휘둘러서 당장 문밖으로 나가야 했다.

나가며 돌아보니, 부인은 부채를 부치며 돌아서고 있었고, 시녀들은 흘끔흘끔 보다가 서로 속닥댔다.

저들 사이에 아주 대단한 흉계가 숨어 있긴 한데, 남자인 무염은 도무지 알 수가 없었다.

"밤늦게 여기는 웬일이냐."

그 싸늘한 목소리에 무염은 멈추어 섰다. 바로 앞에 아버지가 있었다.

잠시 얼어붙은 듯 있다가, 아버지가 노려보자 급히 말했다.

"무흔이가 제 처소에서 잠들어서 데려다주었습니다."

"사람을 시키면 될 일을, 왜 네가 직접 오는 거냐. 다 큰 사내가 안채를 그리 마음껏 들락날락거리는 것이 보기 좋지는 않구나."

"주의하겠습니다."

어머니가 했던 말이 떠오른다.

사량의 아버지와 아버지가 친했다고.

우동관과 젊은 시절 친구였다는 것은 알고 있었고, 우동관과 혼담이 오고 가던 유미흔을 아버지가 낚아채는 바람에 두 사람이 불편한 사이가 된 것도 안다. 그러나 융금백과의 교류는 의외고, 교류가 있었음에도 그리 말하는 것은 더욱더 의외다.

무염은 처소 방향으로 가려다 아버지 등 뒤에 있는 보령을 발견했다.

보령의 고요한 눈이 무염을 향했다. 나른하고 습한 보령의 눈과 마주하자 무염은 고개를 돌렸다.

근처에 이 아이가 있는 것을 알면 어머니가 또 화를 내시겠군. 그러나 조금 걷자 사량에게 뭐라 말해야 할지만 고민되기 시작했다.

중원절은 오랜 전란의 세상에서 목숨을 잃은 수많은 귀신들을 모아 제를 지내는 날이었다.

자손이 없어 제사를 받지 못하는 귀신, 부모 형제를 잃어버리고 혼자 세상을 뜬 귀신, 전장에서 죽은 귀신, 굶주림과 병으로 고통스럽게 죽은 귀신, 객지에서 쓰러져 돌보는 이 없이 죽은 귀신, 그런 온갖 귀신들을 위해 음식을 만들고 향을 피워 제사를 지내준다.

그날 초경이 되면 사람들은 강과 바닷가로 나와 법선 위에 제물을 태워 바다로 보내고, 삼경이 되어 귀신들이 거리로 나오는 때가 되면 너도 나도 온갖 가면을 쓴다. 귀신이든 산 자든 모두 귀신들이 되는 것이다. 죽은 자가 산 자가 되고 산 자가 귀신이 되는 시간, 그 시간이 흘러 오경이 되어 짧은 여름밤이 끝나면 사람들은 불 속으로 가면을 던지고 새벽을 맞이한다. 죽은 자들은 법선의 제물을 먹고 하늘로 오르고, 산 자들은 복을 기원하며 그들을 전송한다.

그리고 그날의 해가 뜨면 다시 산 자들의 세상이 시작된다.

사량은 화양성 여기저기 연등이 걸리는 것을 보았다.

오늘은 하늘에도 운한이 떠돌고 지상에도 저 연등과 법선이 타오르며 별이 떨어진 듯 환해지겠지. 영원의 운한 대신 지상에서 단 하루만 명멸하는 불꽃들.

법선이 있으면 무엇이든 태워 보내긴 해야겠다 싶어, 사량은 성 사람에게 제물 몇 가지를 부탁해 받았다. 제물은 보따리로 싸두고 아버지의 이름과 자식 없이 죽은 무관들의 이름을 적은 종이끈을 달았다. 공공은 옆에서 기웃대며 음식 몇 개를 얻어먹었다.

"제물인가."

사량은 얼른 고개를 들었다.

"공자."

무염이 검은 옷차림으로 서 있었다. 무염은 사량을 물끄러미 보다가 말했다.

"지금 입고 있는 옷, 아무리 봐도 새 옷인데."

저녁까지 입고 있던 은청색 옷 대신, 지금 사량이 입은 옷은 여름에 잘 어울리는 푸른색 옷이었다. 소매단과 허리는 붉은색이고, 치마도 붉은색이었다.

"가지고 있던 건가."

"아니요, 새로 샀어요. 웃옷만. 치마는 원래 있던 거."

"언제?"

"아침에요. 당신 하인에게 부탁하니, 같이 가줬어요. 오늘도 할 일이 없다고 하던데요."

"설마, 그 녀석이 골라줬나?"

"아니요. 제가 고른 다음 입고 나오면 봐주기만 했어요. 바가지 쓰지 않도록 도와주기도 했고요."

무염은 눈살을 찌푸렸다.

"그 녀석, 내일부터 연병장의 풀이나 뽑으라고 보내야겠군. 시킬 일이 없어 놀라고 한 거지, 그 시간에 이러라고 한 것은 아니었어."

"제가 부탁한 거니 그러지 말아요. 괜히 폐만 끼친 게 되네."

"그럼, 그건 왜 장만한 거지."

"주변의 다른 화양 아가씨들하고 수준은 맞춰야 하지 않을까, 해서."

"왜 당신이 그 수준을 맞추는 건데."

"그게 말이죠, 공자와 같이 나가는 건데 제 차림이 초라하거나 어색하거나 떨어지면 공자에게 폐가 되지 않을까, 해서."

"왜 폐가 되지."

"어, 그러니까…… 공자를 노리는 여자가 줄 섰다면서요."

"무슨— 아, 그래."

무염은 무슨 의미인지 깨달았다. 이 여자, 농담을 함부로 하면 안 되는 여자였다는 생각도 하면서.

"괜한 건가요. 갑자기 너무 화려한 것으로 입어버렸나. 아니면 안 어울리나."

"아니. 그건 아니야. 일단 나가면 내 옆에 잘 붙어 있어. 아무리 내 옆이라도, 오늘 삼경이 넘어가면 사람들이 거칠어지거든. 그리고…… 다음부터는 그런 생각을 하면 말이야, 하인 녀석 부르지 말고 나를 불러."

"그런 사소한 일로 공자 같은 사람을 부를 수는 없잖아요."

"나도 당분간 할 일이 없거든."

"머물게 해주는 것도 실례인데 그런 일까지."

"그 녀석보다 내가 덜 바빠. 그리고 그 녀석은 아마도 내일부터 아주아주 바빠질 테고 말이야."

무염은 사량이 준비한 보따리를 건드렸다.

"그리고 이건 우리 집안의 법선이 있으니, 거기 태워 보내. 데려다줄게."

"고마워요."

무염은 종이끈에 적힌 이름들을 하나하나 확인해 보았다.

"약혼자 이름은 없는 것 같은데."

"네, 없어요."

"죽은 사람인데. 당신을 찼다고 아직 미워하나."

"미워서 그러는 게 아니에요. 채화는 저 말고 다른 사람이 해줄 거예요."

채화, 그 이름이 다시 나오자 무염은 목구멍에 가시가 걸린 것 같았다. 괜한 말을 했다 싶었다. 없으면 없다고 넘어갈 것이지, 왜 굳이.

"사량, 부탁할 게 있는데."

"네, 말해봐요."

"어지간하면 그 이름, 부르지 않았으면 좋겠어."

"그러면 뭐라고 부르나요."

"그냥 이야기하지를 말자. 나도 그 남자 이야기만큼은 다시는 안 꺼내도록 하지."

"그러라면 그럴게요."

그때 원숭이가 펄쩍 뛰어올라 도망쳤다. 얼마나 무서운 것이 나타나서 이러나 싶어 사량이 동문을 보니, 무흔이 있었다. 창백해진 것은 무염도 마찬가지였다.

"저 녀석은 왜 온 거야!"

그러나 막내 공자는 사량과 눈이 마주치자마자 얼굴이 환해지며 달려왔다.

"저 왔어요! 형님, 어머니 허락받고 오면 된다 하셨잖아요. 허락받고 왔습니다."

무염은 눈에 뜨이게 당황했다.

"정말 허락받은 거야."

"네, 정말입니다. 허락받았어요! 여기, 가면도 준비하고 이걸 쓰면 아무도 제가 공자인 줄 모를 겁니다. 자, 여기 이건 숙녀분 거, 이건 큰형님 거."

그때 담 너머에서 여자 목소리가 들렸다.

"소공자님! 소공자님! 마님께서 나가기 전에 이걸 드시고 가야 한다 하셨잖아요! 소공자님, 어디 계세요!"

무염은 잔뜩 들뜬 막냇동생을 보았다.

"왜 안 먹고 온 거니."

"아, 그거 맛이 너무 없어요. 게다가 지난번에 그걸 먹었는데, 머리가 어지럽고 어찌나 졸린지. 어머니는 제가 밤에 어디 간다고 하면 항상 허락하시긴 한데…… 밤에 놀러 갔다가 자지 않으려면 정신이 번쩍 들어야 한다며 그걸 주세요. 그런데 다른 사람은 다 힘이 나고 활기가 오르는 약이라 하는데 제게는 아닌가 봅니다! 먹기만 하면 얼마나 졸린지! 세 걸음도 못 가고 잠들고 맙니다."

아니, 네 어머니가 너더러 그러라고 먹이는 거란다.

무염은 당장 시녀를 불러다가 이 낮도깨비 녀석을 데리고 가라 하고 싶었다. 그러나 사량이 가면을 받고 무흔의 손을 잡아끌고 있는 중이었다. 무염은 급히 달려가 두 손을 떼어놓은 뒤에 말했다.

"잠깐 기다려. 사량, 막내야. 지금 나가지 말고 기다려."

무염은 하인을 불러 말했다.

"담의를 불러와라. 호위가 필요하니, 혼자 오지 말라고도 하고. 어서!"

"네."

하인이 사라지자 사량이 물었다.

"담의는 누구예요?"

"곧 번개처럼 달려올 테니 그때 소개받으면 될 거야."

막내는 이제 무염의 옷자락을 두 손으로 붙들고 늘어지고 있었다.

"혀영니임, 어서 가요!"

"아니, 일단 담의가 와야⋯⋯."

그러자 막내는 얼른 무염의 옷자락을 놓고 사량의 옷자락에 매달렸다. 사량은 갈 수도 가만히 있을 수도 없어 쩔쩔맸다. 아아, 이놈아. 무염은 달려가 동생의 몸을 번쩍 들어 어깨에 얹었다.

"그래. 가자."

일단 나갔다가 담의가 오면 이 도깨비를 건네주기로 하고, 무염은 반대편 손으로 사량의 손을 잡아당겼다. 놀란 사량은 그 손에 잡혀 끌려가 다시피 하며 가야 했다.

무염은 무흔은 들고 사량은 잡아끌며 화양의 도심가로 향했다. 거리에 들어서자, 처마와 창가, 문, 다리 난간에 걸린 등이 무척 많아졌다. 어둑해지며 거리와 골목을 밝힌 연등의 빛은 밝아졌다. 운하의 선착장과 다리 근처에는 사람들이 법선을 준비하며 모여 있고, 바닷가 부두에도 사람들이 많았다. 사람들은 제물인 익힌 쌀과 콩을 넣은 주머니들을 법선에 넣은 뒤 합장했다.

부두 앞에는 종이로 만든 큰 법선이 있었다. 뱃머리에는 종이로 만든 용이, 꼬리에는 화려한 범이 놓여 있고 양옆에 연등이 여러 개 달려 환히 빛났다.

화양의 주인인 막씨 가문의 법선이었다. 무염은 무흔과 사량을 데리고 법선으로 갔다. 법선 안에 이름 종이를 단 제물이 쌓여 있었다. 무염이 오자 병사들이 비켜주었다.

무염은 사량으로부터 보따리를 받아 그 위에 놓고 돌아왔다.

"초경이 되면 여기로 아버지와 어머니께서 오실 거야. 행사는 그때부터지. 여기서 아버지가 이 배에 불을 붙이고 배를 띄우면, 배가 저 바다로 나가며 활활 타오르지. 그 뒤로 화양의 다른 법선도 따르다 시간이 되면 죄 활활 타올라. 그때면 바다로 별이 쏟아진 것 같지."

"공자는 같이 있지 않아도 되나요?"

"나는 그런 행사에 가지 않아도 돼."

"공자잖아요."

"서자잖아."

딱히 서글프게 들리진 않는다. 그게 그냥 그렇게 된 걸 어쩌겠냐는 어투다.

사량은 전장에서의 그를 생각했다.

투귀라 했던가. 그때 이 남자의 등을 보며, 사량은 처절함을 보았다. 생과 사 사이에 서서 사와 맞서 생을 견디려는 자의 처절함.

"그리고 여기서 보는 게 훨씬 좋아, 사량. 공자 자리에 있는 것하고 비교가 되지 않게 좋은걸."

"공자가 되기 전에는 뭐 하고 지냈어요?"

"대장장이였지. 의부가 대장장이라, 그 옆에서 일을 배우며 살았어. 글자 한 자 모르던 까막눈에, 예의고 도리고 뭐고 하나도 모르는 잡배였지. 아무 일도 없었다면 나는 지금쯤 망치를 들고 모루를 두드리며 화로 앞에서 땀을 흘리고 살고 있을 테지."

"그렇게 살다 어떻게 공자가 된 건가요."

"어머니가 돌아가신 뒤, 지금 어머니인 유 부인이 나를 양자로 맞아들여 주셨지. 짐승처럼 살다가 점잔 빼고 살려 하니 정말 힘들더군. 그때 당신이 나를 봤다면 이 무식하고 덩치만 큰 놈은 뭐냐 싶었을 거야. 요기, 이 녀석 못지않았지."

무염은 허리에 매달린 막내의 머리를 쓸어내렸다.

"완전 망나니였다니까."

"지금보다 더?"

"지금은 그래도 사람답지 않은가."

그리고 그의 손이 다가와 사랑의 머리를 쓸어내렸다.

장난으로 하는 것이 아니다. 손이 머리카락 속으로 파고들어 와 목덜미를 잡고, 그 손가락 끝이 아랫입술을 건드린다. 우연이 아니다. 그 손끝에 열기와 힘이 분명하게 느껴진다.

사랑은 작게 말했다.

"이러지 말아요."

"설레나?"

"나는 욕심 많은 여자라서, 일단 설레면 무슨 수를 써서라도 공자를 나혼자 가지고 싶어지게 될 거라고요."

"정말?"

"그럼요. 그런 마음을 품으면, 나는 아주 무서운 여자가 될걸요. 줄 선여자가 아무리 많으면 뭐 해요. 내가 다 이겨먹고 치워 버릴 거라고요."

그다음 '농담입니다, 하하!' 한 뒤에 웃으려 했던 사랑은 무염의 회색눈이 가라앉는 것을 보았다. 섬세한 떨림이 그의 눈썹 끝을 스치고 지나갔다. 가을의 낙엽이 흔드는 수면처럼, 작은 빗방울이 떨어진 물그릇처럼, 그렇게. 짧고 여린 흔들림이다.

왜 그래요, 하고 묻고 싶다. 이리 와보라고, 속삭여 주고 싶다. 그런 눈으로 보면 어떻게 하느냐고.

"사랑, 나는……."

그때 소공자가 외쳤다.

"형, 큰형님, 담의예요!"

무염은 고개를 돌렸다. 사람들 틈을 비집고 해쓱한 얼굴의 중년 남자가 간신히 나오고 있었다. 남자는 급히 와서 숨을 크억 몰아쉰 뒤에 크게 말했다.

"연락받았습니다! 갑자기 무슨 일입니까!"

"나 혼자서는 이 천방지축 데리고 못 다니거든. 미안하군. 식구들하고 있었을 텐데."

"아뇨, 아뇨. 괜찮습니다. 아내는 부모님을 모시고 아이들과 함께 일찌감치 청향궁에 가서 지금은 제가 없어도 됩니다. 그런데 이 미치광이 축제에 소공자님을 데리고 나온 겁니까."

"미친 아이들에 미친 아이 하나 더하는 거지."

"이리 오십시오, 소공자님. 아, 죄송합니다, 숙녀님. 소개를 못했군요. 담의라고 합니다."

"융금의 갈사량입니다."

사량은 허리를 숙여 인사를 했다. 담의는 작은 몸집에 점잖은 풍모의 남자였다. 웃음도 눈빛도 다 친절해 보여 대하기 좋았다. 담의는 소공자가 튀어나가려는 것을 재빨리 낚아챈 뒤에 말했다.

"이제부터 우리 제일 작은 공자님은 제가 맡지요. 공자님은 마음 놓으세요."

"고마워. 자, 사량. 우리 막내는 드디어 치웠으니, 당신은 이리 와."

무염은 사량을 이끌었다. 그동안 소공자는 부루퉁한 얼굴로 담의의 손에 매달려 끌려갔다.

"잘 다루네요."

"말은 마부에게, 무흔은 담의에게."

그렇게 일행은 바다를 바라보는 광장으로 갔다. 야시장이 서서 성황이고, 사람들 모두 몰려 나와 광장을 메웠다.

연등이 밝혀진 누대로 제후 일가가 올라가고 북이 울렸다.

사방에서 향냄새가 피어오르고, 거대한 용과 사자 인형을 뒤집어쓴 사람들이 광장으로 나와 준비를 했다. 몰려나온 아이들의 손에도 손에 북과 피리 징이 들려 있었다. 아이들의 작은 얼굴에는 온갖 가면들이 다 씌워져 있다. 곰, 여우, 새, 원숭이 등등.

즐거워진 사량은 웃으며 막내 공자가 주고 간 여우 가면을 들었다.

"화양의 중원절에는 온갖 미친 귀신들이 다 모인다더니."

"조심해야 해. 이런 날에는 못된 남자들이 정말 많거든. 귀신인 척하고 와서 와락 덮치지."

징이 크게 울렸다. 드디어 법선을 태울 시간이 된 것이다. 구호 소리와 함께, 병사들이 장대로 법선을 강 중앙으로 밀어냈다. 법선 중앙에 불꽃이 서서히 타오르더니 곧 법선 전체가 환하게 빛났다. 사람들 모두 바닷가로 내려와 법선에 불을 붙이고 멀리 밀었다. 잠시 뒤, 처음 출발했던 법선에서 불길이 거세게 솟구치고 다른 법선들도 연달아 불타올랐다.

불길의 빛이 수면 위로 흔들려 번지고 하늘로 휘몰아친다. 종이 타는 냄새와 향 냄새, 제물이 타는 냄새가 사방에 가득하며 하늘 위로 연기와 불꽃이 뒤엉켜 오른다. 바다로 흘러나가는 강과 운하가 환해지고, 불타는 꽃잎이 날리듯 크고 작은 법선이 강에서 쏟아져 나와 바다로 흩어진다.

사량은 멍하니 수평선을 보다 고개를 돌렸다. 부둣가 누대, 연등불 사이로 화양공 부부가 있었다. 부인은 아들과 이야기하고 있어 고개를 돌리고 있었으나, 화양공 막채규는 아래쪽을 보고 있어 얼굴이 보였다. 자세히 보이지는 않아도 못 알아볼 정도의 거리는 아니었다.

화양공 막채규.

사량은 옆의 무염과 참 많이도 닮은 옆얼굴을 보았다. 무염과는 달리 차가운 분위기다. 냉철함이라기보다는 무자비함에 가까운 냉기였다.

저 사람이구나.

사량은 눈이 가라앉는 것을 느끼며 생각했다.

저 사람이 바로 화양공이구나.

화양공 뒤에는 어머니와 닮은 청년이 있었다. 사량은 무염에게 물어보려고 했다. 저 청년이 당신 큰 동생인가요, 하고. 무염 역시 같은 곳을 보고 있었다. 지치고 쓸쓸해 보인다. 마모되고 흐려진 눈, 며칠 전 이 성에 돌아와 아버지와 만나고 돌아왔을 때 저런 눈빛이었다.

다시 묻고 싶다. 왜 그래요, 공자.

말 좀 해봐요.

그때 작은 공자가 두다닥 뛰어올라 무염의 옷에 덥석 매달렸다.

"이 녀석."

뒤로 담의가 따라붙었다.

"형님, 안쪽 광장에 가요!"

"그래."

무염은 동생의 몸을 번쩍 들어 어깨에 앉혔다. 막내는 좋아하며 고함을 질렀다. 불타오르는 화양의 운하와 바다, 나뭇가지와 처마 밑을 밝히는 연등과 불꽃이 즐거운 소년의 검은 머리와 붉은 볼을 비추었다. 신난 소년은 저거 봐라, 저것도 봐라, 외쳤다.

사량은 같이 가려다 사람들에 부딪혀 떠밀렸다. 그때 무염이 손을 뻗어 사량의 손을 잡았다. 사량의 손은 그 크고 뜨거운 손안으로 빨려 들어가듯 단단히 틀어 잡혔다.

"꽉 잡아. 놓치고 휩쓸려 가면 큰일이니."

알았다고 답하는 대신 사량은 손을 마주 잡았다. 긴장한 듯 무염의 손에 더 힘이 들어갔다.

"가자."

무염은 사량을 잡아끌고 광장으로 향했다.

광장에는 온갖 귀신 가면들이 날뛰고 있었다.

도깨비, 야차, 남귀, 여귀, 호랑이, 여우, 곰, 말, 사슴, 닭, 개, 쥐, 뱀,

돼지, 원숭이, 용. 사람이 아니기만 하면 된다.

무염이 가면을 내렸다. 무흔이 선물로 준 귀신 가면이었다. 뒤틀린 얼굴로 우는 귀신이 그의 얼굴을 덮었다. 저리 흉한 것을 어디서 찾아냈는지. 사량 역시 가면을 썼다. 가면 아래로 얼굴이 사라지자 답답하지만 들뜨기도 했다. 어깨와 등이 가벼워지며 즐거워지고, 춤이라도 추고 싶어지며 흥청거린다. 아무것이나 되고 아무것도 아니게 된 것 같다.

조용한 팔보산의 죽원을 떠나 여기로 왔다. 사람들의 세상이자 귀신들의 세상으로. 이글대고 들끓는 곳으로.

구경거리라도 생긴 듯 사람들이 갑자기 밀려들었다. 세게 떠밀려 손이 떨어지고 만다. 사량은 무염의 손을 찾았지만, 순식간에 광장 중앙까지 떠밀렸다.

"공자?"

사량은 급히 주변을 둘러 무염을 찾았다. 아무리 무염이 키가 커도 요란하게 치장한 사람들 속에 귀신 가면을 찾는 것은 어려운 일이었다. 가려 하면 떠밀리고, 가만히 서 있으면 또 밀리고, 오른쪽으로 가려 하면 왼쪽으로 밀리고 왼쪽으로 가려 하면 앞으로 밀리는 식이었다.

지친 사량은 이대로는 헛수고라 결론을 내리고, 축제의 열기가 잦아드는 오경까지 기다리기로 했다. 사람들이 적은 곳으로 가려고 둘러보니, 화톳불 주변을 병졸들이 지키고 있어 사람들이 없었다.

사량은 불 쪽으로 가려 했다. 그런데 그때 누군가가 사량의 팔을 잡았다. 사량은 자신을 잡아끈 사람이 돼지 가면을 쓴 것을 알고 얼른 뿌리쳤다. 그러나 도망치기도 전에 이번에는 쥐 가면을 쓴 자에게 잡혔다. 사량은 손을 뿌리치고 도망쳤지만 이번에는 닭 가면에 막혔다. 세 사람이 사방에서 압박하며 사량을 둘러쌌다.

사량은 손을 들었다.

"저기, 일행이 있어요. 이 성에서 제일 무서운 남자라 당신들이 이러면 곤란한데."

닭 가면의 남자가 사량을 잡으려 덤벼들었다. 사량은 잽싸게 그 겨드 랑이로 피해 사람들 틈으로 도망쳤다. 어차피 사람 손 피하는 것은 도가 텄다. 다른 여자도 많은데 도망친 여자를 구태여 쫓을 생각은 없던 그 일당은 사라졌고, 사량은 어렵게나마 불이 있는 곳에 도착했다.

병사들은 열기에 지친 얼굴로 불을 지키고 있었다. 흥분한 사람들이 몰려들어 다치지 못하도록 하는 것이다. 사량은 가면을 반쯤 벗어 얼굴을 보여주곤 병사들 옆으로 갔다. 병사 중 하나가 사량을 알아보았다. 눈빛이 친근했다.

사량은 다행이다 생각하며 그 앞에 선 다음 다시 가면을 썼다.

자, 여기 있다가 사람들이 좀 흩어지면 성으로 가자.

불이 크게 이글이글 솟아올랐다. 불똥이 튀어 올라 어둠 속으로 흩어지며 녹듯이 사라진다.

사량은 그 불길을 보며 시간이 흐르길 기다렸다.

무염은 어깨 위가 조용해 올려다보았다. 동생은 꾸벅꾸벅 졸고 있었다. 이 녀석, 이럴 줄 알았어, 그리 생각하며 무염은 동생을 내려 팔에 얹었다.

"담의!"

담의는 금방 나타났다. 담의는 잠든 공자를 보고 안도의 한숨을 내쉬었다.

"오늘 이리 고생했으니 내년부터는 절대 데려가 달라 하지 않을 겁니다."

"내 생각인데, 내일이면 잊어먹을 거야. 자, 이제 데리고 가. 내원으로

가 여자들에게 줘버리라고."

"네. 공자님도 이제 즐겁게 노십시오."

그리고 담의의 눈에 은근한 격려의 빛이 보였다.

무염은 동생의 얼굴에서 가면을 벗겨내 불 속으로 던졌다.

어느덧 오경이 가까운 듯 하늘은 이제 푸른빛이었다.

"어이, 사량. 이제……."

돌아본 곳에는 사량이 없었다. 무염은 당황했다. 사람이 많아 손을 놓치긴 했으나 여태 잘 따라오고 있는 줄 알았다. 둘러보았으나, 여우 가면을 쓴 여자는 많아도 너무 많았다.

"사량?"

무염은 다시 불러보았으나 답이 없었다.

"사량!"

역시, 답이 없다. 당장 달려나와 나 여기 있어요, 라고 외칠 줄 알았는데 없다.

어디 갔어.

무염은 사람들 속으로 달려들어 갔지만 사람이 너무 많아 애초에 자신이 어디로 가는지도 알 수 없었다.

어디 갔어!

무염은 다시 고함을 질렀다.

"사량!"

답이 없다.

목이 졸린 듯 답답해졌다. 당황해서 다급하게 허둥댈 뿐이다.

무염은 직접 사람들을 잡기 시작했다. 여우 가면을 쓴 여자란 여자는 다 잡아 가면을 들었다. 여자들 모두 놀라서 보았으나, 그중에 사량은 없었다.

"맙소사."

이렇게 사람이 많은 곳에서 길이라도 잃으면 어쩌지. 게다가 사방에 온통 흥분한 사내들 천지인데, 잘못 걸려들면 큰일이다. 이런 축제 날 봉변당하는 여자들은 많다.

"사량!"

그때 징이 울렸다.

다음 북이 울렸다. 둥, 둥, 소리가 오경의 시작을 알렸다.

광장에서 타오르는 거대한 불길을 향해 사람들이 몰려가 가면을 던졌다. 가면을 집어삼킨 불꽃이 높이 치솟아 올랐다. 귀신의 가면을 쓰고 귀신과 함께 밤새도록 놀고, 그 귀신들이 떠나는 오경이 되면 사람들은 쓰고 있던 가면을 모두 불 속에 던져 태운다. 새벽과 새 날이 오면, 더 이상 귀신이 없다. 그저 사람들 뿐. 그러나 세상은 혼세, 내년이 되면 올해만큼 많은 귀신들이 새로이 모인다.

무염은 가면을 벗으며 다시 외쳤다.

"사량!"

조금 전까지 있었는데. 대체 언제부터 없었던 거지.

설마, 손을 놓았을 때 그때부터 없었나.

숨이 차오르고 심장이 벌떡댔다. 사람들은 많으나 사량은 없다.

가지 마, 사라지지 마, 어서 나한테 와.

다시 북이 울렸다.

둥, 둥, 둥.

쿵쿵 울린다.

이토록 사람이 많은데, 하늘의 별처럼 많은데, 왜 찾는 이는 없는지!

왜 옆에 없는 거지, 왜 나를 보고 있지 않은 거지. 왜, 어디로 간 거야.

"사량!"

제발, 제발 좀 와줘.

목이 막히는 것 같았다. 통제할 수 없는 절망감과 절박함에 손발에 힘이 빠져나갔다.

다시 둥, 하고 북이 울린다.

그때 불 옆에서 그를 바라보는 가면이 있었다. 희고 가는 손이 가면을 벗었다. 활짝 웃는 얼굴이 가면 아래에서 드러났다.

"찾았네요."

반가움과 안도가 그 얼굴에 가득했다.

"놓친 줄 알았어요. 오늘 밤 안으로 못 만날 줄 알았는데, 다행이네요. 세상에, 왜 그런 표정이에요? 이리 줘요, 가면."

사량은 무염의 목에 걸린 가면을 벗겨내곤, 자신의 가면도 벗어 불 속으로 던졌다. 불이 단숨에 가면을 집어삼켰다.

"다급해 보이던데, 혹시 소공자를 잃어버렸어요?"

"아니. 우리 꼬마는 담의에게 들려 돌려보냈어."

"그럼 왜 그렇게 다급하게 돌아다녔어요? 저는 행여 소공자가 없어진 줄 알고 얼마나 놀랐는데요."

"불렀…… 잖아."

"지척에 있었는데."

그래, 지척.

지척에 있어도 그리웠지.

지척에 있어도 간절하고.

때론 운한의 별들이 비처럼 쏟아지고
찻잔에도 태풍이 치지

그대가 있는 곳이라면 천 리 길이라도 한달음
함께라면 백 년도 하지의 밤처럼 짧으니

누구의 시였더라.

기억나지 않는다. 누가 먼저 읊었는지도.

그저, 그날 밤 사량이 말했을 때 무염은 잊었던 그 시가 떠올랐다. 서늘한 어둠과 희게 빛나는 별들 아래, 그 시를 떠올리고 잠든 그녀를 눕히며 속삭였었다.

가지 마, 사량.

가지 말고 여기 있어.

여기서 잠들고 여기서 눈을 떠. 눈 감을 곳도 여기, 눈뜰 곳도 여기. 마지막으로 보는 것도 나, 처음으로 보는 것도 나.

그렇게 내가 당신의 세상 안에 있었으면.

그러니까.

사량, 그러니까.

다시 웃으려던 사량의 얼굴이 굳었다. 얼굴에 웃음이 사라지며 눈에 아주 슬프고 가슴 아픈 것을 발견한 듯 애상이 어렸다.

이상하지.

웃는 당신의 눈은 나를 향하지 않는데, 그런 눈일 때는 어찌하여 온전히 나를 향하는 건지.

그도 모르게 손은 그녀의 숨을 찾고, 살을 찾고, 맥을 더듬었다. 두근거리는 맥박이 손끝을 건드리고 그 안에 숨은 사량의 숨소리가 손에 잡힐 듯 느껴졌다. 손아래의 흰 목이 떨리고 있었다.

다시 둥, 북이 울렸다.

둥, 둥. 온몸이 울리도록 큰 북소리다.

아, 아니다. 이건 북이 아니다.

계속 이어지는 이 울림은 북소리가 아니다.

가슴을 울리는, 피를 달구는, 이 소리는 북소리가 아니야.

왜, 무엇을, 어쩌다, 하필이면, 아니, 당신은.

많은 말들이 꿰어지지 않은 구슬처럼 산산이 흩어진다.

사량은 눈에 가득 담기는 무염의 눈을 보았다. 그 회색 눈은 마주 보는 것을 견딜 수 없는데 눈을 뗄 수도 없다. 그저, 폭풍인 듯 늪인 듯 덫인 듯 휘말리고 빨려들고 붙들린다.

볼에 뜨겁고 크고 단단한 손이 닿았다. 그 강한 손이 목덜미로 파고들어 오고 머리를 당겼다.

뭐라 말하기도 전에 입술 위로 뜨거운 입술이 닿아오고 덮는다. 뜨겁게 닿아 놀란 입속으로 혀가 밀려들어 와 엉키고 휘젓는다.

놀라움과 떨림, 경악과 격정, 그 모든 것이 소용돌이치고 휘말리고 섞이고 명멸하고 떨어지고 솟구치고 타오른다.

그 격렬함을 견딜 수 없어 고개를 돌리고 싶었지만 그의 팔이 허리를 쓸어내리고 안아 당긴다. 부드럽지만 강하고, 조심스러우면서도 꿈쩍 못하게 하는 힘이다.

사량은 그 힘에 기대며 의지했다. 그를 향해 젖어들 듯 몸을 기울이고 그의 손에 안겨들며, 그의 입술에, 그의 혀에, 그의 숨소리에 반응했다. 피 속으로 환희가 밀려들고 심장이 뜨거워지며, 벼랑 너머를 본 듯 아찔하고 취한 듯 어지럽고 떨린다.

입술을 떼자 회색 눈과 마주했다.

이런 눈과 마주했던 적이 있기는 했나, 싶었다.

모든 것을 휩쓸 태풍 같은 사내라 생각했는데, 범처럼 용맹하고 천둥처럼 강한 남자라 생각했는데.

사량은 지금 전혀 다른, 예상치도 못한, 그런 눈을 보고 있었다.

이건…….

막 고치를 벗어난 나비의 날개처럼 애처롭고. 차가운 물속 작은 물고기의 비늘처럼 연약하며. 붉은 동백꽃 사이에 숨은 동박새의 날개깃처럼 여린.

왜 이런 눈으로 나를 보는 건지요, 당신은.

왜 이런 눈으로 봐서, 도저히 눈을 뗄 수 없게 만드는 건지, 당신은.

한없이 바라보며 이러지 말라고, 달래며 무엇이든 해주고 싶어지게 하는지.

"공자."

다시 불길이 치솟아 올랐다.

그 이글거리는 불꽃이 더듬는 얼굴이 다가온다. 그의 이마가 목덜미에 얹히며 떨림과 함께 뜨거운 탄식이 터져 나왔다.

"가지 마. 어디로든…… 어디로든 가지 마."

사량은 눈을 감았다.

속 안에 있던 것이 쿵, 하고 묵직하게 내려앉는다.

녹고 허물어지고 무너진다.

아.

내가 이 사람을.

第六章　흑선

어떻게 돌아왔는지 모르게 돌아왔다. 정신이 들자, 사량은 간신히 자신이 침소로 돌아와 침상에 앉아 있다는 것만 깨달았다.

어떻게 여기로 왔는지, 언제부터 있었는지도 모르겠다.

중원의 축제를 어떻게 떠나왔는지, 이른 새벽 거리를 어떻게 거슬러 왔는지, 어떻게 문을 열고 돌아와 여기 앉아 있는 건지, 하나도 기억나지 않았다.

치솟던 불길과 입맞춤 이후로는 하나도 없다. 기억이 사라진 자리를 채워 넣는 것은 텅 빈 머리와 몽롱한 기분, 떨리는 손발과 쿵쾅대는 가슴이다.

그 남자가 무엇인지, 무엇을 원하는지, 어떻게 해야 하는지, 생각해야 할 것들은 하나도 생각하지 못한 채 가슴만 부여잡고 앉아 있다.

아, 내가, 왜, 이런.

사량은 손안에 얼굴을 묻었다.

일순 모든 것이 흐려졌다는 건 안다. 그 눈빛을 보고, 그 목소리를 듣고, 그 손길을 느끼자 머리가 뭉텅뭉텅 비워지며 남은 것은 두근거림 하나뿐이었다.

그럼에도, 사량은 그가 감당하기 힘든 사람이라는 생각에 마음이 버거워졌다. 무엇을 원하는지도 어디까지 원하는지도 모르겠고, 같은 것을 원하는 건지 그저 스치는 것인지 모르겠다.

모르니 그저 두려워 움츠러들 뿐.

멈춰, 멈춰, 멈추라고. 여기까지만 해야 해. 저 사람에게 나 같은 여자가 뭔지 알잖아…….

그렇게 머리로 헤아려 바둥대도 소용없다. 급류에 휘말리듯, 솟구친 연정에 주체를 못하고 휩쓸리고 있다.

마음을 허락해도 가져지지 않는, 가지기도 힘든 사람을 손에 쥐려 하면 속에 잿물을 들이붓고 상처에 소금을 뿌리고 살을 저미고 다시 저미는 그런 고통이 올 것이다. 가슴 안에 가시나무를 키우는 것과 같아, 상처 입고 다치다 결국 그 안에서 피고름이 나올 것이다. 벼락처럼 떨어지고 쇠사슬처럼 옭아맬 번민 속에 자신을 놓아버리는 것이 두렵다.

사량은 간신히 몸에 힘을 주고 일어났다. 가슴이 가라앉기를 바라며, 이 열기가 사라지기를 바라며. 약해지지 말자, 들여놓지 말자, 그렇게 생각하며 문으로 갔다.

문 너머는 새벽의 푸른빛에 젖어 있다. 새벽 정원을 거닐다 잊히기를, 가라앉기를 바란다. 아직 불판 위에 있는 듯 어쩔 줄 모르더라도 그리 홀로 있다 보면 가라앉겠지. 그런 마음으로 스르륵 문을 열고 본 것은 앞을 바짝 가로막고 서 있는 무염이었다.

바로 문 앞에 서 있다.

조금 전까지 세상 끝에 놓인 듯 멀리 있던 것 같던 사람이, 예상치도 못하게 바로 앞에서 숨을 쉬고 있다.

"아."

두려움과 기대감이 섞이며 피가 소용돌이친다.

무엇을 기대하고 무엇을 두려워하는 건지, 긴장에 몸이 굳었으나 사량이 더 두려워하기도 전에 어깨에 손이 닿았다.

뭔가 허튼 소리라도 꺼내려 했지만 그의 손이 머리를 감싸 당겼고, 입술을 덮쳐 왔다.

"읍—"

목소리도 호흡도 다 그가 가져가 버렸다. 조금 전의 열기와는 비교도 안 되는 불길과 욕정이 담겨 있었다. 입술은 더 뜨겁고, 혀는 더 달다.

머리를 감싸 쥐던 손은 목과 어깨를 깊이 쓸어내리고 허리를 꽉 잡았다. 그렇게 붙들린 채로 입술이 떨어졌다.

"공자."

간신히 숨을 내쉬며 그를 불렀다.

눈앞에 욕망으로 이글대는 회색 눈이 있다.

이 남자가 원하는 것이 아주 강력한 무언가라는 것, 사량은 알 수밖에 없었다. 얻기 전에는 절대 물러나지 않을 것이다.

"사량……."

부르는 목소리에 열기가 배어 있었다.

잠시 정적.

이제 뭘까.

일순, 그가 온몸을 내던져 왔다. 저항 같은 것은 구르는 바위 앞의 풀처럼 소용없었다. 단숨에 몸이 밀리고, 등에 침대가 닿았다. 무염은 그 위를 막아 꼼짝 못하게 하고, 사량의 허리띠를 잡아 내렸다. 제대로 풀리지 않은 허리띠가 답답했던지, 결국 그는 몸을 일으키고 허리띠를 거의 잡아

뜯다시피 풀어 던졌다.

"공자! 이러면……!"

사량은 밀치려 그의 어깨에 손을 얹었다.

지금은 감당이 안 되겠다, 싶었다. 그러나 그가 온몸으로 누르며 입술을 덮었다. 채 벌리기도 전에 혀가 입술 사이를 비집고 들어와 헤치고, 다음 상황을 인식하기도 전에 옷 속으로 손이 들어왔다. 생각했던 것보다, 아니, 각오했던 것보다 더 묵직하고 큰 손이 몸을 박살 내듯 주물렀다.

"아……!"

견디기 위해 사량은 눈을 꽉 감고 입술을 물었다.

경악할 새도 없이 허물어져 굴복당하고 있다. 힘도 체격도 너무 압도적이라 먼저 질려 버린다.

일단 허리띠가 풀어지자 상의는 그의 손에 뜯겨 나가듯 벗겨져 나갔다. 출렁 젖가슴이 드러나자, 그는 한숨을 내쉬곤 사량이 다시 주워 입기라도 할까 봐 걱정이라도 하듯 멀리 옷을 던져 버렸다. 크고 강한 두 손이 젖가슴을 움켜쥐고 세게 주물렀다. 찬탄과 열기가 그가 내뿜는 숨결에 가득 배어 있었다.

"공자, 제발……."

애걸해도 그의 몸은 원하는 대로 치워지지 않았다. 점점 더 무겁고 뜨거워지기만 할 뿐이다. 그가 고개를 숙여 젖가슴 위에 입을 맞추고 얼굴을 묻었다.

아.

사량은 경악으로 짧게 한숨을 내쉬었다.

유두 끝으로 선뜩한 느낌이 들더니 물컹하고 뜨거운 것에 삼켜졌다. 주무르는 것과는 비교도 되지 않는다. 혀가 몇 번이나 나와 둥근 유두를 핥고, 다시 입안으로 삼키고 빨아들인다.

몸 위에 적나라한 광경과 음란한 소리에 사랑은 얼굴이 달아올랐다. 민망하고 부끄러웠다. 속속들이 다 삼키고 먹어치우겠다는 기세다.

"제발, 이러지⋯⋯!"

그러나 가느다란 목소리는 사랑 자신이 들어도 아무런 설득력이 없었다. 불처럼 달아오른 몸으로 사랑 위에서 꿈틀대고 헐떡이며, 그는 계속 젖가슴을 삼키고 있었다. 열기 섞인 거친 숨소리는 더 급해지고, 그의 뜨거운 손이 치마 아래로 들어와 허벅지를 쓸어 올렸다. 치마를 내리려 했지만, 순간 그 손가락이 파고들어 왔다. 속살 속으로 낯설고 난폭한 이물감이 느껴졌다.

"읏⋯⋯!"

배려도 기다림도 없이, 수치심도 두려움도 배려하지 않고 손가락이 그 속을 찔러 들어왔다. 몸을 움츠리고 고개를 저어도 그는 목덜미와 귀를 핥고 애무하며 젖은 속으로 깊게 파고들어 갔다.

부끄러워서 입술을 물고 바르르 떨었다.

무염이 치마끈을 잡아 뜯어 던졌다. 속 아래까지 환히 드러났다. 이제 사랑은 무염의 가슴 아래 완전히 알몸이 되었다. 완전히 벗겨내자, 그 역시 옷을 벗어 던졌다. 다시 붙잡고 사랑의 위로 올라왔을 때, 그 역시 맨몸이었다.

사랑은 눈에 눈물이 맺혔다. 알몸만 남아 그의 뜨거운 몸과 맨살을 대고 있다. 넓은 가슴이 눈앞에 있고, 가슴과 배 위에 그의 허리가 얹혀 있다. 그 아래의 사랑은 가릴 것도 저항할 것도 없다.

오늘 저녁만 해도, 아니, 조금 전만 해도 이런 일이 벌어질 거라 상상조차 해본 적이 없었다.

"사랑⋯⋯."

무염이 속삭이며 몸을 눌러왔다. 그 굉장한 압박감에 사랑은 숨이 막혀왔다. 여태 위협적이던 모든 남자들을 다 합친 것보다도 무염은 크고 강했다. 몸을 눌러오는 가슴은 정교하게 짜여 빈틈 하나 없었고, 어깨와 팔은 쇠처럼 무겁고 단단하다.

그때 뻣뻣하게 곤두선 것이 허벅지로 느껴졌다. 무엇인지는 모를 수가 없었다.

"......!"

놀라고, 그다음 두려워졌다.

"아……."

이제 아주 강하고 돌이킬 수 없는 무언가가 벌어질 것이다.

무서워요.

속삭임을 삼키며, 다시 온몸으로 말했다.

무섭다고요.

떨림을 느낀 무염이 긴장을 풀어주려는 듯 목덜미와 귀, 이마와 볼에 연달아 입을 맞추었다. 허벅지 사이를 쓸어 올리며 애무하다, 고개를 숙이고 입술을 덮었다. 뜨겁고 달게 파고들어 오는 혀와 함께 그가 몸을 붙여온다. 그의 허리에 힘이 실리며 몸을 압박했다.

내내 밀어붙이고 거칠게 탐하던 몸짓이 드디어 부드럽고 느리게 흘러 갔다. 긴장이 풀린 사량의 몸이 부드러워지자 무염은 팔을 짚고 몸을 들었다.

짓누르던 몸이 치워지자 사량은 간신히 숨을 쉴 수 있었다. 자신이 지금 어떤 꼴인지도 훤히 보인다. 걸친 것 하나 없는 알몸으로 흐트러져 그의 가슴 아래 있다. 크고 묵직한 손은 이제 재촉하듯 엉덩이를 잡고 주무른다. 그가 삼키고 세게 빨아들였던 유두는 곤두서 번들대고, 그 주변은 붉게 물들어 있다. 그 위에 얹힌, 어두운 새벽빛 속에 그의 단단한 가슴과 배, 탄탄한 허벅지가 훤히 보였다. 그리고 그 아래로 그것이 단단하게 서 있다.

저 큰 것이 몸 안으로 들어올 거라 생각하니 사량은 섬뜩해졌다. 아무리 생각해도 다리 사이로 저것을 받아들일 자신이 없다.

"저……"

어깨를 잡으려는데 무염이 먼저 사량의 허리를 잡아 들었다. 워낙 힘이 센 남자라 종이 들 듯 가볍게 들어, 다리를 잡아 젖혔다.

사량은 경악에, 두 손을 모아 입을 가렸다.

감추어야 하는 것을 압도적인 힘에 밀려 다 내보이고 헐떡이고 있다. 뜨겁게 젖은 숨소리와 함께 허벅지를 잡은 무염의 손에 힘이 꽉 들어가며 눌러왔다. 아직 닫혀 있는 틈 위로 단단하고 뜨거운 것이 닿았다.

이제 시작할 거야.

무염의 이글거리는 눈이 말하고 있었다. 입술 사이에서 거친 숨이 흘러나오고, 어깨와 가슴도 흥분과 욕정, 열망으로 들썩이고 있었다. 틈이 서서히 벌어지며 그가 들어오기 시작한다.

통증의 예감과 함께 슬픔이 치솟아 올랐다.

조금 전의 설렘과 뜨거움이 무엇 때문인지 알고, 그와 더 깊은 뜨거움을 나누고도 싶었다. 그런데 지금 이리하는 것이 무엇을 의미하는지 모르겠다. 몸을 원하는 남자들은 많았고, 사량은 그들이 원하는 것을 얻으면 무엇을 할지 너무도 잘 알았기에 믿지도 허락하지도 않았다. 약속도, 감언이설도 믿지 않았다. 죄다 거짓말, 원하는 것은 오로지 살뿐. 그러나 그들이 뭘 어쩌든 아무 상관 없다. 적이고 짐승일 뿐, 남자도 사람도 아니니.

그런데 이 남자가 그러면, 내내 앓다가 죽고 싶은 기분이 될 것이다. 다른 남자면 재수 없거나 화나는 일일 뿐 아무 상관 없는데, 이 남자마저 그러면 어쩌나.

기대하며 허락한 만큼 상처받을 것이다.

당신은 그러면 안 된다, 안 된다, 하고 싶어도 이 남자만큼은 그러지 않을 거라 믿을 만큼 잘 알지 못한다.

내주고 싶고, 가지고 싶은데, 당신은 가지는 대신 내줄 생각이 있을까. 얻지 못하면 나는 무너지지 않을 수 있을까. 자신이 없다.

이 상황을 탓하고 싶지도 원망하고 싶지도 않다. 마음이 공평한 것은 아니니. 그러나 속이 아파오는 것은 막을 수도 외면할 수도 없었다. 너무 두렵고 아프다.

"사량?"

그제야 사량은 자신이 울고 있는 것을 깨달았다. 아무것도 아니라 말하고 싶은데, 눈물은 볼을 타고 흘러내려 베개를 적셨다. 울지 말자고 생각해도 계속 눈물이 흘러내렸다.

무염이 볼을 쓸어 올렸다. 그의 손끝이 눈물로 젖어 들어갔다.

"맙소사, 사량."

울지 말자, 울지 말자며 고개를 젖혔지만 아예 흐느끼기 시작했다. 울음을 멈추려 하면 할수록 서러운 흐느낌이 더 격렬하게 올라왔다.

무염이 몸을 숙였다. 다른 일은 하지 않았다. 다리를 놓고 가늘게 떨리는 어깨를 감싸 안아 당기더니 이마를 댔다.

"울지 마."

무염이 깊이 한숨을 내쉬었다.

"내가 착각했나."

아니라고 말하고 싶었지만, 차마 말할 수가 없었다. 더 크게 울음이 터져, 차라리 흐느끼는 게 나을 정도로 서럽게 엉엉 울고 있었다.

"쉿, 쉿. 그만…… 더 이상은 아무것도 안 할게. 놀라지 말고…… 정말 아무것도 안 할 테니, 진정하자."

부드럽게 달래며 그가 속삭이고 다시 속삭였다. 그러나 울음은 더 뜨거워지기만 할 뿐, 그치지를 않는다. 무염은 어깨를 잡았던 손을 내려 등을 어루만지며 작게 말했다.

"사량, 지금 단 한 사람만 때려죽일 수 있다면 조금 전의 나를 때려죽이고 싶으니까, 울지 마."

이불 위로 눈물이 툭툭 떨어지는 소리를 들으며, 무염은 입술을 물었다. 아직도 허리 아래 팽팽하게 서 있는 자신을 느끼며, 이게 뭔가 싶었다.

입 맞춘 후, 어떻게 사량을 데리고 왔는지 기억도 나지 않는다. 잠시 뒤에 정신 차리고 보니 사량을 처소로 들여보내고 문 앞에 서 있었다.

자신이 얼마나 그 앞에 서 있었는지도 모르겠고, 그녀가 그 안에 얼마나 있었는지도 모르겠다. 뭘 하려고 여기 있는지도 모르겠고.

그때 사량이 문을 열고 나왔다.

그녀가 왜 나왔는지는 모른다. 그러나 얼굴이 마주치고 그 눈이 자신을 바라보자 무염은 속 안에 있는 끈이란 끈은 죄 끊어지는 것을 느꼈다.

심장이 터질 것 같아서, 앞의 그녀를 가지지 않으면 세상이 정말 끝장 나거나 무염 자신이 죽을 것 같아서 그대로 밀어붙였다.

옷을 벗겨내고, 그 젖가슴을 주무르다 삼키고 혀와 입술에 닿는 풍만한 가슴과 유두의 달콤함에 완전히 흥분했다. 손과 입술로 몸을 탐할 때마다 제정신일 수가 없었다. 만지고 맛볼 때마다 피가 확확 달아오르고, 허리 아래의 욕정은 솟구칠 대로 솟구쳐 당장 그 안에 깊이 밀어 넣고 식힐 궁리만 했다. 품 안의 몸이 어느 정도 긴장을 풀었다고 생각되자, 무염은 다리를 벌렸다. 다리 사이 은밀한 속살이 눈앞에 드러났을 때의 흥분은 이루 말할 수가 없었지만, 문제는 그다음이었다.

지금 무염은 슬피 우는 사량에게 애원이라도 하고 싶다.

내가 잘못했으니, 그렇게 울지 마, 제발.

그러나 하얗게 질려 흐느끼는 사량을 어떻게 달래야 할지 감도 잡히지 않았다. 그리 만든 게 자신이니, 더더욱.

사징의 말 하나는 제대로다.

누님을 울리지 마. 녀석은 경고나 엄포였을 테지만, 사량에게 눈물을 보이게 하는 것이 무염에게 있어 절대로 해서는 안 되는 일인 것만은 맞았다. 갈라진 뼈 안으로 찬물이 스며드는 듯 시리고 저리다.

그런데 당신은. 나는 이렇게 죽을 것 같은데, 당신은 왜.

이건 공평하지 못하다고.

한숨과 함께 무염은 사량의 가슴 위에 이마를 댔다.

지금 나를 죽이고 살리고 있는 건 당신인데, 내가 울어야 하는데 왜 당신이 우는 거야.

크고 예쁜 젖가슴과 날씬한 허리, 검은 수풀로 가려진 달콤한 속살이 그의 눈앞에 있다. 힘 한 번만 주면, 저 눈물과 눈빛을 무시하고, 손에 힘을 주기만 하면 된다.

그러면 이 여자는 그의 것이 된다.

적어도, 오늘 밤은.

아니, 오늘 밤만.

무염은 몸이 무너지는 것을 느꼈다.

내가 약속할 수 있는 것이, 지금은 아무것도 없구나. 재미 한번 보자겠다고 덤비던 놈들과 지금 이 내가 뭐가 다르단 말인가. 뒷일을 생각하지 않고, 그녀의 마음을 생각하지도 않고 덤빈 것은 매한가지인 것을.

"미안."

무염은 고개를 숙여 사량의 볼에 입을 맞추었다. 볼은 눈물에 젖어 차갑다. 흠뻑 젖은 눈동자가 무염을 향했다.

보고 있자니, 사량의 얼굴이 참 엉망이었다. 이 여자가 이런 표정을 지을 수 있다는 것을 처음 알았다. 그리고 이 얼굴을 만든 게 자신이라는 것이 견디기 힘들었다.

"공자."

왜 나를 부르는 거지. 오라고 부르는 건지, 아니면 가라고 하는 건지.

"갈게."

무염은 옷을 챙겨 입고 문을 열었다.

"처소를 옮겨, 사량."

"어디로요."

"어머니께 다시 부탁할게. 오늘 일은…… 잊어줘."

등 뒤로 문을 닫자 바람결에 밤새 태운 것들의 재 냄새가 풍겨왔다. 축제의 새벽을 보낸 아침이다.

남은 것은 방탕한 자의 고독과 열망한 자의 재와 대가를 치른 자들의 잔해들이다.

구름으로 덮인 하늘은 옅은 회색, 노을도 일출도 없다.

막채규가 상산공 우동관으로부터 우멱의 처리는 좀 더 기다려 달라는 서신을 받은 것은 중원절이 이틀 지난 날이었다.

어차피 내 아들은 많으니 급한 일도 아니라는 것이다. 아들들끼리도 사이가 나빠서, 아버지 눈 밖에 난 동생을 챙길 형제도 없다. 황제가 아들 사랑이 지나쳐 기량이 모자라는 아들들에게 군사를 맡겨 망한 거라면, 우동관는 그 쥐 떼 같은 아들들이 문제였다. 그 녀석들은 우동관이 기침 한 번만 해도 죄다 군사를 이끌고 서로 후계자라고 싸워댈 것이다. 그 부인과 첩들은 우동관의 침대 옆에서 머리를 잡고 싸울 테고.

머리가 아찔해지며 통증이 치솟아 오르자, 채규는 눈살을 찌푸렸다.

"머리가 아프십니까."

가까이 있던 보령이 부드럽게 말했다. 눈을 들자, 얼음처럼 서늘한 얼굴이 다가와 있었다.

"약이라도 드릴까요."

"아니, 그 정도는 아니다. 잠시 거닐어보면 나아질 거다. 너는 여기 있어라. 혼자 다녀오마."

지난번 내원까지 저 아이를 데리고 갔다가 아내가 이 아이를 보고 말았다. 보통은 아내 눈에 뜨이지 않도록 물러나 있으라 하는데, 그날 하필이면 내원을 나오던 아들과 만나는 바람에 잊고 말았다. 아내가 돌아보았을 때는 이미 늦어, 아내가 먼저 보령을 발견했다.

조금 전까지 웃던 눈이 싸늘해지며, 순식간에 얼굴이 일그러졌다. 턱이 떨리고, 목에 힘줄이 돋는 것도 순식간.

"저 계집애를 여기까지 끌고 오다니!"

아내는 체면도 잊고 여염집 아낙네처럼 고함을 질렀다.

"당장 꺼져요!"

아내는 채규와 동침하는 여자들 백 명보다 보령 하나를 더 싫어했다. 처음에는 눈살을 찌푸리는 정도였지만, 몇 번 궁에서 쫓아내려다 실패한 뒤로 이제 들들 볶아 제 풀에 지쳐 사라지게 만들겠다는 기세다.

기품 있고 쾌활하며 관대한, 천하제일 유 부인이 이 아이 앞에서는 이를 부득부득 갈고 어깨를 바들바들 떠는 여자가 된다.

웃으려다, 다시 치미는 두통에 입술을 물었다.

십 년 전 그를 쓰러뜨린 그 중병에서 벗어난 이후로 달고 다니게 된 두통이다. 아들이 전장에서 달고 온 그 깊은 흉터처럼, 내내 그 일을 상기하게 만드는 징표와도 같다.

그 흉터, 채규는 그것을 보며 생각했다.

정말 죽을 뻔했구나, 염아. 네가 그리되었다면 말이다, 나는 진심으로 슬퍼하며 네 시신을 꽃으로 덮어 장례를 치러줬을 거란다.

그런데 왜 살아왔니.

왜—

그만두자, 이런 생각.

그게 중요한 게 아니야.

지금 우동관의 움직임은 명백한 반란이고, 이런 난세에 우동관 정도의 세력이 일으키는 반란은 반란이 아닌 쟁탈.

이거나 생각하자.

아들 셋을 잃고 내내 칩거해 온 황제가 얼마나 의욕 있게 이 일을 처리할지는 의문이다. 여전히 위패나 끌어안고 있으려나. 한심한 사람. 그러게 왜 그 아들들에게 군사를 맡겼던가.

국경을 맡았던 삼황자는 말만 앞서지 할 줄 아는 것은 아무것도 모르는 소년이었다. 이황자는 황후가 걱정하다 지쳐 세상을 뜨게 만든 말썽꾼이고, 태자는 착하고 인자하다는 것 외에는 아무런 장점도 기량도 없는 머저리였다.

황제는 그 아들들을 향한 사랑에 눈이 멀어 군사를 맡겼고, 남위 역사상 가장 치욕적인 패배를 자청했다. 무염이 동량으로 가 전세를 뒤집기전, 남위군이 한 일은 최선을 다해 저항해 적의 숫자를 줄여놓고 전멸해

주는 것이었다.

아들은 그들이 전몰한 자리로 가, 그 기세등등하던 북명을 상대로 승리했다. 연이은 패배로 절망한 남위에, 처음 승리의 불을 붙여준 것이다.

그 후 돌아온 아들이 해준 일들은 꽤 감사한 일들이다. 아들은 군심을 잡아 동량 이후 혼란해진 주변을 정리하고 서한의 위협까지 죄다 막아냈다. 죽어서 오지 그랬느냐고, 속으로 천 번이나 말하고야 있지만 아버지의 마음과 화양공의 판단은 항상 따로 놀았다. 아들이 냉소와 냉대를 견뎌내 주는 것도 그 탓. 아버지 막채규는 가혹했지만, 화양공 막채규는 무염을 전적으로 믿고 맡길 수 있는 모든 것을 맡겼다.

다시 두통.

채규는 입술을 물었다. 그저 두통 두통이라 말하고야 있지만, 이 두통이 시작되면 굵은 송곳으로 푹푹 찌르는 것 같다.

아릿아릿 통증에 정신이 혼미한데 비파 소리가 들려왔다. 은은한 비파 선율에 여자의 노래가 얹혀온다. 부드러운 목소리나 구석구석 절절함이 배어 있어, 취하여 듣게 하며 애잔하게 쿡쿡 쑤셔온다. 비단 속의 얼음, 매화 아래의 눈, 봄볕 아래 서늘한 바위.

아내가 부른 악사인가.

화서항 여자답게 음악과 시를 좋아하는 여자라, 이름난 시인과 악사들을 불러 다회를 열곤 하니 오늘 불렀나 보다.

채규는 쉬기로 하고, 주랑(柱廊)의 난간에 앉아 바람에 일렁이는 수면과 흔들리는 연잎을 보며 노래에 귀를 기울였다. 개구리와 물고기가 연잎 아래로 스쳐 지나간다.

노래와 어우러져 더없이 평화로운 저 광경.

십 년 전, 아직도 잊지 못하는 그 중병에 시달릴 때 그는 끝없이 악몽을 꾸었다.

화양이 침공당하거나 반란이 일어나는 꿈, 아들들은 죽고 아내와 딸은 수치를 당한 뒤 끌려가는, 아버지와 할아버지가 물려준 성이 불타오르고 약탈당하는 악몽을 꾸었다.

성주가 어린 아들만 남겨놓고 죽거나 앓아누우면 어떤 일이 벌어지는지, 채규는 너무 잘 알았다. 당시에도 잘 알았고, 지금도 잘 안다. 다섯 해 전 세상을 뜬 갈화징만 해도 어떤가. 모두가 사랑하던, 모두가 매혹되어 바라보던 남자였건만, 그가 죽고 나니 남겨진 성과 아이들이 어떤 꼴이 되던지. 어린 소년과 젊은 아가씨가 그 성을 지켜낸 것은 기적에 가깝다.

채규가 앓아누울 당시 화양은 입성은 쉬워도 수성은 어려운 것으로 유명했다. 아내와 딸은 꿈에서 수십, 수백 번 수치를 당하고 어린 아들들의 목도 수십 수백 번이 떨어졌다.

백 년은 앓아누운 듯 거듭거듭 혼절하다 드디어 열이 식고 정신이 들었다. 어둑어둑한 방 안에는 당시 소녀이던 보령 하나뿐이었다.

'깨어나셨습니까.'

밖은 조용했다. 조금 전까지 불타는 성의 꿈을 꾸었는데, 정신을 차리고 보니 이것이 차라리 꿈인 듯했다.

채규는 일어나 창을 열었다. 화양성은 여전히 눈부시고 아름다웠다. 불타는 곳도 없고 반란군도 적군도 없었다.

보령이 나가 성주가 일어났다는 것을 알렸다.

아내가 달려왔다. 이어, 아이들도 너도나도 달려왔다. 가장 늦게 나타난 것은 무염이었다. 아, 내게 저런 아들도 있었지, 그렇게 그날 처음 알게 된 듯 보았었다.

'아무 일도 없었나.'

모두를 둘러보며 말했었다. 다들 밝은 얼굴로 고개를 끄덕였다. 놀랍고도 기적적인 일이었다. 거의 한 달을 넘게 앓았는데, 성이 무사하다는 것은.

보고를 받은 것은 내사관인 증관과 만났을 때였다.

'자네가 한 건가.'

'아닙니다. 주공께서 중태이실 때, 부인께서 인을 넘기셨습니다.'

'누구에게.'

'공자님께 했습니다.'

공자라는 호칭에 담긴 존중과 만족의 어감을 채규는 모를 수가 없었다.

'공자님이 바로 곽효명 장군에게 성의 방위를 맡기고, 내성은 공자님이 직접 방어했습니다. 재릉관으로 연락을 해, 군사 오천이 길목에 급하게 영채를 세우고 방어를 했지요. 앓아누우신 동안 성은 내내 안전했습니다.'

'아, 그래.'

어린 무릉일 리는 없었다. 그 모든 일을 한 것은 막무염, 장남이다. 채규는 자신이 무염에게 그 무엇도 맡긴 적도 가르쳐 준 적도 없다는 것을 기억하고 있었다.

아내가 양자로 들이고 싶다 해서, 아내 기분을 더 상하게 하고 싶지 않아 그리하라 한 것뿐이다. 공자의 교육을 받게 했다는 것은 알지만, 채규가 화양공으로서 공자인 아들에게 가르쳐 준 것은 하나도 없다. 만나기야 만났다. 문안 인사차 오고, 또 아내가 자기 소생 아들들과 함께 들여보내 서로 문답을 하는 시간도 마련했었다. 무염은 동생들을 뒤에서 지키듯 앉아 동생들의 말문이 막히면 도와주곤 했다.

채규는 그때 저 녀석이 어린 동생들을 데리고 아버지처럼 군다고 생각했다. 조숙한 분위기도 신경 쓰였다. 저건 도무지 사내지 않은가.

그 아들이 아내로부터 제후의 인을 받아 처음부터 다 알고 있었던 듯 처리한 것이다. 어느 자리에 누구를 보내야 하고, 어느 시간에 무엇을 해야 하고, 자신이 어디에 있어야 하는지, 죄다.

애초에 자기가 하던 일이라도 되는 듯.

오싹한 기분이 들었다.

그가 한 달 동안 없었는데 아무 일도 일어나지 않았다.

다행인지, 스산한 일인지 모르겠다. 자신이라면 상상도 못할 일인데 아내는 천연덕스럽게 해치웠다. 아내의 선택지가 넓지 않았다는 것은 안다. 아무리 심복이라 하나 기민하지 못한 곽효명 장군에게 맡길 수도 없고, 증관은 지혜는 있으나 겁이 많아 장수들이 우습게 안다. 둘 중 하나가 일을 맡았다면 빈틈이 생겼을 것이다.

아들은 외성은 곽효명 장군에게 맡겨 수비를 하게 하고, 자신이 내성을 맡고 성을 수습하는 것은 증관에게 맡겼다. 성을 수비하는 것도 중요하지만 성 밖에 군사를 주둔시켜 아예 길을 막는 것이 더 중요하다는 것도 알았다. 게다가 더 기이한 것은, 아무리 아내가 인을 맡겼다 하나 그 나이 든 장수와 관료들이 하녀 소생인 아들의 명령에 복종했다는 것이다.

나는 살아 있는데 새로운 내가 태어난 기분이었다.

막채규 본인이 아닌, 막채규와 닮은 전혀 다른 존재가 그의 자리에 들어앉았다. 그런데 아무도 신경 쓰지 않았다. 있든 말든.

'모두 수고했네.'

채규는 조용히 말하고 일어났다.

두통은 그 순간부터 생겨났다. 푹 찌르는 듯 지독한 통증이 오더니, 현기증과 식은땀이 났다.

"젠장!"

두루미 몇 마리가 놀라 홰치는 소리를 크게 냈다. 아내 목소리가 들렸다.

"나리?"

아내는 다리 위에 있다가 남편을 발견하고 내려왔다.

"여기까지 웬일이신 건가요."

"산책이오."

"여기는 제 객관이 있는 곳입니다."

"내 성인데 내가 못 가는 곳이 어디란 거요."

"아무리 나리의 성이라도, 남녀의 유별은 지키셔야지요. 오시고 싶으시면 조금 멀더라도 돌아서, 일단 저를 거쳐 가세요."

채규는 아들과의 언쟁을 기억해 냈다. 아내에게 보낸다고 했던가, 갈화징의 딸 아이.

아들 눈이 어땠더라. 놀라울 지경이었다. 항상 지친 얼굴 너머로 감정과 기분을 감추던 녀석이, 그날은 분노를 확 드러냈다.

그래, 모두가 좋아하던 갈화징. 모두가 사랑하지 못해 안달하던 녀석, 그 녀석 딸이라면 오죽할까. 젊고 홀로 지내던 그 녀석은 사랑스러워 미쳤을 테지. 마음에 들어 어쩔 줄 모르는 것이, 안타까울 정도로 훤히 보였다.

"손님은 융금의 숙녀인가."

"네."

"닮았던가."

"네?"

"화징과."

아내의 얼굴이 부드러워졌다.

"아주 많이요. 성격도 비슷한 것 같아요."

"보고 싶군."

아내는 의외라는 빛이다.

"얼굴이 왜 그러신가. 염이가 뭐라 말한 거요. 내가 싫어한다고? 하지만 부인, 어쩔 수 없지 않소. 나는 그 아이 아버지를 배반한 꼴이고, 후에 그 아이들이 겪은 수난에 나 역시 책임이 있지."

"전쟁이었어요."

"다른 사람은 다 그렇게 잊어줘도 나는 그리 안 되는군."

"다행이네요. 그리 안쓰러우시면, 가서 직접 보고 챙겨주기라도 해보던가요. 그 정도 헤아림은 있어 보이는 아이던데요."

"마음에 드나 보군."

"굳이 마음에 안 드는 이유를 찾을 필요는 못 느끼겠던데요. 게다가 염이도 좋아하는, 좋은 집안에 좋은 남자의 딸이잖아요."

아, 이런. 채규의 입술 끝이 올라갔다. 아내의 눈이 노여움을 띠었다. 아내는 남편의 이런 표정을 정말 혐오했다.

"좋은 집안이라. 이보시오, 부인. 전란이 빈번한 지역의 아녀자들은 어떤지 아시오? 유곽에 구르는 창녀나 다를 바 없어. 어느 사내 품으로 들어갈지, 내일이 되어봐야 아는 여자들이지. 억지로 품는 남자를 견뎌야 하기도 하지만, 종종 제 발로 그 품으로 가기도 한다오."

"나리."

"얌전한 태도에 속지 마. 그 성이 몇 번이나 넘어갈 뻔했는지 아시오? 실제, 점령당한 적도 있었지. 점령당한 성에 있는 젊고 예쁜 아가씨가 무엇을 해야 하는지는, 아무리 전쟁 모르고 철없이 자란 여자라도 알지 않을까."

"나리! 대체……!"

"그러니 서로 맺어주고 싶거든, 추억에 젖어 눈멀지 말고 다른 여자를 찾아주시오. 남자가 몇이나 거쳐 갔는지 모를 며느리를 나더러 들이라는 거요."

"그만해요! 어찌 그리 추잡한 말을!"

아내는 경멸과 환멸에 찬 눈으로 남편을 노려보았다.

"하나같이 저를 실망시키는군요, 당신이란 남자!"

항상 듣던 말이지만 항상 선뜩하게 가슴에 금이 가는 것만은 어쩔 수 없었다.

"내게 아무 기대도 하지 마, 그러면 실망할 일도 없지."

"가요!"

"내 성이오."

"그렇다면 내가 가지요! 거기서 있든 말든, 마음대로 하세요! 또 그리 더러운 소리를 할 거면, 말도 꺼내지 마!"

아내는 홱 돌아섰다.

그때 비파 소리가 끊어지고, 노래를 조르는 아이 목소리가 들려왔다. 아내의 시선이 그쪽을 향한다. 인사도, 더 말도 없다. 그쪽으로 가버린다.

무흔이인가.

아내가 저 아이를 가졌다 알렸을 때는 경악했다. 아내도 알지만, 의원이 병 탓에 더 이상 자손은 힘들 거라는 말을 했었다. 불가능한 것은 아니란 말과 함께 잘 큰 아들이 셋이니 실망하지 말라고도 했었다.

셋, 의원은 그리 말했다. 둘이 아니라 셋.

그런데 또 아이가 생겼다.

대체 어떻게.

모두가 좋아하고, 아내도 행복해했다. 아이를 낳으면 자신의 이름을 따 무흔이라 짓겠다고 했다. 알아서 하라 했다.

태어난 무흔은 누가 봐도 막채규의 아들, 모두가 아버지와 닮았다며 축하하고, 중병에서 회복되고 얻은 경사라 했다.

아이를 보자 두통과 함께 밀려드는 것은 지독히도, 지독히도 추잡한 가정이었다. 생각만 해도 악취가 나는, 섬뜩하고도 추잡한 가정.

그때부터였다.

그 녀석에게 어떻게든 죽을 자리를 마련해 주려고 골몰한 것은.

동량으로 보내고, 그다음 몇 번이나 전장으로 보냈다. 지난 월산족의 반란은 무염의 목숨을 앗아가기 직전까지 갔다.

그래도 아들은 매번 돌아왔다. 처음에는 기대를 하는 얼굴로, 그다음 에는 지친 얼굴로, 그다음은 또 무슨 일이 닥칠까 각오하는 얼굴로. 그 아들을 볼 때마다 채규는 온몸으로 말했다.

왜 이번에도 안 죽었느냐.

너를 보면 내 피가 솟구치는데. 당장 이게 어떻게 된 거냐 물어보며 목을 조르고 싶은데, 왜 자꾸 살아서 돌아와.

다시 두통이 밀쳐 오른다.

채규는 머리를 감싸 쥐며 숨을 몰아쉬었다.

이 빌어먹을 두통, 대체 언제 사라지려나. 이 귀신같은 통증, 세상 귀신들은 엊그제 다 날아갔는데, 왜 내게 붙은 귀신은 떠나질 않는 건지. 이 의심과 미움이라는 귀신, 이걸 어떻게 해야 할지 모르겠어.

그런데, 그런데 있던 귀신도 나가질 않는데, 이번 중원절에 새 귀신이 관을 열고 들어왔다. 그 귀신은 심장 아래 들러붙더니 끈적끈적한 독을 흘린다. 귀신의 이름은 가책. 그 귀신이 손짓하며 다음 귀신을 부른다. 수치라는.

"자, 한 번만 듣는다고 했잖아요."

사량이 달래자, 무흔은 고개를 저었다.

"한 번만 더요."

"공부하러 가야 한다고……."

'공부'라는 말이 나오자마자 무흔은 치마에 철썩 들러붙었다. 바로 그 공부를 하기 싫어서 뒤에서 장 부인이 노려보든 말든 손님인 사량에게 붙어 있는 중.

그때 장 부인이 갑자기 자리를 떠 연못가로 달려갔다. 유 부인이 어두운 얼굴로 연못가 주랑을 올라오고 있었다. 무슨 일이 있었던 건지, 부인은 입술을 물고 바닥을 노려보고 있었다.

치마에 붙어 있던 막내 공자의 얼굴도 어두워졌다. 무슨 일인지는 몰라도, 적어도 오늘 처음 벌어진 일은 아닌 것이다.

사량은 부인이 들어온 방향을 돌아보았다. 비단옷으로 감은 남자의 등이 보였다.

내원까지 저리 홀로 당당하게 와 부인과 독대할 수 있는 남자라면 이 성안에 화양공뿐. 다른 남자들은, 심지어 친아들조차도 부인의 시녀가 대동하지 않은 자리에서는 만날 수 없다.

부부 싸움인 건가. 부부 사이가 그다지 좋지 않은 거야 감으로 알고 있었지만, 이렇게 대낮에 마주쳐도 안색이 변할 정도인 줄은 몰랐다.

"작은 공자님."

사량은 공자를 흔들었다.

"이만 들어가 볼까요."

"공부하라고요?"

"아, 아니에요. 그저 제가 들어가고 싶어서요."

무흔은 치마를 놓고 손을 들었다.

"그럼 제가 모셔다 드리겠습니다. 둘째 형이 그러는데, 숙녀분을 만나면 항상 문 앞까지 데려다줘야 한다고 하던데요."

"이곳이 그렇게 해야 할 만큼 위험한 곳은 아닌 것 같은데요. 게다가 집 안인데."

무흔은 대단히 실망했다.

"혹시, 제가 못 미더우신 겁니까."

"아니, 그건 아니고…… 아니에요. 오세요."

사량은 무흔의 사심이 무엇인지 뻔히 짐작을 하면서도 머무는 객관으로 데리고 왔다. 창턱에 늘어져 있던 원숭이는 공자를 보자마자 천장으로 퉁기듯 뛰어올라 갔다.

무흔은 갈망 어린 눈으로 공공을 보며 물었다.

"왜 저러고 있습니까? 제가 싫어서 저러는 겁니까."

그게, 무서워서 저러는 거랍니다.

차마 그 말은 못하고 웃기만 했다.

아이의 뜨거운 눈과 마주치자 원숭이는 달달 떨기 시작했다. 어찌나 겁에 질렸는지, 사량이 손을 내밀어도 고개만 저을 뿐 꿈쩍도 하지 않았다. 무흔은 창턱에 발을 딛고 올라가 천장을 향해 손을 내밀었다. 원숭이는 반대 방향으로 재빨리 도망쳤다.

"위험해요, 어서 내려와요."

무흔은 창턱에서 내려와 말했다.

"역시 저를 싫어하는 것 같습니다. 왜 이러는 걸까요."

"저기, 내 생각인데 말이지요, 작은 공자님. 공공을 대하는 방식을 조금 바꿀 필요가 있을 것 같아요."

"제가 무례하게 대하는 건가요."

"무례하다기보다는, 조금 난폭하달까."

"그럼, 제가 무엇을 하면 안 되는 겁니까."

"일단…… 꼬리도 잡지 말고, 허리도 움켜잡지 말고, 목을 조르지도 말고. 품에 꽉 안지도 않았으면 좋겠어요. 팔을 잡고 흔들지도 말고, 또 다리를 잡아 올리지도 말고요."

열거하고 나니, 사량은 공공이 여태 살아 있는 것이 신기할 지경이었다. 다행히 무흔은 알아듣고 정말 미안해했다.

"조심했다고 생각했는데 역시 공공에게 무례를 저질렀군요!"

아니, 생명의 위협을 저질렀습니다.

사량은 이 아이의 위력을 감당할 수 있는 사람은 이 성에서는 막무염 하나뿐이라 생각했다. 무염만 나타나면 너도나도 이 공자의 등을 떠미는 이유를 이제는 알겠다. 그들에게도 쉴 시간은 필요했던 것이다.

그때 유 부인의 시녀장인 장 부인이 객관 창으로 얼굴을 내밀었다. 무흔은 당장 퉁겨 올라 사량의 등 뒤로 도망갔다.

사량은 역시 난처하다 생각하며, 장 부인을 보았다.

"무슨 일인가요."

"마님께서 시간 있으시면 차 한잔하자 하십니다."

"금방 갈게요. 가만, 공자. 같이 갈래요?"

무흔이 답하기도 전에 장 부인이 말했다.

"낭자, 공자님은 안 됩니다. 공부하실 시간이 되었거든요. 공자님, 융 선생님이 기다리십니다."

무흔이 질색했다.

"네? 아니, 어제 공부했잖아요!"

"오늘 공부는 안 했습니다."

"저는 어제오늘 공부를 했어요! 그러니 오늘은 놀아도 됩니다."

"융 선생이 그러던가요? 그럴 리가. 마님께서 한 달 전부터 공부할 게 밀려 있으니, 앞으로 한 달간은 매일매일 이틀 공부할 만큼 공부해야 한다 하시던데요."

"어머니가 오해하신 겁니다! 저는 정말 오늘 공부까지 다 했습니다."

"마님께서 말씀하시길, 그렇다면 회초리와 시험지를 준비해 둘 터이니 자신 있으면 한번 와보라 하시던데요. 자, 어디로 가겠습니까. 융 선생입니까 마님입니까."

무흔은 움찔했다.

"뭡니까, 공자님?"

"어, 그게 말입니다! 아무래도 제가 모자라 공부 좀 더 해야 할 것 같습니다!"

무흔은 벌떡 일어나 밖으로 달려나갔다. 원숭이 공공은 그제야 안도하고 내려왔다.

장 부인이 엄격한 얼굴로 말했다.

"실례를 끼쳐서 죄송합니다."

"아니, 아닙니다. 괜찮아요."

"가시지요."

사량은 장 부인과 함께 유 부인의 다실로 갔다.

여름 햇살이 누창으로 비쳐 바닥에 꽃무늬를 그리고, 그 햇살을 가린 얇은 휘장이 바람에 넘실댔다.

유 부인은 다실의 처마에 달린 새장 안에 있는 예쁜 앵무새들에게 먹이를 주는 중이었다. 사량이 들어오자, 부인은 우아하게 반겼다.

"막내한테 시달렸다면서요. 방울만 한 게, 꼴에 사내라고 이 나이 든 어미보다는 젊은 여인이 좋나 봅니다."

"저보다는 제 원숭이가 더 좋은 것 같아요. 비밀인데, 작은 공자님은 사실 저는 쳐다보지도 않으세요."

부인이 빙그레 웃었다.

이 화양 번비(藩妃) 유미흔은 사량의 걱정했던 것과는 완전히 다른 여인이었다. 화양 번비 정도 되면 시골 낭자인 사량에게는 엄청나게 호화롭고 엄청나게 까다롭고 엄청나게 힘든 사람일 거라 생각했는데, 정작 만나게 된 유미흔은 그 정도 위치의 여자들이라면 기본적으로 하고 있어야 할 정도만 갖춘 소박한 차림의 여인이었다.

옅게 화장한 얼굴은 여전히 젊었고, 눈빛은 쾌활하면서도 상냥했다. 말투도 부드럽고 가지런했고, 미모 역시 위압감을 느끼거나 숨이 막힌다는 느낌은 없이 호감과 즐거움을 이끌어내는 편안한 아름다움이었다. 아들 셋과 딸 하나에, 양자까지 있는 여인인데 여자가 봐도 사랑스러운 여인이었다.

"조금 전 비파를 들었어요. 스승이 있었나요?"

"네, 아버지께서 가르쳐 주셨습니다."

"나는 낭자의 아버지를 알아요."

유 부인은 사량 앞에 차를 따랐다.

"내 또래 화서항 여자 중 융금백 갈화징을 모르는 여자는 없을 거랍니다. 화서항에 그분이 온다는 소문이라도 퍼지면 기녀들과 악공들이 짐을 싸들고 그분 숙소로 몰려가곤 했지요. 기녀들의 경우 다른 사심이 없었다고는 말 못하겠지만. 사실, 그게 더 컸을걸요. 노랫소리가 귀로 들어가는지 코로 들어가는지 모르고 얼굴만 보고 있었을 테니."

언제 이야기인지, 사량은 알 것 같았다.

할아버지가 살아 계실 때로, 당시 아버지는 밖으로 나갈 일이 많았다. 젊은 상산공 우동관이 발호(跋扈)하던 시기였으니. 황제나 화양이나 다 긴장하여 모두 뭉쳐 우동관을 억누르느냐 아니면 죄다 우동관에게 붙어 고씨 황조를 뒤엎느냐 눈치들을 보았다.

유 부인의 아버지인 화서항주는 상산공 우동관이 황제까지 넘볼 정도로 성장할지도 모른다고 생각했다. 잘만 하면 딸을 황후로 만들고 영토도 넓힐 기회도 올 거라 여겨 혼담을 넣었고, 그 혼인은 거의 기정사실, 날만 잡으면 되는 일이었다. 그리고 그에 맞춰, 회맹이 이루어졌고 사량의 아버지도 그때 화서항으로 떠났다.

문제는 화서항주가 벌인 놀이 때문에 발생했다. 화서항주는 그냥 청혼하면 재미가 없다며 딸을 건 비무대회를 열었다. 무인 중의 무인인 우동관이라 흔쾌히 승낙했으나, 그날 우승한 것은 우동관이 아닌 막채규였다. 이미 우승자에게 딸을 준다고 외친 마당인데다, 지나가던 강호 잡객도 아닌 화양공 막채규였던지라 화서항주는 딸을 화양으로 시집보내야 했다.

그 후 융금을 비롯한 지역 영주들은 평화롭게 지냈다. 우동관과 화서항이 손을 잡았다면 우동관은 분명 칭제를 하며 황제와 대립했을 테고, 남쪽은 위나라와 상나라로 갈라져 또 전쟁을 벌였을 것이다. 그러나 상산이 그날 발이 꼬인 덕에 동량 전투 전까지는 거의 십 년 넘게 평화로웠다. 아버지는 더 이상 바깥일을 할 필요도 없어지고 할아버지도 편찮으셔서 융금으로 돌아와 정착했다. 황 선생이 온 것도 그즈음이었다.

"일이 그리되어서 참 안타까워요, 낭자. 아까운 분이었는데."

"모두가 전란을 겪었는걸요."

"그래도 항상 생각해요. 꽃처럼 아름다웠던 나날들을. 모두가 살아서 웃던 시절을, 피 흘릴 일도 눈물 쏟을 일도 없던 그 시절…… 어쩌면 그 모든 것이 나의 꿈이었을지도 모르겠네요. 그때 평화로웠던 곳은 화서항 정도였지, 나머지는 다 혼란했으니까요."

사량도 아버지가 그리워졌다. 아버지를 잃은 뒤, 전란이 이렇게나 사람을 비참하게 만들 수 있다는 것과 사람들이 이다지도 염치없어질 수 있다는 것을 깨달아야 하는 날들이었다. 그래서 그때 남아준 사람들에게 감사하는 마음은 무척 크고, 버티어준 동생도 대견했다.

"염이하고 여기로 오며 잘 지냈었나요."

"클릅—"

사량은 먹던 차가 목에 걸렸다.

놀라 캑캑대는 사량을, 부인은 은근한 눈으로 보았다.

"사실 염이가 오자마자 말해서, 낭자를 여기 손님으로 맞이했어야 하는데 지저분해서 말이지요. 지금도 지저분해서⋯⋯. 염이가 잘해주던가요?"

"어, 그러니까 고, 공자는 친절하고⋯⋯ 그, 그러니까⋯⋯."

얼굴과 목이 화끈거리며 그날 일이 생각나는 것은 어쩔 수 없었다. 생각하지 말자, 말자, 하고 외워도 소용없다. 외간 남자와 맨살을 댈 일이 벌어질 거라 생각하며 성을 떠난 것은 아니었다. 그런데 일어나고 말았다. 아직도 살에 닿던 남자의 느낌이 생생하다.

"낭자, 안 뜨거워요?"

사량은 차를 꿀꺽꿀꺽 마시고 있었다.

"아, 아닙니다. 잘해주셨어요."

"그럼, 여기가 좋은가요, 거기가 좋은가요."

"네?"

사량은 벌벌 떨다, 알아서 차를 따르고 다시 꿀꺽꿀꺽 마셨다. 부끄러워 얼굴도 볼 수 없었다.

"공자는 바쁜 것 같고, 어, 그러니까 일도 많은데 남자에게 여자 손님까지 떠맡게 하는 것도 실례인 것 같아서⋯⋯."

제발, 남녀 일로 넘어가지 않기만을 바라며 사량은 부인의 눈치를 살폈다. 부인은 조금 쓸쓸한 표정을 지어 보였다.

"그 아이는 항상 바쁘죠. 무릉이도 이제 다 컸는데 형한테 일 떠밀지 말고 자기 일 좀 알아서 하면 좋으련만, 릉이 그 아이는 내가 봐도 무골은 아닌지라 전쟁 나가는 건 다 염이 몫이죠. 그 아이만 아버지 명령에 따르느라 고생하는 것 같아 미안하고, 그러네요."

부인의 얼굴이 더 어두워졌다.

누구 때문인지 사량도 짐작이 된다.

남편, 화양공.

조금 전 찾아온 그가 부인의 마음을 흐리게 만들고 간 것이다.

지금 이 화양공 부부는 그런 화제를 일으키고 혼인한 부부가 맞기는 한지 모를 정도로 냉랭했다. 여기 온 지 얼마 되지도 않은 사량이 알 정도니, 무흔이나 시녀들은 당연히 안다. 결혼 당일 처음 만난 어머니 아버지의 부부 생활도 저러지 않았다.

그때 부인의 시녀가 와서 일정을 알렸다. 부인은 까맣게 약속을 잊고 있었다는 것을 깨닫고 얼굴을 붉혔다.

"아 참, 내 정신 좀 봐. 선약이 있었는데. 미안해요, 낭자."

"괜찮습니다. 저도 가볼게요."

부인은 다음을 기약하며 나갔다. 사량도 처소로 돌아왔다. 공공은 창가에 늘어져 공자 없는 평화를 누리며 과일을 씹고 있는 중이었다.

"이리 오렴. 산책이나 하자."

두 팔을 벌리자 공공은 얼른 품 안으로 뛰어들었다.

사량은 공공을 데리고 햇살이 밝은 밖으로 나왔다.

부인은 자신의 화양궁의 내원을 예쁜 시골처럼 꾸며놓았다.

포도나무에는 흑구슬처럼 탐스러운 포도가 달려 달콤한 내음을 풍기고, 울창하게 자란 등나무는 담과 정자에 서늘한 그림자를 드리운다. 예쁜 초막도 지어져, 운치를 더했다.

사량은 포도나무 아래를 거닐었다.

새삼 쓸쓸해진다. 누군가 옆에 있다가 없어지니 절반 넘게 덜어낸 듯 허전하다. 항상 같이 지내던 동생과 헤어졌을 때도 느끼지 못했던 쓸쓸함이다.

눈을 감으면 떠오르는 것은 그날의 북소리, 불꽃과 그의 눈동자.

도저히 돌이킬 수 없는 뒤섞임이 일어난 순간이었다. 가슴 안쪽에 단단히 닫혀 있던 것이 열리고 그 안에 있던 것과 밖에서 밀려드는 것들이 뒤섞여 전혀 완전히 다른 무언가가 되었다.

문 앞에 있던 그를 보았을 때 두려움보다는 기쁨이 더 컸던 것 같다. 그러다 그가 덮치듯 덤벼들어 온몸으로 그 뜨거운 욕정을 느끼게 되자, 사량은 드디어 두려워졌다.

다른 남자와 같은 것일까 봐 두려웠다. 입으로는 사랑한다 말하며, 결국 원하는 것은 살밖에는 없는.

그래서 울어버린 것 같다.

너무 두려워서. 이 순간이 지나면 그가 더 원하는 것이 없을까 봐. 그런데 나는 원할까 봐.

그리 두려워 밀어낸 주제에, 지금 눈을 감으면 그를 찾고 귀는 그의 목소리를 찾는다.

보지 않으면 곧 가라앉을 줄 알았다. 흔들림이다, 조금 지나면 바람 지나간 자리가 조용해지듯 조용해질 것이다.

그런데 오히려 점점 더 불안해지고만 있다.

"한번 가볼래?"

사량은 품 안에 늘어진 원숭이의 배를 쓸어주며 말했다.

알아들을 리 없는 원숭이는 그저 막무흔 없는 평화를 누리며 입맛을 다실 뿐이다.

"가보자."

사량이 달리듯 빨리 움직이자, 원숭이는 어리둥절해 고개를 돌렸다. 사량은 내원을 나섰다. 그렇게 발걸음은 뗐으나 내원의 문을 나오자마자 화양성이 얼마나 큰지 전혀 가늠하지 못했었다는 것을 깨달았다. 사방이 숲이요 길이요 누각이요 호수요, 다 비슷비슷해 보였다. 헤매다가, 이렇게 돌아다니다가는 돌아가는 길조차 잃어버릴 것 같아 화양성에서 가장 높은 본성으로 향했다. 본성은 가장 높은 곳에 있고 그 옆에 큰 누각도 있다. 그 위로 올라가면 어디로 가야 할지 알 수 있을 것이다.

높이 있는 본성까지는 산을 타는 데 익숙한 사량에게 일도 아니었다. 막 누각으로 올라서는 계단에 발을 디뎠을 때, 등 뒤에서 차분한 목소리가 들렸다.

"거기 누구죠."

사량은 길을 물어볼 수 있을 거라 안도하며 돌아보았다. 남색 옷을 단정하게 차려입은 여자가 서 있었다. 나이는 사량과 비슷하거나 더 많아 보였으나, 조용한 표정 탓에 정확히 가늠하기는 어려웠다.

여자가 물었다.

"당신, 혹시 부인께서 보낸 건가요. 내원 쪽에서 오던데."

"아, 그럼……."

"여기 이 본관에 여자가 어슬렁거릴 일이 뭐가 있는지 모르겠군요. 순진한 얼굴을 한 아이로 보내면, 이번에는 들키지 않을 거라 생각한 건가요."

사량은 손을 저었다.

"저기, 오해를 하신 것 같은데 저는 길을……."

"염탐을 할 거면 여기가 아니라 뒷길로 왔어야지요. 그런데 조금 전부터 보니 숨어서 올 생각도 없는 것 같더군요. 그래, 부인께서 이번에는 어디서 무엇을 알아내라 하시던가요. 화양공이 어느 하녀와 동침할지, 그리고 동침한 날에 또 무슨 이야기를 꺼낼지. 그런 건가요."

사량은 이 자리에서 부부의 사생활이 어떤지 적나라하게 듣게 되어 민망했으나, 결론 하나는 내릴 수 있어 고개를 끄덕였다.

이 여자, 남의 말을 들을 생각이 없구나.

부부 사이의 일은 남이 옳고 그름을 논할 일은 아니니 넘어가기로 해도, 사량은 이 여자의 오해에 조금 서운한 마음이 들었다. 이 여자 말에 따르면 자신을 부인의 수하로 여겼다는 건데, 행색이 하녀나 시녀와 다를 바 없어 보였나.

사량은 두 손을 들어 여자의 말을 막은 다음 말했다.

"알았어요. 그렇다면요, 일단 나를 보내주시는 게 좋을 것 같네요."

"내가 왜요."

"자, 생각해 봐요. 일단, 당신이 나를 봤잖아요. 그런데 부인은 당신이 나를 봤다는 것을 아직 모른단 말이죠. 그렇다면 부인은 계속 나를 보내지 않겠어요? 만약 내가 실패해 돌아간다면 부인은 다른 사람을 보낼 테고, 당신은 또 새로 알아내야 하잖아요."

쉴 새 없이 말이 이어져 여자의 얼굴이 몽롱해졌다. 이게 지금 뭐라고 지껄이는 거야.

"자, 그럼 여기서 막무염 공자의 처소로 가려면 어떻게 해야 하나요."

"그곳에는 왜 가는 거지요."

"전할 말이 있어서요. 가르쳐만 주면 얼른 사라질게요."

"부인이 보낸 건가요."

"네, 그래요."

여자의 눈 안에 기묘한 빛이 지나갔다. 그 음습한 빛에 사량은 여자의 정체가 정말 궁금해졌다. 뭘 기대하고 뭘 생각하는 건지.

"이 길로 내려가, 서화문이라 적힌 문을 지난 뒤 쭉 가면 길이 하나 더 나와요. 그 아래로 향하는 길이 병영으로 통하는 길인데, 여자가 병영 안으로 갈 수는 없으니 그 앞에서 찾아봐요."

"고마워요."

그리고 여자가 뭐라 더 말하려 했지만, 다음 순간 사량은 그 눈앞에서 감쪽같이 사라졌다.

여자의 말대로 가자, 금방 무염의 처소를 발견할 수 있었다.

사량은 반가운 마음에 뜰로 들어섰다. 무염의 하인은 나무 그늘 아래에서 푹 자고 있는 중이라, 사량이 오는 줄도 몰랐다. 공공은 오자마자 비파나무 위로 올라가 열매를 찾았다.

같이 지낼 때는 몰랐는데, 무염의 처소는 그 남자가 없으니 참 아무것도 없는 곳이었다. 텅 빈 느낌이 너무 강하고 사람의 흔적이란 것도 거의 없다. 무흔의 흔적이 그리 굉장한 이유를 알겠다. 무흔이 오는 것 외에는 아무 의미가 없는 처소여서 그런 것이다.

보면 볼수록, 몸 하나밖에 없는 사람이었다. 그리 크고 강해도, 세상에 이리 홀로.

사량은 그 남자의 뒷모습이 사라진 뒤에야 하나둘 생각났다. 요새에서 밤새 옆에 고요히 있던 그가, 웃으며 동생을 소개해 주던 그가, 축제의 불길 너머의 그가.

그런 그 남자가 옆에 없으니 세상은 왜 이리도 넓고 황량하기만 한지. 항상 쓸쓸하게만 살았는데, 지금의 쓸쓸함과는 비할 바 되지 않는다. 낙엽이 지는 것을 보는 쓸쓸함과 숲이 통째로 사라진 것을 보는 상실감의 차이다.

이대로 갈까 아니면 기다릴까, 정하기로 했으나 아무 생각도 없어지며 마음이 바닥까지 고요해진다. 잔잔해진 수면이 하늘을 비추듯 떠오르는 말은 하나.

염, 지금 어디 있어요.

보고 싶네요.

"왜 온 거야."

무염은 벽 뒤에 주저앉아 이마를 감싸 쥐었다.

잠시 고민은 했다. 있는 척을 해야 하는 건지, 아니면 그냥 여기 앉아서 기다리다가 사량이 나가면 일어나야 하는 건지. 고민하면 할수록 답을 모르겠다. 적이면 그냥 날아가 무찌르면 되고, 안 되겠다 싶으면 뒤로 돌아 등을 후려갈기면 되는 건데, 저 여자를 상대로는 뭘 해야 할지 감도 잡히지 않는다.

그날 큰일을 저지른 것이 맞기는 맞다.

처녀 방에 쳐들어가서 무슨 짓을 한 건지.

그래도 그날 원하는 바를 이루었으면 미안하긴 했을 테지만 후회는 없었을 것이다. 일은 치렀고, 이제 그의 여자고, 그다음은 아버지가 뭐라 하든 말든 내가 책임지겠으니 배 째시려면 째라고 밀고 나가면 된다. 엎질러진 물이요 쏘아놓은 살인데, 뭐 어쩌겠는가. 사량이 엄청나게 난처해지고, 아버지로부터 욕이란 욕은 다 먹겠지만 어쩌랴. 이미 차지한 정조를 돌려놓을 수도 없는 노릇을.

그런데 사량은 울음을 터뜨렸고, 무염은 눈앞이 컴컴해져서 아무것도 할 수 없었다.

어쩔 줄 몰라 하다 방을 나온 뒤, 폭풍처럼 밀려드는 마음은 미안함 반, 나머지 반은…….

창피하다.

꽃대처럼 약한 여자에게 무슨 짓을.

아무리 대범한 여자라도, 커다란 외간 사내가 그리 덤벼들어 옷 벗기고 눕히면 놀라겠지.

그리고 무염이 그 기분 그대로 찾아갔을 때 부인은 눈을 깜빡이며 물끄러미 보았다. 무염은 사실대로 말하고 도움 좀 달라고 애걸할 뻔했다. 그러나 정말 그러면 부인으로부터 조언을 듣는 게 아니라 짐승 취급받을 것이 뻔해서 입도 못 뗐다.

한참 지나도 아들이 입을 꾹 물고 있자, 부인은 활짝 웃으며 말했다.

'저기, 그날 내 말을 못 알아들은 것 같구나. 집이 지저분하니, 나중에는 안 되겠니.'

'제 처소가 더 지저분합니다.'

'거긴 남자 집이니 그 애도 이해할 거야. 굳이 지저분해서 못 견디겠다면 같이 치우는 것도 나쁜 일이 아니라고 생각한단다.'

그리고 웃으며 이걸로 끝내자, 하고 일어나려는 어머니를 무염은 급히 막아서며 말했다.

'우리 집이 정말로 더 지저분합니다.'

'여기가 정말로 정말로 더 지저분해.'

눈이 마주치고, 드디어 부인이 눈치챘다. 눈빛이 긴급하게 오고 갔다.

사고 쳤구나? 네, 그러니 제발 좀 봐주세요. 둘이서 해결하면 안 되니? 제발, 제발, 어머니! 너는 대체 어느 정도의 사고를 친 거야!

그런데 꼬마 무흔이 외쳤다.

'어, 걱정 마세요! 여긴 제가 치울게요! 금방 깨끗해질 테니 오시라 하십시오!'

어머니의 얼굴이 굳었으나, 어린 무흔은 좋아라 하며 돌아섰다.

'제가 치울 테니, 걱정 하나도 하지 마세요! 숙녀분은 안심하고 오시라고 하십시오!'

잠시 뒤 치운다며 와장창 깨고 엎지르는 소리가 들렸다. 부인은 막내가 집 안을 박살 내 없애기 전에 일어나야 했다.

그날, 무염은 저녁까지 병영에 머물며 집으로 돌아가지 않았다.

저녁에 돌아왔을 때는 제발 데리고 갔기를 바라는 마음 반, 아직 있기를 바라는 마음 반.

와보니 하인은 자고 있고 집은 비어 있었다. 가버렸구나, 라고 생각하니 꿈이라도 꾸는 기분이었다. 없어진 게 꿈인 건지 있던 것 자체가 꿈인 건지.

그 뒤로 지금까지 혼자서 이십 년을 날밤으로 지새운 기분이었다.

무염은 이대로 앉아 있다가 사량이 가면 나가야겠다고 결론을 내렸다. 그리고 그리 생각하며 고개를 드니, 바로 앞에 원숭이가 앉아 있었다.

무염은 손을 저으며 저리 가라 시늉을 해 보였지만, 녀석은 자그마한 얼굴로 무염을 물끄러미 보다 비웃듯 앞니를 훤히 드러냈다.

콱 잡아다 새장에 잡아넣어 버릴까, 그리 생각하고 있을 때 동창에 앉아 꾸벅꾸벅 졸던 탕탕이 고개를 내밀었다. 원숭이는 놀라서 냉큼 도망쳤다. 나는 무섭지 않으면서 저 사냥도 못하는 탕탕만 무섭나. 그리 생각하며 고개를 돌리다가, 무염은 바로 옆에 쭈그리고 앉아 있는 사량과 마주쳤다.

"여기서 뭐 해요?"

무염은 놀라 비명을 질렀다.

"으아—!"

"공자?"

"놀랐잖아!"

"저도 놀랐어요. 언제부터 여기 있었어요, 공자?"

"당신이야말로 언제부터 앉아 있었던 거야."

"숨소리가 들려서 와봤어요."

"그게 들리는 건가."

"귀가 밝아서요."

"그게 들리면 귀가 밝은 게 아니라 무슨 도술이라도 부리는 것 같군."

"나 보내고 여자라도 숨겨놨나요. 왜 그리 놀라요. 일단 뒤져 보니 없긴 한데, 어디 숨겨놨을까."

"그러다 정말 있으면 어쩌려고."

"모르죠. 일단 그 여자 머리를 잡아 쫓아낼지, 아니면 역시 공자는 바람둥이였다고 하며 울어버릴지. 어떻게 할까요."

"일단 전자가 낫긴 하군."

무염은 길게 한숨을 내쉬며 제대로 앉았다. 겁먹고 숨었을 줄 알았는데, 정작 얼굴을 보니 사량은 태평했다. 아무렇지도 않게 이렇게 옆에 있기도 하고. 사실, 가장 걱정되는 게 그것이었다. 다시 마주하면 겁먹거나 도망칠까 봐.

그런데 정작 이 여자 얼굴은 태평하기 그지없다. 며칠 전 좀 난처한 일이 있긴 했습니다만, 잊기로 하죠.

"나한테 겁먹었을 줄 알았는데."

"공자가 덤벼든 것도 사실이지만, 나 역시 공자의 탄탄한 가슴과 씩씩한 숨소리에 홀렸다는 건 인정해야죠. 그러니 겁 안 먹어요."

무염은 눈을 크게 떴다. 내가 지금 무슨 소리를 들은 거지? 사량은 그런 무염을 눈을 가늘게 뜨고 마주 보았다.

"가만, 공자. 이 화양에서 제일 인기 좋은 남자라 그러더니, 왜 그렇게 자신 없게 굴어요. 거짓말이었나. 허세였나."

"그럼, 그대로 진행해도 괜찮았다는 건가."

"공자, 나는 창문을 연 거지 어서 오라고 문을 활짝 연 건 아니라고요. 그렇다기보다는 내가 공자를 좀 더 좋아하게 되면 공자가 각오해야 할지도 모른다는 것 정도예요. 혹시 모르죠. 그날 아무 일 없었으면, 내가 문

을 벌컥 열어젖히고 쳐들어가 공자를 번개처럼 덮친 뒤 아침에 책임지라
며 엉엉 울고 있을지도."

"그러면 내가 기대하게 되잖아."

무염은 어이가 없어 웃었다.

이 여자, 대범한 건지, 솔직한 건지.

"나는……."

"네."

"사실, 제대로 겁먹었다고."

"네에?"

"당신이 올 때 정말 겁나서 어쩔 줄 몰랐다고. 사람을 앞에 두고 그리
무서웠던 적은 처음이었지. 그리고 사실, 조금 전까지만 해도 무서워서
꿈쩍도 못하고 있었던 거고."

전혀 예상하지 못했던 답이라, 사량이 더 놀랐다.

"정말로?"

무염은 손가락으로 가볍게 사량의 이마를 쳤다.

"정말이야."

갑자기 닿으니 사량은 놀라 움찔했다. 아차, 하며 무염은 손을 내리고
물었다.

"어머니하고는 잘 지내나."

"아주 좋은 분이시던데요. 아름답고, 상냥하고, 기품 있고. 괜히 긴장
했다 싶더라고요. 그렇게 대단한 분이 저 같은 시골 낭자에게 엄하게 대
할 거라 생각하다니. 두루미 앞의 뱁새였는데 말이지요."

"나도 어렸을 때 홀딱 반해 따르긴 했지. 의지할 데가 그분뿐이라서.
게다가 보면 알겠지만, 굉장한 분이잖아. 열네 살 꼬마의 눈으로 생각해
봐. 선녀가 따로 없지."

"그럼, 지금은 다 커서 체면 차리는 건가요."

"그것도 있고, 또 담의가 충고하더군. 아무리 양자라고는 하지만 나이 차가 어마어마하게 나는 것도 아닌데다 친어머니도 아닌데 그리 들락날락거리면 남들 보기 안 좋다나. 그 말을 듣고 나니 오싹하더군. 그래서 그 후로는 거리를 둬야 했어."

무염은 편하게 말하고 있지만, 사량은 그 일이 얼마나 큰일인지 알았다. 참으로 등골 서늘한 충고다. 아버지의 첩이나 젊은 처와의 일로 죽는 일도 허다한 세상이다. 서한의 황자 중 하나도 그 죄로 귀양을 갔고, 북명에서는 그 첩과 아들은 물론이요, 시녀들까지 같이 효수되었다. 요국에서는 그나마 아들 입장에서는 사정이 나아, 아들이 아버지를 살해하고 그 첩을 차지했다. 아버지이기 이전에 주군, 주군의 사내로서의 자존심을 범하면 아들도 무엇도 없다. 아들 역시 마찬가지. 사내로서 원하는 것을 아버지를 죽여서라도 얻고자 한다. 권력과 욕망 앞에서, 아버지와 아들은 가장 강력한 경쟁자가 될 수도 있다.

이곳 남위는 그나마 다른 나라에 비해 혹형이 없는 곳이라 하지만 소문은 또 마음대로 되지 않는 문제니, 무염의 경우는 죄가 없다 하더라도 제대로 누명을 쓰면 추방되거나 파적될 수 있다.

매번, 매 순간 한 걸음만 잘못 디뎌도 큰일 나는 사람이었구나.

그리 생각하며 바라보니, 무염은 이미 사량을 물끄러미 보는 중이었다. 사량은 그 눈을 보며 말했다.

"궁금해지네요."

"뭐가."

"당신 친어머니, 그리고 의부."

당신이 그래도 마음 편히 사랑했을 사람들.

역시, 무염의 눈에 그리움과 쓸쓸함이 어렸다.

"친어머니는 내가 성으로 올 때 돌아가셨고, 의부도 전쟁 때 돌아가셨어. 나는 전쟁 중이라 장례에 가보지도 못했지…… 그래도 아버지가 돌아가시기 전에 남겨준 게 있어."

무염은 허리에 찬 검을 쳐 보였다.

"전쟁 때, 동생이 곽안이 데리고 온 원군을 따라왔었지."

"어느 동생이요?"

"무릉이도 무건이도 아니야. 의부의 아들. 같이 자라서 친동생이나 다를 바 없지. 내가 어머니 반만 닮았어도 그 아이는 나를 정말 친형인 줄 알았을 테지. 녀석이 이 검을 들고 와 내게 주었어. 아버지가 완성하지 못하고 돌아가셔서 동생이 마저 완성한 거라 하더군. 완성을 하긴 했는데, 거의 아버지가 만드신 거라 자신의 이름을 새길 수는 없고, 그렇다고 아버지가 직접 새기지 않았는데 아버지 이름을 새길 수도 없어, 그냥 가지고 왔다 했지……."

무염은 피식 웃었다. 사량에게 그 웃음은 무슨 표정을 지을지 감도 잡히지 않아 짓는 표정 같아 보였다. 아마도, 남에게 이런 이야기하는 것은 처음이리라.

"그게 끝이었지. 녀석을 만난 건. 전란 후에 녀석은 화양을 떠나 화서항으로 가버렸고, 여동생…… 아, 여동생도 있어. 그 아이도 강 너머로 시집가 버리는 바람에 이제는 완전히 남남이지. 그리고 이제는 없어. 아무도."

다시 무염은 조용해졌다.

사량도 그런 무염을 말없이 볼 수밖에 없었다.

동량 전투 때, 사량은 이 남자가 이끄는 화양군이 승리했다는 말을 듣고 분노했었다. 조금만 더, 조금만 더 일찍 왔으면 아버지도 살고 태자도 살았을 텐데, 왜 늦어서.

그러나 나중에 이 남자가 데리고 온 것이 고작 몇천밖에 안 되는 군사라는 것을 알게 되었다. 그의 승리는 그의 능력으로 이루어진 것이지, 화양공이 원한 것도 의도한 것도 아니었다.

탁우기와의 결투도 마찬가지. 정말 제대로 된 대장군이었다면, 다른 장수들이 무염을 그 자리로 내보냈을까. 당사자인 무염은 아무 일도 아니란 듯 말하고 있으나, 전쟁을 모르는 사량도 당시 분위기가 짐작은 되었다. 그들도 당신을 죽으라 하며 보냈구나.

나중에 어찌 되었든, 그것은 상관없다. 떠미는 손에 밀려 죽을 수밖에 없는 전장으로 가면서, 그를 가장 혹독하게 했던 것은 앞에 있는 적이 아니라 곁에 아무것도 없다는 것일 테지. 더 아픈 것은, 이기고 가도 반겨줄 사람조차 없다는 것.

중원절에, 가족들을 보며 그가 짓던 표정은 자신의 처지에 대한 서글픔이 아니었다.

그것은 그리움. 사랑했던 기억에 대한 그리움.

그저, 그리웠던 것이다.

사랑했던 기억만 남은 허허벌판에 서서 사랑이 그리웠던 것이다.

"공자, 나는 공자가 참 못되고 건방진 남자일 거라 생각했어요."

"잘 봤네."

"맞긴 한데."

사량은 무염의 머리카락을 넘겨주었다. 따스한 살이 손끝에 닿자 좀 더 만져 보고 싶어져, 그 이마를 매만지며 조용히 말했다.

"그래도 이 정도면 괜찮다고 생각되네요."

그리고 사량은 회색 눈을 마주 보며 빙긋 웃었다.

"종종 놀러 올게요."

"자주 와. 아니, 매일 와도 좋고."

"여기서 뭘 하라고요. 부인의 처소에는 책도 많고 부인은 무척 재미있는 분이고, 우리 꼬마 막 공자는 엄청나게 소란스럽지만 귀엽고. 게다가 부인이 다회를 열 거라던데."

"이봐, 다회는 절대 가지 마. 그런 데 가느니 차라리 여기로 와. 화양항의 마귀할멈들이 죄 모이면 산에서 살던 얌전한 아가씨는 그 앞에서 깃털 솜털 다 뽑힐 거야."

"그럼 여기 와서 뭘 할까요. 낮잠이라도 잘까. 보아하니, 이 처소에 잘 들르지도 않는 것 같던데요. 당신 하인은 항상 잠만 자고."

"나는 그 녀석이 이 집 아궁이가 어디 있는지는 아나 싶어."

"와서 밥도 안 먹어요?"

"보통은 병영에서 같이 먹지. 당신이 밥을 해준다면…… 아, 그래. 잘되었네. 여기 와서 한번 이것저것 만들어봐. 내가 먹어주러 오지."

"뭐예요, 하녀로 부리겠다는 건가."

"그건 아니야. 매일매일 다 먹어치워 줄 테니 걱정 말고 온갖 괴상한 걸 다 만들어보라고. 재미있지 않을까."

"그럼, 나는 밥을 하고 공자는 먹기만 하겠다는 건가요?"

"나는 매일매일 당신이 왔나 안 왔나 확인하려고 큰 소리로 말할 테지. 왔어 사량, 밥했어 사량, 같이 먹자 사량, 오면서 봤는데 말이야 사량……. 날이 좋더니 드디어 제비가 왔지. 오늘은 동백꽃이 예쁘게 피었더군. 오늘은, 저기 저 청향궁에서 칠석제사가 있다고 하니 같이 가볼까. 사량. 그리고 오늘은…… 사랑……."

"아."

뭔가 엄청난 말을 들어버린 것 같았다.

사량은 그의 말이 더 이어질지도 모른다는 생각에 귀를 기울였지만, 무염은 멈칫거리고, 멈추고, 조용해졌다.

"저기."

"그만."

사량의 입술에 무염의 손가락이 얹혔다.

"아무 말도 하지 마. 내가 기대했던 반응이 아니라면 말이야, 나는 창피해서 당신이 안 보는 곳에 가서 내 배라도 가를지도 몰라. 당분간은 나 혼자 하도록 내버려 둬."

입술에 닿는 무염의 손은 따뜻하고 마주하는 눈 역시 눈부신 것을 보는 듯 열기로 차 있었다. 그의 얼굴이 다가와 볼에 입을 맞추었다. 부드럽고 상냥하다. 햇살에 달아오른 꽃잎이 닿듯. 전날의 그 거친 남자와 같은 사람인가 싶을 지경이었다.

무염은 입술을 떼고 조용히 말했다.

"데려다줄게."

"공자가 직접이요?"

"어두워졌어. 낮에 오는 것도 힘들었을 텐데, 밤길이면 더 힘들지. 뭐, 다른 것을 하고 싶다면 조금 기다려. 일단 갑옷도 벗고 씻어야 할 것 같아서."

"뭐예요!"

"어라. 밥해준다는 거 아니었나. 밥 먹으려면 갑옷도 벗고 씻어야지."

"네?"

"다른 뜻으로 알아들은 건가. 실망시켜 버렸네. 하지만 사량, 그날 그렇게 그만둔 뒤 나는 정말 끙끙 앓았다고. 감기도 잘 걸리지 않는데, 그리 몸이 아픈 것은 처음이었어. 그러니 괜히 간 보지 마."

사량은 아픈 것은 나도 마찬가지였다고 말하려다가 민망해져서 그만두었다. 이 남자가 말하는 것과는 다른 의미로 아픈 거니.

무염이 먼저 일어나 사량을 일으켜 세워주었다.

"가자."

그때 하인이 갑자기 벌떡 일어났다. 주인이 와서 놀란 것이 아니라, 처소 입구로 병사들이 몰려오는 것을 보고 놀라 일어난 것이었다.

군관 하나가 안으로 뛰어들어 오며 외쳤다.

"공자님! 계십니까, 공자님!"

무염은 사량에게 기다리라 말하려 했지만, 돌아보았을 때 사량은 이미 번개처럼 사라진 뒤였다.

이 여자, 정말 빠르긴 하네.

무염은 사량의 말을 믿기로 했다. 그날 밤 거부할 생각이었다면 무염이 잡기도 전에 연기처럼 사라지고 없었을 것이다.

아쉬움을 느끼며, 무염은 군관을 만나러 갔다.

"왜 그러는 거지."

"큰…… 큰일 났습니다! 수정문 앞에…… 서, 선단이 와 있습니다."

수정문이라면 금하에서 화양으로 들어오는 가장 큰 물줄기에 놓인 수문이다. 애초에 화양 안에 포함되어 있지 않다가 화양이 커지면서 성벽을 확장해 그곳 위로 성채와 수문을 세웠다.

"이 시간에 선단이 왔단 말인가."

"네! 그런데 그 선단이…… 공자님이 오셔야 할 것 같습니다. 지금 수문을 열라 하는데, 심상치 않아서요."

"많나?"

"세 척이긴 합니다만, 가보셔야 압니다."

분위기가 심상치 않았다. 모두 얼빠진 표정들인데다, 지금 이들이 보고를 하는 상대는 아버지 화양공이 아닌 무염이다. 너무 놀라, 일단 무염에게 보고를 하고 무염이 어찌할지 결정해 달라 하는 것이다.

"통행증은?"

"없지만 열라고 합니다."

"신분은 밝혔나."

"아직입니다만 수적이 아니란 것만 확실합니다. 그 흑선의 무장 상태가 심상치 않습니다. 확인한 포문만 열여섯이 넘습니다. 게다가 그 충각도 제대로 수문을 돌진하면 위험할 것 같습니다. 수적의 수준이 아니에요."

그럼, 그 정도 되는 전함들이 근처까지 왔는데 아무도 보고를 하지 않은 건가.

무염은 화서항과 그 근방의 수채들을 모두 떠올렸다. 그들 중 아무도 알리지 않은 셈이다. 그들이 일제히 아무것도 안 할 리는 없고, 적어도 화서항은 알렸을 것이다. 즉, 그들 앞으로 지나가지 않은 것이다.

그럼 어디로.

설마, 융금과 아태관을 지나는 소금하인가. 그런데 그곳 수로는 막혀서 큰 배는 드나들 수 없는데.

"일단, 내가 이야기해 보고 아버지께 알리겠다."

"네, 공자님."

무염은 수문을 향해 갔다.

수문 근처로, 병사들이 몰려와 있었다.

닫힌 수문 너머로 거대한 배가 보였다. 부하들이 말한 것으로 예상한 것보다 더 거대했다.

선체는 검게 칠하고, 그 선수와 선미에는 피처럼 붉은빛으로 용 문양을 그려놓았다. 양옆에는 노가 내려져 있었고 선수에는 부하들이 말한 거대한 용머리 충각(衝角)이 달려 있었다.

갑판 위에 선교(船橋)도 마찬가지, 위로 공격하지 못하도록 벽에 못이 수북하게 박혀 있고, 그 앞에는 갑옷을 입은 무장들이 있었다.

무염은 팔을 들었다. 수문 위에 있는 궁수들이 일제히 활을 당겼다. 수적의 배는 분명 아닌 것 같다. 어지간히 미치지 않는 한 이 남쪽에서 가장 강력한 수군이 있는 화양에 당당히 나타나지는 않을 테고, 아무리 수적들이 돈이 많아도 이리 으리으리한 배는 만들지 못한다.

"나와라!"

무염이 고함을 지르자, 선측으로 검은 갑주를 차려입은 거한이 나타났다.

거한은 깃대를 들더니 그 깃발을 펼쳤다. 깃발을 본 병사들 사이로 술렁임이 흘러갔다. 궁수들이 멈칫했다.

깃발에 적힌 글자는 위(爲). 글자 주변에 용이 수놓아져 있었다.

옆의 무관이 긴장하며 물었다.

"수문을 열어야 할까요."

"아직."

무염은 거한에게 고함을 질렀다.

"너는 대체 누구인데 황상의 깃발을 걸고 온 것인가!"

"수문을 열라!"

거한이 고함을 질렀다.

"어서!"

"이곳은 화양 땅이다. 황제의 칙사도 여기서는 손님이니, 누군지나 말해라!"

"네놈은 뭐냐!"

"화양공자 막무염이다! 그리고 적어도, 예와 도리를 안다면 손님이 먼저 자기를 밝히는 것이 도리가 아닌가!"

무염은 손을 들었다. 수문 위에 문이 열리며 그 사이로 거대한 쇠뇌들이 모습을 드러냈다. 그것을 본 거한의 얼굴이 굳었다.

"자, 화양공자 막무염이 다시 묻는다! 누구냐!"

조용해진 가운데, 무염과 화양군은 상대의 반응을 살폈다.

상대 선단 위에 병사들도 마찬가지, 화양군의 당황이 가라앉고 공자를 중심으로 뭉치자 갑판 위에 병사들 역시 긴장하며 각자 검과 창을 잡고 활을 들었다. 돌 하나만 날아가도 전쟁이 붙을 상황이었다.

"문 안으로 들어가기도 전에 그리 거칠게 하면 어찌하느냐."

조용한 목소리가 들려온다.

거한이 뒤를 돌아보았다. 그 거한 뒤로 백발의 남자가 나타났다.

"물러나거라. 내가 이야기하마."

거한은 물러나고 노인이 앞으로 나섰다. 노인 옆에는 단정하게 차려입은 소년이 있었다. 얼굴도 몸도 작은 편이었으나 눈매와 콧날은 작은 매처럼 날카로웠다. 노인은 소년의 어깨에 손을 얹고는 무염을 보았다.

무염은 턱이 굳었다. 이런 젠장, 하는 말이 목구멍까지 올라왔다.

"오랜만이군, 장군."

노인은 소년을 옆으로 더 가까이 오게 한 뒤에 말했다.

"누구인지 밝히지. 남위 황제, 황성의 주인이며 화양공의 주군인 고락천이지."

무염의 등 뒤에서 신음과 숨 몰아쉬는 소리들이 들려왔다.

황제가 말했다.

"허나, 짐이 아무리 황제라 하나 원칙은 원칙. 이곳은 화양 제후의 땅이며 군주의 도리로 신하의 땅을 지키는 것이 법도. 자, 그럼 여기서 허락이 내리길 기다리겠네."

다들 어찌할지 몰라 무염을 보았다.

"정…… 정말입니까?"

황제의 얼굴을 아는 사람은 이 자리에서 무염뿐이었다.

무염은 그들의 시선을 받으며 턱에 힘을 주었다.

모두 침묵하는 가운데, 무염이 가장 먼저 무릎을 꿇었다.

"신, 황상을 뵙습니다."

第七章　정박(碇泊)

화양은 다음날 해가 뜨자마자 뒤집혔다.

아침에 일어난 화양성민은 화양의 앞바다에 있는 거대한 배를 보고 경악했다. 일단 바위가 아닌 배라는 것을 알자, 용이라도 들어와 들어앉은 듯 보이는 그 위용에 놀랐다.

단 세 척이었으나, 그 세 척 모두 잊으려야 잊을 수도 없고 안도하려야 안도할 수도 없이 흉포했다. 육중한 충각과 살벌한 포문, 거기에 그 위에 있는 살벌한 검은 갑주 차림의 무장들까지, 압도적이었다.

부둣가로 화양군이 나와 경계를 서기 시작했고, 항구를 지키는 요새와 군항의 전함들 모두 밀려나와 바다를 둘러쌌다. 황상을 지키는 게 아니라 세 마리의 검은 괴물로부터 화양을 지키는 걸로 보일 지경이었다.

황제는 화양궁이 아닌 배 안에 머물며 전령을 보냈다. 화양공은 성은 언제나 준비되어 있으니 황상을 맞이하는 영광을 달라 답신을 보냈다. 황제도 답했다. 곧 방문할 터이니, 너무 예를 갖추지 말라 당부한다.

말이 좋아 영광이지.

어두운 방 안에서 채규는 서신을 태워 버리고 싶은 것을 간신히 참으며, 머리를 감싸 쥐었다. 햇살이 밝으면 두통이 더 심해져서 별수 없어 이 어두운 곳에 있다.

저 황상이 대체 왜 온 거란 말인가.

일전, 후만에서 우녁의 반란을 진압하고 후만과 팔보산 쪽으로 군세를 넓힌 것 때문인가. 아들은 우동관의 콧잔등을 후려치고 쫓아 보냈다. 황성을 치든 말든 그건 네 마음이니 내 영토로는 들어오지 말라. 그래서 우동관이 언제고 불편함을 표시할 거라 생각했는데, 그놈은 자기 아들도 시원하게 포기하며 물러나는 시늉을 했고 갑자기 황제가 나타났다.

"나리."

작은 목소리가 들리자 채규는 고개도 들지 않고 말했다.

"뭐냐, 보령아."

"부인께서 오셨습니다."

채규는 깊은 곳에서 끓어오르는 피로를 느끼며 고개를 들어 보령을 보았고, 이내 눈살을 찌푸렸다. 보령의 볼이 부어 있었다.

왜 이 지경이 된 건지, 보지 않아도 보는 거나 다를 바 없다.

보령은 막채규가 두통을 달래고 있을 거라 알아서 부인의 방문을 말렸을 테고, 아내는 다른 여자라면 몰라도 보령이 나서면 단 한 번도 그 대가를 받아내지 않은 적이 없다.

"보령아, 다음에 그 사람이 오면 마음대로 하게 해라."

"하지만, 나리."

"네가 맞는 것보다야 내가 준비 없이 그 사람을 보는 게 더 나을 것 같구나."

보령의 얼굴이 멈칫했다.

"창을 열어라. 그리고⋯⋯."

보령은 이미 약을 따르고 있었다. 이러다 언젠가는 아편이라도 구해야 할 거란 생각마저 든다. 통증이 더 심해지면 판단력도 흐려질 텐데, 채규는 그것이 가장 두려웠다. 지금도 아플 때면 신경질적이 되는데, 그리되면 반 미칠지도 모르겠다.

"약은 되었으니, 어서 나가라."

"네."

곧 아내가 들어왔다. 황제가 왔으니 제법 치장을 할 줄 알았더니 아내는 꽃을 수놓은 평범한 배자 차림이었다. 머리에도 비녀 두 개만 꽂아 틀어 올렸다. 소문과는 달리 아내는 사치스러운 여자가 아니었다. 그저 시와 음악을 너무 좋아하여 시회를 자주 열 뿐. 그 시회에서도 지나친 음식과 술은 시와 음악을 즐기는 것을 망친다며, 차와 가벼운 과자, 떡만 내놓는다.

"무슨 일로 온 거요."

"할 말이야 항상 많았지요."

아내는 창을 활짝 열었다. 눈부신 빛이 쏟아지자 머리가 아파온다. 채규는 어둠 속으로 들어가고 싶었다.

"당분간은 제가 동관과 서관을 모두 오고 갈 테니, 그동안 이곳 일은 보령이가 아닌 제가 보낸 하인을 시키세요."

"싫소."

"무릉이도, 무건이도, 무염이도, 모두 사내종을 둡니다. 계집종 시중을 유난스레 받는 것은 당신뿐이에요."

"당신 마음에 안 드는 것 아닌가."

"네, 마음에 안 들어요. 보기만 해도 속에서 불길이 일지요. 그 계집애가 언제고 나리의 침대를 덥히면 치워 버리려 했는데, 그런 일은 또 없네요. 품기에는 너무 예쁜가요?"

"그만하시오."

아내는 남편의 눈에 차올라 온 분노와 혐오감을 보고 웃었다.

"얼굴이 왜 그러세요. 친구 딸에게는 그 추잡한 소리를 잘도 하시더니, 고작 계집종 하나 두고 그러십니까."

"십 년 가까이 내 시중을 들어준 아이요."

"저는 근 이십 년 넘게 당신 아내였지요. 십대에 시집와, 벌써 불혹을 앞두고 있는데, 당신을 보고 있자면 아직도 남 같습니다. 살을 섞고 침상을 나누고 아이들을 두었건만 남이지요. 차라리 석상하고 지내는 게 더 정답지."

"부인, 부부 싸움은 황상이 계시지 않을 때도 많이 했고, 당신 내원에서도 많이 했지. 굳이 이렇게 이 본관까지 와서 싸워야 하나."

"황상께서 곧 행차하실 거라 해서 와봤습니다. 나리께서는 보령이가 내자인 듯 착각하는 것 같은데, 안주인은 저랍니다."

"나도 알고 있소. 그리고 고작 그런 거라면……."

일순 치미는 두통에 채규는 눈살을 찌푸렸다.

아내가 다가와 안색을 살폈다.

"많이 아픈가요."

"걱정 마시오. 지금 내가 죽어도 내 자리 이어받아 줄 아들은 많지 않소. 게다가 그때와는 달리 이 성은 강해지고, 아들들은 다 자랐지."

아내는 가만히 눈을 감고 입술을 물었다.

"걱정해 줘도 그러는군요. 하여간 우리가 언제 사이가 좋기는 했던지 의문이군요. 그래도 황상이 계실 때는 정다운 부부인 척해봐요."

"당신이 시집갈 뻔했던 분이라 행복하게 보이고 싶나."

"그 터무니없는 혼담은 제가 어렸을 때 나왔다가 들어갔어요. 황후 자리도 아닌 황비 자리, 아들이 벌써 둘인 황후가 있는데 황비 자리로 들어가 봤자 개 밥그릇 안 도토리처럼 살 게 뻔하다며 어머니가 반대하셔서 흐지부지되었지요. 게다가 제게 들어온 혼담이 그뿐인가요. 저는 우동관은 물론이요, 죽은 당신 형과도 혼담이 있었어요. 열여섯 살일 때니 가망이 없지도 않은 혼담이었지요. 당신 형이 그리 일찍 죽을 줄 누가 알았나요."

"그래, 내 어머니도 내가 화양공이 될 줄은 모르셨을 거요."

어머니는 그리도 자랑스러워하던 장자의 장례를 치른 지 이레 뒤에 세상을 떴다. 채규는 보름도 안 되어 이십여 년간 가장 지긋지긋하던 두 사람을 한번에 치우고 화양의 주인이 되었다. 그리고 그로부터 넉 달 뒤, 이 여자와 결혼했다.

"그래도 그때 당신이 황비가 되었더라면, 그리고 아들을 낳았더라면, 지금쯤 태자가 되었을지도 모르겠군. 황후의 아들들은 한 해만에 다 죽지 않았소."

"남의 불행을 두고 그런 상상을 하는 것은 참 무도하군요. 이봐요, 나리. 저는 나리와 결혼했고, 나리와 제 사이에 벌써 아들이 셋이요 딸이 하나예요."

"제대로 된 부부는 부부였군."

"도리는 다한 혼인이죠. 신의와 절개는 없었지만."

채규는 피식 웃으며 아내의 얼굴을 보았다.

"그 많은 남자들에게 혼담이 왔었는데, 혼담을 넣은 적도 없던 나와 혼인했군."

"저 역시 나리와 결혼할 거라 생각했던 적은 한 번도 없었어요."

"부인에게는 그 많은 사내 중에 하필 나인 거군. 그런데 나는 당신하고 결혼할 수밖에 없었지."

"그리 많은 여인들과 동침하고 버리는 분이 아내인 저는 어찌할 수 없어서 억울하시다는 건가요. 바꿀 수도 버릴 수도 없으니? 당신을 거쳐 간 여인들만큼이나 다양한 아내를 두고 싶으신가?"

"이보시오, 부인. 그 많은 여인들을 품어도 그 여인들이 마치 하나같더군. 벗기고 품으면 다 같지. 어둠 속에서 하나같이 같은 소리를 내고 같은 살 내음을 풍기고 다음날이면 같은 표정을 지어."

"나리, 그런 이야기는 당신이 그리 아끼는 보령이 하고 해요. 불쾌하군요."

"당신도 마찬가지일까."

"우리가 잠도 안 잔 사이던가요. 기억을 돌이켜 봐요."

"나는 당신과 동침한 기억이 안 나. 시작이 어떠했는지 아침이 어떠했는지 하나도. 당신하고 잠자리에 들 때마다 항상 처음 만나는 여자와 동침하는 것 같더군."

"나리."

채규의 손이 아내의 옷을 잡았다. 놀란 아내가 옷자락을 당겼다.

"가까이 오지 마요."

"나는 당신 남편이오, 부인."

"나한테 심술부릴 생각이면 집어치워요. 화풀이할 생각이라면, 주먹으로 벽이라도 치세요!"

분노에 날카로워진 얼굴을 보니, 며칠 전 얼굴이 생각난다.

내원에 들렀을 때 아내는 그 녀석을 보낸 뒤 소녀처럼 웃고 있었다. 그리 웃다가, 채규를 보자마자 삽시간에 얼어붙었다.

악물어 어금니가 아파온다.

황제가 그 녀석을 돌려보냈을 때도 아내는 웃었다.

어찌나 좋아하던지, 나는 당신이 당신 친아들이라도 맞이하는 줄 알

앉어.

분노하며 맞이한 남편을 버리고 택한 양자.

치솟는 두통과 함께 분노가 치밀었다.

고개를 숙이자 아내의 얼굴은 더 싸늘해졌다.

"아무것도 하지 마요."

"나는 당신 남편이고, 남편은 아내의 몸을 가질 권리가 있지 않나. 적어도, 내 기억으로는 그런데. 언제부터 풍습이 바뀌었소."

"하지 말라니까!"

아내의 얼굴이 보기 싫다는 생각이 들었다. 참, 싫군, 저 표정. 손은 어느새 아내의 어깨를 잡아 누르고 있다. 사납게 대들어도 사내 손에 잡히니 힘없는 여자다.

"놔!"

"그건 싫군. 그리 입을 놀리면서 나한테는 당신의 입을 틀어막을 힘이 있다는 것 정도는 염두에 둬야지."

"놓으라니까!"

채규는 치마를 걷어 올리고, 처녀 시절과 별다를 바 없는 탄탄한 허벅지를 잡았다. 맨살에 남편의 손바닥이 닿자 아내의 어깨가 떨렸다. 밖에 아랫것들이 있으니 고함은 못 지르고, 그저 숨을 몰아쉬며 분노를 삭일 뿐이다.

"씩씩대는 꼴이, 암말이 따로 없군."

아내의 눈이 분노로 새파랗게 얼어붙었다. 그런 아내의 얼굴에 수치심이 드는 것은 오히려 채규 쪽이었다. 아내를 잡은 손이 자기 손이지만 혐오스러웠다.

"그런 당신과 딱히 할 마음은 안 들어. 차라리 가장 비천한 하녀의 다리를 벌리는 게 더 흥분되겠군."

다음 순간 세찬 소리와 함께 채규의 얼굴에 불길이 일었다. 채규는 아내에게 후려 맞아 얼얼한 뺨에 손을 얹었다.

기가 막혀 바라보는데, 아내의 손이 반대편 뺨을 후려쳤다. 이번 것은 처음보다 더 셌다.

아내가 싸늘하게 말했다.

"양쪽 다 보기 좋게 달아올라 홍안으로 보이는군요."

오후, 화양성은 드디어 황제를 맞이했다.

배가 항구에 접안하고 다리가 내려오자 성민들은 지난 다섯 해간 아들 잃은 슬픔에 반 미쳐 칩거만 하고 있다는 황제를 우러러 보았다.

황성의 주인은 청년이나 다를 바 없는 체격에, 거동도 학처럼 우아하고 가벼웠다. 주위에 호위들을 거느리고, 등 뒤로는 나이 든 시녀를 세우고 옆에는 어린 소년을 세웠다. 소년은 호위가 아닌 듯 보이면서도 호위 차림이었다.

"황상을 뵙습니다."

화양공은 그런 황제를 성문 앞에서 맞이했다.

"나올 필요는 없었는데, 번거롭게 하는군."

"아닙니다."

"이만 들어가지. 계속 배에 있었더니 허리와 무릎이 쑤시는군."

"본관과 내관 사이에 있는 운평관이 있습니다. 원래는 별궁이었으나, 아이들이 아직 크지 않아 비워두고 있지요. 그곳에 머무시는 게 어떠한지요."

"고맙군. 이리 번거롭게 해 미안하나, 짐은 호위도 시중도 필요 없네.

모두 짐이 데리고 온 자로 채울 터이니, 비워만 줘."

"그래도 소신이 할 일을 하게 해주십시오."

"짐이 온 것만도 번거롭지 않은가. 너무 그러지 않아도 되네."

채규는 황제의 얼굴이 얼마나 변했는지 찾았다. 흰머리가 좀 늘어난 것을 제하고는 거의 변화가 없었다. 맑고 검은 눈도 그대로, 주름은 늘어도 선명한 이목구비와 속을 알 수 없게 웃는 얼굴 역시 그대로였다.

"안에 들어가 머리 맞대고 재미없는 소리 하고 싶지는 않군. 훤하고 좋은 곳 없나."

"본관 앞 누각으로 가시지요."

황제는 채규의 안내를 받아 누각으로 향했다. 누각 위로 올라 화양이 훤히 보이자, 황제는 감탄했다.

"화양은 여전히 아름답군."

"황성의 아름다움만 하겠습니까."

"이제는 쓸쓸한 곳이지. 오, 부인. 부인도 여전히 아름답군."

막 들어온 유 부인은 얼굴을 붉히며 고개를 숙였다.

"폐하를 위해 축연을 준비했습니다. 원하는 날을 말씀만 하시면 화양의 진미와 향기로운 술, 아름다운 춤과 악사들을 준비하여 드릴 터이니 택일하십시오."

"기대가 되는군, 참으로. 이리 갑자기 와서 미안하니, 짐 역시 공의 성을 위해 준비한 것들을 내놓겠소."

"무엇을 기대하면 되는 겁니까, 폐하."

유 부인이 묻자 황제의 눈에 웃음이 보였다.

"여전히 소녀처럼 명랑하군. 아쉬워. 내 아들들 중 하나만 살아 있었어도, 공의 딸과 혼인시켰을 텐데. 그럼, 이런 며느리를 들일 수 있을 것 아닌가."

황제는 잃어버린 아들들을 생각하는 듯 쓸쓸한 눈으로 웃었다. 황자들의 실체를 아는 채규야 셋 중 누구라도 싫었으나, 황제에게야 셋 다 귀중한 아들일 것이다.

"참, 공의 큰아들은 어디 있소. 여기 도착한 날 만난 뒤로는 보지 못해서 말이야."

"병영에 있습니다."

"후만에서 반란이 일어났고, 그 반란을 닷새 만에 진압했다는 말도 들었소. 여전하더군, 자네 아들은. 아이 손을 낚아채듯 쉽게도 이겼어. 도적의 목은 잘려 효수되었고 그 무리 중에 의외의 몸도 있었더군."

"무슨 말씀이십니까."

"상산 공자 우몌이 있었다던데."

"아, 네. 그렇습니다."

"어린 공자가 참으로 고생이 많았겠군."

채규는 황제를 살폈다.

이건 또 무슨 제안이란 말인가. 황제가 바보도 아닌데, 우몌이 정말 그리했다고 누가 보고해서 그리 믿고 있는 것은 아닐 터. 이것은 '그냥 넘어가겠다.'라는 뜻이 된다.

황제는 부드럽게 말했다.

"어린 공자가 반란군에게 포로로 잡혀 성채로 끌려간 것 아닌가. 그리고 그 포로가 된 우몌 공자를 자네 아들이 구한 거고. 안 그런가."

"그렇게 볼 수도 있겠군요."

"그러면 그런 셈 치지. 더 이상 알고 싶지 않네."

황제는 다시 누각 아래 펼쳐진 화양성을 보았다. 붉은 기와지붕을 인 건물과 누각, 비파나무 숲과 파초 나무 숲, 잔잔한 연못이 어우러져 푸른 하늘 아래 사람이 만든 절경이었다.

"이 성의 방위는 누가 맡고 있지."

"이관 장군이 맡고 있지만, 이 본성은 아들이 합니다."

"그래? 그렇다면 세세한 것은 자네 아들하고 상의해야겠군. 조만간 만나러 가야겠는데…… 혹, 경사는 없나. 혼사가 있어도 벌써 있을 나이인데."

"송구스럽게도 아직 인연이 없어 홀몸입니다."

"그래? 내 좋은 규수들을 많이 아는데, 기왕 온 김에 연이나 맺어주고 싶군. 어떠한가."

"그야말로 광영입니다."

혼사. 황제가 젊은이에게 하는 빈말이거나, 누군가로부터 부탁을 받았거나. 둘 중 하나다. 그래도 황제가 녀석에게 다른 여자와 결혼하라는 말을 하면 무슨 표정을 지을지 궁금하긴 하다.

비웃음과 함께 지독한 두통이 그를 잔인한 기분이 들게 했다.

그래, 그 여자애가 마음에 드나 보구나.

연모의 달콤함에 취해 모든 것을 잊어볼 수 있겠지. 지금이야 이런저런 생각들이 날 테지만 어느 순간이 지나면 아무것도 생각나지 않을 테지. 그래, 아들아. 앞에 있는 사랑스러움에 모든 것을 잊어봐. 네 살과 피로 다 받아들이려무나. 그러다 빼앗긴다면 네 살과 피가 다 뜯겨 나겠지.

그 표정 한번 보고 싶구나.

정말, 보고 싶어.

무염은 화양항의 새파란 바다에 정박한 전함들을 보았다.

어떻게 아무도 모르게 와서 이렇게 불숙 화양에 나타날 수 있었던 건지 궁금했다.

황제의 수군이 상류 쪽에서 훈련을 시작했다는 말은 이미 들었다. 화서항 근처까지 황제의 수군이 나타났다가 돌아갔다는 말도 들었고, 금하 상류 쪽 수채들을 정비했다는 보고도 들어왔다. 팔보산과 후만 쪽에 있는 우동관의 움직임 탓이라고만 생각했는데, 황제가 화양에 나타날 줄은 몰랐다.

병영의 누대 난간에 기대 바라보고 있자니, 성 아래에서 올라오는 황제의 호위들이 보였다. 모두 검은 옷차림, 그중 가장 눈에 뜨이는 것은 역시 첫날 천둥처럼 고함을 질러대던 거한이었다. 대단해 보여서가 아니라 하도 건방져서 기억한다.

게다가 지금 그 거한이 이끄는 호위는 호위라기보다는 친위대의 규모다. 덕택에 지금 황군과 화양군 사이에서는 적대감만 모락모락 피어오르는 중이다.

"형님."

무염은 난간에서 몸을 떼고 돌아보았다. 큰 동생 무릉이 와 있었다.

무릉은 큰 동생이자 유 부인 소생 중 장남으로, 후계자가 되어도 벌써 되어야 하지만 아버지는 차일피일 미루고 있었다. 그래도 성 사람들은 이 잘생긴 공자를 좋아했다. 상대를 편하고 재미있게 해주면서도 예의는 지키는 성품이다.

문제라면, 역시 아버지와 사이가 좋지 않다는 것이다. 게다가 무골이 아니란 게 너무 확실해, 다들 무건에게 기대를 걸고 있을 지경이다. 심지어 본인조차도.

"웬일이냐."

"용주가 여기서 제일 잘 보여서요. 저거 참, 멋지군요. 나도 하나 있으면 좋겠네."

"그만해라. 너는 저게 유람선인 줄 아는 거냐."

"적어도 유람할 때 시비 거는 놈들은 없겠군요. 육망이 이끄는 수적 떼를 만나도 저것만 가지고 가면 죄다 도망칠 겁니다."

"그런 거 하라고 만든 게 아닐 텐데."

"아뇨, 제가 보기에는 타기만 해도 신날 것 같네요. 천하무적이 된 것 같아. 형님은 황상께서 저리 굉장한 걸 가지고 여기로 행차한 이유가 뭐라 생각하시나요."

"뭘까."

우동관과 맞서기 위해 아버지 막채규와 협상하려 하는 것인지, 아니면 정말 유람하다 보니 여기까지 흘러온 건지.

"정확히 알 수는 없다만, 이 남쪽이 소란스러워질 것 같긴 하구나."

"전쟁이 난다는 말씀인가요."

"전쟁이야 항상 있지. 바로 어제도 전쟁이 있었고 그제도 있었지. 이 화양 땅만큼은 전란이 없었지만 말이다."

"어떻게 될 것 같습니까."

"가장 좋은 것은 황상께서 승리하고 우동관이 아예 망해 버리는 건데, 그리 쉽게 되는 것은 불가능하겠지. 이번에 일어날 전란은 아주 길고 고통스럽거나 짧고 더욱 고통스러울 거다. 다섯 해간 폐하가 칩거한 건 사실이나, 그래도 조평 승상이 있으니 국사 자체는 문제가 없었지. 황제의 군사가 있어야 하는 아태관이 버려져 있던 것도, 황상께서 상산의 우동관과의 전쟁을 준비할 예정이었다면 아태관까지 관리할 필요성은 없었을 수도 있지."

"그럼, 우동관은 왜 아태관과 융금을 차지하려 했던 거죠?"

"그게 문제다."

"어떻게."

"우동관이 황제와 싸울 예정이었다면, 아무리 후만과 융금이 약해졌어도 그곳보다는 다른 성으로 갔어야 했어. 그런데 우동관이 이쪽으로 왔다면."

무릉의 얼굴이 굳어갔다.

"우리와 전쟁을 하려 한다는 겁니까."

"아직은 모른다. 하지만 일단, 후만과 융금, 아태관까지 우리가 다 접수했으니 화양이 한걸음은 앞서 있어. 그래도 역시 상산과 전쟁을 하게 된다면 우리는 황상과의 동맹 없이는 맞서기 힘들고…… 황상과 우동관이 손을 잡는다면, 우리는 그야말로 끝장이지. 가장 먼저 우리가 없어질 거다."

전란만 없었다 뿐이지, 화양은 여러모로 애매한 만큼의 군사를 가지고 있을 뿐이다. 화서항과의 동맹 없이는 바다와 금하를 다 장악하기 어렵고, 황제와의 동맹 없이는 우동관의 군사를 막기 어렵다. 하나라도 제대로 압도해야 하는데, 그 하나가 없다. 그나마 나아진 게 이 정도다. 동량전에는 정말 오패 제후 중 최약, 대체 왜 제후 이름을 쓰는지도 애매할 지경이었다.

"아버지 생각은 어떠실까요."

"우동관과 손을 잡고 황제를 친다면, 나는 반대다."

"우동관이 승리할 가능성이 커도요?"

"화양 입장에서는 황제가 패하고 고씨 황조가 멸망하는 것은 두 번째로 나쁜 거다. 어차피 우동관은 우리들을 치러 올 테니. 그러면 이 남위는 정말 불바다가 될 거다."

"형님이 맞서도 힘든가요."

"북명과 싸워서 이긴 것은 나 혼자 한 게 아니야. 후방에서는 황상이 전적으로 지원을 했고, 무기와 군량이 끊어지지 않게 관리한 조 승상이 있었지. 나 말고 다른 장수들도 능란했고. 즉, 등을 내놓고 싸워도 괜찮은 전장이었다는 거야."

"아버지가 문제군요."

"문제라기보다는 모른다는 거지. 우동관과 맞서려 해도 아버지가 무엇을 택할지 모르는 상황이라 전력으로 싸우기 힘들어."

"저 역시 아버지 속은 정말 모르겠어요. 칼에 베이면 피 대신 돌가루가 나올 것 같아요. 도무지 의중을 내놓지도 않으시고, 저를 믿는 것도 아니고."

사이 나쁜 부자지간.

무염은 무릉을 보며 다시 확인해야 했다. 무릉은 아버지를 좋아하지도 존경하지도 않았고, 항상 무염에게 기대왔다. 아버지 역시, 무릉을 싫어하면서 무염에게 일을 떠밀어왔다.

화양의 가장 큰 문제 중 하나가 바로 이것이다.

아버지와 무릉은 사이가 나쁘고, 무염은 언제 아버지에게 트집이 잡혀 털려 나갈지 모른다. 게다가 아버지는 어머니와도 사이가 나쁘다. 그나마 아버지는 이제는 다른 여자와의 소생이 없다고 하나, 이미 무흔이 태어났으니 다들 화양공이 애들 숨기는 재주가 늘어난 것이라 여길 뿐이다.

"일단, 금하로 건이가 갈 거다. 아버지도 그에는 동의하셨다. 아태관과 융금까지는 우리 방어선이 될 거야."

"저는 안 보내는군요."

"너는……."

"알아요. 그쪽으로는 제가 워낙 무지해서. 솔직히, 뭐 소질도 없고 관심도 안 가고."

"네 할 일은 성에 있으니, 네가 할 수 있는 일을 해라. 다음 화양공은 넌데."

"글쎄요."

"일하기 싫다는 거냐."

"아니, 그게 아니라. 장남은 형님이라는 거죠."

"우린 어머니가 달라."

"아뇨, 형님 어머니는 우리 어머니입니다. 그리고 그것으로 우리들 서열은 정해진 겁니다. 또, 만약 평화로울 때라면 제가 제후가 되도 상관없겠지요. 하지만 형님 말씀대로, 정말 상산과 전쟁을 해야 한다면, 저는 정말 쓸모없는 제후가 될 겁니다."

"난 천출이다. 그건 누구도 어찌할 수 없는 문제야."

"아버지는 아직 후계자를 정하지 않으셨습니다."

"아버지 의중에 내가 있는 건 아니지."

"그렇다고 제가 있는 것도 아니고, 무건이나 무흔이가 있는 건 더더욱 아니지요."

"아버지 의중이 보이지 않으면 다른 의중들이 모이겠지. 책임지는 게 버거울 수도 있긴 하지만, 네가 할 수밖에 없다. 모자라면 도움받으면 되는 문제다."

"그야……."

무릉은 어깨를 으쓱해 보였다.

"뭐, 아직 남았으니까요."

"그래."

"그건 그거고…… 에, 사실 여기 오면서 제가 물어볼 게 있었는데요."

"물어봐라."

"어머니 손님 말입니다."

무염은 등이 굳으며, 목덜미에 땀이 맺혔다. 뭐, 뭐라는 거야, 이 녀석.

"형님의 손님이었다고 하던데요."

"그, 그래서?"

"만나 인사를 나눈 건 아닙니다만 말입니다. 저야, 인사라도 한번 하고 싶긴 했는데 어머니께서 남녀가 유별하네 뭐네 하며 얼굴 구경도 못하게 하시네요. 어머니가 대체 언제부터 그리 예의를 지키셨다 그러나. 더 궁금해져서 여기저기 좀 물어보고 다녔어요."

무염이 긴장한 채로 아무 말도 없자 무릉은 흠, 하고 헛기침을 하고는 말했다.

"그런데 그게, 형님…… 여자라고."

무염은 귀밑이 화끈해졌다.

"누, 누, 누가 그래!"

"온 성의 꽃과 새가 다 제 편이 아닙니까. 어찌나 가르쳐 주려고 안달들을 하는지. 보기 재밌나 봅니다."

"뭐라 그러는데."

"형님이 좋아 죽는다고."

놀란 무염은 난간에서 떨어질 뻔했다.

"뭐."

"속내를 숨기는 편이라 생각들 했는데, 아무리 형님이라도 이 문제에 관한 한 역시 젊은 남자더라, 모르려야 모를 수도 없이 온몸으로 외치더라, 속을 아예 줄줄 흘리고 다니더라고. 저도 그게 참 의외더라고요…… 형님?"

무염은 새빨개진 얼굴로 고함을 질렀다.

"가!"

사량은 며칠 전 아침에 황제가 왔다는 소식을 들었다. 무염이 부하들과 함께 급히 가야 했던 일은 바로 황제의 방문이었던 것이다. 놀라면서도, 또 다섯 해나 칩거하던 황제가 무슨 일로 여기까지 온 건지 궁금했다.

황제는 태자와 함께 전사한 아버지를 위해 아무것도 하지 않았었다. 여력이 없었던 건 사량도 안다. 황제는 당장 일어나는 반란들을 누르는 것만도 버거운 상황이었다.

그런 황제가 움직인다니.

사량은 전세가 또 변하겠구나 싶었다. 그 사람도 참 바빠지겠지.

그리고 드디어, 황제가 용주를 떠나 이곳 화양성의 운평관에 머물겠다고 알려왔다. 그 덕에 사량이 머무는 내원의 시녀들은 물론이요, 하인 하녀들도 운평관 근방으로는 얼씬도 못하게 되었다.

부인이 모두를 모아놓고 그리 분명하게 말했고, 막내 공자에겐, 황상이 오시면 공부를 하는 것이 공자의 의무라는 이상한 말을 한 뒤에 융 선생을 아예 상주시켰다. 무흔은 반나절 만에 호흡곤란을 일으켰고, 사량이 저녁나절에 나왔을 때 시녀와 하인, 심지어 호위무사들까지 죄다 동원되어 사라진 공자를 찾고 있었다.

"공자가 없어졌다고요."

"네, 어쩝니까."

어제, 무흔은 시녀들이 황제가 타고 온 용주에 대해 숙덕거리는 소리를 듣고, 자기도 보고 싶다며 목 놓아 졸라댔으나 무시당했다. 아무리 부르짖어도 무시당하자 부아가 치민 공자는 스스로 사라졌다. 그리고 다들 혼비백산해 찾고 있을 때 무염에게 뒷덜미가 잡혀 대롱대롱 돌아왔다. 큰형에게 배신당한 충격으로, 무흔은 다음 반나절은 얌전했으나 공부를 계속할 만큼 충격적이진 않았는지 또 사라졌다.

"제가 잡아올게요."

"네? 무슨 수로요."

"어디로 갔는지 좀 뻔하달까. 다녀올게요."

겉도 속도 하얗기만 한 무흔은 자신이 드나들 수 있는 비밀의 문을 사량에게 가르쳐 준 뒤였다.

사량은 공자가 멀리 가기도 전에 덤불 아래 웅크리고 있는 뒷덜미를 잡을 수 있었다.

사량을 본 무흔이 기겁했다.

"어, 어떻게 알고 오신 것입니까?"

"공자보다 더 날래고 교활한 아이를 잡아본 적이 있어서지요. 들어가요. 어머니께서 돌아오면 무척 화를 내실 텐데, 엉덩이 맞지 말고 들어와요. 이르지 않을게요."

"저기, 형님을 뵙고 싶어요."

"그리고 항구로 데려다 달라 하게요? 저런, 안 되겠네요. 며칠간은 출입금지, 접근금지라고요. 그리고 또, 어제 잡혀 왔잖아요. 이번에는 뭐로 형을 설득할 건데요?"

"일단 부탁해 보고요."

"졸라보는 거겠지요."

무흔은 고개를 돌리고 도망치려 했다. 여자가 잡고 있으니 금방 도망칠 수 있을 거라 여겼던 무흔은 처음에는 의기양양하다가 곧 얼굴이 굳었다.

"저기, 이상합니다."

"왜요?"

"움직일 수가 없습니다."

"그만 가요. 공자의 형만큼 힘이 세지는 못하지만, 그래도 꽤 센 편이라."

"그게, 저기!"

공자는 더 힘을 주었지만 꿈쩍도 못했다.

"소공자, 이만······."

말을 하다 말고, 사량은 허공이 번쩍이는 것을 보았다.

사량은 급히 막내 공자를 끌어당겼다. 앞에 호리호리한 소년이 뛰어들며, 그 손이 칼자루에 얹혔다. 사량은 먼저 단도를 뽑아 그 검 위를 눌렀다. 소년의 검은 반쯤 나와 있었으나, 사량의 단도는 이미 그날 위에 얹혀 상대의 가슴에 끝을 드리우고 있었다.

잠시, 둘 다 그리 가만히 있기만 했다.

사량은 막내 공자를 바짝 안은 다음 눈길을 들었다. 마주하는 소년의 작은 얼굴이 긴장하고 있다. 날카로운 눈매에 오똑한 콧날이 인상적인 어린아이다. 열너덧은 되었을까.

"누군가요."

사량은 부드럽게 물어보며 그 차림을 보았다.

검은 옷에, 어깨와 허리에는 용이 수놓아져 있었다. 황제의 무사다. 황제가 머물게 된 운평관은 내원과 멀지 않다.

"황상의 무사분이시라면, 죄송합니다. 우리 막내 공자님께서 안이 답답하다 하시기에 제가 데리고 나온 것이니, 황상께서 근처에 계시면 너그러이 용서해 주시길 바랍니다."

상대방의 태도에 놀란 것은 오히려 어린 무사 쪽이었다. 어떻게 해야 할지 모르고 당황하고 있다.

사량은 이 무사의 신분이 상당히 높을 거라고 짐작되었다. 이 주변에 황제의 호위들이 많을 터인데 그 누구도 이 아이에게 명령하지 못한다.

그때 남자 목소리가 들렸다.

"낭자는 꼬마 도령의 유모인가."

"성의 객(客)입니다. 융금의 갈사량입니다."

잠시 조용해졌다.

"범아야, 옆으로 물러나 봐라."

어린 무사가 먼저 검을 거두고 옆으로 물러났다. 사량 역시 단도를 다시 넣었다.

"다들 낯선 곳에 있다 보니, 사소한 소리에도 날카롭게 대응하는 거라 너그러이 용서해 주면 좋겠군."

사람들이 물러나는 소리가 들리며, 엎드린 사량 앞으로 검은 옷차림의 남자가 다가왔다.

"무사로서 당연한 일이라 생각합니다."

"그렇다고 고작 아이를 향해 함부로 검을 휘둘러서는 안 되지. 미안하네. 자, 아가야, 너도. 돌아다닐 수 없으니, 네 답답한 마음을 이해한단다. 날던 새가 새장 안으로 들어가고 달리던 사슴이 우리 안으로 들어가면 얼마나 답답하겠느냐."

그리고 놀라운 일이 벌어졌다. 검은 용포를 입은 황제가 다가와, 긴장으로 굳은 무흔의 팔 아래로 손을 밀어 넣더니 번쩍 안아 들었다. 놀란 무흔이 눈을 크게 떴다.

"낭자도 일어나게. 폐를 끼친 것은 오히려 짐, 손님인 것은 그대나 짐이나 마찬가지. 자, 일어나게."

사량은 천천히 몸을 일으켰다.

황제의 늘씬한 몸이 인상적이었다. 워낙에 큰 무염과 있다 보니 어지간한 남자는 다 작아 보였으나, 기준을 막무염으로 잡지만 않으면 황제 역시 팔다리가 길고 훤칠한 남자였다.

"이 꼬마 공자분은 몇 살인가."

"여덟 살입니다."

"그래? 화양공은 다 큰 아들이 있으면서도 이리 어린 아들도 있단 말인가. 좋은 일이군, 앞으로 더 자랄 아이가 있다는 것은 말이야."

황제는 웃으며 무흔의 얼굴을 보았다.

아무리 무흔이라도 지금이 무시무시한 상황이란 것 정도는 눈치채고 있었다. 쫓아 나온 시녀들이고 무사들이고, 죄다 놀라 납작납작 엎드리고 있으니.

무흔이 말도 못하고 눈만 깜빡이자, 황제는 얼굴을 가까이 가져가며 말했다.

"눈은 맑고 볼은 활기차 붉지. 천방지축, 힘찬 망아지처럼 날뛰는구나. 좋겠구나, 화양공은. 나 역시, 창을 열면 그 목소리가 들리고, 문을 열면 너희들 뛰는 모습이 다 보이는데…… 다 부질없는 것이지. 다시 여름이 오고 가을이 오는데, 너희들 관은 닫힌 지 오래, 무덤에 벌써 다섯 번의 눈이 내리고 다섯 번의 꽃이 지고 이 늙은 애비만 남아 있구나."

사량은 오싹했다. 부드럽게 속삭이는 저 말은 자식 잃은 울분이다. 그 슬픔의 기억을 옥처럼 완벽하게, 흠도 마모도 없이 가지고 있다.

황제가 고개를 들었다.

"융금의 갈사량이라 했던가."

"그러합니다."

"짐이 장자의 시신을 받은 날, 그대는 아버지의 시신을 받고 통곡했겠군."

"어찌 황상의 슬픔에 댈 수 있겠습니까."

"피붙이 잃는 슬픔에 상하가 있고 귀천이 있겠는가. 모두가 장이 찢어지고 하늘이 산산이 무너질 터. 내 자식이라 특별히 귀하겠는가. 부모의 가슴에야 모두가 귀한 자식, 짐이나 그날 전장에서 죽은 어린 병사의 부모나 다 같이 찢어졌을 거야."

뭐라 답해야 하지. 이 정도 높은 분과 마주한 적이 없는 사량은 아무것도 가늠할 수가 없었다.

"가만, 우리 작은 공자는 어딜 가던 길이던가."

"형님께."

"그래? 막 장군은 병영에 있는 것 같던데, 내가 와서 바쁘거든. 이 할아버지가 데려다주마."

"네?"

놀란 무흔을 안은 채로 황제는 등을 돌리다, 여전히 서 있는 사량을 보았다.

"그대도 같이 가지."

황제가 빙그레 웃었다.

"그대 같은 아녀자가 동생을 데리고 있어야 막 장군도 안도할 것 같군. 아무리 늙은 황제라지만, 그 품에 제 동생이 안겨 있는 것을 보면 다리 힘이 풀릴 테니."

황제는 무흔을 내려주었다. 사량은 두 팔을 벌려 무흔을 안았다. 황제가 돌아서고 소년 무사가 그 뒤로 갔다. 어린 무사의 눈이 사량을 바라보다가 황제를 향했다.

"황상."

무염이 보여줄 얼굴이라고는, 굳은 얼굴뿐이었다. 무릉이나 어머니, 아버지와 같이 있다면 놀라지는 않았을 것이다. 그러나 무흔과 사량이 황제의 시커먼 수하들과 있는 것을 본 순간, 당장 뛰어들어 어디든 안전한 곳으로 데려가 숨기고 싶었다.

"자네 동생이 자네를 보고 싶어한다 해서 같이 와봤네."

"네—"

무염은 사량을 보았다.

사량은 무흔을 꽉 잡은 채 긴장해 있었다. 얼결에 온 것이다. 본의와는 달리. 무기들 든 낯선 사람들 사이에, 그것도 어둑어둑할 때 여자 혼자 있는 건 좋은 일도, 안심할 일도 아니다.

말이 좋아 황상의 호위지, 현 상황이 상황인지라 무염에게는 호위가 아니라 친위대이자 남의 성에 들어온 남의 군대로밖에는 보이지 않았다.

"황상, 잠깐만 허락해 주십시오."

무염은 사량에게 다가가 잡아 끌어냈다.

일단 멀어지자, 무염은 부관을 불러 병영에 있는 그의 처소로 안내하도록 했다.

"무흔이와 기다리고 있어."

"미안해요. 너무 갑자기 이렇게 된 거라."

"괜찮으니, 일단 가 있어."

"네."

둘을 수하에게 들려 보낸 뒤, 둘의 모습이 사라지자 무염은 황제 쪽으로 왔다. 황제는 그 모든 것을 흥미롭게 보고 있었다. 그 놀리는 것 같은 표정이 무염은 신경 쓰였다.

"저 낭자와는 잘 아는 사이였나 보군."

"그 정도는 아닙니다."

"뭘 아닌가. 표정 보니 다 보이는데. 나도 젊은 시절이 없었겠는가. 어여쁜 여인의 미소에 세상이라도 다 주고 싶은 시절이 있었어. 뭐, 지금도 그렇고."

"송구합니다."

무염은 피가 당겨오는 기분이었다.

아무리 상황이 상황이었다지만, 무염은 아버지가 황제의 군대가 안으로 들어오지 못하도록 막아주었으면 싶었다.

처음 왔을 때도 그렇지만, 지금 황제가 끌고 온 군사들은 너무 위협적이었다.

그런 와중에, 어린 동생과 사량이 황제의 군대에 휩싸여 있는 것을 보자 피가 얼어붙었다. 동생과 사량의 목 옆에 적인지 아군인지 모를 칼이 있는 기분이었으니.

의중 없이 저럴 사람이 아니다, 황제는.

무염은 예전에 저 황제 밑에서 싸웠기에 황제가 어떤 사람인지 안다. 절대 적으로 만들면 안 되는 유형의 사람이었다. 속을 가늠할 수가 없으니, 더더욱.

전쟁 초반, 무염이 황제의 적에 가까웠을 때와 전쟁 중후반 황제의 사람이었을 때는 달라도 너무 달랐다.

지금은 자신이 적인지 아닌지, 감도 잡히지 않는 상황. 황제가 친분이나 호감으로 사람을 다루지 않는다는 건 이미 안다. 아무리 황제 밑에서 싸웠다 하더라도, 지금은 지금이다. 무염은 지금 황제가 아닌 화양공인 아버지 아래의 장수다.

"할 말이 있어서 왔네, 장군. 길지는 않을 거야."

"말씀하십시오."

"짐이 머무는 운평관의 모든 호위를 물려주게. 오로지 황실 호위만이 그곳에 있도록, 그리해 주게."

"안 됩니다."

"왜 안 되나."

"황상께서 머무신다 하나, 이곳은 화양성입니다. 아무리 황상의 군대가 지킨다 해도 이곳을 지키는 것은 화양의 병사들이 할 일이며 소신이 책임질 일입니다. 그러니 안 됩니다."

"자네 아버지에게 부탁하면?"

"하십시오. 하지만 저는 반대합니다. 아버지께서 그리하신다면, 저는 아버지의 장수인 이상 명령에 따를 터이지만, 화양군은 멀리 가지는 않을 것입니다."

"짐의 입장은 생각 안 하나."

"저는 황상께 충성하고, 아버지 역시 황상께 충성합니다. 믿어주십시오."

황제의 얼굴에 스산한 냉소가 스쳐 지나갔다.

뭐지.

그 웃음이 번지는 순간에, 황제 주변의 군사들 분위기가 확 변한다.

황제가 말했다.

"이보게, 장군. 짐이 화양군을 못 믿고, 또 까다로워 이러는 게 아니네. 여기로 올 때, 수상한 자들이 짐을 쫓아왔지."

"보고는 받았습니다. 근방에 군사들이 야영한 흔적을 발견했다는 것이었지요. 일단 수색하게 했는데, 아직 보고가 없습니다."

"어디 군사인 것 같나."

"아직은 모릅니다. 다만, 황상께서도 같은 군사를 주의하고 계신다면, 이곳은 화양입니다. 화양군과 같이 움직여 주시기 바랍니다."

"짐 역시 양보할 수는 없어."

"최대한 안전하게 지켜 드리겠습니다. 이곳은 화양성이고, 신이 지키는 한 그들이 담을 넘어올 수는 없을 겁니다."

"자네를 믿고야 싶지만, 짐 역시 짐의 수하를 믿어야 하지. 그러니 긴히 말하는 거네. 자네에게 직접."

그리고 다시, 주변의 화양군과 황군 사이로 긴장감이 피어올랐다.

지금 황제는 대놓고 서로의 적대감을 부채질하고 있는 중이다. 지금이야 군불 타오르는 정도지만 계기만 있으면 당장 서로 멱살 잡고 싸울 듯 분위기가 익어가고 있다.

"아버지께 말씀드리겠습니다."

"자네 아버지가 짐을 위해 연회를 베풀 거라 하더군. 이만하면 나나 짐이나 서로 우호적인 게 아니겠는가."

"갈 수 없습니다."

"짐이 오라 하겠네. 예전에 전쟁이 끝난 뒤, 자네를 그냥 보낸 것이 못내 마음 쓰였거든."

그런 배려는 필요 없다 하고 싶었다. 황제로서 합리적인 선택이라 이해하고 잊었다고.

"괜찮습니다."

"그래도 와. 거절하지 말고. 자, 얘들아, 그리고 범아야, 모두 자리를 뜨도록 하자. 여기 너무 오래 머물면 폐가 될 것 같구나."

무염은 뒤에 있는 화양군에게 명령해 물러나도록 했다. 황제가 앞장서자, 황제를 호위하는 황군도 병영 밖으로 나갔다. 군대 하나가 들어왔다나가는 것이나 다를 바 없다. 등 뒤의 화양군들이 술렁였다.

"조용."

무염은 황제가 사라진 어둠을 보았다.

병사들이 이동하는 소리가 멀어지자, 무염은 화양군에게 명령했다.

"아버지께서 명령을 내릴 때까지는 기다려라. 그리고 최대한 황군과의 충돌은 피해라."

"네."

"잠깐 자리 비우겠다. 모두 오늘 일 마무리하고 자라."

"알겠습니다."

무염은 병영 안의 처소로 갔다.

사량은 처소 집무실에 앉아 무흔과 기다리고 있었다.

"공자."

"무흔이 이 녀석이 또 천방지축 날뛰어서 당신까지 여기로 달려오게 만들었군."

"그건 괜찮아요. 오히려 제가 미안한 일이죠. 그런데 공자야말로 괜찮은 건가요. 제가 보기에 황군과 화양군 사이의 분위기가 좀 무서워서."

"무서우면 내원에 가만히 있어. 그곳에 있으면 내가 무슨 일이 있어도 지켜줄 수 있으니. 황군과 화양군이야, 자기들끼리 째려보게 놔두고."

"알았어요."

무염은 새삼 황제 앞에서 이 여자를 데리고 올 핑계가 없었던 것이 분했다.

건너편에 두고도, 뭐라 할 말이 없었다.

"절대 움직이지 말고, 무흔이 너도 꿈쩍하지 말기다. 알겠지?"

"아, 네."

무흔의 입술이 튀어나왔다. 사량은 무흔을 안으며 말했다.

"막내 공자는 내가 잘해볼게요. 절대로 못 나가게 할 테니, 걱정 말아요."

"그래. 그렇게 해. 황상이 갈 때까지 내원에만 있는 거다."

"네. 걱정 말아요."

웃는 얼굴을 보니 무염도 같이 기분이 좋아졌다.

밖이 살벌하든 말든, 이 웃음이 있으니 아무 상관도 없다는 생각이 든다.

第八章 투야（鬪夜）

"이게……."

사량은 앞에 턱 놓인 붉게 옻칠한 궤를 보았다.

점심을 마친 시간에 황제가 보냈다는 전령이 와서 이걸 놓고 갔다. 사량은 전날의 일을 생각하며 뭐 먹을 거라도 들어 있나 싶어 열었다가 기겁했다. 유 부인의 시녀들이 그 안에 사람 머리라도 들어 있냐고 놀리며 왔다가 같이 기겁했다.

"어머, 어머 세상에!"

"얘, 이것 봐!"

"어머나!"

"꺄악!"

사람 머리가 들어 있는 것보다 더한 난리가 벌어지는 가운데, 사량은 맨 위에 놓인 서찰을 펼쳐 보았다.

연회에 오라는 황제의 말이 단정한 서체로 적혀 있고, 남자 형제나 친척이 없는 몸이란 것을 헤아려 황제의 무관 중 갈씨 성을 가진 남자를 보낼 터이니 같이 오라 적혀 있었다.

사량은 애초에 그 연회에 갈 생각은 없었다. 흥겹게 노는 즐거운 자리가 아니라 황제를 맨 위에 모시고 발발 떨며 코로 먹고 마시는 자리가 될 것임에 분명했다.

맛있는 것이야 나올 테고, 황제가 하사한다는 진미와 향긋한 술도 있을 터이나 그런 자리에서 먹고 마셔봤자 차라리 모래를 씹고 맹물을 마시는 게 낫다.

부인이 연회에 대해 말했을 때, 사량은 입을 옷도 없거니와, 무엇보다 남자 형제나 친척도 없이 외간 남자들 잔뜩 있는 곳으로 갈 수는 없다 했다. 실제로는 가기 싫어서였고, 부인도 대충 눈치로 이해하고 웃어주었다.

'하긴 뭐. 음, 그런데 염이는 가야 할 텐데.'

사량은 그 큼지막한 막 공자는 여기서 왜 나오는 거냐고 물어볼 뻔했다. 무염의 처소에서 있었던 일을 사람들이 알 리가 없을 텐데. 무염 앞으로 황군에 돌돌 싸여 가기야 했다만 금방 왔다. 그때 무염이 좀 다급하게 굴기야 했다. 그러나 그 자리에 동생인 무흔도 있었으니, 사람들은 분명 동생 때문에 그런 거라 생각했을 텐데.

'원래는 안 가고 호위만 할 거라 했는데, 황상께서 직접 부르셨지 뭐예요. 그래서 호위는 다른 사람에게 맡기고 올 텐데 낭자는 정말로 안 올 건가요?'

그거랑 자신이랑 무슨 상관인가.

아니, 상관있긴 하지만 공식적으로는 없어야 했다.

그러나 부인의 눈치도 그렇고, 주변 아랫사람들 눈치도 그렇고, 사량만 모르는 무언가가 있는 것 같다.

사량은 다시 한 번 괜찮다 말했다.

'그런 자리에 익숙하지 않아서요. 정말 죄송합니다.'

그런 마당에, 황제에게서 무시무시한 하사품이 도착했다. 말이 초대지, 황제가 보낸 이상 오라는 통보나 다를 바 없다.

조심하라 해서 내원에 꼭꼭 박혀 있었더니, 이게 뭔지.

사량은 긴장하며 궤짝 안을 들여다보았다.

시녀는 물론이요, 장 부인까지 황홀하게 바라보는 그 안에 든 것은 얇은 남색 비단으로 지어 은빛 모란을 수놓은 호화로운 옷이었다. 허리띠는 꽃잎을 머금은 듯 연분홍색이었으며, 같이 온 신은 금실 은실로 수놓고 옥으로 장식한 사치스러운 가죽신이었다. 그것을 꺼내자, 다들 기절할 듯 탄성을 보냈다.

왠지, 주인이 있던 물건 같다. 이렇게 완벽하게 만들어진 옷을 금방 만들어냈을 리는 없으니. 신발이 좀 작은 걸로 보아, 원래 주인은 사량보다 어린 소녀인 것 같았다.

"이게 좀 곤란하네요."

아무리 황제라 하나 일단 외간 남자다. 이런 옷을 보내며 같은 날 상을 당한 슬픔을 나누자는 건 아닐 테고, 남자가 여자에게 이 정도 선물을 주는 본심을 모를 정도로 천진하지는 못하다. 보통 사람이라면 거절이라도 하는데, 상대가 자그마치 황상이시다 보니 거절도 불가능. 옷도 거절 못하고 딸려온 명령도 거절 못한다.

"이걸 어쩐다."

사량이 한숨을 내쉬자마자 시녀들이 너도나도 외쳤다.

"당연하죠! 입어보세요! 어서!"

"그런데 내게는 좀 작아 보이는데요."

"가슴은 확실히 작아 보이는데 허리는 맞을 것 같아요. 그건 우리들이 알아서 할 테니, 입어보세요."

시녀들은 물론이요, 무흔이까지 달려와 기대에 찬 눈빛을 보냈다.

사량은 포기하기로 했다. 여기는 사량의 집이 아닌 화양공의 성이다. 그저 손님인 사량이 옥보다 귀한 귀빈 중의 귀빈인 황제의 청을 거절하는 것은 실례다. 게다가 옷 색과 모양을 보니, 제법 점잖지 않은가. 입고 나가보는 것 정도는 괜찮을지도.

"그럼 입어볼게요. 도와주실 수 있나요?"

"그럼요!"

다들 황홀한 얼굴이 되어 고개를 끄덕였다.

그리고 시녀들의 도움으로 옷을 입은 사량은 이 옷이 점잖은 옷이라는 생각만은 바꾸기로 했다.

옷이 작을 것 같더니, 역시 작았다. 허리는 맞았으나 사량보다 어린 여인을 위해 만들어진 듯 가슴 부분이 좁아 조금만 힘을 줘도 훤히 열렸다. 게다가 아무리 여름옷이라지만 얇아도 너무 얇고 가벼워도 너무 가벼워 거의 벗고 있는 기분이었다.

"역시…… 가슴이 작네요. 읍."

시녀들이야 부럽다는 얼굴로 보고 있지만, 사량은 민망하기 그지없었다. 시녀들이 기왕 드러난 거 제대로 보여야 한다며 모으고 올려놓는 바람에 더 민망하게 되었다. 가슴이 커도 너무 커 보인다. 이대로 나갔다간, 주변 남자들이 죄 여기만 볼 터.

"저기, 원래 이렇게 입는 건가요. 제가 산에서 살다 보니…… 뭔가 더 걸쳐야 할 것 같은데."

행여나 하며 시녀들의 눈치를 보니, '옷이 너무 야합니다, 기녀도 아닌데 이리 다 벗은 거나 다를 바 없는 옷이라니.' 하고 말하는 시녀는 하나도 없었다.

다들 뿌듯한 얼굴로 칭찬을 하며, 가슴을 더 커보이게 할 궁리들을 하고 있었다. 이보다 더 커 보이면 어쩌라고! 제발 부탁이니 가슴만은 좀 가리고 싶다고 말했으나, 다들 그건 안 된다며 고개를 저었다.

"그, 그럼 허리라도…… 너무 조인 것 같은데요. 좀 풀어줘요."

시녀들이 허리를 하도 졸라매서 호흡이 곤란할 지경이었다.

"딱 좋은데요."

"아니, 그래도 숨 쉬기가…… 하, 불편한데. 조금만. 사, 살아 있을 수가 없…… 을 것 같아요."

시녀들은 모두 고개를 저었다. 허리는 그 정도가 맞는 거라는 둥, 가슴도 딱 좋아 보이는데 왜 그러냐는 둥 등등.

"허리…… 띠만. 제발 부탁, 부탁드립니다."

"어휴, 그러면 다 흘러내려요. 그 정도는 조여야 해요."

"……이, 이렇게 졸라야 하면…… 살려둘 생각이 없는 것 같은데요."

말이 다 끝나지도 않았건만, 시녀들은 사량의 차림새를 살핀 뒤 고개를 저었다.

"……"

사량은 천천히 일어났다.

"그럼 조, 조금만 걸어볼게요."

"네. 어서 걸어보세요!"

어디든 가서 이 허리띠를 잘라 버리든가 해야지, 그러며 사량은 천천히 걸었다. 숨은 막히고 옷은 거추장스럽고, 황제가 선물한 신은 조금 걸어도 아파 죽겠다.

아무리 사량이 산을 타고 바위를 타던 몸이라지만, 이 옷과 신은 입고 걷는 것부터 무리다. 새삼 황실 여자들에게 존경심이 일었다. 이렇게 갑옷을 두른 거나 마찬가지로 산단 말인가.

시녀들 없는 곳으로 오자, 사량은 허리띠라도 좀 풀어봐야겠다는 생각에 허리의 끈을 당겼다. 시녀들이 워낙 단단하게 묶어놔 매듭이 꿈쩍도 하지 않았다.

그때 수화문 밖으로 무염이 지나갔다. 갑옷 차림이긴 했지만 평소보다는 가벼운 갑옷에 붉은 비단 장포를 걸치고 있었다. 무염은 수화문 안을 흘끔 보고는 그냥 지나가 버렸다.

저 사람도 연회에 간다고 했지. 그렇게 생각하며 문을 보고 있는데, 잠시 뒤 무염이 다시 돌아왔다. 처음에는 의심스럽게 보다가, 그다음 눈이 커지더니 곧 노려보기 시작했다.

"막 공자? 왜 그래요."

"내가 아는 그 여자 맞나."

"평소와는 좀 다른 모습이지만 맞아요."

무염은 아래위로 훑어보았다.

"어디 가는 건가."

"아, 그게요……."

사량은 상황을 설명했다. 무염의 얼굴은 이야기가 진행되면 진행될수록 굳어가더니, 곧 완전히 싸늘해졌다.

"그래서 그렇게 입고 있는 건가."

"입혀진 거죠. 역시, 공자가 보기에도 좀 민망하죠?"

"그리고 조금 있으면 황제가 보낸 '갈씨 성을 가졌다는' 외. 간. 남. 자. 가 올 테고?"

"왔나요?"

더 말하기도 전에 무염은 사량의 손을 낚아채 안으로 끌고 들어갔다.

"공자? 왜 그래요? 아, 발 아파요."

무염은 문을 쾅 닫았다.

"옷이 그게 뭐지."

"이상한가요."

"옷이 이상해서 이리 묻는 게 아니라 옷 자체에 대해 묻는 거야. 그게 뭐지."

"조금 작은 것 같기도 하고, 입다 만 것 같기도 하고……. 시녀들이 이렇게 입는 거라 하긴 하는데, 제가 시골 아녀자다 보니 잘 모르겠네요. 그런데 역시, 옷이 작은 건 맞아요."

그리고 난처하다는 표정을 지어 보이며 눈으로 물어보았다. 역시?

보는 무염은 어처구니가 없었다.

이 꼴이 뭔가.

어깨는 훤히 드러내고 가슴은 절반 넘게 보여주고 있다. 저기 가슴이 있다는 것을 누구나 아는데 그걸 굳이 강조해야 하는 건가. 게다가 허리띠로 묶어 조이고 올려 조금만 허리를 숙여도 안이 깊숙이 들여다보일 지경이다. 얇은 옷도, 겹쳐 입기는 하였지만 속살이 은은하게 비쳐 오히려 더 야해 보였다.

화양과 화서에서 유행하는 옷차림새인 건 사실이다. 당장 항구로 나가면, 이렇게 차려입고 나들이 나온 여자들이 와글와글할 것이다. 게다가 사량은 옷이 작다, 작다 하지만, 가슴 빼고는 다 맞았다.

그러니까 가슴만. 그리고 그것은 옷의 잘못이 아니라 가슴의 잘못일 뿐이었다.

"다, 다른 옷 없나? 굳이 가야 하고, 그 옷이 불편하다면 다른 게 있잖아."

"갈 만한 옷은 없고, 외출…… 용으로 하나 있기는 했는데."

"그거 입어."

"그게…… 공자가 찢은 거라."

"……."

무염은 얼굴이 확 붉어졌다.

"노력은 했는데, 그대로 옷이 망해서."

사량은 그래도 새 옷이라 어떻게든 고쳐 보려고 했으나, 바느질 솜씨가 없다 보니 하면 할수록 이상해질 뿐이었다. 보고 있던 장 부인이 '제가 해보겠습니다.' 하며 받아 들었고, 장 부인의 손을 거치자 사량이 망친 옷은 아예 망해 버렸다.

둘은 돈과 약간의 먹을 것을 들고 침모를 찾아가, 비참한 처지가 된 옷을 내밀었다. 옷을 본 침모는 '두 분께서는 양심이 있으시다면 바늘과 실을 손에 쥐지 마십시오.' 라고 쌀쌀맞게 말하고 가지고 갔다. 그리고 침모는 두 여자가 말아먹은 옷을 아직도 수습하지 못하고 있다.

"하나도 없어요."

"지금 나가서 새로 사든가, 그럴 생각이 없다면 내가 당신이 무척 아프다고 할 테니 쉬어."

"그래도 일단은 뵈어야 하지 않을까요. 인사만 드린 뒤, 최대한 아픈 척하고 금방 돌아올게요. 그리고 사실, 숨이 막혀서 거짓말할 필요도 없겠어요."

"아니, 나가는 건 꿈도 꾸지 마. 그리고 선물이라니! 어떤 남자도 사심 없이 선물을 주지 않아."

"막 공자, 황상 연세가 있으시잖아요. 제 아버지뻘이라고요."

"사량, 당신하고 뭐 좀 해보겠다고 덤빈 남자들은 죄다 당신 아버지보다 나이가 많았어."

"아, 그 남자들이야 굶어서 그렇다 치고, 황상께서는 궁으로만 가면 저보다 어리고 예쁜 여자들이 산더미일 텐데요."

"궁에 가면 있는 거지, 여기 있는 건 아니잖아."

무염은 이 차림으로 보내느니 방 안에 가둬두고 문에다 못질이라도 해버리고 싶었다. 황제는 대체 무슨 생각으로 시집도 안 간 처녀에게 저런 옷을 준 건가. 차라리 벗고 오라고 하지. 아니, 그건 정말 안 되고.

전날 신경전 한 것 때문에 일부러 저러나.

무염을 열 받게 할 생각으로 한 일이라면 박수라도 치고 싶을 만큼 성공했다. 지금 머리에 열이 올라 아무 생각도 못하겠다. 다른 곳으로도 열이 가고.

"공자, 잘 들어요. 일단, 여태 그 못된 짓을 한 남자들과는 달리…… 황상은 괜찮은 분인 것 같아요."

"뭐."

"저한테 재미 좀 보겠다고 덤비던 남자들과는 달리 사내로서 매력을 보여주며 여인의 마음을 얻으려 하는 분이니, 공자가 걱정할 필요는 없다고 생각해요."

"말이 이상하군."

"아, 그러니까 제 말은…… 황상은 제가 황상께 호감을 보이지 않으면 아무 일도 하지 않으실 분이란 거죠. 저만 넘어가지 않으면 되는 거예요."

"그만. 지금 그건 또 무슨 소리지."

이 여자가 뭐라고 하는 건가. 그러니까 일단 황제는 사내로서 점잖게 유혹을 하고 있으니 넘어가는 것만 아니면 괜찮다는 건가.

이 여자, 이거 큰일 낼 여자였네.

"좋아. 그럼 갈씨 성의 무사든 뭐든, 무시하고 나하고 같이 가지. 내가 당신 보호자가 되어주겠어."

"네? 공자는 제 친척이 아니잖아요."

"그럼, 갈씨 성인지 아닌지 모르는 남자보다 내가 더 남이라는 건가.

그래, 이참에 정해보도록 하지. 나는 당신에게 뭐지."

"일단 아는 남자이긴 하고."

"일단 아는 남자?"

사량은 머뭇머뭇 말했다.

"아직은…… 그 정도 아닌가요."

"일단 아는 남자아아아?"

"네."

자존심이 박살난다.

이 무슨 인색하기 짝이 없는 말이란 말인가.

아는 남자?

그럼 그날 밤 일은 일단 아는 남자에게는 다 해주는 거고, 웃고 얼굴 붉히고 상냥하게 답해주는 것도 일단 아는 남자에게는 다 해주는 거? 그러니까 나는 세상에 즐비한 아는 남자들 중 비교적 최근에 추가된 남자 하나일 뿐이란 건가. 그날 덤벼들었을 때 엉엉 운 것은 일단 아는 남자가 옷 벗기고 눕혀서 운 거고?

기대감으로 고양시켜 놓고 바로 땅에 처박아 버리는 이 몰상식함은 또 무엇이란 말인가. 이것도 갈씨 남매의 또 다른 특징인가.

이쯤 되면 융금 갈씨 집안은 가정교육을 어떻게 하는지 궁금해질 지경이다.

그때 밖에서 하녀가 달려와 말했다.

"저기, 아가씨…… 황상께서 보내신……."

"그냥 꺼지라고 해!"

놀란 하녀가 밖에서 딸꾹질을 했다.

"공자?"

"오늘 나하고 가는 거니, 저 남자는 없는 남자야."

"그걸 공자가 마음대로 정하면 어떻게 해요!"

"그냥 아는 남자? 오늘 내가 화내는 거 보고 싶어? 그냥 아는 남자가 뭐야! 우리 사이에 정말 아무것도 없어? 없냐고! 아니, 당신은 아는 남자에게는 다 그렇게 해주는 건가? 세상에, 내가 데리고 오지 않았다면 지금쯤 융금성 밖에 말라 죽은 일단 아는 남자들이 산더미처럼 쌓였겠군."

"그럼 공자하고 저하고 대체 뭐라 해야 하는 거죠?"

"그건 말이지……."

무염은 잠시 생각해 보았다.

연인이라고 하자니, 이에 대해 서로 동의한 것이 없다. 정인이라고 하자니, 그날 밤은 아무 일도 없었다. 그렇다고 남편이거나 정혼자인 것은 더더욱 아니다.

이렇게 곰곰이 생각해 보니, 제대로 이루어낸 것이 하나도 없다.

즉, '일단 아는 남자' 인 건 맞다.

"공자?"

"……."

무염의 말문이 막힌 덕에 좋은 것은 더 이상 실랑이하지 않아도 된다는 것이고, 나쁜 것은 무염이 그대로 낚아채듯 잡아끌고 갔다는 것이다. 논리가 사라지니 억지만 남았다.

사람들이 보든 말든 무염은 아무 상관도 하지 않고 사량을 질질 끌고 갔고, 물어보지도 못할 정도로 모든 사람에게 적대적이었다. 게다가 본인 부하들까지 남자로 보이는 건지, 보고하려고 왔을 뿐인 부하 하나에게 험하게 대해 울려 버렸다.

도착도 전에 축 늘어진 사량은 이제 몸 둘 바를 모르고 있었다. 아아, 공자. 이제는 부끄러워서 아는 남자라고 하는 것도 싫네요.

간신히 숨이 트인 것은, 저 멀리서 부하가 정말 보고할 일이 있어서 부르는 거니 와달라 울면서 말했을 때였다.

무염은 자리를 뜨며, 다녀올 동안 여기 잘 앉아 있으라고 했다. 사량은 앉으며 길게 한숨을 내쉬었다. 여전히 허리띠는 꽉 조이고, 숨은 헉헉 막힌다. 뭔가 엄청나게 말을 잘못한 것 같은데, 무슨 말을 잘못했는지는 모르겠다.

처음 만났을 때부터 아무리 꼽아보아도 이렇게 감정적이 된 것은 처음…… 은 물론 아니다. 그날 새벽에는 무서울 정도로 감정적이기는 했다. 아니, 욕정적이었던 것일지도.

사량은 늘어져 간신히 고개를 들었다. 숨이 막혀 하늘이 울렁거릴 지경이다.

누각 안은 사람들로 벌써 차 있었다. 초청받은 사람들은 화양항의 귀족들, 관료들, 무장들, 거기에 지난 전투 때 참전했던 자들 중 공이 있는 이들도 와 있었다.

중앙에 무대가 준비되어, 연주나 연극이 있을 거라 예상만 될 뿐이었다. 사량이 들은 바로는, 무엇을 할지는 황제가 정했다고 한다. 그러나 시작될 때까지 숨이나 붙어 있을지 모르겠다. 바삐 끌려온 덕에 숨은 더 차고, 이제 넘어갈 지경. 숨을 헉헉 몰아쉬는데 앞으로 잘생긴 청년 하나가 지나가다가 멈추었다.

눈이 마주치자 청년이 다가와 물었다.

"가만. 혹, 저를 알아보십니까."

사량은 힘겹게 웃었다. 그날 먼발치에서 보았을 뿐이지만 가까이에서도 알아볼 만은 했다.

"화양공의 자제분이신 막무릉 공자 아니신가요."

"맞습니다. 저……."

그러나 무릉이 말을 더 하기도 전에 번개처럼 나타난 무염의 손가락이 무릉의 귀를 잡았다. 무릉이 비명을 질렀다.

"으악, 형님!"

"네 자리는 저기다."

"거기는 형님 자리잖아요. 여기가 제 자리인데."

"정확히 네 자리는 저기야. 내 자리가 여기고. 그리고 사량, 이 녀석은 남녀 불문하고 사람 홀리는 재주가 대단한 녀석이라, 당신하고 있으면 서로 누가 누구를 홀리는지 모를 지경이 될 테니 말도 섞지 말고 눈도 마주치지 마."

사량은 주변을 둘러보았다. 그제야 주변에 아무도 앉지 않는다는 것을 깨달았다.

"설마."

"뭐가."

"여기, 공자 가족 자리였어요?"

"그래서."

"내가 왜 여기 앉아요! 허억…… 그, 그러니까 실례잖아요."

"내 마음대로 그리 정한 거니, 당신은 앉아 있어."

"자리는 다 정해져 있을 텐데."

"여기 앉아야 아무도 말을 안 걸 거 아냐. 이 녀석 빼고."

그리고 무릉을 직접 잡아끌고 갔다.

"아악, 귀, 귀 놓으세요!"

"그러게 그냥 말로 할 때 가야지."

"야, 그런데 형님, 재주도 좋네요. 어디서 저런…… 악!"

"닥쳐. 그만."

"역시, 진짜는 전장에 있다는 말이 맞네요! 다음에 출정하면 저도 좀 따라가면 안 됩니…… 아, 아파요!"

"닥치랬다."

사량은 덩치 큰 형과 호리호리한 동생이 옥신각신 으르렁대는 것을 보며 동생이 그리워졌다. 어렸을 때는 사량과 사징도 저리 툭탁대며 싸우고는 했다. 그러나 나이 먹고 여러 일을 겪다 보니, 지금의 동생은 누나를 형제라기보다는 극진히 지켜야 할 대상으로 여기고 있다. 지나치게 어른스러워진 동생에게 미안한 마음이 드는 것은 어쩔 수 없었다. 내게 좀 의지하면 나도 도와줄 수 있고 덜 미안할 텐데.

한숨을 내쉬다 숨이 다시 턱 막혀와 가슴을 잡아야 했다. 동생도 이 옷을 보면 기절하고 말 거야, 그렇고말고.

실랑이 끝에 무염은 결국 무릉을 옆에 앉혀야 했다. 무릉은 신나서 사량에게 말을 걸려고 했지만, 무염이 등으로 막아버렸다.

"형님."

"할 말 있으면 일단 내게 해라. 전해줄 테니."

연회 시간이 이각 정도 남았을 때 징이 울리고, 화양공 막채규가 아내인 유 부인과 함께 들어왔다. 사량이 헉헉대는 동안에도 사람들은 찼고 준비는 끝난 것이다.

무염은 창백한 사량이 슬슬 걱정이 되는 눈치였다.

"괜찮아?"

"……아파서 간다는 말이 거짓말이 아니게 될 것 같아요. 숨이 막혀서."

"이리 와봐, 좀 풀어줄게."

무염은 허리끈을 풀어보려 했지만, 무염의 힘으로도 그 매듭을 푸는 것은 불가능했다. 아예 잘라 버릴까. 그러나 그랬다가는 이 옷이 죄다 줄줄 흘러내려 더 무서운 것을 보게 될 테니 그럴 수도 없다.

"역시, 일찍 가야겠군."

"미안해요."

"황상이 오시고 인사 끝나면 바로 가자."

"고마…… 헉, 위요."

"형님, 그럼 저도 같이— 악!"

징이 세 번 울렸다. 연회의 손님들 모두 자리에 섰고, 무염은 손을 내려야 했다. 다시 징이 울리고 모두들 엎드렸다.

입구의 휘장이 올라가며 검은 옷의 황제가 들어오자 고요한 가운데 발걸음 소리만 들렸다.

사량도 엎드린 채로 숨이 막혀온다고 생각하며, 제발 좀 어서 지나가셔서 일어나게 해달라 하고 있는데 황제의 발걸음이 멈추었다.

"막무염 장군, 자리가 바뀌었군. 내 옆자리에 앉히라 했거늘."

가벼운 웃음소리가 들렸다.

"하긴, 이 늙은이 옆자리보다야 젊고 아리따운 숙녀 옆에 앉는 것이 좋긴 하겠군. 이거, 짐이 보기 좋게 차려입고 오라 선물을 보낸 건데 보아하니 장군 좋은 일만 시킨 것 같아."

할아버지가 손자 손녀에게 하듯 정다운 말이나, 이 말을 하는 것이 아들 셋을 연달아 잃고 다섯 해간 황성 밖으로 나오지 않았던 황제인지라 모두를 긴장하게 했다.

"고개를 들어보게. 짐도 선물이 어느 정도 기특한 효과를 발휘했는지 보고 싶군."

무염이 먼저 고개를 들었다. 사량도 천천히 고개를 들었지만 시선은 무염의 어깨를 넘지 못했다.

황제가 말했다.

"내, 황후를 잃은 지 벌써 십 년. 이제 세상에 좋은 것도 아름다운 것도 없어졌지. 그리되니 알겠더군. 좋을 때가 오면 마음껏 즐겨야 한다는 거. 어느 순간에 보면 꽃도 잎도 져 버리고 나뭇가지만 남으니. 그래도 젊은 날은 느리게 가고 늙은 날은 빨리 가니, 공평하지 않은가."

"망극합니다."

공손했으나 목소리 안에 어서 가라는 재촉이 담긴 것은 어쩔 수 없었다. 황제는 빙그레 웃곤, 자신을 위한 상석으로 갔다.

황제 옆에는 항상 옆에 있는 어린 무사 외에, 무사 몇이 더 있었다. 그중 검은 갑주 차림의 거한이 모두의 눈길을 끌었다. 무염은 다시 한 번, 아버지가 저 황제의 부탁을 다 들어준 것을 원망했다. 아버지는 정말 운평관의 호위를 풀어주었고, 무염은 주변으로 넓게 군사를 배치해야 했다.

순찰대도 몇 배로 풀어 화양 주변에서 사라진 그 의문의 군사들을 찾았으나 감쪽같이 사라져 없다.

분명 곧 뭔가 터질 터인데, 잡으려 하면 할수록 손가락 사이로 빠져나가고 있고 그 뒤에 저 황제가 있는 것 같다.

황제와 화양공의 건강을 비는 잔과 인사말이 오고 갔다.

의례적이고 지겨운 시간이 조용히 흘러가는 가운데, 무염이 흘끔 옆을 보니 사량은 졸도하기 직전이었다. 저 잔이 마무리되면 그즈음 기절해 있을 테니 들고 가면 되겠다.

그리고…….

"그런데 낭자분이 무척 아파 보이는데, 지금 내가 모시고 갈……."

"어허."

무염은 무릉의 눈이 사량의 가슴을 향하자 손가락으로 턱을 밀어 돌리게 했다.

"여기 왔으니 성의 장군에게 격려와 축하의 말을 하고 싶군."

황제는 잔을 들어 마셨다.

"장군은 지난 동량에서 승리하여 이 나라를 북명으로부터 지켰으나 짐은 아들들을 모두 잃은 것을 슬퍼하느라 황망하여 제대로 감사하지 못한 것 같네. 항상 미안하게 생각했지. 모두가 이해하길 바라네. 아무리 옥좌에 앉았다 하나, 짐도 사람이고 아비이니."

황제는 빈 잔을 들었다. 잔에 술이 차자, 황제는 다시 그 술을 마셨다.

벌써 여러 잔.

술의 양이 좀 많다.

"지난 몇 년간, 짐이 슬픔을 가누지 못해 정사를 멀리하고 아들들의 명복만을 빌어왔지. 그러다 짐의 꿈에 황후와 아들들이 나와 말하더군. 짐의 피와 살을 물려받은 것은 우리들이지만, 짐의 자식들은 그 아들들만이 아니라 이 나라의 신하와 만백성들이라고 말이야. 그래서 일어나 깨달았지. 내, 죽은 아들들만 돌이키느라 살아 있는 자식들을 돌보지 못했노라고."

황제의 말은 지극히 온당했으나, 하필이면 지금인 것이 문제였다. 딱 지금 이 순간에 맞춰 그런 꿈을 꾸었을 리 없다. 그런 꿈을 꾼 척하고 오는 것뿐.

황제가 말했다.

"그리하여, 너무 늦었지만 이 성의 젊은 장군에게 감사를 표하러 친히 왔네. 게다가 짐이 오기도 전에 칠굉을 무찌르고 후만과 융금까지 지켜내었으니 어찌 치하하지 않겠는가. 자, 범아야. 가지고 오게 하라."

범아라 불린 무사가 손을 들고 명령하자, 뒤에 서 있던 네 명의 장정들이 거대한 철궤를 들고 나타났다. 장정들은 사람들 앞에 그 궤를 쿵, 하고 내려놓았다.

"장군을 위해 왕실의 보도 중 손수 골라온 것이네. 원래는 태자가 승리하면 주려 했던 것이건만, 그만 그리되어 화양공의 장자이자, 이 나라 사직을 지켜낸 장군에게 이것을 주려 해. 기대해도 좋을 거야."

장내가 술렁인다.

화양공 막채규는 궤를 바라보았다.

이건 화양에 황제가 동맹을 제안하는 것인가. 화양과 황제가 손을 잡는다면, 지금 한참 들뜬 우동관에게 전쟁을 하자는 의미.

채규는 턱에 손을 괴고 다음을 기다렸고, 옆의 유 부인은 긴장했다. 무염 역시 굳은 채 황제의 의중을 헤아려야 했다.

대체 무엇을 원하는 겁니까, 황상.

모두가 속으로 그리 묻고 있다.

그때였다.

"반대합니다!"

굵고 큰 목소리였다.

황제 옆에 있던 거한이 그 앞으로 와 무릎을 꿇었다. 쿵, 소리가 날 정도로 세게.

"반대합니다, 황상. 저 선물을 거두어주십시오."

"왜 그러느냐."

거한이 큰 소리로 말했다.

"동량의 승리는 태자마마의 승리입니다! 그날 태자마마께서 이기실 수 있었으나 그 전날 적장이 독을 바른 검으로 태자마마를 다치게 하여 그리 된 것뿐, 이미 승세가 굳어 있는 전장이라 담 없는 집이나 다를 바 없었고, 그 전장에서 이기는 건 아이에게서 과자를 뺏는 것만큼이나 쉬운 일이었을 겁니다."

사량은 급히 무염을 보았다.

무염은 무표정했다.

굳은 얼굴 위에 냉정한 회색 눈이 그 거한을 향하고 있었다.

모멸감 같은 것은 없었다. 그 눈은 차가웠으나, 계산하는 눈이지 분노할 준비를 하는 눈은 아니었다.

오히려 무릉이 일어나 뭐라 하려는 것을 무염이 막았다.

"가만히 있어라."

"하지만 형님!"

"아직 말이 끝나지 않았다. 기다려 봐."

"대체 얼마나 더 들어보려고요! 저 미친놈이 헛소리하는 것을 그냥 듣고 계실 것입니까?"

"아니, 아직은 들어줄 만하다."

"하지만 저리 말하면 모두 그럴싸하다 생각할지도 모른단 말입니다!"

"아직은 아니다."

아직은.

그 말에 무릉은 이를 물면서도 참았다.

무염은 거한을 노려보았다.

저 자식, 지금 일부러 도발하려 한다.

처음 여기로 왔을 때부터 황군은 사방을 들쑤셨고, 지금 역시 마찬가지.

뭘 원하는 거지?

거한은 머리를 조아리며 외쳤다.

"그러니 황상, 막 장군은 자신이 한 만큼의 대접을 받은 것입니다. 황상께서 각별히 치하할 일은 없습니다! 저 보도를 태자마마의 무덤에 바치도록 해주십시오!"

무릉이 경악하며 뭐라 말하려 했지만 무염은 다시 막았다.

"가만히."

"뭘 더 기다리시려는 겁니까, 형님! 저리 오만방자하고 파렴치한 말이! 그야말로 은혜도 모르는 소리입니다! 형님이 없었으면…… 지금 황제 폐하는 태자마마의 제사도 치르지 못하고 있었을 것을!"

"그건 너무 나갔다. 조용히 하거라, 무릉아."

사량은 무릉과 마찬가지로 뭐라 말하고 싶었으나, 그것은 기분상의 문제일 뿐 이성으로는 거한의 정체가 의심스러웠다. 호위무사라 하지만 저리 황제 앞으로 몸을 던지고 외칠 만큼 총애받는 건가. 그날 보았을 때 총애는 꼬마 무사가 받는 것 같았다. 저 거한은 오히려 황제의 명령에 굉장히 순종적이었다.

그렇다면.

사량은 무염이 조용한 이유를 조금은 알 것 같았다.

사량이야 며칠 전 처음 만난 황제지만, 무염은 그 아래에서 싸운 적이 있다. 황제의 성격, 성품을 안다.

즉 저 거한이 저리 날뛰는 것이 이미 황제의 의중이고 무염은 짐작하고 있다는 뜻이다.

사량은 황제를 보았다. 차갑고 우아한, 얼음 속의 옥 같은 남자다. 젊었을 때 어떠했을지 상상도 되지 않는다.

"그렇다면 네가 한번 막 장군의 무위를 시험해 보겠느냐."

거한의 얼굴이 단번에 밝아졌다.

"그리하겠습니다, 황상!"

화양의 무장들과 관료들의 적대감이 젊은 거한을 향했다. 화양의 공자이자 장수인 무염을 상대로 이름도 신분도 모르는 젊은 무사가 실력을 겨루자고 하고 있는 것이다.

나가 싸우자니 체면이 서지 않고, 그렇다고 가만히 있을 수는 없다. 그런데 이곳은 전장도 아닌 연회 자리, 그 연회의 여흥을 위해 검을 드는 것은 막무염 정도 되는 장수가 할 일이 아니었다.

황제의 손이 또 잔을 들었다. 모두가 술렁이는데, 정작 화양공은 아무 말 없다. 이 상황에서 아버지가 나서야 하는데 잠자코 있다.

무염은 받아들이기는커녕, 답도 하지 않는다.

황제의 눈이 그 고요한 장내와 무염을 보았다.

"네가 그리해도, 막 장군이 나서지 않는구나. 허하기 곤란한데."

"아닙니다. 소신이 태자마마의 승리를 저 천출로부터 되찾게 해주십시오!"

일순, 무염의 눈이 얼어붙었다.

무릉의 얼굴이 완전히 창백해졌고, 회장 안이 충격으로 크게 술렁이기 시작했다. 무염이 잠자코 있는 것으로 통제할 수 있는 수준을 갑자기 넘어버렸다.

"공자라 하나, 저 막무염이 천출임은 누구나 알고 있는 사실이 아닙니까. 절개를 지키지 않은 어미에, 대장장이를 의부로 두고, 그 아래에서 쇠나 두드리던 자가 검을 쥐고 창을 든다고 무장 행세를 하며 태자마마의 승리를 훔쳐 내 으스대고 있지 않습니까!"

드디어 무염의 눈이 거한과 황제를 향했다.

황제는 웃고 있었다.

"허해주십시오. 소신이 그 분수를 알게 할 것입니다!"

천둥 치듯.

경악과 분노가 장내를 흔들었다. 파도처럼 일어난 비난과 고함 소리가 여기저기서 들리기 시작하며, 참았던 분노가 마침내 터지고 타올랐다. 누군가 고함이라도 치면, 죄다 몰려나와 저 거한의 멱살부터 쥘 것 같았다.

무염이 손을 들었다. 엉망이던 장내가 갑자기 식은 듯 뚝 멈춘다.

모두가 한군데를 똑바로 보고 있었다. 모두의 눈, 모두의 숨소리, 모두의 정적이 오로지 무염을 향한다.

황제는 턱을 괴고 다음 잔을 든 채로 그 상황을 즐기듯 지켜보았다. 화양공 역시 아무 말 없이, 지금보다 더 싸늘하게 상황을 지켜보았다.

씻은 듯 조용해진 가운데, 무염이 말했다.

"분수라 하였나."

나지막하고 조용한 목소리다.

"대체 무엇이 주제이고 분수인가."

거한은 대꾸 없이 보았다.

"하늘 아래, 어느 태에서 태어났는지를 두고 격을 나누는 것은 인간들 뿐. 하늘 아래 백성은 다 귀하다 들었고, 그 격을 나누어 천대하라 하늘이 내보낸 목숨은 어디에도 없다. 모두 하늘이 낳고 땅이 기른 목숨! 자신의 자식을 천하다 하는 부모는 없는데, 그 자식인 나더러 자신의 어미가 고작 신분이 낮다 하여 수치스러워하란 말인가! 아니, 애초에 그 천함과 귀함을 나누라 가르치는 것이 누구인가. 하늘인가, 너인가."

사위는 더욱더 적막해졌다.

"자, 말해봐라. 하늘이냐, 너냐. 네가 하늘보다 높은 기준이냐, 아니면 네가 하늘이란 것이냐!"

이것은 분노가 아닌, 차가운 응징이다.

이제, 무염은 공식적으로 싸울 이유가 없어졌다. 화가 나 일어났다면 그대로 싸워야 하지만, 이렇게 응징을 하면 거한 쪽이 막말을 한 무뢰한이 될 뿐이다.

사량은 무염을 보며 몸이 식어가는 것을 느꼈다.

여태 잊고 있었다. 전장에서 본 그에 대해.

그가 어떤 남자였는지.

팔보산 기슭에서, 아태관에서의 그 투귀를 잊게 한 것은 그 뒤의 그였다. 여태 사량이 봐온 무염은 때때로 빈말도 하고 심술도 부리지만, 다정하게 대해주고 상냥하게 응대하고 싶은 남자였다.

그러나 그의 별명은 투귀. 그리 부르는 자들이 아는 얼굴은 바로 저 얼굴이다.

화양을 짊어지고, 적과 싸우는 저 얼굴.

거인처럼 짊어지고, 범처럼 싸우고, 마침내 이기는 저 얼굴.

황제는 들고 있던 잔을 비운 뒤, 그 잔을 탁자에 꽝 소리가 나게 놓았다.

"비켜라, 명천아."

"네? 아직 아닙니다, 황상!"

"아니, 그럴 필요 없다. 짐이 직접 한다."

황제는 허리에 찬 검을 잡으며 일어났다.

"황상?"

"더 이상 아무 말도 하지 마라. 네가 너무 나간 것 같구나."

"황상."

"네가 싸우자고 하는 한, 저 막무염은 일어나지 않는다. 네 임무는 실패다."

황제는 검을 들고 회장으로 내려갔다.

모두가 일제히 일어나야 했다.

사량은 옆에 있는 무염을 올려다보았다.

"공자."

"걱정할 거 없어."

드디어 무염이 일어났다.

다시 정적이 찾아드는 가운데, 무염은 사람들 앞으로 나갔다.

앞에 서자, 황제가 웃으며 말했다.

"저 아이 명천은 그저 어린아이니 너무 노여워하지 말게. 짐이 직접 사죄하지."

"황상."

"자. 내, 젊은 시절로 한번 돌아가 보겠네. 한판 해보지. 너무 세게 하지는 마. 지금 이렇게 자신만만해도, 결국 노인네야."

무염은 수하가 가져다주는 그의 검을 잡았다.

지금 이 자리의 그 누구도 경악하지 않을 수 없었다.

자그마치 황상과 자그마치 막무염이 대결해야 한다.

승리를 거두고 나라를 구했지만 황제는 무염에게 아무런 벼슬도 명예도 내려주지 않고, 조평 승상의 의견을 받아들여 황성에서 내보냈다.

다들 무염의 어머니가 천한 하녀라 그런 거라, 황제의 사람 다스리는 그릇이 그 정도일 뿐이라 여겼으나 무염은 아무런 불만도 없이 고향으로 돌아갔다. 무엇이든 될 수 있을 듯했던 무염이 아무것도 아닌 채 돌아가게 된 것이다.

그리고 지금, 바로 그 황제가 무염더러 직접 자신에게 검을 들이대라 명령하는 것이다.

"시작하지."

검이 날아왔다. 반사적으로 검을 막은 무염은 순간 쩡, 하며 뒤로 주춤 흔들렸다.

황제의 힘에 어깨가 저리는 것을 느꼈다.

이건 노인의 힘이 아니었다.

강하다.

무염은 황제의 검을 보았다. 검에 담긴 것은 억센 힘, 그것을 쥔 자의 눈에 담긴 것은……

증오.

그 증오의 빛은 독하고 진하며 차디찼다.

이 황제의 증오에 대하면, 조금 전 나불대던 명천은 그저 화가 오른 강아지에 불과했다.

뭐지, 이 증오는.

무염을 향한 증오는 아니다. 지금 황상은 그 속 안에 다져진 증오를 짓누르고 짓누르다 같이 타오르고 있었다. 그 속에서 펄펄 끓어오르는데, 어디 풀 데가 없어서 사방으로 불을 내던질 준비를 하는 그런 증오다.

그 증오를 느끼며, 무염은 자신이 황제를 상대로 이길 수도 없으며 지는 순간 황제의 검이 무염의 목도 딸 수 있을 거란 사실을 깨달았다. 버티고 피한다 하더라도, 적어도 어딘가는 깊이 다칠 것이다.

검 너머 검은 눈이 무염을 똑바로 보았다. 다음, 번개에 하늘이 갈리듯 검이 날아왔다. 간신히 막았다. 검은 무염의 검을 후려치고 나비가 날개를 거두듯 우아하게 돌더니 황제의 등 뒤로 갔다.

무염은 분명히 깨달았다. 솜씨나 힘이나 속도나, 모두 그저 유희가 아니다.

이건 함정이다.

차라리 저 거한이 건방진 말을 나불댈 때 나서야 했었다.

체면이야 서지 않을 터이나, 멱살 잡고 흔들며 주먹을 좀 날린 다음 둘 다 술에 취해서 실수한 거라 둘러대고 끝내는 편이 나았다. 그런데 지금은 아예 벼랑이다.

다시, 일격이 온다. 챙, 하며 검날이 부딪혀 퉁겨 나가고 다시 챙챙, 몇 번이나 검이 날아와 맞부딪혔다. 내려치고 찌르는 속도는 폭우처럼 빠르고 격했고, 공격을 막거나 힘을 늦출 때는 버드나무 휘듯 부드러웠다. 그 덕에, 무염도 도저히 피할 틈을 만들지 못하고 맞서야 했다. 부딪히는 힘은 점점 강해졌고, 결국 무염이 날린 일격 하나가 엄청난 힘을 싣고 황제의 검을 후려쳤다. 쩡, 하는 소리가 나며 황제가 뒤로 밀려났다. 넘어지는 것은 간신히 면하며, 황제는 한숨과 함께 버텼다.

"이거, 젊은 장군이 의욕이 없군."

황제는 웃으며 말했다.

"아무리 늙은이 상대라지만, 사과를 써는 시비의 손이 더 강할 것 같 군. 자, 얘들아!"

네 명의 장정이 궤의 뚜껑을 열었다.

궤 안에 은청색 검집에 박힌 보도가 있었다. 보도를 본 사람들 중 몇의 얼굴이 굳었다. 보도가 무엇인지 알아본 자들의 눈빛이었다.

고요한 가운데, 사량은 네 명의 장정으로 시선을 들었다.

크고 건장하다. 또, 눈빛이 굳어 있다.

흑(黑), 검고 검은 흑.

"아."

사량은 뭐라 말하고 싶었다. 턱 아래에서부터 불길한 느낌이 차올라 왔다. 입이 벌어지고 숨이 차오른다.

"공자."

장정의 눈은 더욱더 검어진다.

역시 흑, 정말로 흑.

사량은 아래쪽을 보았다. 그 장정의 손이, 보도가 놓인 궤의 아래를 향한다.

장정이 보도를 받친 판을 올렸다.

신음이 나온다.

사량의 눈이 무염을 향했다. 무염이 보았든 보지 못했든 알 수 없다. 다만, 무슨 일이 벌어질지는 알 수 있었다.

"피……."

무염이 사량을 돌아보았다. 사량이 외쳤다.

"공자, 피해요!"

그리고 사량은 달려가 그를 당겼다. 그 큰 몸이 당겨지는 순간에, 장정이 판을 집어 던지고 안에서 든 창을 꺼내 던졌다. 육중한 굉음이 터지며 그 창이 무염이 있던 곳에 쾅 박혔다.

"……!"

무염은 사량의 허리를 잡고 피했다. 그를 향해 다음 창이 날아오고, 다시 피하자 이번에 장정이 직접 창을 들고 달려왔다. 다른 장정은 보도를 뽑아 들고 황제 쪽으로 달려갔다.

"자객이다!"

사람들 속에서 외침이 터졌다. 그 외침이 터지는 순간 천장에서 화살이 날아왔다. 화살이 여기저기 중구난방으로 박히며, 연회장 안은 아수라장이 되었다. 황제의 호위들이 모두 뛰어 황제를 감쌌다. 화양공의 자리로 화양의 군사들이 가기도 전에 채규가 달려나가 아내의 어깨를 낚아채 당겼다. 그 자리에 화살이 퍽퍽 박혔다. 채규는 아내의 몸을 감싸며 아내가 있던 자리에 박힌 화살을 노려보았다.

"이게!"

무염은 회장 안으로 달려들어 갔다. 천장에 화살을 든 자들이 있었다. 무염은 크게 외쳤다.

"검을 든 자는 다 이리 오고, 나머지는 모두 밖으로 나가라! 등관, 충, 아버지와 어머니, 무릉을 지켜라, 어서! 그리고—"

무염이 손짓하자, 주변의 궁수들이 달려와 화살을 날렸다. 천장에 붙은 자들이 그 화살에 맞아 나가떨어지며, 천장이 가장 먼저 제압되었다.

무염이 외쳤다.

"궁수대 모두 위로 날려 엄호해! 어서!"

화양의 병사들이 부인과 막채규, 무릉을 감쌌다. 가까운 자들이 방패를 들어 화양공 부부와 그 아들의 몸을 가렸고, 나머지는 벽처럼 뭉쳐 적이 가까이 오지 못하도록 했다.

무염은 그 앞으로 달려갔다. 황제의 군사들도 삽시간에 몰려들며 황제를 둘러쌌다.

무염은 화살만이 아닐 거라 생각했다. 더 큰 공격이 올 것이다.

난간 위로 황군의 복장을 한 자들이 옷을 벗어 던지고 얼굴을 복면으로 덮었다.

연회장 안의 사람들이 도망치며 고함과 비명에 뒤섞이고, 적과 손님을 구분할 수 없게 되었다. 누가 적이고 누가 객인지 모르게 뒤엉킨다.

무염은 고함을 질렀다.

"사람들과 섞이지 마라! 제자리에서 아버지와 황상만 지켜!"

연회장 안의 사람들을 다 지키는 것은 불가능, 그들이 도망치도록 하면서 아버지와 황제를 지키는 것이 최선이자 유일한 방법이다.

동문이 닫히는 소리가 들렸다. 동문을 지키는 최집교가 달려올 것이다. 그때까지 자객들을 상대로 버텨야 한다.

무염은 자객의 숫자를 가늠했다. 천장, 난간 뒤. 아직 낮이니 애초에 이들은 숨어서 온 것은 아니다.

즉, 대놓고 왔다는 것인데 그렇다면 성안 방위 중 한군데가 뚫렸다는 것이다.

대체 어디지.

무염은 검을 휘둘러 자객 하나의 목을 떨어뜨리며 생각했다.

어디냐, 그리고 얼마나 많은 거냐!

드디어 황군과 화양군이 황상과 화양공 부부 앞으로 모두 집결하자, 고함과 함께 누각에 있던 적들이 공격을 시작했다. 화양군과 적이 충돌했다. 무염은 달려드는 자의 머리를 갈기고, 상대의 창을 잡고 비틀었다. 적의 몸이 날아가 벽에 부딪혔다.

무염은 검을 휘둘러 달려드는 자객의 목을 베었다. 자객이 쥐었던 검이 떨어졌다. 무염은 수하가 던져 주는 창을 받아 그 창대로 자객의 몸을 후려쳤다. 창대에 맞은 몸이 내동댕이쳐지며, 그 몸을 화양군의 검이 뚫었다.

무염은 압박하며 달려드는 적들을 향해 검을 내려쳤다. 상대의 목과 팔이 잘려 나갔다. 피가 쏟아지고 시신이 널브러지며 사방이 피와 살의 진창이 되었다. 수하들의 검과 창도 적들을 짓이기고 베어냈다.

"뒤!"

짧은 외침이 터졌다. 돌아보는 순간 검을 든 자객의 얼굴과 마주쳤다. 천장의 난간에서 몸을 날려 공격해 온 것이다. 무염은 그 얼굴을 주먹으로 갈겼다. 턱과 코가 일시에 뭉개지며 자객이 쓰러지고, 그 몸을 향해 수하들의 창과 검이 내리박혔다. 새로운 공격이 오고 있다.

무염이 외쳤다.

"다음 공격진이 온다!"

처음 공격해 온 자들이 실패하자, 다음 투입이 된 것이다.

돌아서자, 화양군 일부와 황제의 호위가 등 뒤로 공격해 오는 자들을 맞서기 시작했다.

그때 무염의 눈앞에 있던 적이 검을 들었고, 무염은 그대로 그 적을 밀쳐 내고 찔러 버렸다. 그 자객이 쓰러져도, 옆에서 공격이 온다. 무염은 검을 휘둘러 후려쳤다. 상대의 몸이 베여 나가며, 그 뒤로 다시 여럿이 몰려든다.

모두, 작정하고 무염을 향해서만 몰려들고 있다. 무염은 하나를 후려치고 다음 녀석의 목을 잡았다. 그자가 숨겼던 검을 들었다. 그 순간, 단도가 적의 목을 뚫었다. 적의 숨이 단숨에 끊어져 바닥에 검이 떨어졌다.

무염은 적을 내던졌다.

등 뒤가 컴컴해지는 기분이 들었다. 그래서 왜 그랬는지, 나중에 두고 두고 후회할 일을 그 순간에 해버리고 말았다. 해서는 안 되는 짓, 평소라면 절대로 하지 않을 짓이었으나, 마치 실이라도 당긴 듯 고개를 돌렸다.

대체 왜 거기를 돌아본 건지 모르겠다.

무염의 눈에 사량의 등이 보였다. 어차피 아무도 돌아보지 않을 빈객 중 하나, 자객들이 애초에 관심도 두지 않을 여자 하나였다. 그리고 도망치는 것이 빠른 여자였다.

자객들이 죄다 달려들지 않는 한 금방 피해 도망칠 수 있을.

죄다 달려들지 않는다면.

사량이 돌아보았다. 얼굴이 창백해지더니 손을 들었다.

고개를 돌리자 무염을 향해 적이 달려들고 있었다. 날카로운 검이 적의 목을 꿰뚫었다. 자객의 목을 뚫은 검을 쥔 것은 황제의 소년 무사였다.

소년이 고함을 질렀다.

"뭐 하는 짓입니까!"

무염은 정신이 들었지만 이미 늦었다.

무염이 다시 돌아보았을 때, 도망치는 사량의 등 뒤로 검은 철장갑을 낀 손이 보였다. 그 손이 사량의 몸을 낚아채 바닥으로 내던졌다.

"아!"

사량은 바닥에 넘어져 굴렀다.

어서 몸을 일으키고 싶었지만 치마가 평소보다 더 무겁고 불편해서 능란하게 움직일 수가 없다.

바로 덜미가 잡혀 끌려 올라갔다.

내가 뭘 잘못한 건지.

단도를 던진 건 사실이나, 혼란한 와중에 공격이 어디서 날아온 건지 알 사람은 없다.

그것 탓이 아니다. 이들은 무언가를 신호로 사량을 공격하기 시작하고 있다. 아무리 사량이라도 이 정도로 숙련된 자들이 작정하고 덤비면 도저히 맞설 수가 없다.

고개를 들었을 때 검이 날아오는 것이 보였다. 피하고 싶었지만 치마가 밟히고 머리가 잡혔다.

어떻게든 해보아야 한다는 생각보다 공격이 더 빨랐다.

시선도 생각도 멈추었다. 각오와 두려움이 마음을 컴컴하게 물들이고, 절망적인 눈 안으로 오후의 붉고 날카로운 해가 스쳤다. 길고 진한 해가 만들어내는 역광 속에, 자객들이 든 검이 번득였다.

그리고…… 그 너머로, 검고 큰 그림자가 덮쳐 왔다. 그림자 위에 회색 안광이 벼락을 품은 구름처럼 번득였다.

무염의 이 사이로 고함이 터지며, 강력한 일격이 자객들의 머리를 날렸다. 뼈가 부서지는 소리와 피 보라가 일어났다. 살점과 뇌수가 깨지며 사방으로 터져 나갔다.

피가 바닥으로 확 쏟아졌다. 사량의 옷과 머리로 피가 튀었다. 다음 일격이 사량을 붙잡은 자객을 후려갈겼다. 분노에 다시 분노가 실린 힘에, 그 목이 허공에서 거의 박살이 나며 쏟아졌다. 사량을 잡은 손에 힘이 풀리며 그 몸이 쓰러졌다.

일시에 숨이 돌아오는 기분이었다. 온몸에 튄 피에서 고약한 쇠 비린내가 풍겨온다.

사량은 천천히 숨을 내쉬며 피에 젖은 머리를 들었다.

어깨와 목, 가슴이 온통 피투성이였다. 가야 한다는 생각은 들었으나, 사량은 자신을 보는 무염의 회색 눈에서 눈을 뗄 수가 없었다. 격렬히 흔들리는 그 눈에서 벗어날 수가 없다.

아직 전장인데, 그는 지금 순간 세상 같은 건 애초에 없는 듯 사량을 보며 서 있었다.

"공자."

무염은 말을 해야 한다고 생각했다. 어서 도망가라고, 이제 되었다고. 그러나 그때 사량이 등진 난간 위로 검은 그림자가 뛰어오르며 활을 겨누었다.

그 촉을 보는 순간 주변은 어둡게 덮인다. 무기 부딪히는 소리도 함성 소리도 고함도 들리지 않는다. 저들이 대체 왜 사량을 노리는지, 무염은 그에 대해 더 이상의 생각은 할 수 없었다.

상하도 경중도 없었다. 뭐가 더 옳은지, 어떻게 해야 더 나은지조차도 생각할 수 없었다.

눈앞에 보이는 것 외에는 생각할 겨를도, 돌아볼 틈도 없었다. 단 하나, 오로지 단 하나만이 중요할 뿐이었다.

손에 사량의 어깨가 잡히고, 그다음 품으로 끌어당겼다. 화살이 팔뚝의 갑옷에 우둑 소리를 내며 박혔다.

"공자!"

사량의 눈이 멎으며 눈빛이 변했다.

눈이 커지며, 그녀가 보는 모든 것이 무염을 향해 좁혀졌다.

그 눈에 가득한 것은 고통과 한탄, 그리고 그 두 눈에 눈물이 맺힌다.

무염은 이 여자의 눈에 이런 고통이 어릴 수 있다는 것을 처음 알았다. 서늘하게 세상을 바라보는 여자, 항상 한발 뒤에서 세상의 슬픔과 아픔을 보는 여자가 자신이 그토록 피하던 그 감정을 향해 온몸을 던지고 있다.

"공자, 뒤요!"

사량이 고함을 질렀다.

무염은 몸을 돌리며 검을 휘둘렀다. 맞은편 적의 검이 그 검을 쥔 팔과 함께 날아갔다. 피가 치솟았다. 무염은 그 자객을 걷어차 날렸다. 그 몸이 메다 꽂혀 난간 너머로 날아갔다. 그러나 이제 모든 공격이 무염을 향해 쏟아졌다. 신호라도 떨어진 듯, 자객들의 공격이 이탈한 무염을 포위하고 몰아쳤다. 아무리 베어내도, 밀려드는 적들이 너무 많았다.

그때 등 뒤에서 고함 소리가 들렸다.

"엎드려!"

무염은 공격 하나를 쳐올리고 고개를 돌렸다.

돌아보는 무염의 눈앞에 활을 든 궁수들이 일렬로 서 있었다. 미처 엎드리기도 전에 첫 번째 활이 시위를 떠나 무염의 목덜미를 스쳤다. 그 첫발을 신호로 핑핑 소리가 터지며 화살이 덮치듯 쏟아졌다. 등 뒤에 자객들이 일제히 그 화살에 퍽퍽 맞아 쓰러졌다.

무염은 엎드리지 않았으나 화살은 단 한 발도 그를 맞추지 않았다.

그 화살들을 날린 궁수들 뒤에 황제가 있었다. 황제는 들었던 손을 내렸다. 궁수들 모두 활을 내리고 뒤로 물러났다.

곧 화양군과 황제의 남은 호위들이 도착했다. 그들은 재빨리 누각을 포위하고 달려들었고, 수로 압도하자 곧 섬멸전이자 학살이 벌어졌다. 정원으로도 군사가 흩어져, 남은 자객들을 찾아내 끌어내 목을 치고 배를 그었다.

"끝난 것 같군."

황제는 누각으로 들어섰다. 신과 옷자락이 피로 흠뻑 젖어들었다.

"다쳤군, 장군."

무염은 두 손을 보았다. 피에 젖은 손이 떨리고 있었다. 팔이 욱신거리는 것 같기는 했지만 감각이 돌아오지 않아 아픈 건지 아닌 건지 모르겠다.

"아무리 급하다 하나, 호랑이 입으로 바로 머리를 들이밀면 어쩌나. 호랑이가 죽지 않았다면 자네 목이 날아갔을 거야."

"……."

얼마나 어리석은 일을 한 건지, 안다.

모두가 그의 빈틈을 노리는데, 무염 자신이 노골적으로 자신의 약점을 드러내 버렸다.

사량의 단도를 보고, 그래서는 안 된다는 것을 알면서도 확인하려고 돌아보았다. 무염의 시선이 향하는 그 순간 자객들 모두 알아챘다. 화양군과 같이 싸우는 무염은 도저히 상대할 수 없지만, 일단 이탈하면 쉽다. 숲 속의 범과 골목 안의 범이 어찌 같으랴.

그리고 이탈시킬 수 있는 방법은 무염 자신이 밥상 주듯 주었다.

무염은 피에 젖은 사량을 보았다. 하얗게 질려, 턱과 어깨가 떨리고 있다.

"공자."

"나는 괜찮아."

무염은 팔에 박힌 화살을 뽑아냈다. 깊이 박히지 못한 화살이 핏방울과 살점을 튀겨내며 뽑혔다.

운이 좋았다, 너무나.

이 화살은 그의 눈앞에서 사량의 목을 뚫을 수도 있었고 무염의 가슴을 뚫을 수도 있었다. 또, 사량을 잡은 자객이 무염이 도착하기도 전에 그녀의 목을 끊어낼 수도 있었고, 바닥에 넘어졌을 때 이미 검에 찔렸을 수도 있다. 지금 바닥을 적신 피가 사량의 피일 수도 있었다.

있을 수 있는 일들이, 다행히 벌어지지 않은 것뿐이다.

"사량, 나는 정말 괜찮으니 그렇게 세상 망한 표정으로 있지 마."

무염은 화살을 던졌다.

분노가 치민다.

안전하게 도망칠 수 있었던 당신을 이렇게 내동댕이친 것이 나다.

"어디든 좋으니, 안 보이는 곳으로 가!"

무염은 고함지르듯 말했다.

"당신이 안 보여야 내가 살 것 같아."

내가 당신을 죽일 뻔했다.

사량이 몸을 일으켰다.

하얀 얼굴 위로 튄 피가 선명했다. 다시 깨닫고 만다. 내일부터는 당신 없이 살아가야 했을 수도 있었다.

"어서."

사량은 멍하니 보다, 눈을 내리깔고 돌아섰다.

"소란이 꽤 커졌군."

황제가 조용한 목소리로 말했다.

"끝났어."

채규는 여전히 아내를 안고 있었다. 아내는 그의 품 안에서 숨을 헐떡이다가, 드디어 휘청거리며 기절했다.

"부인!"

채규는 놀라서 아내를 흔들다 완전히 혼절한 것을 알고 몸을 안아 들었다.

"저런. 부인이 많이 놀랐나 보군."

황제가 넌지시 말했다.

"들어가 보게."

"송구합니다."

"아냐, 아냐. 이런 피투성이 판은 내 손녀 같은 애나 좋아하지, 자네 부인 같은 여자는 기절하지. 그리고……."

"네."

"공, 내 아들이었다면 말이야, 그런 말을 하는 자가 있다면 그 말을 다 하기도 전에 내가 직접 턱을 뭉개놨을 거야,"

채규는 지금 무슨 소리냐는 얼굴로 황제를 보았다.

"그런데 자네는 가만히 있더군. 처음부터 끝까지."

"무슨 말씀이십니까."

"들어가게나. 중한 것부터 아끼는 것은 도리는 아니더라도 섭리, 굶주린 자에게는 쌀 한 톨이 보화보다 귀하고 탐욕한 자에게는 금 한 톨이 사람보다 귀한 법이지."

"이만 물러나겠습니다."

"그래."

속을 알 수 없는 남자, 채규는 아내를 들고 본관으로 향하며 항상 하던 생각을 거듭 확인했다.

천 리 밖에서도 졸.

당시 모두가 황제를 칭해 그리 불렀다. 천 리 밖에서도 졸.

그런 자가 지금은 대체 무슨 속셈인 건지.

그 호위가 날뛴 것에, 사실 채규도 어처구니가 없었다. 그러나 황제가 직접 앞으로 나선 것은 더 어처구니가 없었다.

그 순간 황제는 드물게 감정적이었고, 그리 감정적이 된 이유는 채규가 아무리 돌이켜도 아들은 아닌 것 같다. 당한 아들이야 황당했을 테지만.

그러다 조금 전 황제의 말을 듣고 깨달았다.

황제가 분노한 대상은 바로 나, 화양공 막채규다.

박박 긁어대고, 어떻게든 한마디라도 하게 만들려 했던 상대는 아들이 아닌 아버지.

다만, 아버지가 나서기도 전에 아들이 먼저 상황을 정리해 버린 것은 황제도 미처 예상하지 못한 바였던 것이다.

게다가 자객도.

채규는 속이 뜨거워지며 두통이 일었다.

화양성이 습격당했다.

아무리 좋은 말로 꾸며도 상황은 너무 분명해 달리 할 말이 없다.

저건 자객이 아니라 거의 군대의 습격이다. 게다가 황제만 기습당한 게 아니라 채규도 기습당했다. 우동관이 모두와 싸우겠다는 의지를 보인 것이며, 이러면 채규는 선택의 여지없이 황제와 손을 잡아야 하는 것이다. 내가 이렇게 무서운 놈이니 네가 알아서 기라는 것일지도 모르고.

그때 앞에 누운 아내가 신음을 흘리며 몸을 뒤척였다.

채규는 생각을 거두고 아내를 보았다.

"일어났소?"

아내는 눈을 뜨자마자 얼굴이 더 하얗게 변했다.

"······무흔이 ······무흔이는요?"

"사람을 보냈으니 곧 데리고 올 거요."

"그 아이는 괜찮은가요?"

"적어도, 당신이 있던 곳보다는 훨씬 안전한 곳에서 오는 거요. 너무 걱정 마시오."

아내가 기절하는 바람에 채규가 더 놀랐다.

아무리 난리가 났다 하나, 그 난리 중에 기절한 여자는 아내 하나뿐이었다. 자객들에게 잡히고 피까지 뒤집어쓴 그 융금의 아가씨도 멀쩡하던데, 정작 가장 안전한 곳에 있던 아내가 쓰러진 것이다.

채규는 그제야 이 여자가 전란은 구경조차 못해본 화서항 여자란 것을 깨달았다. 비단옷에 둘러싸여 시와 노래만 듣고 살다가 생전 처음으로 그 피 냄새 진동하는 난장판을 보았으니 제정신일 수가 없기는 하겠다.

"릉이, 건이는…… 요."

"무릉이는 안전하오. 내내 우리 옆에 있었고, 상황이 정리된 뒤에 호위들에게 그 아이를 처소로 보내라 했소. 건이도 릉이 처소로 보냈소. 부인은 당분간은 여기 본관에서 지내시오. 내원보다는 여기가 더 안전할 테니."

"대체 누가 공격한 건가요?"

"아마도 우동관이겠지. 북방 검술이었소. 금방 알아보겠더군. 간도 크지. 여기까지 직접 공격할 줄이야."

자객들 수는 대략 육칠십 정도.

황제만 노리고 온 거라면, 황제가 용주에 있을 때를 노리는 편이 훨씬 낫다. 용주를 포위하고 불화살을 날리면 되니.

물론, 그전에 용주에 있는 대포에 불더미가 되는 것이 더 빠르기야 할 테지만.

아내가 아무 말도 없자 채규는 아내를 보았다. 아내는 굳은 얼굴로 앉아 있었다. 할 말이 있는 눈치다.

"보령이는 이미 보냈소."

"네?"

"부인이 그날 왔다 간 후, 내가 잠시 쉬다 오라 하여 내보냈소. 부인이 여기 머무는 동안에는 없을 테니 그 아이는 언급하지 마시오."

"그런……."

"부인, 분명히 말하겠소. 믿든 의심하든 그건 부인의 소관이나, 적어도 나는 정직하게 말하겠소. 내 몸이 내 스스로 생각해도 그다지 깨끗하지 못하다는 건 나도 알아. 그러나 나와 보령이는 당신이 생각하는 그런 관계가 될 수가 없는 사이요."

"그럼 대체 뭔가요."

"때때로 무언가를 얻기 위해 별수 없이 짊어져야 하는 짐이란 게 있지. 그 아이는 그런 거고, 부인이 생각하는 그 어떤 일도 벌어지지 않을 테니, 그 아이에게는 더 이상 화내지 마시오."

할 말이야 많았으나 아내를 더 화나게 하고 싶지는 않았고, 피곤해서 아내와 다투기 싫었다.

"염이는요."

"그 아이에게 책임을 물을 생각은 없소. 성을 방어하는 것이 그 아이 일이라 하나, 그 아이가 돌아온 것은 고작 보름 전. 그간 쉬라 한 것도 나고, 그 아이가 병영으로 복귀한 것은 얼마 되지도 않았소. 그 아이 책임은 아니오."

"그걸 묻는 게 아니에요."

"그럼 뭐요."

"다쳤잖아요."

채규는 피가 싸하게 빠져나가는 것을 느꼈다. 그거였나, 부인. 기절했으면서도 그건 또 보셨나.

보령에 대해 물어볼 생각은 애초에 없었던 것이다.

"크게 다친 건 아니오."

전장에서 돌아오면 왜 안 죽었나, 하는 생각이나 들더니 눈앞에서 싸우는 것을 보니 또 다른 기분이다.

지금, 그 아이 어머니가 생각났다. 이름도 얼굴도 잊었다. 그저 분위기와 목소리의 온기만 기억에 남아 있을 뿐.

채규가 형에게 맞아 눈이 부어올라도, 입술이 터지고 이가 부러져도,

친어머니는 사내들끼리 싸우다 보면 있을 수 있는 일이라 하였다. 그런데 그 여자는 형을 망나니라 시원하게 욕하며 채규의 상처를 치료해 주었다.

소년 시절, 그 여자 품에 안겨 있으면 그래도 형이 없는 세상에서 쉬는 기분이 들었다. 헤어져야 했을 때 채규는 그 여자는 그래도 행복할 자격이 있다고 생각했다. 그래서 그 여자가 떠날 때 해줄 수 있는 것은 다 해주고 가지고 가고 싶어하는 것은 다 가지게 해주었다. 돈, 집, 거기에 아들도.

그리고 그 여자가 떠나자, 채규는 형에게 맞아도 위로해 주는 사람도 같이 형을 욕해주는 사람도 없게 되었다.

화서항주가 보낸 아내와 딸이 오던 날도 형은 동생의 얼굴에 주먹을 선물해 주었다. 계집애처럼 가만히 서 있는 것이 보기 싫다는 이유였다. 드물게도 맞은 이유가 있기는 한 날이라 기억한다.

차라리 며칠 전에 때리면 멍이라도 없을 것을, 형은 뒷일을 생각하지 않았고 덕택에 채규는 놀란 화서항주 부인과 그 딸 앞에 퍼렇게 멍든 얼굴로 나가야 했다.

'이 아이가 덤벙대는 데가 있어 넘어졌지 뭡니까. 흉하더라도 너그러이 봐주십시오.'

어머니는 웃으며 그리 둘러댔다.

사내들끼리 항상 있는 일이라더니, 남 앞에서 저리 둘러댄다. 형도 맞장구치며, 두 사람 입에서 채규는 천하의 얼간이가 되어갔다.

'대체 누가 때린 건가요.'

당시 소녀였던 아내가 말했다.

'누가 봐도 맞은 건데 대체 누군가요?'

'화양의 공자에게 주먹을 휘둘러도 된다면, 그것은 화양의 장공자뿐이지 않소.'

놀란 소녀에게 채규는 웃어 보였다.

'형님과 혼인하게 된다면, 그 주먹을 조심하시오. 사정도 없고 이유도 없고 노소도 없고 남녀도 없지.'

그날로 화서항과 화양의 혼사는 끝났고, 그다음 날 막채규는 형에게 죽도록 맞았다. 그날 맞아 부러진 다리가 아직도 비만 오면 뻐근하지만, 맞을 가치가 있는 일이었다.

그리고 그것도 다 옛일.

채규는 한숨과 함께 말했다.

"오늘은 쉬시오, 부인. 그리고 며칠만이라도 조용히 지냅시다. 당신과 있으면 찻잔조차 태풍이니…… 이제 나도 좀 버겁군."

그리고 돌아보자 아내는 여전히 의미를 알 수 없는 표정으로 남편을 보고 있었다.

"하고 싶은 말이 있는 거라면 하시오."

"그게……."

"그냥 말하시오. 괜찮아."

"고맙다고요."

"무슨 말이오."

"그냥, 고맙다고."

"응?"

채규는 아내가 무슨 말을 하는 건지 알 수가 없었다.

보령이를 보낸 것으로 고맙다고 할 리는 없고, 설마 염이를 용서한 것? 그러나 막채규는 공사는 구분할 줄 알았다. 아들의 속은 사적으로 긁는 것뿐, 지금 이 일로 트집 잡을 생각까지는 없었다.

"뭐가."

"네?"

"뭐가 고맙냐고."

아내가 어이가 없어서 입을 벌렸다.

"몰라요?"

채규는 고개를 저었다.

"모르겠군."

아내는 어이가 없어서 보고만 있었으나, 이유를 모르는 채규는 무표정하게 마주 볼 뿐이었다.

아내가 기가 찬 듯 한숨을 내쉬며 고개를 돌렸다. 채규는 역시 뭐가 뭔지 알 수가 없었다. 대체 뭐가 고마운 거지.

채규는 다시 생각해 보았으나, 역시 감사받을 일 같은 건 하지 않았다.

❖

무염은 자객들의 시신을 보았다.

자객이라기보다는 군사에 가깝다. 엄청나게 훈련되고, 엄청나게 강한.

"일단, 모두 경계하고—"

무염은 지친 목소리로 말했다. 한바탕 휩쓸고 났더니, 성의 병사들은 다 지쳐 버렸고 그중 가장 지친 것은 무염이었다.

기운이 탁 빠져나간다.

"그만 쉬십시오."

달려온 곽효명 장군이 말했다. 이미 갑옷은 벗었고, 피와 땀도 씻어내고 부상은 붕대로 감았다. 큰 상처는 아니었으나 오늘 그가 얼마나 싸웠는지는 부하들 모두 알았다. 지금 다들 불안 불안하게 보고 있었다.

"한숨 붙일 테니, 일 생기면 오시오."

"네, 어서 가십시오."

맡길 사람이 있을 때는 맡기는 것이 최선이다. 모든 일을 다 할 수는 없으니.

무염은 물러나, 처소로 향했다.

아무리 우동관이라도, 이런 식으로 화양성을 공격해 성공할 거라 생각했을 리 없다. 이건 명백한 도발, 아주 대범하고 아주 기가 찬, 화양 자체를 바보로 만드는 도발이다.

게다가 화양군이 그렇게 뒤졌는데, 이들은 대체 어떻게 화양성으로 들어와 영주성까지 들어온 건지. 무기는 또 어디로 들여오고.

화양의 강호가 가장 의심되나, 아무리 강호라도 도의는 있다. 고향의 적이 무기를 들여오는데, 미리 알렸으면 알렸지 협조할 리는 없다.

다른 길이 있다. 아직은 모르지만 반드시 알아내야 한다.

무기를 들여온 경로, 그다음 성으로 들어온 경로, 지금 뭐가 뭔지 모를 컴컴한 경로를 다 알아내야 한다.

그리고…….

무염은 한숨을 내쉬며 처소 탁자에 이마를 댔다.

아무리 생각하고 궁리해도 도저히 지워지지 않는 실수를 해버렸다.

이 얼마나 멍청한 짓을 한 거란 말인가.

너무 멍청해서, 그 시간으로 돌아가면 자신의 턱에 직접 주먹을 꽂아넣고 싶었다.

충분히 피할 수 있던 사량을 그 실수로 통째로 위험 속에 던져 준 것이다. 태어나서 했던 모든 멍청한 짓을 다 합쳐도 오늘 저지른 한 번만 못할 정도로 멍청한 짓인데, 그 순간에는 그녀 외에는 아무것도 안 보이고 아무 생각도 안 났다.

얼간이, 멍청이, 비난이란 비난은 스스로에게 다 부어대고 다시 퍼부어댔다.

스스로를 질책하다 어느덧 머리가 텅 비고 아무 생각도 안 난다.

그때 서늘한 바깥바람이 목덜미에 닿았다.

무염은 고개를 들었다.

열린 문 너머에 짙은 남색 장포로 머리를 덮은 사량이 서 있었다. 놀라 보는데, 사량이 작게 말했다.

"공자."

"들어와."

사량은 장포를 뒤로 젖히며 들어와 문을 닫았다.

"여기는 어떻게 온 거지."

"그야, 알아서 왔지요. 이제 화양성 안은 잘 알아요."

"첩자 노릇도 하겠군."

"궁금한 거 생기면 시켜봐요. 뭐든 알아내 줄 테니."

사량은 핏물은 모두 씻어 없애 깨끗했고, 아직 젖은 머리카락에서는 옅은 향내가 풍겨왔다. 피 냄새가 지독하긴 지독했던 듯싶다. 그렇게 씻어도 벗겨지지 않아 향수가 필요했을 터.

"자고 있었어요?"

"아니. 그냥, 좀 생각하느라."

이제 막 땀과 피를 씻어낸 뒤라 피곤하긴 피곤했지만, 사량을 보니 조금 전의 일이 그를 더욱 수치스럽게 했다. 어디든 숨어, 머리를 후려갈기고 있고 싶었다.

"온 건 그렇다 쳐도, 여기까지는 어떻게 들어왔지?"

"몰래 들어온 건 아니에요. 들여보내 달라 하니 들여보내 주더라고요. 다들 저를 알던데요."

무염은 동생이 했던 말을 떠올렸다. 다 안다고 했지.

그간 얼마나 얼이 빠져 돌아다녔던 건지, 문 지키는 병졸들까지 알 정도라면 이 여자만 빼고는 다 알고 있을 것이다.

"괜찮지 않죠?"

"잘못되었으면 어쩔 건데. 이봐, 이 상처는 당신이 숨 한 번 불어 넣는다고 단숨에 나을 만한 게 아니야."

불이라도 꺼진 듯 사량의 눈이 가라앉자, 무염은 후회가 되었다. 괜한 말을 했구나.

그 새벽이 생각난다.

불길 속에서 북이 울리고 심장이 뛰던 그날, 그때 그의 얼굴을 보던 사량의 눈도 이랬다.

애상에 젖은, 무언가 슬픈 것을 보고 만 눈.

무염은 그때처럼 지금도 저 볼의 온기를 느끼고 귓불의 뜨거움을 느끼고 싶었다. 무엇이 당신을 그리 슬프게 만드느냐 묻고도 싶다.

사량의 손이 상처에 닿았다.

"아프죠."

"그래. 이렇게 아파본 적이 없을 만큼 아프지. 그렇게 아파 죽는 중이야."

당신만 있으면 아파. 그리고 두렵고, 또 두렵지.

사량은 조용히 붕대에 덮인 상처를 보고 있었고, 그 걱정과 안쓰러움이 가득한 눈을 보니 달콤한 깨달음이 무염의 몸을 흔들고 지나간다.

그래, 내가 이 여자를.

"왜 온 거지."

"나는……."

당장 무엇을 말해야 하는지, 사량은 생각해 보았다.

괜찮아요, 다행이에요, 다 모자라고 어울리지도 않는다.

사량은 무염의 지치고 쓸쓸한 얼굴을 보았다.

"사람이 싸우고 다치는 게 이렇게 무서운 일인 줄 몰랐어요."

"당신이 나를 처음 본 곳은 전장이었어. 위험하기로는 그곳이 더 위험했지. 조금 전은 내가 아주 유리한 전장이었는걸."

"그때는 하나도 안 무서웠는데 조금 전 나는 아주 무서웠어요."

사량의 안에서 서러운 감정이 밀치고 올라왔다.

참 속수무책이다. 이러면 안 되는데, 감정은 상처에 고인 피처럼 흘러나올 뿐. 모든 것이 끝난 지금 절절하게 느끼고 있었으며, 이제는 후회해도 어찌할 수 없다는 것도 안다.

감정은 느끼는 순간에는 이미 소용없다. 징후(徵候)가 늦게 나타나는 병처럼, 느끼고 나면 이미 그 감정은 그 주인의 마음 안에 속속들이 깃든 지 오래다. 슬픔이든, 애정이든 간에.

무염의 손이 머리카락을 쓸어 올렸다. 울컥울컥 올라오는 감정에 짓눌려 아무 말 못하고 있으나, 그 큰 손이 머리를 감싸자 사량은 새삼 이 남자가 터무니없이 강하고 거대하다는 것을 느꼈다. 손가락 하나에 힘만 줘도 이리 강하니.

"공자."

작게 부르며, 사량은 그 강한 손이 목덜미를 어루만지는 것을 느꼈다. 손의 열기가 식은 살을 덥혔다.

"미안."

무염이 말했다.

"정말 미안해. 오는 내내 미안했고, 어제도 오늘도…… 그리고 지금도. 다 내 탓이야."

"미안할 것 없어요."

사량은 무염에 볼에 손을 얹고 가만히 쓸어 올리곤, 그 숨과 체온을 손끝으로 어루만지다 내렸다.

"이만 가볼게요."

사량은 속삭이듯 말했다.

"쉬어요."

"왜 온 거지."

"오늘 공자가 무사하다는 것을 확인하지 않으면 안 될 것 같아서요. 가라 해도 올 수밖에 없었어요. 그리고 이제 되었으니, 쉬어요. 필요한 거 있으면 말해요."

"필요한 게 있으면 하인들이나 병사들이 알아서 해줘. 당신이 할 일은 없을걸."

"그럼 그냥 갈게요."

사량은 이제 되었다, 싶었다.

두 눈으로 확인하고 이야기를 나누었으니 되었다. 그러나 무염이 몸을 일으키며 팔을 세게 잡았다. 놀란 눈앞으로 그의 큰 어깨가 가득 들어왔다.

"가지 마."

"네?"

"가지 마. 가지 말고 내 옆에 있어."

잡은 손에 힘이 들어갔다. 그 엄청나게 강한 힘에 놀란 사량은 뒤로 물러났다. 그런데 그 무쇠 같은 팔에 힘이 더 들어가며 정말로 꿈쩍도 못하게 했다.

"가지 말자."

"공자."

가만히 부르는 입술을 향해 그가 고개를 숙여오더니 입술을 덮었다. 따뜻한 입술이 온전히 입술을 덮고 입술 사이로 혀가 들어왔다. 입이 벌어지자 그는 그 안으로 혀를 밀어 넣고 빨아들이고, 그 몸을 밀어붙였다.

다시 그날의 열기가 밀려 올라왔다. 가슴에서부터 시작된 열기가 피어오르고, 맥은 두근두근 뛰어오르고, 그에게 몸을 맡기고 밀려드는 그의 열기에 휘말린다. 어느새 사량의 등이 벽에 바짝 닿으며, 더 달아오른 입술이 사량의 젖은 숨소리와 신음을 빨아들였다. 혀는 입안을 휘젓고 천장을 더듬고 혀를 감아올리더니 열기 띤 숨소리를 내쉬며 떨어졌다.

"저기요……."

사량은 고개를 젖히며 작게 말했다.

타이르듯, 제발 놓아달라는 듯. 무염은 고개를 숙이고 목덜미에 입술을 묻었다. 손은 장포를 벗겨내고 안에 입은 옷의 끈을 찾았다. 몸을 뒤틀었으나 무염의 가슴이 깊게 누르며 그 매듭을 풀고 안으로 손을 밀어 넣었다. 묵직한 손이 어느새 젖가슴을 주무르고 있었다.

"아."

선뜩하고 저릿한 감각이 밀려들어, 사량은 몸을 뒤로 젖혔다. 벽에 몸이 닿으며 이제 옴짝달싹할 수 없었으나 그는 더 몸을 밀어붙이며 매듭을 마저 풀었다.

젖가슴이 온전히 드러나며 바깥바람에 닿자, 다리 힘이 풀리며 사량은 주저앉았다.

"사량."

무염도 같이 그 앞에 앉았다.

갈망 어린 회색 눈과 마주하자, 사량은 잠시 얼어붙은 듯 꿈쩍도 할 수 없었다. 역시, 이 눈에 사로잡히면 다른 곳을 볼 수가 없다.

"가지게 해줘."

"네?"

그 손이 사량의 몸을 벽으로 밀어붙이고 옷을 벗겨내기 시작했다. 거대한 어깨가 몸을 가로막으니, 그의 손이 하는 대로 내버려 두는 수밖에 없었다. 옷이 벗겨져 내리고, 어깨와 허리가 드러났다.

사량은 다시 한 번, 그가 얼마나 강한지를 온몸으로 느껴야 했다. 그의 입술이 목덜미와 볼을 더듬고 그의 가슴이 온몸을 압박했다. 귓불에 닿는 그의 숨소리가 열기로 젖어갔다.

"하아—"

위에서 무염이 숨을 몰아쉬었다. 달군 쇳덩어리가 누르는 것 같다고 생각하며, 사량은 그가 희롱하는 대로 신음을 참으며 버텨야 했다. 입술이 다가와 턱에 닿고, 고개를 돌리자 볼에 닿는다. 열기는 숨차고 다급했으나, 연이어 닿는 입술은 부드러웠다.

몸을 피하려 애쓰다, 오히려 바닥에 누웠다. 누워 대책 없이 드러난 몸 위로 그가 올라왔다. 시야가 온통 가득해지며 묵직하게 갇히자, 사량은 그 큰 품 안에서 숨을 헐떡였다.

세상에. 속에서부터 놀라움이 밀려 올라온다.

천장이고 벽이고 보이지 않는다. 세상에 그 하나뿐이었다. 너무 위압적이라, 어떻게든 벗어나려 버둥대도 무염은 허리를 잡고 놓아주지 않고, 벌거벗긴 몸을 자신의 몸으로 눌렀다.

다음, 천천히 그가 입을 맞추기 시작했다. 목덜미에 입술이 닿고, 혀가 스치고는 다시 목 줄기에 입을 맞추었다. 닿았다 떨어질 때마다 입술은 더 뜨거워지고 숨소리는 거칠어졌다.

간절히 문을 두드리듯, 애걸하듯, 입술은 뜨겁게 여기저기에 닿고 다시 닿았다. 그저 닿기만 하는 건데, 사량은 숨이 점점 답답해져 왔다. 호흡은 짧아지고, 맥박도 빨라진다. 두려우면서도 기대하고, 도망치고 싶으면서도 설레며 달려들고도 싶다.

"공자, 그만해 줘요."

"그럴 수 없어."

무염은 뜨겁게 타오르는 손에 힘을 주며 사량의 이마에 이마를 대고 속삭였다.

"제발."

"공자— 난……."

"온몸이 아파 죽겠어. 그러니 제발."

무염이 속살 안으로 손을 밀어 넣었다. 언제 치마가 벗겨진 건지는 기억도 나지 않는다. 그러나 벗긴 옷 위에 엉덩이가 얹혀 있었고, 다리 사이는 이미 훤히 드러나 있다. 체모가 무염의 손에 닿으며 그 속살이 그의 손끝을 적셨다. 그의 손만 닿아도 온몸이 달콤하게 젖어드는 것 같았다.

"하…… 사량, 제발."

그는 숨을 몰아쉬고 사량의 몸을 더 묵직하게 누르며 손가락을 깊이 밀어 넣었다.

"읍!"

"젖었잖아."

"그만……! 응…… 공자, 제발요."

사량이 몸을 들썩이자 무염은 손가락으로 젖은 입구를 문지르며 애무했다. 스미어 나오는 끈끈한 액이 손을 적시고 매끄러워져 갔다. 자극이 계속될 때마다 숨소리가 가빠지고 몸이 뒤틀렸다.

"공자, 부탁…… 할게요."

"그러지 마."

무염은 자신의 허리띠를 풀고 옷을 풀어 헤쳤다.

벗은 몸이 맨가슴에 닿자, 무염은 아래가 제대로 섰다. 열기는 더 뜨거워지며, 병에라도 걸린 기분이다.

아직 놀란 여인의 몸이 그의 품 안에 굳어 있는 것을 느끼며, 무염은 딱딱하게 곤두선 것을 잡았다. 굵은 물건이 손에 잡히자 그는 사량의 다리를 젖히고 속살을 드러내게 한 뒤 그 위로 자신을 가져갔다.

속살의 입구에 그 단단한 끝이 닿자 사량은 겁이 나 고개를 저었다.

"싫어요…… 공자, 싫……."

"제발…… 사량, 그러지 마."

무염은 끝으로 천천히 입구를 문질렀다. 끝이 속살의 매끄러운 액에 미끄러지자, 견딜 수 없이 몸이 끓어오르며 통증까지 느꼈다.

제발, 제발. 오늘은 제발.

그렇게 속으로 속삭이며 그는 사량의 얼굴을 보았다. 붉게 달아오른 얼굴이 그를 향하다가, 더 붉어지며 외면했다. 그는 덮치듯 몸을 숙이고 목덜미에 입술을 댔다.

"아."

목덜미에 달아오른 입술을 대니 사량의 떨림이 온전히 느껴진다.

"사량."

무염은 목덜미에 입술을 맞추고, 다시 턱과 쇄골에 입을 맞추며 아직 아무것도 모르는 처녀의 입구를 단단한 것으로 문질러 댔다. 전율인지 두려움인지 모를 떨림이 이제 온 가슴을 통해 느껴졌다.

"사량, 나를 봐."

그는 사량의 턱에 손을 얹고 돌려 자신을 보게 했다.

눈물이 맺힌 사량의 얼굴을 보며 그는 그대로 입술을 덮었다. 입술이 입술을 받아들이며 살짝 벌어지자, 그는 혀를 밀어 넣었다. 혀가 엉기고 그 혀는 입술 안을 정신없이 삼켰다. 몸에 제대로 힘이 들어가고, 욕정에 피가 뿌리까지 펄펄 끓어올랐다.

무염은 입술을 떼고 얼굴을 보았다.

"나를 봐줘."

마주 보는 순간, 이제 사량은 도저히 저항할 수 없었다.

아무리 강하고 큰 남자라지만, 그 눈 안에는 한없는 혼란과 연약함이 있었다. 도저히 돌아볼 수 없는, 도저히 매정해질 수 없게 했다.

간절하다.

너무 간절해서 안아주고 싶었다. 볼에 입 맞추고, 목을 안고 기대고 싶었다.

저 텅 빈 속에 하나라도 넣어주고, 하나라도 보태주고 싶다.

몸의 힘이 풀리고 저항이 녹아 사라진다. 바위처럼 무겁게 덮어 누르던 무염의 몸에 힘이 들어가며 더 팽팽해졌다.

긴장과 절박함이 그의 큰 몸을 채우는 것을, 사량은 살 너머로 느꼈다. 그리고 다리 사이, 연약한 틈 너머에 있는 뜨겁고 단단한 것에 힘이 들어갔다.

"아……!"

눈이 저절로 커지며 사량은 두려워졌다.

엄청난 통증이 밀려올 것 같았다. 지금 다리 사이로 느끼는 그의 크기와 단단함은 겪기도 전에 두려웠다.

무염이 허리를 붙이며 자신을 천천히 밀어 넣었다. 뜨겁게 젖은 좁은 속살 사이로 더 깊이 파고들어 그 살이 성기를 감싸기 시작하자 탄식과 탄성이 그의 목 아래에서 터졌다.

"하, 사량!"

사량은 몸을 아래로부터 쇠처럼 뚫는 힘에 경악했다.

생각하고 각오했던 것보다 더 크고 세다.

묵직하고 강한 것이 점점 더 깊이 들어오고, 그의 큰 몸이 아프게 압박해 오며 처녀를 찢어내는데, 사량은 견디기 힘들었다. 울고 싶게 아프다.

"아, 으으."

이건 간신히 참아내며 흘리는 작은 비명이다.

이 남자에게 힘으로 저항하는 것은 애초에 불가능했고, 그 무엇보다 저 눈빛을 견디는 것이 더 힘들었다.

앞날을 기약할 수 없는데, 오늘 사랑하고 내일 떠날지도 모르는 남자인데, 손끝을 스치는 뜨거운 몸과 목덜미에 닿는 숨소리, 무엇보다 그 눈에 약해지고 만다. 풀보다 연약하고 작은 날짐승보다 무력하게, 그리 약해진다. 물큰한 것이 안에서 피어오르고, 목이 아파오고 눈이 뜨겁게 만드는 무언가가 있다.

그리고 그건.

아마도. 제발 아니길 바라는 그건.

제발 그것만은 아니길 바람에도 그건.

그래, 그건.

사량은 무염의 목을 안고 그의 달아오른 볼에 입 맞추었다.

내일 버리면 어떠하고 앞날이 없으면 어떠하겠나.

내일 파멸하고 몰락할지라도, 오늘은 사랑하면 되는 것을. 내일 사랑할 수 없으면 오늘 사랑하면 되고, 오늘만 사랑한다면 오늘만 하면 되는 것이다. 내일의 고통은 내일의 내가 할 테니, 오늘의 나는 오늘의 당신을 사랑하면 되겠지. 어떤 대가가 오든, 어떠한 가책이 따라오든, 그래도 오늘의 나는 당신과 사랑할 수 있겠지.

그런 오늘이 없다면 내일을 어찌 버틸까.

그런 오늘을 기억한다면, 내일 텅 빌지라도 혹독하고 아플지라도 오늘을 생각하며 위로할 수 있겠지.

꿀 한 방울로 혀를 적셔도 달디달 듯.

"아파…… 요……."

사량은 힘겨워 숨을 몰아쉬며 작게 속삭였다.

몸 안으로 그가 더 깊이 들어왔다. 아픔에 긴장한 몸이 움츠러들었다. 아무것도 받아들여 본 적이 없는 몸 안으로 너무 갑자기 크고 뜨거운 것이 들어오니 버티기 힘들다.

"아파서……."

"사량."

완전히 채워 들어온 그가 몸을 움직이기 시작했다.

달군 쇠처럼 단단하고 뜨거운 것이 다리 사이에서 천천히 움직이는 것을 느끼며, 사량은 허벅지에 힘을 주고 몸을 기댔다.

눈이 흐려지고 신음과 함께 몸이 저절로 움츠러들었다. 강해서 아프고 힘들다. 그의 허리가 허벅지 사이에 바짝 들러붙었다. 답답한 이물감에 신음을 흘리자, 그의 손이 달래고 어루만지며 겁먹지 말라는 듯 애무한다.

사량은 몸 안을 꽉 채운 그 열 덩어리에 헐떡이며, 들어올 때마다 속도가 점점 빨라지고 들러붙는 힘도 강해지는 것을 느꼈다. 한 번 나갔다 다시 오면 더 힘이 실리고 호흡도 빨라져 간다.

교합이 무엇인지는 알지만, 이렇게 크고 단단한 것이 들어오는 것인 줄, 이렇게 아픈 것인 줄은 몰랐다.

"으, 으읏."

신음이 나온다. 그가 들어와 몸을 밀쳐 올린다. 살이 부딪히고, 몸이 뒤로 출렁였다.

이제, 정말로 제대로 뭔가가 시작될 것 같다.

"아…… 으. 공자…… 흐읏."

무염은 팔 아래에 있는 사량을 내려다보았다.

입술을 물고 붉어진 얼굴이다.

예뻐.

사랑스럽고.

열기에 젖어드는 것을 느끼며, 다시 들어가 속살을 흠뻑 느끼며 속삭였다.

그러나 상기돼 눈물이 맺힌 사량의 얼굴은 좀처럼 풀어지지 않았다. 여전히 아픈가. 아, 그래. 처녀라 했지.

무염은 천천히 오고 가며 사량의 몸이 더 풀리기를 기다리고 싶었다. 그러나 몸이 닿을 때마다 속 안에 있는 것이 더 달궈지고 있었다. 몸이 닿으면 앞이 번득이고, 나왔다 다시 들어갈 때마다 숨소리는 짧아지고 몸에도 힘이 들어갔다.

몸을 적시는 전율과 쾌락에 고조되며, 몸에 힘이 들어간다. 그 감각에 녹아 흐르는 기분으로 그는 속살에 자신을 일순 세게 박아 넣었다. 몸이 부딪히자 허리가 젖혀지고, 젖가슴이 출렁이며 센 신음이 터졌다.

"읏!"

안쓰럽지만 이제는 당신을 봐줄 수가 없어.

무염은 손을 뻗어 그 목을 안고 입술로 깊이 귓불을 빨아들였다. 몸에서 땀이 흐르고 숨이 거칠어졌다. 씨근덕 소리가 올라오며, 그는 잡아먹듯이 빈틈을 주지 않고 온몸을 부딪쳤다.

"······아!"

울음과 함께 사량이 그의 어깨를 잡았다.

항상 서늘하고 유쾌하게 웃기만 하던 여자가 지금 온몸을 들썩이고 있었다. 몸을 의지하며 어쩔 줄 몰라 하는 모습이 그를 즐겁게 했다. 더 해봐. 속삭이며 쾌감과 열락에 몸이 끓어오르며 그 역시 정신을 잃기 시작했다.

삽입이 점점 빨라지고, 엄청나게 강해져 갔다. 이어지는 삽입이 감당할 수 없어지자 사량은 몸을 젖혔다. 찔러 들어가고 밀쳐 올릴 때마다 그의 큰 몸이 더 끓어오르고, 품 안의 사량의 몸에도 힘이 들어가며 같이 밀어붙이기 시작했다. 사량의 목과 가슴에도 땀이 맺히고, 허벅지 사이가 더 흠뻑 젖으며 뜨거워졌다. 무염은 젖어드는 손으로 허벅지를 꽉 잡았다. 그리고 속살 속으로 세게 박아 넣으며 흠뻑 취한 탄성을 토해냈다.

"하!"

죽여주는군, 이 감각.

붉은 환락이 무염의 눈을 덮었다. 앞의 여자가 처음이라는 것도 잊고, 오늘 처음 품는다는 것도 잊은 채 오늘이 마지막인 듯 밀어붙였다. 살이 부딪히고 몸이 들썩이며, 젖은 살이 마찰하며 내는 철퍽 소리가 점점 더 강해졌다. 부딪혀 올릴 때마다 땀방울이 튀고 체취가 물큰 풍겨 올랐다. 충돌에 몸이 들썩이고, 땀에 젖은 몸을 뒤틀었다. 몸 안으로 그의 성기가 사라질 때마다 울음과 신음, 비명이 터지며 그의 목을 안은 팔에 힘이 들어가고 허벅지가 무거워졌다.

"아으……! 아, 염!"

드디어 이름이 흘러나온다.

품 안에서 흠뻑 젖은 애처로운 신음이 흐르기 시작했다. 아픔인지 열락인지 모를 신음이 터질 때마다 무염은 사량의 젖은 목을 쓸어 올리고 그 입술에 입술을 얹고 빨아들이며 역시 신음을 토해냈다. 사량이 무염의 어깨를 잡고 힘을 주었다. 손가락이 파고들어 오는 순간에, 그녀가 느끼는 정염의 농도가 진해지며 그녀의 속살이 움찔대는 것이 느껴졌다.

"아……!"

통증 속에서도 황홀경에 흠뻑 젖어든 신음이 흘렀다. 환희를 느끼는 가느다란 떨림이 무염의 품 안으로 고스란히 흘러든다.

아, 이 여자야.

무염의 이마를 타고 흐른 땀이 사량의 상기된 볼 위로 떨어졌다. 젖은 목덜미로도 서늘한 땀이 흐르며 가슴 위로 후드득 떨어졌다. 허리를 젖히며 세게 다시 밀어붙이자, 온몸의 땀이 확 튀어 올랐다. 다음 순간 그는 탄식을 터뜨리며 몸을 굳혔다. 다리 사이로 파고든 그것에 힘이 꽉 들어갔다.

절정에 올랐던 모든 욕망이 사정과 함께 와르르 무너졌다. 열락이 툭 끊어졌다. 온몸의 힘이 한번에 빠져나갔다.

끝냈다는 성취감과 왜 끝난 건지 모르겠다는 아쉬움, 가지고야 말았다는 기쁨과 그녀가 괜찮았는지 두려움이 다 올라온다.

"하아."

긴 안도의 숨소리가 흘러나온다. 사량이 젖은 몸을 움츠렸다. 이마의 머리카락은 젖어 있고 볼은 발갛게 익어 있다. 차마 무염을 바라보지 못해 바닥으로 향한 사량의 눈에 눈물이 맺혀 있었다. 허벅지 사이 체모에 흰 정액이 튀어 있고, 그 사이로 피가 배어 나온다.

"아, 사량."

무염은 숨을 몰아쉬며 그 이마에 입을 맞추었다.

며칠 전에 엉엉 울 때는 미안해 죽겠더니, 지금 이 눈물을 보니 예뻐 죽겠다. 지난 눈물은 피를 흘리는 것 같더니, 지금 눈물은 꽃잎에 맺힌 이슬처럼 곱기만 하다.

내 여자. 어여쁜 내 여자다, 이제는.

무염은 가늘게 떨리는 턱을 쓸어 올려 잡고는 젖은 이마에 입을 맞추었다.

"이리 와."

속삭이며 몸을 끌어안았다. 품 안으로 젖은 몸이 헐떡이며 들어오자 안도와 기쁨이 든다. 그리 가만히 있자, 품속에서 가느다란 흐느낌이 흘러나왔다. 무슨 일이 벌어진 건지, 그녀도 깨달은 것 같았다.

무염은 품 안의 몸을 더 꽉 안았다. 젖어 매끈한 몸이 품 안으로 스며들듯 안겨왔다. 작고 연약한 새끼 짐승을 안는 것 같았다. 뼈도 살도 어찌 이리 가늘고 여리기만 한지.

무염은 그 머리카락을 쓸어내리며, 그제야 자신이 침실의 침대도 아닌 병영의 처소 바닥에서 그녀를 품었다는 것을 깨달았다. 정신 차린 눈에 천장과 책상이 보이고 등에 닿는 바닥이 느껴진다. 옆에는 엉망으로 떨어진 옷이 널려 있다.

이대로 정사 후의 나른한 만족감을 즐길 수 없어, 무염은 몸을 일으키고 사량을 안아 들었다. 희고 예쁜 몸이 지쳐 짧아진 숨을 토해낸다.

"이리 와."

무염은 그 몸을 안고 침실로 들어가, 침상 위에 가만히 내려놓았다.

사량은 아이처럼 고분고분 누웠다. 젖은 얼굴이 베개 속으로 스며들듯 파고들어 갔다. 달빛과 등롱불이 어우러져 여자의 몸을 비추었다. 무염은 몸을 숙이고 황홀함에 젖어 목덜미와 어깨에 입을 맞췄다.

사량은 정사에 지친 얼굴로 그런 무염을 보다, 다시 눈물을 보였다.

"이런. 사량."

무염은 그 눈물을 손끝으로 어루만져 닦아내고는 볼에 입을 맞췄다. 그리고 온몸을 하나하나 어루만졌다. 맨 살갗이 손가락 아래로 미끄러지고, 닿고, 잡혔다. 가느다란 팔을 잡고 주무르다, 손목까지 내려가 그 손바닥 안으로 큰 손을 밀어 넣은 뒤 잡았다. 떨리던 몸은 가라앉고, 손도 그에게 맡겨왔다. 이제 사량은 그의 부드러운 손길 속에 안심해 가고, 어느새 그 손에 몸을 맡기고 어루만져 주는 것을 즐겼다.

"잠깐 기다려 봐."

잠시 뒤, 사량은 아직 욱신욱신하고 화끈거리는 다리 사이로 차갑게 젖은 천이 들어와 닦아내는 것을 느꼈다. 다리 사이에 남은 정액과 피가 그 천으로 스며들었다.

"거칠었군, 내가."

다 닦아내자 무염은 사량 옆에 그의 몸을 눕혔다. 알몸 둘이 바짝 닿게 되었다.

사량은 그의 얼굴은 차마 보지 못하고 가슴만 보았다. 평온하게 오르 락내리락하는 가슴이 눈앞에 있다.

"공자…… 다쳤잖아요."

"중요한 게 다친 건 아니니까. 자, 이리 와. 어디 가지도, 사라지지도 말자."

무염은 사량의 몸을 끌어안았다. 그 몸이 품 안에 푹 묻히자 기분이 좋 아져 머리카락을 쓸어내리고 허리를 감싸 안았다. 따스한 살과 살이 맞닿 으며 나른하고 만족스러운 기분이 들었다.

이제, 명멸하던 눈앞이 흰 눈이 내리듯 고요해진다. 불안하고 혼탁하 던 속도 선명해진다.

드디어 내 여자로 만들었다는 안도감, 조금 전에 극으로 맛본 열락이 주는 만족감에, 아직 손안에 있는 이 예쁜 몸까지, 다 좋다.

이대로 있고 싶었으나 품 안의 사량이 잠시 숨을 고르고는 몸을 움직 였다. 몸을 젖혀 팔에서 나가려 하다 그가 풀어주지 않자 살그머니 아래 로 내려가려 하고, 그것도 할 수 없자 몸을 양옆으로 틀어 팔을 벌리려 했 지만 꿈쩍도 하지 못했다.

"사량, 자꾸 그리 꼼지락대면 그냥 날 새도록 한다."

"날은 이미 샜어요."

어느새 주변은 푸르고 창밖은 밝아 있었다.

여름밤이라 순식간에 지나간다. 그런 상황에 벗은 몸으로 벗은 몸 앞에 있으니, 사량은 볼이 저절로 붉어졌다. 옷이라도 입고 싶은데, 이 남자는 놓아줄 생각도 없고 틈도 보이지 않는다.

이러다 날이 완전히 새고 온 세상이 다 보게 되면 어쩌나.

그럼에도 무염은 전혀 개의치 않는다. 온 세상이 알면 알라고 하라지, 라는.

사량은 무염의 팔에 볼을 대고 기댔다.

지금 무슨 짓을 한 건지.

제정신은 아니었다.

눈을 보는 순간 정신을 놓아버리고…….

사량은 무염의 가슴 안에 얼굴을 묻었다.

눈빛이 가엾다고 몸이 가엾은 게 아니었다. 그 얼굴이 안쓰럽고, 그 손의 열기가 안타까워 그 손과 입술에 몸을 맡겼더니 대가는 참으로 대단하다.

남자와 여자의 교합에 대해 모를 만큼 순진하지도 않고, 남자가 여자를 품고 여자가 남자에게 자신을 허락한다는 것이 어떤 의미인지도 안다.

이제 이 남자 것이다. 해 뜨면 이 남자가 어떻게 나올지도 모르겠고, 동생에게 무슨 말을 해야 할지도 모르겠다.

그렇게 사량은 얼떨떨하고 겁도 나는데, 이 남자는 행복해 죽겠다는 얼굴로 옆에 누워 있으니 억울하다. 사량은 복잡해지고 이 남자는 단순해진 것이다.

무염의 손이 볼을 어루만졌다.

"왜 이래."

"미안해요."

"엉?"

"미안하다고."

"내 기억으로는 덮친 것은 난데."

와락 덮쳐 눕히고 벗긴 주제에, 놀란 여자에게 여기서 당신이 나가면 오늘 나는 죽는다는 식으로 애걸복걸한 것은 무염이었다. 잠깐 누그러졌을 때 행여 마음이 바뀔까 봐 허겁지겁 달려든 것 역시 무염이고, 그다음 침대로 옮기지도 않고 밀어붙인 것 역시 무염.

말이 좋아 남녀의 일이지, 키와 체구, 힘 차이를 고려하면 사량에게 무염은 사람이라기보다는 성난 곰이나 담벼락으로 보였을 것이다.

그렇게 안타까움, 급박함, 욕정, 등등이 정신없이 몰아치던 끝에 만족한 상태로 누워 하나하나 돌이켜 보니 정말 난폭하게 굴었다.

"다 내가 잘못한 건데, 당신은 대체 뭐가 미안한 거야."

"여기로 온 거."

"또 도망갔으면 몹시 미안해해야 하는 일인 건 맞는데—"

그런데 아니잖은가. 사량은 가지 않았고, 그 덕에 무염은 지금 만족하고 기분 좋게 누워 있다.

사량이 작게 말했다.

"가볼게요. 놔줘요."

행여 다른 사람이 볼까 봐 이런다는 것을 모를 무염이 아니었다.

"그전에, 이제부터 나는 뭐지."

"네?"

"일단 아는 남자는 아니겠지."

"그, 그게 왜 지금 나와요."

"이봐, 일단 나는 재미만 보고 버릴 수 있는 남자가 아니야. 그리고 그건 집안이 좋아서가 아니라 내 성질이 더러워서 그런 거고."

"왜, 왜 그렇게 되나요."

사량의 새빨개진 얼굴을 보며 무염은 피식 웃었다.

"그러니 거추장스러운 짓 하지 말고 가만히 있어. 그리 안절부절못해 봤자, 어차피 사람들 다 알게 될 거야. 아니, 벌써 알고 있을걸."

붉었던 사량의 얼굴이 더 붉어졌다.

"너무해요!"

"쉿, 쉿."

무염은 사량의 손목을 잡아 올려 그 손등에 입을 맞추었다.

"조용히 있어. 들키기 싫다며, 그리 소리 질러대면 어쩌나."

사량이 놀라 조용해지자 무염은 와락 끌어안았다.

읍, 하며 신음이 흘렀다. 무염은 안은 채로 턱과 목덜미에 입을 맞추었다. 벌써 다시 뜨겁다. 무염은 가만히 숨을 몰아쉬더니 몸 사이로 손을 집어넣어, 그 손끝으로 유두를 건드리고 매만졌다. 예쁜 알맹이가 손안에서 이리저리 굴렀다.

"이거 참, 예뻐 죽겠군. 이런 게 세상에 있는 줄 모르고 살았다니."

"공자!"

"이봐, 고작 이거에 그리 얼굴이 빨개지나. 나는 더 심한 짓도 할 수 있는데."

"너무하잖아요."

"제대로 너무한 짓은 시작도 안 했어."

"네?"

사량은 허벅지 위에 있는 그의 성기가 다시 단단하게 발기한 것을 알았다. 그만하라 하기도 전에 위로 올라오는 무염을 보며, 사량은 숨소리가 빨라졌다.

"저?"

"제대로 너무한 짓을 해보도록 하지."

"고, 공자!"

"좀 전은 오늘 거고, 지금부터는 지난번에 당신이 쫓아낸 거 벌 받는 거야. 다 받아낼 테니 각오해."

"네에?"

무염은 사량의 입술을 덮었다. 입술과 입술이 섞이고 혀가 파고들어 입안을 휘저어댔다. 그 덕에 정신을 빼앗겼고, 어느새 그가 다리를 벌리고 그 아래로부터 묵직하게 들어왔다. 아직 덜 젖은 속살로 남자를 받아들이게 되자, 사량은 뻐근한 아픔에 눈살을 찌푸렸다.

"으……."

"좀 전은 너무 정신없었지."

그리고 허리를 잡고 몸을 빼며 속삭였다.

"우리, 이제 제대로 즐겨보자고…… 느껴, 봐."

"하아, 염! 그게…… 하!"

다시 깊숙하게 들어오자, 사량은 몸을 뒤틀었다.

몸을 꽉 채운 그는 잠시 꿈쩍도 하지 않았다.

삽입된 것의 묵직함과 이물감, 물 흐를 빈틈도 허락 안 하고 살을 붙여오는 몸에 사량은 숨이 차서 헐떡였다.

"흐—"

"가만히 있는 거야? 저런, 사량. 이거 너무 게으른 거 아냐."

"뭘…… 하라고…… 하아."

"일단, 나를 안아줘."

사량은 무염의 목을 두 팔로 안았다. 팔 사이에 머리카락이 닿았다. 무염은 고개를 돌려 팔에 입을 맞추고는 천천히 허리를 움직이기 시작했다.

굵고 뜨거운 이물감이 안을 꽉 채우며 앞뒤로 움직이자, 사량은 그 흐름에 맡기기만 한 건데도 숨이 헉헉 막혔다.

"⋯⋯응⋯⋯."

다리 사이로 그 큰 것이 천천히 오고 가고, 팔 사이에 있는 그의 목덜미에 땀이 맺혀갔다. 사량은 배를 눌러오는 몸과 함께 같이 뜨거워지는 것을 느끼며 숨을 몰아쉬었다. 기껏 식었던 다리 사이도 다시 달아오른다.

"하아—"

무염의 숨소리는 거칠어지고, 사량 역시 그가 들어올 때마다 뭔가에 홀리는 기분이 들었다. 점점 그에 집중하며, 입술 사이에서 앙탈하듯 신음이 나왔다. 무염이 내려다보았다.

교합된 상태로 눈이 마주치자 민망한 사량은 고개를 돌리고 입술을 물었다.

"사량, 나를 봐. 어서."

무염이 그리 말하며 거친 숨을 토해냈다.

"어서."

조르듯 아래를 세게 짓눌러 올리며 말하자, 사량은 흐읍, 입술을 물며 고개를 들었다. 마주한 그 눈은 사량의 반응을 살피고 있었다. 어떤 표정을 짓는지, 무슨 신음을 낼지 기대하는 표정이다. 어디 도망갈 수도 없어서 볼만 붉혀야 했다.

무염의 목 안에서 웃음이 나왔다.

"맙소사."

이어 빠른 숨소리와 신음이 그의 목 안에서 올라왔다. 움직임은 강해진다. 살과 살이 부딪히는 소리도 커져 갔다. 처음에는 그저 얼굴만 붉히던 사량은 그 몸의 움직임에 속이 처음보다 더 빨리 녹아들고 달아오르는 것을 느꼈다. 명멸하고 터지는, 아주 반짝반짝 눈부신 순간이 올 것 같다.

"아…… 응!"

사량은 발끝에 힘이 들어가고 몸을 움츠렸다.

"더 느껴."

무염은 연달아 쳐올렸다. 몸이 철썩철썩 부딪혀 밀려 올라간다. 그 몸에서 불처럼 열기가 피어오르고 사량의 몸에도 땀이 스미어 나왔다. 침대가 축축하게 젖어드는 것이 등으로 느껴졌다. 목덜미와 가슴 사이에도 땀이 고이다 젖가슴의 굴곡을 타고 흘러내렸다. 그런 사량을 보는 무염의 목덜미에서도 땀이 맺히고 툭툭 흘러내렸다.

"예뻐."

그가 속삭였다.

"예뻐 죽겠어. 안절부절못하는 게. 견딜 수 없어 하는 얼굴이 말이야!"

"심술은…… 읍!"

강하게 파고들어 와 허리를 붙여오는데도, 다리 사이는 오히려 열기로 축축 녹아내린다. 움찔움찔 느낄 듯 말 듯하다가 어느새 그 감이 점점 진해져 간다. 박혀 들어오는 힘이 너무 강하고, 절정을 예감한 눈가로 눈물이 고인다. 이젠 신음이 아니라 아예 흐느낌이다. 하아, 으응. 사량도 자신이 이런 순간에 이런 소리를 낼 줄은 몰랐다. 밖에서 들릴까 고민하는 것도 잊었다.

"신음 소리 좋네."

"너무! 아!"

그대로 비음이 나와, 내지른 사량이 더 놀랐다.

"좋다니까. 왜 입을 닫, 아!"

무염은 그 신음을 음미하듯 들으며 헐떡이고 '더, 더, 응? 더, 해봐.'

하며 속삭였다. 몸을 잡는 손은 묵직하고 강했고 안으로 파고드는 힘은 다시 엄청나다. 세상이 통째로 흔들리고, 그 흔들림조차 모를 정도로 몸이 엉망이 되어갔다. 그가 몸을 흠뻑 달라붙게 하며 깊이 넣었다. 사량은 목을 끌어안고 그의 목덜미에 입술을 묻다가, 결국 견디지 못하고 다시 울음과 신음을 터뜨렸다.

"아……!"

"더 울어. 더 애원해……."

허리의 움직임과 함께 허벅지 사이로 무염의 몸이 부딪혀 오자, 거의 혼절할 지경이었다.

"아…… 제발! 제발……! 아. 흡!"

사량은 굴복하기로 했다. 속살이 꿈틀대며 그를 조이고 빨아들일 때마다 환희가 몸속으로 퍼졌다. 허벅지에 힘을 주고 욱신거릴 정도로 다리 끝에 힘을 주어 밀었다.

도저히 견딜 수 없는 열락에 정신도 몸도 완전히 놓아버리고, 등을 댄 침대가 삐걱대고, 몽롱한 눈앞으로 그의 눈이 보인다. 눈이 마주하자 그가 팔에 힘을 주더니 세게 와락 부딪혀 왔다.

"웃…… 으!"

기절할 것 같은 환희와 압박감 속에 입술도 물지 못하고 신음을 토해냈다. 흠뻑 젖은 채 부딪히며 위로 치솟아 오르는 순간 그가 짧게 고함을 지르곤 몸을 멈추었다.

몸을 꽉 잡은 사량은 그가 쏟아내는 열기를 느꼈다. 뜨거울 거라 생각했는데 생각했던 것보다 더 뜨겁다.

"하아—"

젖을 대로 젖은 다리 사이로 그가 뿜어내는 것을 고스란히 받아들이며, 정사가 끝났다는 실감과 함께 꼼짝할 수 없게 묶인 포로가 된 기분도 들었다.

붙잡는 힘도, 덮치는 압박감도 엄청난데, 본격적으로 안으로 들어오면 그때부터는 정말 아무것도 할 수 없다. 철썩 부딪힐 때마다 비명 참는 게 고작이다.

놀랍다. 남자란 게 다 이렇게 강하고 큰 존재인 건가.

부드러운 데라곤 하나도 없이, 죄다 단단하기만.

그의 몸이 빠져나간다. 사량은 경련이 일어나는 허벅지를 달래며 몸을 움츠렸다. 허벅지와 엉덩이는 붉게 물들어 있고 그가 쥐어짜듯 움켜잡은 어깨와 팔에도 흔적이 나 있었다.

"이리 와."

무염은 달래며 사량의 몸을 어루만지고 목덜미에 입을 맞추었다. 사량은 다시 눈에 눈물이 고이는 것을 느꼈다. 흡, 하는 신음과 함께 눈물이 볼을 타고 흘러내려 닦아내야 했다. 무염의 손가락이 볼을 쓸어 올리며 눈물을 닦았다.

"울지 말자."

"언제는 울라면서!"

"그건 슬퍼서 우는 게 아니잖아. 내가 좋아 죽어서 우는 거지. 그런데 이건 내가 미워서 우는 거니 안 되겠네."

그리고 목덜미에 입술을 묻고 이마를 비볐다. 무염의 머리카락이 볼과 목덜미를 간질였다. 젖가슴에 열기에 젖은 그의 어깨가 바짝 닿는다. 무염이 장난스럽게 몸을 비비고 문지르며 속삭였다.

"응, 사량? 그러니 울지 말자. 가지도 말고."

"이제는 내가 당신이 도망칠까 봐 걱정해야 한다고요!"

"정말?"

"그렇다고요. 이대로 나를 버리고 가기만 해봐요. 당장 쫓아가서 끝장

낼 테니. 나는 욕심 많은 여자라고 했지요? 제대로 보게 될 줄 알아!"

"사랑, 내가 도망가길 어딜 도망가. 여기가 내 집인데. 이건 당신이 잡힌 거야, 당신이. 내 안에, 내 담 안에 갇혔어."

그리고 웃음을 터뜨렸다.

"이제 내 거다."

"그, 웃지 말아요. 창피…… 하잖아요!"

"당신 목소리가 더 큰데."

"공자!"

다시 울려 하자, 무염이 손가락으로 눈을 건드렸다.

"이젠 울어봤자 소용없어요. 늦었다니까."

포기한 사랑은 침대에 얼굴을 묻고 엎드렸다. 힘이 좍 빠져나가며 축 늘어진다.

"그만둬요. 제발……."

"알았어, 알았어. 오늘은 여기까지만 하지."

"오늘은?"

"내일이나 모레는 어찌 될지 모르잖아. 다시 한 번 말하는데, 그날 그렇게 보낸 보답은 평생 나누어 받아낼 거야. 그러니 오늘 이걸로 끝날 거라 생각하지 마."

웃는 얼굴을 보며 사랑이 할 수 있는 생각은 단 하나.

이거, 완전히 잘못 걸렸다.

사랑은 남은 기력마저 다 놓아버렸다. 이제 걸어나갈 힘도 없다.

내가 이 남자한테 정말 제대로 걸린 거야.

사랑은 한숨과 함께 고개를 젖혔다. 아직 새벽이었다. 어둠은 가시지 않아 날을 새고 말았다는 허탈함과 이제 정말 자고 싶다는 피로감이 교차하는 때다.

눈앞이 가물가물해지며 사량은 버티기 힘들어졌다. 평소에 잠이 많지도 않은 체질인데 지금은 잠이 쏟아지고 노곤하다. 무염의 묵직한 손이 피로를 풀어주듯 목덜미를 문지르고 눌러온다.

"졸려?"

"……좀."

이대로 푹 자고 싶은 기분이었고, 그것은 무염도 마찬가지인 듯 그의 얼굴 역시 평온해진다.

그때, 밖에서 달려오는 소리가 들렸다. 뭔가 싶어 무염은 돌아보고 사량은 숨죽이고 기다리니, 큰 목소리가 들렸다.

"공자님!"

허락도 하기 전에 무관 하나가 급히 들어왔다.

무염은 얼른 사량을 밀어 넣고 이불로 덮었다. 어떤 상황이었는지 알게 된 무관은 몸을 던져 엎드렸다.

"으악, 죄송합니다!"

무염은 사량의 머리끝까지 덮은 뒤 일어났다.

"뭐지."

"일단 나와보십시오. 밖에 있을게요!"

"옷 입고 나갈 테니, 자네는 엎드린 채로 돌아서 나가."

"네, 네, 알겠습니다."

무관은 급히 나간 뒤 문을 닫았다. 들어온다는 말도 없이 뛰쳐 들어온 걸 보니, 정말 급한 일은 급한 일인가 보다.

무염은 이마를 문질렀다.

"당신더러 가지 말라 했는데, 오히려 내가 나가봐야겠군."

사량은 이불을 살짝 걷으며 이마와 눈을 내밀었다.

"갔어요?"

"그래. 그런데 아직 밖에 있어. 나는 나가봐야 하고."

무염은 사량의 머리를 당겨 입술에 입을 맞추었다. 부드러운 애정이 듬뿍 담긴 눈으로 보자, 멍하니 있던 사량이 생긋 웃었다.

"다녀와요."

"당신도 어디 가지 말고 여기 있어. 알겠지?"

그리고 엄지로 턱을 어루만지곤 아쉬운 듯 손을 떼었다.

"절대 가지 마."

"알았으니 어서 다녀와요."

"중요한 일이 아니면 혼날 줄 알아라."

그렇게 말하며 무염은 무관의 얼굴을 보았다.

무관은 하얗게 굳어 있었다.

무염은 지금이 농담할 상황이 아니란 것을 알아챘다.

"뭐지."

무관은 떨리는 목소리로 답했다.

"우, 우몌 공자가 죽었습니다."

"뭐."

"간수가 급히 와서 보고해, 제가 가보니 죽어 있었습니다."

"정말?"

"정말입니다."

"어떻게 죽어 있었지? 자결인가."

"아닙니다. 등에 칼을 맞았습니다. 어떻게 하든 다른 자가 죽이고 갔다는 표가 날 정도로."

"언제 그리된 건지 알겠던가."

"제가 들여다본 것이 삼경 즈음이었습니다. 사경이나 오경 사이인 듯

합니다. 저기, 그 자객들이 지나간 뒤였습니다."

일경 전에 자객들은 전몰했고 그중 잡힌 자들을 옥에 처박아 오늘부터 심문할 작정이었다. 우동관의 수하들이란 것은 밝혀진 것이나 다를 바 없는데, 지금 우동관의 아들인 우멱이 죽었다니.

"공자님…… 어, 어찌해야 하는 겁니까."

"가만."

무염은 생각을 정리할 시간이 필요해 그리 말했다.

이게 무슨 일인가.

황제는 분명 이 일을 덮어두겠다는 의중을 보였고, 막채규는 받아들였다. 그런데 그렇게 해결된 듯 보였던 문제가 사실은 해결되는 것이 아닌 박살나는 중이다. 제대로 뒤통수 맞았다.

머리 안이 뒤섞이다 하나하나 중요한 것이 떠오른다.

과연, 어제 그 자객들은 누구를 노린 걸까.

아버지? 황제?

어제 도발을 시작한 것은 황제의 호위무사였다. 그리고 그 도발이 지나쳤다며 황제가 나섰다.

그 무사와 무염이 대결하는 것을 정말 보고 싶었다면 더 점잖고 아무 일도 일어나지 않는 방법은 얼마든지 있었다.

그런데 하필이면 그 녀석을 골라 화양군의 분위기를 적대적이면서도 감정적이고 혼란스럽게 만들었다.

다른 사람이 그랬다면 그러려니 했겠지만, 다른 사람도 아닌 황제다. 전쟁을 같이해 본 무염은 황제가 아들들 문제를 제하고는 얼마나 냉정하게 일을 처리하는지 알고 있었다.

하필이면 그 녀석을 고른 게 아니라 일부러 고른 것이다. 즉, 어느 정도 예상하고 그런 것이거나 그러라 시킨 것이 황제일 수도 있다.

어제, 아버지와 황상, 무염까지 모두가 위험하게 시작되었으나 조금 지나자 무염 하나만 위험하도록 진행되었다.

그리고 그리되도록 가장 결정적인 역할을 한 것이 바로, 사량.

사량은 연회에 참석할 생각도 없었다. 원래대로라면, 내원에 앉아 무슨 일이 벌어졌는지 듣기만 했어야 할 입장이었다. 그런데 황상은 굳이 초대를 하고, 옷을 보내고, 거기에 같이 갈 남자 동반자까지 보내주었다.

무염을 직접 노리면 아무것도 안 되니, 끝없이 사량을 위험으로 끌어들인 것이다.

"공자님."

서서히 턱에 힘이 들어갔다.

살아났다고 안심할 상황이 아니었다. 한 번 살아났다고 두 번 오지 않을 거란 보장은 없었다.

게다가 지금, 적이나 다를 바 없는 황제의 호위들은 이 화양성 안에서 마음 놓고 다닐 수 있다. 궁 안이든, 병영 안이든. 여자들 처소가 있는 내원 근처이든, 어디로 가서, 무엇이든 할 수 있다.

무엇이든.

"잠시…… 다녀오겠다."

"네? 어디로요?"

떨림이 밀려 올라왔다. 공포에 굳은 적도, 겁에 질린 적도 있었으나, 지금처럼 온몸의 피가 얼음처럼 식는 것은 처음이다.

"병영에 다녀오마."

다시 앞이 컴컴해지며, 단 하나만 생각난다.

사량.

제발, 그곳에 있어. 지금 모든 것이 위험해.

무염을 보낸 뒤, 사량은 침대 위에 납작하게 쓰러져 있었다. 욕정에 미친 남자가 휩쓸고 지나간 몸은 여전히 얼얼하고, 다리 사이도 아직 젖어 있다.

사량은 부끄러워 이불 속에 얼굴을 묻었다. 아아, 내가 미쳤지. 그래, 미친 거야. 미치지 않고서야 며칠 전에 덤벼든 남자 앞에서 그리 무방비하게 있을 수가.

그러나 아무리 단단히 결심해도 그 아이 같은 눈과 마주하면 약해지며 도저히 벗어날 수가 없다. 아마도 앞으로도 오래오래, 어쩌면 평생 사로잡힐지도 모르겠다.

오래오래.

사량은 자신이 자기도 모르게 떠올린 말을 작게 속삭여 보았다.

"오래오래."

몇 달 전만 해도 아예 남인 남자였는데, 지금은 그 말 한마디도 그냥 넘길 수 없는 존재가 되어버리고, 그를 앞에 두고 오래오래, 라는 말을 생각하고 있다.

다시 얼굴이 달아오른다. 그리고 이렇게 계속 누워 있을 수 없다는 것도 깨달았다. 가지 말라고 했지만 이곳은 병영, 여자 몸으로 오래 있을 수는 없지 않은가.

일어나서 보니, 그가 남긴 흔적들은 굉장했다. 정신없이 주무르고 빨아들여 온몸에 붉은 얼룩이다.

적당히 크고 세야 말이지, 그 남자.

처음에는 그래도 버틸 만했는데 어느 정도 지나고 그가 자기 욕심에 몰두하니 쾌락과 별도로 엄청났다.

그 덕에, 온몸이 녹아 흐물흐물.

대충 세숫물을 부어 씻은 뒤, 사량은 올 때 입었던 옷들을 찾아 몸에 걸쳤다.

그다음 필묵을 챙겨 들고, 어디로 갈까 생각하다가 일단은 무염의 집으로 가기로 정했다.

그곳이라면 하인은 오늘 해가 중천에 뜰 때까지 잘 터이고 그 외에는 아무도 없어서 마음 놓고 쉴 수 있을 것이다.

사량은 그대로 글을 써 남긴 뒤, 아무도 없기를 바라며 병영의 뒷문으로 나갔다.

이른 새벽이었으나 전날의 일 때문에 분위기는 어수선했고 병사들도 상당수 자지 않고 있었다.

그 길을 올라, 무염의 집에 도착했다.

예상했던 대로 그 집의 유일한 사람인 하인은 자고 있고 사방이 새소리도 없이 조용하다. 사량은 우물물을 가져다 대충 씻고 전에 머물던 객관으로 들어가 머리를 빗고 묶었다.

고요 속에 새 날개 치는 소리가 들렸다. 잠시 뒤, 천장에서 부우부우 우는 소리가 들리고 곧 조용해졌다.

탕탕이 돌아왔나 보네, 사량은 멍하니 그 소리를 들으며 침실의 문을 열었다.

머리가 몽롱해지며 어디에서든 쓰러져 있고 싶었다. 이리 몸이 곤한 건 처음이다. 한없이 축축 늘어지는 것을 느끼며 사량은 침대를 보았다. 그곳이 목표이자 간절한 염원이 되어가고 있다.

그러다 사량은 흠칫 하며 멈추었다.

낯선 자의 체취가 풍긴다.

오싹해진다. 딴생각하느라 지금 상황이 얼마나 위험한지 잊고 있었다. 말이 자객이지 군사들이 쳐들어왔고, 엄청난 격전이 벌어졌다. 화양성은 지금 전선(戰線)이나 다를 바 없다. 그리고 그런 지금, 방 안에 다른 사람이 있다.

"누구죠."

사량은 돌아섰다. 눈앞에 있는 것은 예상도 못했던 자였다.

황제의 옆에 있던 어린 소년 무사였다.

"안녕하신가요."

검은 머리카락 아래 단정한 눈이 사량을 향하고 있다.

"할 말이 있어서 왔어요."

목소리가 가늘다. 사량은 직감 하나가 들었다.

설마, 이 아이.

"일단 조용히 해주세요."

소년이 무슨 짓을 하려는지 알았을 때는 이미 늦었다. 비명도 신음도 고함도 없다. 조용한 일격에 모든 것이 단숨에 끝나고 만다.

눈앞으로 비가 내리듯 여러 광경이 내려온다.

전장으로 나가던 아버지의 웃음. 반드시 이기고 올 테니 걱정 말라던 말, 아버지의 등, 패전, 죽음, 그리고…….

그 뒤로 이어지는 상실, 절망, 슬픔, 아픔, 배신, 인내.

하루를 살아내는데 치러야 할 것들이 어찌 그리도 많은지 모를 날들이다. 슬픔 속에 한 해 두 해가 가고, 몇 번의 비가 내리고 바람이 불고 해가 지고 달이 뜨고 싹이 돋고 잎이 졌다.

그리고 그 나날들 속에 나는 언제나 량(凉).

녹색 죽원 속에 사는 량. 서늘하고 쓸쓸한, 차가운 푸른 물 위를 떠도는 흰 안개 같은 량.

그렇게 살아가다 어느 날 해가 뜨면 사라질 그런 량.

하루하루가 저물기만 하던 날들을 보내다, 그날 새벽에 어둠이 푸르게 빠져나가는 하늘 아래로 말을 달려나갔다.

　무엇이 있을지 모를 아침을 향해, 어느 해가 뜰지 모를 하루를 향해.

　그리고 당신을 보았어요.

　염(炎)—

　모든 것을 태우고, 흩어질 순간만을 기다리는 재의 눈을 가진 당신, 염.

　그 투구 아래 잿빛 눈을 보며 생각했지요.

　미안하게도, 당신에게 미안하게도 그 순간 생각하고 말았어요.

　당신이 사랑스럽다고.

　어쩌면 처음 사로잡힌 듯 당신을 바라본 것은 내가 먼저고, 그다음 당신이 나를 본 것일지도 모르지요.

　그래서 당신은 내게 염(炎).

　타오르고 타오르는 염.

　서늘한 안개가 걷어내는 햇살처럼 나를 비추고, 망각만을 향해가던 내 심장을 북처럼 뛰어오르게 하던.

　잊힌 찻잔 속 차처럼 차게 식었던 피는 뜨거워지고, 모래와 자갈로 가득 차 서늘하던 가슴은 달아오르게 하는.

　그런 염.

　어두운 가운데 무수한 별들이 명멸하는 세상, 하나하나 들여다보기도 힘든 별들의 무리 안에서 내가 찾는 별은 무엇이며 당신이 찾을 별은 무엇일까.

　운한 위로 흐르는 희고 맑은 별들, 그처럼 많은 운명들이 반짝이다 꺼지는 이 세상에서 당신은 무엇이며 나는 당신에게 무엇일까.

그러나 당신에게 내가 무엇이든.

그 많은 별들이 반짝여도 내게는 당신만이, 당신의 빛이 얼마나 찬란하던지.

하루하루, 얼마나 더 빛을 내던지.

第九章　선상（船上）

무염은 검게 얼어붙어 앞을 보고 있었다.

아무것도 없다, 어디에도 없다, 정말 없다. 없다는 말만 몇 번을 들었는지 모르고, 무염 자신이 없다는 것을 확인한 것은 더 많다.

돌아오자마자 병영을 뒤지고, 성안의 처소로 간다는 쪽지를 발견한 뒤에 바로 처소로 갔다.

하인은 퍼렇게 굳은 주인이 오자마자 집을 뒤지는 것을 보고 기겁했다. 아랫것들에게 손 한 번 대본 적도 없는 주인이란 것을 알아도, 하인은 주인이 들소 같은 기세로 사량에 대해 물었을 때 잘못한 것이 없어도 겁에 질려 죽여주십시오, 정말 모릅니다, 라며 엎드렸다.

몇 번이나 뒤진 끝에 정말 없다는 것을 확인했고, 차라리 오지 않고 내원으로 갔기를 바랐으나 바닥에 사량이 벗어둔 장포를 보고 오긴 왔다는 것을 깨달았다.

그래도 설마, 하는 마음에 내원까지 달려갔다. 어머니는 본관에 머문다 하여 없고 무흔이도 없었다. 그곳에서는 사량이 어젯밤에 나간 뒤로 돌아오지 않았다는 것만 확인했다.

안 되는 걸 알아도, 무염은 성안을 지키던 병사들 모두에게 사량을 찾아보라 전달했다. 그러나 보고는 없다. 연기처럼 사라져 버린 것이다.

무염은 황제가 머무는 운평관을 보아야 했다. 우거진 원림 위로 운평관의 푸른 지붕이 보인다.

차라리 저곳이 원흉인 편이 나은 거라, 그리 생각했다. 그 상산군이 데려갔다고 생각하면, 어떤 꼴이 될지 너무 뻔해 차라리 자신의 살을 갈아주는 것이 나을 것 같다. 그래서 이를 갈고 노려보며, 제발 황상이기를 바랐다.

정오 즈음에, 무염은 운평관으로 갔다.

호위도 수하도 없이 거의 막무가내로 온 것이라, 운평관을 지키던 황군 모두 무염을 막아섰다.

"황상을 뵈러 왔다."

달려나온 황군의 무관이 무슨 일이냐, 물어보려다 굳었다.

대치가 그냥 대치가 아니었다. 시퍼렇게 노려보는 무염 앞에, 무관은 반 미친 야수를 앞에 놓고 있는 기분이었다. 조금만 잘못해도 당장 발톱을 휘둘러 갈가리 찢어놓을, 그런 야수 말이다.

"황상은 지금 안 계시오."

단정한 목소리다. 무관이 급히 옆으로 물러났다.

무염 앞으로 호리호리한 소년이 모습을 드러냈다.

"어서 오시오, 막무염."

단아한 표정의 소년은 묶어 올린 머리를 들고 말했다.

"황상께서는 어제 큰 소란이 있었으니 용주로 돌아가 계신다. 바로 앞까지 적이 왔던 마당에, 이 운평관에 계속 머무실 수는 없지 않나."

무염은 소년의 멱살을 잡고 흔들고 싶었다. 이 꼬마, 지금 내 속은 얼었다 탔다, 다시 탔다가 얼어붙는데 저 혼자 저리 차분하다.

"소란이라 했나."

"그렇소, 소란."

소년은 손을 들었다. 그리고 그 손짓 하나로 군사들 모두 일제히 물러났다.

단둘이 남자, 소년이 말했다.

"무슨 일로 온 거요."

"그래, 소란이라 했지."

무염은 운평관을 둘러본 뒤에 말했다.

"어제 그 소란을 일으킨 그들이 어디로 왔을까 궁금해졌다. 무기는 어디로 들여왔는지, 더더욱 궁금하고."

"성을 지켜내지 못한 자가 할 말은 아닌데."

"성은 잘 지키고 있었다. 다만, 전날에 황상께서 운평관의 방위를 맡은 화양의 병사를 완전히 물리도록 했지. 덕택에 이 성의 방위는 구멍 하나를 가지게 되었다."

"설마, 황상께서 적들을 들이셨다는 건가. 황상께서도 위험해지실 일을 왜 했다는 거지."

"위험하게 하면서도 하실 일이 있었던 것이 아닐까."

우몀 공자가 어제 살해당했다. 일이 이리되면, 이제 우동관 역시 화양을 공격할 반가운 계기를 맞이하게 된다.

그럼 상산과 화양은 완전히 손잡지 못하게 되는 꼴.

그리고 황제의 목적이 하나 더 있을 것이다.

바로 나.

여태 황제가 해왔던 모든 일들의 칼끝이 무염의 목을 향하고 있다.

무염은 황상의 우아한 얼굴이 가증스러웠다.

지금 무염이 없어지면, 상산은 저울질하는 시늉조차 하지 않고 화양을 향해 돌격할 것이다. 그리고 화양과 상산의 전쟁이 바로 벌어질 테고.

아들 셋 잃고 칩거하며 죽을 날만 기다린다던 황상, 앞날 없고 뒷날은 비참한데, 이런 일을 벌인다.

다섯 해간 황제가 아무것도 하지 않기는 했다. 그러나 얌전한 건 황제만이 아니었다. 상산의 우동관 역시 아무것도 하지 않았고 할 수도 없었다. 화양은 근방 정세가 불안해 정리하느라 바빴을 뿐이다. 결국, 눈에 뜨이게 아무 일도 안 한 것이 황제일 뿐이다. 모두 아무것도 못했다.

"그래서 황상께 따지러 온 거요, 막무염 공자."

"황상께서 누구를 노리고 무엇을 취하려 하는지는 이제 나도 알고 있다. 하라 그래. 상관없으니. 다만, 나는 내가 원하는 것이 있어서 여기로 온 거다."

"뭘 원하지."

"내 여자."

소년은 거, 참, 하고 말하다 얼굴을 마주하곤 굳었다. 노려보는 눈을 보며, 자신이 말을 돌릴 여력도 없다는 것을 소년도 깨달았다.

무염이 말했다.

"데려간 거 안다."

"증좌라도 있나. 느낌이 그렇다, 내가 보기에 분명 그렇다, 라는 소리 말고 증좌를 대."

순간 묵직한 손이 소년의 멱살을 잡았다.

"그제부터 그리 낌새를 흘리고서, 내가 눈치채지 못하기를 바란 건 아니겠지. 황상께서 욕정에 취해 젊은 여자를 유괴한 건 아니길 빈다. 그랬다간 황상이고 뭐고 없어. 머리카락 하나라도 손댔다간, 내일부터 무슨 일이 벌어질지 한번 가슴 벅차게 기대해 봐라."

"그 낭자가 공자의 정혼녀라도 되나?"

소년은 애써 차분하게 말했다.

"아내도 아니고, 정혼녀도 아닌데 무슨 권한으로 달라 하는 건가. 내 여자라고 하는데, 내놓으라고 하려면 뭔가 들이밀 게 있어야 할 것 아닌가."

"데려간 건 맞나 보군."

소년이 흠칫했다.

무염은 손을 놓았다.

"용주에 있겠고."

"지금 그곳으로 쳐들어갈 건가."

"그래, 간다."

소년이 무염의 얼굴을 보았다. 소년은 어리지만 침착한 분위기다. 게다가 조금 전, 무관들을 부리는 솜씨도 하루 이틀 해본 게 아니다.

황상과 이 소년은 무슨 관계인가. 손자라도 된다면, 지금 후계자일 터이니 모를 수가 없다.

소년이 말했다.

"말씀드릴 터이니, 공자는 해 질 무렵에 와."

"늦어."

"그걸 견딜 수 없다면 돌이킬 수 없게 될 거다. 그러니 해 질 무렵에 와라. 정말로 손 하나 대지 않았고 대지도 않을 테니. 그건 믿어."

그리고 소년은 검은 눈으로 무염을 다시 뚫을 듯 보았다.

어디서 본 듯한 눈매다, 라고 무염은 생각했다.

"여기로 오며, 공자에 대해 많이 들었지. 만나본 적이 없어, 그저 내 마음 반과 들은 것 반을 섞어 공자가 어떤 사람일 거라고만 상상했지. 그런데 이리 실제로 보니—"

"보니?"

"그냥 사내군."

"뭐."

"나는 천하를 물고 하늘로 오를 와룡이거나 대지를 삼킬 준비를 하는 교룡을 생각했지. 허나, 그런데 사내군. 천하나 쟁패는 머리에 들어 있지도 않은, 그저 사내. 정 하나에 들썩이는 사내."

"천하가 나하고 무슨 상관인가. 내 것이 될 이유도, 되어야만 하는 이유도 없지. 내 생은 내 것이고, 내 원하는 것으로 채워도 모자랄 텐데 그런 천하가 무슨 상관인가. 남의 입과 눈을 채워주려 사는 것이 생일 수는 없잖은가. 쟁패든 패업이든, 가지고 싶은 자가 하라 해라. 네가 하고 싶으면 네가 하고, 황상이 하고 싶으면 하라고 해라. 알게 뭐냐. 다만—"

무염은 소년을 노려보았다.

얼었던 속이 이제 시뻘겋게 타오른다. 얼어붙었다 산산이 깨지고 다 타올라 부서진다.

"일몰에 간다. 손대지 마라. 그러면 그 용주부터 시작해 천하를 불더미로 만들 테니."

그날이 어땠더라.

비, 가느다랗고 촉촉한 비가 내렸다.

팔보산 푸른 숲 위로 서늘한 보슬비가 흩어지고 목덜미와 이마가 빗방울에 젖어갔었다.

고통도 슬픔도, 통곡으로 토해지는 것이 아니라 보슬비와 같이 흩어졌다. 격렬하지도, 타오르지도 않는데 몸은 젖는다.

차갑게, 차갑게.

사량은 동생이 보냈던 무관의 손에 쥐어진 피 묻은 투구와 검을 보았다. 무슨 일이 벌어진 건지 이제 받아들이는 수밖에 없었다.

아버지의 것이다.

무관은 사징 앞에 무릎을 꿇고 투구와 검을 바쳤다.

성주가 된 어린 사징은 투구와 검을 들고 병사들이 운구해 온 아버지의 시신을 보았다. 시신 옆에 있던 무관이 떨리는 손을 내밀었다. 손에 피 묻은 서신이 들려 있었다.

'성주 나리께서 마지막으로 남기신 서신입니다. 나리의 갑옷 안에 있었다고 합니다.'

'누가 준 건가.'

'시신을 수습해 준…… 젊은, 아주 젊은 장수였습니다. 누구인지는 미처 듣지 못했습니다. 황상…… 황상께 보내는 서신과 같이 있었…… 다고, 그렇다고……!'

미처 말을 맺지 못하고 무관은 눈물을 쏟아냈다.

'죄송합니다!'

사징은 서신이 비에 젖지 않도록 품 안으로 당겼다. 고요한 눈에서 눈물이 흘러내렸다.

사량은 동생의 머리를 안아 당겼다. 동생이 품에 기대 흐느끼기 시작하고, 사량 역시 그 동생의 머리를 쓸어내리며 조용히 울었다.

무관과 병사들이 하나둘 무릎을 꿇고 울음을 터뜨리고, 죽림관 앞에 모여들었던 성민들이 통곡하기 시작했다.

아프고, 아프고, 다시 아프다.

아버지, 아버지.

다시 부르고, 다시 불렀다.

그러나 답은 없다.

아버지, 제가 뭘 해야 하나요. 우리들은 어찌 되는 건가요.

아버지—

눈이 떠지자 사량이 처음에 생각한 것은 등을 대고 있는 침대가 푹신하다는 것이었다.

몸에 닿는 비단 이불 감촉이 구름처럼 부드럽고, 냄새도 향긋하다.

사량은 몸도 아프고 피곤하니 이대로 더 자고 싶다고 생각하다가, 이렇게 누워 자고 있을 때가 아니란 생각이 들었다.

"아!"

황제의 어린 호위무사와 마주했던 것이 마지막 기억이다.

끝장이 날 거라 생각하고 눈을 감았는데, 정작 눈을 뜨니 눈앞에 보이는 것은 비단으로 마감한 천장이다.

얇은 휘장이 앞에 드리워져 있고 몸을 감싼 것 역시 향기로운 비단 금침. 어, 나 살아 있네, 라는 생각이 가장 먼저 들고, 그다음은 어떻게 살아 있나, 그다음은 움직일 수 있는지, 라는 생각이 든다.

모든 것은 다 만족스러운 답으로 끝났다. 몸은 상처 하나 없이 멀쩡하며, 묶여 있거나 험악한 곳에 갇혀 있는 것도 아니다. 욱신거리기야 하지만 그건 여기 있게 한 사람들 잘못이 아니라, 어느 곰 같은 남자 덕이다.

그럼, 여기는 어디인가.

사량은 긴장하며 고개를 돌렸다.

침대 머리맡에 노인이 앉아 책을 보고 있었다. 황금용을 수놓은 검은 비단옷을 입은, 좀 마르긴 했지만 탄탄하고 늘씬한 체구다. 노인은 책을 보던 시선을 돌려 사량과 마주했다. 검고 맑은 눈에 재기가 반짝였다.

"일어났나?"

사량이 말문을 잃고 바라만 보자, 노인은 부드럽게 말했다.

"괜찮고?"

역시 답이 없자, 노인은 웃었다.

"기절한 줄 알았는데, 너무 일어나지 않아서 들여다보니 자고 있더군. 새근새근. 잠시 뒤에는 도롱도롱. 처음에는 기대하고 있었네만, 도무지 일어날 생각을 하지 않으니 지겨워져서 책을 보고 있었지. 벌써 절반 넘게 봤어. 어떤가, 푹 쉬었나."

웃으며 말하고는 있는데, 상대가 자그마치 황제 폐하이다 보니 오싹해지는 것은 별수 없었다.

맙소사, 황상 앞에서 쿨쿨 잤다는 건가.

민망해하며 누워 있다가, 가장 먼저 했어야 하는 일이 무엇인지 깨닫고 벌떡 일어났다.

"아, 누워 있어. 그 옷 입고 뛰쳐나와 엎드리면 내가 더 민망하네."

"소, 송구합니다."

"아니야. 몸이란 게 마음대로 되는 게 아니잖아. 피곤했나 보군."

"저기, 송구합니다. 어제 잠을 못 잤습니다."

"하긴, 그리 난장판을 겪었으니 피곤할 만도 하지."

그 난장판 때문이 아니라 다른 것 때문에.

게다가 매우 강한 두 번.

차마 그 말은 못 하고 사량은 고개만 푹 숙였다.

황제는 책을 놓고 돌아앉았다. 한참 나이 많은 남자지만 꼿꼿한 허리나 당당한 어깨나, 아직 남자였다.

사량은 방 안에 외간 남자와 같이 있다는 것에 매우 불편해졌다. 연배야 아버지보다 많은 연배인데, 체구가 저러고 얼굴도 저러니 그냥 사내로 밖에는 안 보인다.

"어째서 제가 여기 있는 건지 여쭈어봐도 될까요."

"그야 내가 잡아왔으니까."

"네…… 에?"

"시킨 거지만 시킨 것이 나니, 내가 잡아온 게 맞지. 음, 쉽게 말하자면 나는 그대를 잡아와 여기 가둬둔 거야. 겁을 줘볼까 생각했는데, 아무리 궁리를 해도 내가 여자 겁주는 데는 딱히 재주가 없어서 이러고 있는 거네. 뭐, 불편한 점은 없지? 하긴 그리 푹 자는 걸 보니 없는 것 같군."

"혹시, 제가…… 지금 인질인가요."

"누구의 인질인 것 같나."

"지금 상황으로는 딱 하나라."

황제가 피식 웃었다.

"예상이 맞을 거야. 막무염 장군에 대한 인질이지."

"네?"

"미리 말해두네만, 나는 막 장군의 생사를 아직 결정하지 못하였어도 그대의 생사는 분명히 정해놓고 있네. 자, 분명히 말하지. 나는 낭자를 해칠 생각이 조금도 없어. 물론 막 장군의 생각이야 다를 테지만. 그건 본인이 알아서 오해하는 문제니 어쩔 수가 없지."

"네?"

"해치지 않는다고."

"그…… 그것 말고…… 송구합니다. 저, 공자가…… 공자를 왜요! 아, 송구합니다."

흥분했다가 이게 아니란 생각에 급히 머리를 조아렸다.

"막 장군과 나의 일이야. 그대는 그저 여기에 있기만 하면 되는 거지.

자, 상황을 설명해 주지. 짐은 막 장군이 여기로 오길 바라는데, 장군이 혼자서 여기에 오게 하는 가장 좋은 방법은 그대가 여기에 있는 거야. 그래서 그대는 여기 있고, 짐은 기다리는 거지."

황제는 빙그레 웃어 보였다. 누가 봐도 온화한 웃음이었다.

"공자를 어쩌시게요."

"죽일까 살릴까. 아직은 정하지 못했고, 지금도 오락가락하는 중이야. 그래서 얼굴 보고 정하려고."

사람의 생사를 말하면서도 황제의 얼굴은 더없이 부드럽다.

"행여, 황자 전하들 때문인가요. 그래서……."

"설마. 아들들을 그리 보낸 데 내 실수와 오판이 없었다고 할 수는 없어. 그 아이들을 사지로 몰고 간 것은 나, 아들인 것과 전장에서 이길 능력을 가진 것은 다른 문제인 것을. 셋 다, 장수들에게 제대로 민폐만 끼쳤지. 장요 장군은 내 셋째 아들이 말아먹은 군사를 챙겨 후퇴하는 것이 최선이었고, 최화 장군과 관호 장군은 내 둘째 아들 감시하느라 제대로 일도 할 수 없었지. 그리고 그대 아버지도…… 안타깝게도, 내 장남이 제대로 못한 것이 크지. 오히려 내가 그때 같이 전사한 장수들과 병사들에게 미안해해야 할 일이야."

"이기기 힘든 전쟁이었습니다."

"힘든 전쟁? 그럴 수도, 그러지 않을 수도 있는 전쟁이었지. 다만 그 전쟁에서 그리 큰 희생을 치르게 한 것은 내 탓도 크다는 거야. 그 자리에 다른 사령관이 있었다면, 최소 장요나 관호 장군이 있었다면. 태자를 궁에 들어앉히거나 다른 요새를 방어하게 했더라면…… 아니, 아니지. 그날 태자가 살아났더라면, 나는 또 태자 때문에 오판을 했을 테고, 지고 말았을 거야. 내 나라는 멸망하고 나도 태자도 결국 죽었을 테지."

황제의 침묵, 한숨, 웃음이 이어졌다. 슬픔과 체념이 번갈아 그 속을 오고 가는 것이다.

"그런데 그걸 알면서도, 여기로 오니 화가 나더군…… 너무나. 내 탓이 다, 내 탓이다 해도, 결국…… 그자를 보면 화가 나지. 그의 얼굴을 보고, 그의 목소리를 들으면…… 그 등에 칼을 꽂고 싶지."

그리고 황제의 얼굴에 전날의 그 증오가 떠올랐다.

"황후는 내게 아들 다섯과 딸 둘을 주었는데, 그중 열다섯을 넘긴 것은 셋뿐이지. 아들 셋. 그 셋을 어찌할 줄 몰라 아끼고 보듬고 하다 보니 그 아낌이 독이 되어 모두 잃었고, 남은 것은 이 늙은 몸뚱이 하나뿐. 그리 남아, 하루는 속에 불이 나고 하루는 사방이 겨울. 어느 날은 쓰리고, 시리고, 찢어지고, 쑤시다, 간신히 눈을 붙이고 일어나면 또 같지. 그러다 보니 나 말고 자식이 살아남은 사람들이 다 미웠어. 내 아들은 죽었는데 네 아들은 왜 살았지, 내 아들은 죽었는데 네 아들은 넷이나 있구나. 내 아들들은 다 죽었는데…… 왜 하필이면, 네가 그렇게 사느냐고."

그리고 황제는 사량을 보았다.

"그리고 나는 복수하고 싶다고, 내 아들들을 앗아간 자들에게 모든 것을 앗아가 주겠노라고 외치고 싶지. 그것이야말로 내가 타는 속을 삼키며 눈을 뜨는 이유는 되겠다고 생각하면서. 그리고……."

황제의 눈이 더 검어진다.

"다 쓸데없다는 것도 알게 되지. 가장 미운 것은 자신이고, 결국 이 고통은 죽어서야 끝날 거라는 것을. 내 세상을 뜨는 그날까지, 나는 아침에 일어나 속이 불타고, 몸이 얼어붙고, 살을 저미고, 그 상처에 소금을 치고, 꿈에서 또 그럴 거야."

이제 사량은 황제가 자신에게는 무해하다는 것 정도는 알 수 있었다. 이런 생각을 하는 사람이 사람을 그저 감정이나 기분으로 해칠 리는 없다.

끼익 끽— 소리가 벽을 통해 들려왔다. 고요한 흔들림도 느껴진다. 사량은 자신이 지금 어디에 있는지 궁금해져서 물었다.

"여긴 어디인가요."

"내 용주 위."

"네?"

황제는 휘장을 거두었다. 휘장 너머의 창을 통해 화양이 보였다. 하늘은 검푸르게 물들어 있었다.

"짐은 사실, 그때 막무염을 아주 원했어."

"그의 목숨을요?"

"아니, 아니야. 숨은 붙여서 말이지. 다만, 지난 전쟁에서 그 청년은 화양 제후의 것이었지. 아니, 정확히는 화양의 것이었지. 그래서 보낼 수밖에 없었고 지금은 어찌 될지 몰라. 아직은 어찌할지 정할 수가 없어."

황제는 휘장을 내리며 말했다.

"그를 죽여야 할지 살려야 할지."

"공도 소용없나요."

"십왕쟁패의 세상에서는 평생의 원한도 은혜도 없어. 생존과 권력, 승리와 탐욕 앞에서 도리와 예는 재처럼 흩어질 뿐. 그래서 그러하지. 내 나라를 구해주었으나, 다음 일에 방해가 될 것 같으면 없애야 하지. 그래서 나는 여기로 오는 내내 생각했어. 죽여야 할지, 살려야 할지. 이 화양과 상산이 손잡지 못하도록 술수야 썼다만, 세상에는 항상 '그럼에도 불구하고' 그런 선택을 하는 자가 있는 법이니 말이야. 그러니 가능성을 아예 무자비하게 없애야 할지, 아니면 신뢰를 희망과 함께 남겨두어야 하는지."

황제의 검은 눈이 다시 사량을 향했다.

"그대라면 어떠하겠나. 살려두겠나 죽여주겠나."

"공자는 황상과 싸우지 않을 겁니다."

"어째서 그리 믿지."

"애초에 공자는 상산과 화양이 적이 될 것이라 생각하고 움직이고 있었어요. 여태 해왔던 일들도 다 그렇고요. 황상과 손을 잡으면 잡았지, 절대 적이 되지는 않을 겁니다."

"그건 알아. 하지만 공자의 생각이 그러하단 거지, 화양공의 생각까지 그러할 리는 없으니까. 공자는 의중을 분명하게 했지만, 화양공은 아니지. 그는 지난 전쟁에서 상산 편을 든 전력이 있는데다, 공자는 화양공의 결정에 복종해야 하는 위치야. 화양공의 검, 화양공이 상산과 손잡으면 결국 내 목을 향한 검이 될 테지."

사량은 하얗게 질렸다.

"아직은 아니야. 세상에는 '그럼에도 불구하고' 그런 선택을 하는 자들이 있고, 나 역시 사람이야. 그러니 공자가 여기로 오면 그때 결정을 해보도록 하겠네. 아직은 두 추가 움직이며 어디로 기울지 모르는 상황이라."

"저기, 폐하. 그렇다면……."

"그래."

"저기, 저 혼자 궁금해서 그러는 건데…… 공자가 안 오면 어떻게 되는 건가요?"

"응?"

"그게…… 안 오면……."

"아."

황제가 눈을 깜빡였다.

"그럴 수도 있겠군."

"그러면 어떻게 되는 건가요."

"......."

어색한 침묵이다. 그러나 중대한 문제는 문제였다. 어쩌면 제일 중요할지도 모르고.

잠시 생각하던 황제는 흠, 하고는 말했다.

"짐도 좋은 남자야."

"네?"

"어차피 궁에 가면, 황후도 없고 비빈도 없지. 그대가 짐의 여자가 되면 팔자 확 피며 이 나라에서 가장 귀한 여인이 될 거야. 공자가 안 오면 그때부터는 짐하고 잘해보도록 하지."

왜 '짐'인가요.

사량은 황제가 스스로 칭하는 호칭이 기분과 입장에 따라 다른 것을 알고 있었다. 공식적이고 진지한 자리에서는 짐, 그냥 편한 자리에서는 나, 그리고 다시 짐.

이거, 진지한 말인 건가.

등골이 오싹해졌다.

저기, 황상. 그런 문제는 진지하게 말씀하지 않으시면 좋겠습니다만.

"그, 그게 안 됩니다."

"뭐, 흠이라도 있나."

가장 큰 흠이라면, 어제 다른 남자가 무지막지하게 정조를 가져갔다는 것? 그러니까 지금 황상께서 오라 하는 그 남자가요.

사량은 작게 말했다.

"제, 제가 혼약을 약조했던 적이 있는 몸이라."

"그게 뭐 어때서? 짐의 어머니도 과부였다가 아버지께 재가했어."

"그걸 그리 진지하게 반박하시면……."

제가 철벽을 세우느라 둘러댄 건데, 그리 정색하시면 어쩝니까.

황제가 빙긋 웃었다.

"그럼, 이 문제는 천천히 생각해 보도록 하지. 아직 공자는 오지 않았고, 오늘 안으로 안 오면 그때 진지하게 생각해 보도록 하지. 어때?"

"네?"

사량은 완전히 앞뒤가 꽉 막힌 상황에 처한 것을 깨달았다.

공자가 오면 오는 대로 그가 위험할까 봐 걱정해야 하고, 오지 않으면 한바탕 내 이럴 줄 알았다며 운 뒤에 황상의 청혼에 대해 고민해야 한다. 이 황상의 청을 받아들이면 동생이 난리날 것이다. 자형감이 아버지보다 나이가 많으면 어쩝니까!

그때 밖에서 쿵 소리가 났다.

"황상!"

황제는 한숨과 함께 말했다.

"문 열게나."

문이 열리며 무릎 꿇고 머리 조아린 거한이 나타났다.

너무 커서 문이 꽉 막힐 것 같은 몸집이었다.

"명천이구나."

"네, 폐하."

거한이 고개를 들었다. 어제의 그 거한이다. 사량은 전날의 그 불쾌감이 떠올랐다. 이 사람, 무엄더러 천출이니 뭐니, 꽤 불쾌하게 지껄여 댔었다. 사량이 보고 있자 거한이 히죽 웃었다. 전날과는 달리 꽤 천진해 보이는 웃음이었다.

"정신 차리셨습니까, 누님."

흠칫한 호칭이다. 뭐라.

"누, 누님이요?"

황제가 큭큭 웃으며 말했다.

"아, 저리 보여도 나이는 그대보다 어리네. 그대 동생보다 어린 연배야."

"네?"

사량은 수염이 수북하게 난 얼굴을 물끄러미 보았다.

대체 어디가 사징보다 어리단 말인가. 사징이 또래보다 어려 보이긴 하다만, 그래도 저 청년은 무염보다도 나이가 많아 보이는데.

여태 서른은 넘은 줄 알았더니, 동생보다 어리다면 설마 십대란 말인가! 얼굴에 난 털을 다 깎아놓으면 어려 보일지도 모르겠으나, 껍질까지 밀어도 서른 밑으로는 보이지 않을 것 같다.

"그래. 왜 온 거냐, 명천아."

"왔습니다."

"막무염?"

"그러하옵니다, 황상."

사량은 이제 적어도 한 가지 걱정은 안 해도 되었다. 황상의 청혼은 무효, 무효다. 황제가 사량을 돌아보았다.

"같이 나갈까."

"네?"

"적어도, 한 가지 걱정은 이미 끝난 것 아닌가. 자, 나가보지."

사량은 놀라서 보았다.

"그러면 제가 인질처럼 보이잖아요."

"아, 짐이 그대를 해할 의도가 없다는 것을 막 장군이 모르기만 하면 되는 문제 아닌가."

"제가 아무 일도 없을 거라 밝히면 안 될까요."

"괜찮네. 짐이 상황을 충분히 위협적으로 느끼도록 만들어놨거든. 누구라도 짐을 힘없는 여인이라도 죽여 버릴 폭군으로 볼 거란 말이야. 아,

그리고 안 나간다고 버티지 않는 것이 좋을 거야. 그대가 안 보이면 말이야, 공자는 분명 그대를 차마 보일 수 없는 상태로 만들었을 거라 생각할 테고 짐도 그리 말할 거야. 그다음 상황은 상상도 하기 무섭네. 자, 어떠한가. 그냥 나가는 게 나을까, 여기 있는 게·나을까."

사량은 생각했다. 이 황제, 폭군이 될 자질도 성품도 충분히 있구나.

의욕만 없을 뿐.

"나가겠습니다."

"그래. 그런데 거참, 시간이 많았으면 여애더러 제대로 꾸며주라 했을 텐데, 그리 있으니…… 아쉽군. 이럴 때는 야하게 차려입고 입술도 붉게 칠하고 있는 것이 참 좋은데. 지난번에는 청초해 보이는 것으로 보냈지만, 이 배 안에 빨간 옷도 있네. 옷 주인이 죽어도 못 입겠다고 해서 먼지만 먹고 있는 건데, 나도 여애도 그걸 입혀볼 기대에 들떴다가 그대가 너무 쿨쿨 자는 바람에 아무것도 못했지 뭔가. 흔들어 깨울 수도 없고."

사량은 멍하니 황제를 보았다.

지금, 막 공자를 죽이네 살리네 태평하게 말한 뒤에 이제는 빨간 옷을 입네 마네 하고 있다.

도대체 이 황제의 속에는 뭐가 들어앉은 것인가. 구렁이가 들어앉은 건지 범이 들어앉은 건지 여우가 들어앉은 건지, 십왕쟁패의 시대에 가장 오래 즉위하고 있는 황제 중 하나가 되면 이렇게 이상하게 되는 건가. 아니면 이렇게 이상해서 그리 오래 즉위하시게 된 건가.

"자, 그럼 순순히 나갈 거지?"

"……"

무염은 해를 노려보다시피 하며 일몰을 기다렸다.

해가 기울 무렵 부둣가로 나가자, 대기하고 있던 황군이 길을 열어주어 용주로 보냈다.

무염이 갑판 위로 들어서자마자 병사들은 갑판의 난간 쪽으로 물러났고, 그들 앞으로 궁수들이 자리를 잡았다. 들고 있는 것은 활이 아닌 서쪽 유목민들이 주로 쓰는 노궁이었다.

무염은 검집째 검을 들고 앞을 보았다. 용주의 선교의 문이 열리며 황제가 모습을 드러냈다. 늘 입는 검은 비단옷 차림이다. 그리고 그 옆에 사량이 하얗게 질려 서 있었다.

멀쩡하다.

무염은 일단 안심했다. 얼굴은 하얗지만 긴장해서지 겁에 질려서는 아니었다. 게다가 옆에 서 있는 것도 사내나 무사가 아닌 푸른 옷을 걸친 노궁녀였다.

황제가 앞으로 나서며 빙그레 웃었다.

"어서 오게, 장군."

예전에도 그랬지만, 무염은 저 남자가 참 우아한 악당의 풍모를 가지고 있다는 생각이 들었다. 모르는 사람이 보면 좋은 사람으로 보이고, 또 백성 입장에서는 아주 유능한 황제일 것이나, 신하나 적의 입장에서는 언제 웃고 언제 뒤통수를 칠지 모르는 자다.

천 리 밖에서도 졸, 황제를 일컬어 장수들은 대체로 그리 평가했었다. 그리고 지금 역시, 무염은 어떻게든 그 손을 피하려 했지만 그는 어떻게든 이 앞에 서 있게 만들었다.

"반갑네."

"그녀를 데리러 왔습니다."

"무슨 권한으로."

"소인의 여자입니다."

소인— 이라는 말에 사량의 얼굴이 슬퍼졌다.

"데리고 가게 해주십시오, 황상."

"아, 그전에."

황제가 손을 들었다. 병사 하나가 도끼를 휘둘러 잔교에 매인 밧줄을 끊었다. 갑판 아래에서 북소리가 터지며 노가 움직이기 시작했다. 배는 빠르게 바다로 밀려 나갔다.

"황상."

"짐에게 유희를 좀 보여주지 않겠나. 지난번에는 좀 실례가 컸지. 오기 전에 말이야, 자네가 참 바위 같은 사내라 어지간하면 도발에 응하지 않을 거라, 명천에게 말했다네. 명천이 그럼 어찌하느냐 묻길래, 짐은 '엄마 욕이나 해보던가.' 하고 했더니 정말 그러더군. 그건 혼을 냈으니, 용서해 주게. 애가 어려서 요령이 없네."

"그럴 시간 없습니다."

"자네 여자를 데리고 가고 싶으면, 짐이 하라는 대로 해."

그리고 황제는 옆의 명천에게 명했다.

"자, 이제 원 없이 상대해 봐."

"감사합니다!"

명천이 달려나갔다.

"드디어 서로의 무위를……."

그러나 명천의 말이 채 끝나기도 전에 무염의 검이 검집째 날아갔다. 극(戟)을 쥔 명천의 손목이 그 검에 후려 맞았다.

"헉!"

명천은 얼굴이 붉어지고 손이 떨렸으나, 극을 떨어뜨리는 것은 간신히 면했다. 무염의 검은 바로 그 겨드랑이를 찔러 들어갔다.

"큭……!"

신음과 함께 명천이 극을 힘주어 휘둘렀다. 워낙 힘이 장사라 하늘이라도 찢을 듯 세찬 파공성이 터졌지만, 무염이 먼저 명천의 허리를 치고, 그 다리를 힘주어 후려쳤다.

명천의 거대한 몸이 뒤로 널브러지며 쿵 하고 배가 울렸다. 배가 한번 아래로 푹 가라앉았다가 올라올 지경이었다.

무염은 검을 당기고 말했다.

"끝."

"아냐, 아직 안 끝났어!"

명천이 벌떡 일어나 달려왔다. 무염의 검이 거한의 허리를 세로로 후려치며, 뼈 깨지는 듯 엄청난 소리가 났다. 그 검이 이어 목덜미를 후려쳤다. 거한의 몸이 다시 쿵 쓰러지고 이제는 완전히 조용해졌다.

삽시간에 끝났다.

보고 있던 궁수들조차 활을 내리고 멍한 표정으로 고개를 내밀었고, 뒤로 물러났던 병사들도 앞으로 나와 구경했다. 산만 한 거인이 몇 합 하는 시늉도 하지 못하고 풀썩 쓰러졌으니 당연했다.

황제는 한숨과 함께 말했다.

"가지고 나가라."

병사들이 몰려들어 쓰러진 명천을 끙끙대며 들고 갔다.

무염은 여전히 검을 뽑지 않은 채로 서 있었다.

"이제 돌려주십시오."

"그럼 짐에게 무엇을 하겠나."

"무엇이든."

"아, 짐이 돌려주고 말고 할 문제가 아닌데. 보다시피 짐은 이 낭자를 초대했어. 뭐, 기절해 들려 오느라 초대 인사는 듣지는 못했겠지만."

"그럼 왜 데리고 가신 겁니까."

"자네 없는 곳에서 유혹을 해보려고."

"소인의 여자입니다."

"정인의 의리는 이불 식으면 끝 아닌가. 짐이 좀 늙어서 그렇지, 제법 인기 좋은 사내였어."

옆에 있던 노궁녀가 깊은 한숨을 내쉬며 작게 말했다. 황상, 제발요.

"안 됩니다."

무염이 말했다.

"누구도 데리고 갈 수 없습니다. 황상께서 빼앗겠다면 싸울 것이며, 천하가 원해도 천하와 싸울 것입니다."

"대단하군. 돌려보내 주지 않으면 반역이라도 하겠다는 건가."

"등 뒤에 있으면 천하와도 싸울 수 있지만, 앞에 있으면 바늘로도 싸울 수 없는 여인입니다. 그러니 돌려보내 주십시오. 소인의 것이며, 소인이 가진 유일한 것, 또한 천하와 두고 골라 가라 하여도 택할 것입니다."

"말로는 무엇이든 못할까."

"지존 앞에서 어찌 거짓을 고하겠습니까."

"저런. 짐 앞에서 거짓말하는 놈은 정말 많았다네. 자, 그래서 보내달라?"

"그렇습니다."

"그런데 말이야, 짐은 아직 결정하지 못했어."

"무엇을 말입니까."

"공자를 어찌할지. 공자가 올 때 즈음에는 정해질 것 같더니, 아직 못 정했군."

그리고 황제는 검을 뽑았다. 사량은 피하려 했지만 궁녀가 그런 사량의 팔을 잡았다. 무염의 검집에서 검이 뽑혀져 나갔다. 검집이 바닥으로 내팽개쳐지는 순간, 예의 그 소년 무사가 쏜살같이 달려나왔다. 황제를 향하는 검이 소년의 검과 맞물렸다. 무염은 소년의 검을 그대로 내려쳤다. 피하거나 미끄러질 틈조차 주지 않고 압도적인 힘과 속도로 내려친 것이다. 검은 단숨에 날아가 떨어졌다. 무염의 손이 소년의 목덜미를 낚아챘다.

"아!"

소년이 비명을 질렀다. 황제의 얼굴이 변했다.

무염은 소년을 바닥으로 내동댕이치고, 검을 들어 그 목을 향해 찔러 넣었다.

그 순간 황제의 검이 무염의 검을 막아냈다. 검을 겨우 밖으로 밀어낸 틈에, 황제는 소년의 몸을 잡아당겼다. 그러나 무염의 팔에 힘이 들어가 황제는 소년을 데리고 나올 수 없게 되었다. 힘으로는 도저히 황제가 무염을 이길 수 없다.

이제 소년을 찌르려는 검을 황제가 간신히 막아내는 것이 최선이었다. 황제의 어깨에 힘이 조금만 빠져도, 아니, 무염이 조금만 더 작심해도 검은 단숨에 소년의 목을 뚫을 상황이었다.

황제가 급히 말했다.

"우, 우리…… 말로 하지."

무염의 눈에 노기가 어렸다.

"이미 늦었어!"

"어이, 여애!"

황제가 명령하자 궁녀는 급히 사량을 집어 던졌다. 무염의 손에서 힘이 풀리고, 황제는 서둘러 소년을 당긴 다음 명령했다.

"활 내려라!"

황제가 손을 젓자 궁수들 모두 안도의 한숨을 내쉬면서 팔을 내렸다. 사량은 달려가 무염을 잡았다.

"공자!"

"무사해? 아무 일 없었어?"

"몰…… 라요."

"정말? 모른다니. 없어서 모르는 거야, 아니면…… 차마 말을 못하는 거야."

"저, 정말 몰라요."

황제가 뒤에서 소년을 일으켜 세우며 말했다.

"모를 만하지. 조금 전까지 자고 있었거든."

사량이 놀라서 돌아보았다.

"허허. 공자, 자네 여자가 말이야, 잠 하나는 끝내주게 잘 자더군. 옆에서 지켜보니, 새근새근 어찌나 예쁘게 잘 자던지."

무염의 얼굴이 굳었다.

"뭐."

무안해진 사량은 무염의 턱 아래에서 작게 말했다.

"그게 피곤해서."

무염이 기가 막혀 사량을 보았다.

"잤어?"

"네."

"나는 저기서 반쯤 돌아 있었는데, 당신은 여기서 자고 있었다고?"

"피, 피곤했어요!"

무염은 더 어처구니가 없어서 고함을 질렀다.

"당신, 그 상황에서 잠이 와? 무슨 일이 벌어질 줄 알고!"

"공자, 화내지 말아요."

"내가 화 안 나게 생겼어? 평소에는 잘도 도망치더니, 대체 어디다 정신을 팔고 있었던 거야! 그리고 병영에 가만히 있으라 했잖아. 거기 없어서 내가 얼마나 기겁했는지 알아! 당신 찾느라 온 성을 다 뒤집어엎었고,

정오가 되기도 전에 피가 다 말라붙었는데! 그런데 당신은, 당신…… 잤다고? 잤어?!"

사량은 내 잘못 아닌데, 라는 말이 목구멍까지 올라왔으나 무염의 기세에 눌려 찍 하고 입을 다물었다.

"자고 있을 때 무슨 일이 벌어질 줄 알고 그리 주의력 없이 행동한 거야! 저 빌어먹을 노인네가 무슨 짓을 할 줄 알고!"

빌어먹을 노인네, 황제가 움찔했다.

"미안해요. 그런데 정말 피곤했었다고요!"

"피곤해? 사량, 당신 혼자 피곤했어? 나도 피곤했어! 따지자면 내가 더 피곤해야 맞지! 나 혼자 다 했으니까! 그런데 나는 그 후로 한숨도 못 자고 지금까지 이런데, 당신은 뭐?"

노발대발 고함을 질러대다 무염은 흠칫 굳었다.

새빨개진 사량이 울 것 같은 표정으로 턱을 달달 떨고 있었다.

"너…… 너무해요……!"

황제가 등 뒤에서 말했다.

"이봐, 공자. 싸움은 나중에 하고 우리 이야기나 좀 하지?"

용주 위에 있던 병사들은 모두 바다를 향해 돌아섰고, 호위들의 검과 활이 모두 밖으로 향하자 무염도 황제의 명령을 들어줄 아량이 생겼다.

조금 전까지 머리가 반쯤 돌아 있었던 것을 생각하면, 분한 건지 다행인 건지.

큰일이라도 날 줄 알았던 사량은 이 용주에서 숙면을 했다 하고, 그리 확인하고 나니 분한 마음보다 앞서는 것은 경악이었다. 잤다고? 잤어? 이 여자는 대체 뭐로 만들어진 건가.

황제는 궁녀에게 술상을 마련하라 했다. 명을 받은 궁녀는 작은 상을 들어다 놓은 뒤 사량을 데리고 갔다. 무염의 눈이 험악해지자, 시녀는 가다 말고 난간에 사량을 세워두고 사라졌다. 완전히 질린 사량은 아직도 목덜미까지 빨개져 있다.

무염은 상황을 수습할 생각에 까마득해졌다. 아직 미혼인 숙녀를 앞에 두고 큰 소리로 고래고래, 어제 무슨 일이 있었는지 포효를 하며 말했으니.

나이 든 궁녀가 돌아와 황제가 든 잔에 술을 부었다. 황제는 그 잔을 무염에게 건네주었다.

"자, 들게."

무염은 마시지 않은 채로 잔을 들었다.

"왜 이리 소인을 부르신 건지 여쭙고 싶습니다."

황제는 잔을 물끄러미 보았다.

"글쎄, 왜일까."

잔은 무염의 손끝에서 흔들리고 있을 뿐이었다. 무염은 그 잔 너머의 검은 눈을 보며 말했다.

"자객은 우 공의 짓입니까."

"짐이 부추긴 것도 있지. 황성에서부터 나 잡아봐라~ 하고 내려온 거니까. 그랬더니 정말 나 잡겠다고 내려오더군. 행여 화양성에서 들킬까 봐 조마조마할 정도였지. 너무 대놓고 돌아다녀서 말이야. 행여 들킬세라, 내 호위들을 같이 섞어두어 구분이 안 가게 만들어야 했네. 성안으로 들였을 때 녀석들은 눈에 뜨이지 않게 섞였다 생각했을 터이지만, 눈에 안 뜨이도록 숨겨준 건 짐이지."

"연회를 잡은 것도?"

"그래."

"무기는?"

"내 배에 있었네. 자기들은 숨겼다 생각했는데, 우리가 숨겨줬어."

예상은 다 맞은 것 같다.

그러나 아직 의문은 있다.

황제의 증오와 분노야 아버지가 가져갈 몫이라지만, 사량을 그리한 것은 황제의 의중.

즉, 이 황제는 그의 편이 아니다.

그날 황제는 정말 무염을 죽일 생각이었다.

화양 안에서, 모두의 눈앞에서.

어쩌면, 지금도.

"사량을 불러 앉힌 것도 그래서입니까."

"처음에는 자네 막냇동생을 써볼까 했는데, 그 아이는 너무 천방지축이라 어디로 튈지 모르겠더군. 작아서 사람들 속에 섞이면 찾기도 어려운데다, 이 성의 공자라 그 아이를 지킬 무사들은 많지. 하지만 저 낭자는 아니지. 그래서 불러다 앉혀놓았지. 사심이 없었다고는 말 못하지만 말이야."

"왜 그러신 겁니까."

"자네도 알다시피, 자네를 죽이려고."

"왜—"

"자네가 짐의 장수가 될 생각이 없는데, 화양공이 상산의 우동관과 손을 잡을 거라면 자네는 없어야 하니까. 그러면 상산은 만만한 화양을 치면 쳤지, 그 손을 잡지 않겠지. 화양의 입장에서도, 상산의 손에 자네를 잃으면 절대로 그들과 손잡을 수 없어. 화양공이 잡으려 해도, 장수와 관료들, 백성들까지 죄 일어나겠지."

"태평하게 말씀하시는군요."

"이보게, 막 장군. 예전에 짐은 자네를 사령관에 앉혀 죽일 생각이었지. 기억하겠지…… 그러나 자네는 정말 진심으로 싸워주었지. 자신이 아닌, 자네를 따르는 군사를 위해. 자네와 같이 있던 장수들을 위해. 그래서 그때 자네가 그 전쟁을 이기게 해줄 수 있을 거라 그날 처음으로 확신했네."

"지금은 왜 이러십니까."

"짐더러 그런 자네를 적으로 두라는 건가? 아니, 그럴 바에 차라리 애초에 없애는 편이 낫지. 남의 손에 들어갈 검이라면 부러뜨리는 편이 나아."

"그러면 왜 어제 저를 구하신 겁니까."

"기분이었지."

"네?"

"기분이었다고. 안타깝더군. 자네는 정말, 누군가를 지키며 싸운 적이 한 번도 없는 남자란 것을 그날 처음 알게 되었지. 그래서 그냥 내 마음대로 한 거였네. 그리고 조금 전까지만 해도 어찌할까 고민했지. 선택의 시간을 늦추며, 어떻게 할까 어떻게 할까. 죽여야 하나 살려야 하나. 살리면 짐은 자네와 싸워야 할 텐데, 자네는 과연 얼마나 힘든 적이 될 것인가……. 공자는 이 성의 후계자가 아니고, 그리고 후계자가 될 생각도 없으니 더더욱 자네의 의중보다는 화양공의 의중이 중요해지지."

무염의 눈이 흐려졌다.

"맞습니다."

"오면서 내내 생각한 게 있지……. 공자, 이리될 바에 그냥 짐의 장수가 되는 게 어떻겠는가."

"이미 폐하의 신하입니다."

"짐 아래로 오라는 거야."

무염의 눈이 다시 잔을 향했다.

"황성으로 오라는 말이네."

"폐하께서는 저를 내보내셨었습니다."

"몇 년 전의 일에 관한 한, 짐도 어찌할 수 없었네. 화양과 상산, 둘 중 하나…… 그 어디에도 힘을 실어줄 수 없었어. 공자의 신분이 문제라서가 아니네. 천출이든 뭐든, 야만족의 피를 이어받았다 하더라도 상관없는데 그때는 그럴 수밖에 없었어."

"무엇을 바라시는 겁니까."

"짐을 위해 싸우는 것. 가까이는, 곧 일어나 칭왕과 칭제를 단계별로 할 우동관과."

우동관.

무염은 그의 이름을 되뇌었다.

화양의 번성과 평화만을 바라는 아버지와는 달리, 우동관은 진심으로 황위를 바란다. 세상 끝으로 가 세상 가장 높은 곳에 서고자 하는 사내다. 이 들끓는 뱀 밭에서 홀로 용이 되어 승천하길 바란다. 그리고 그 우동관은 곧 전쟁을 일으킬 것이다. 그 불길은 가장 먼저 이 화양을 향할 테고.

"어떠한가."

"그리되면, 우동관은 반드시 화양을 칠 것입니다."

"왜 그리 생각하는 건가."

"황상께서는 지금 두 가지를 원하고 오셨습니다. 하나는 화양이 도저히 상산과 손잡지 못하도록 하는 것, 그다음은 화양 자체의 힘을 꺾어놓는 것. 일단, 하나는 하시고 하나는 그만두셨습니다."

"그렇지."

"이제 화양은 상산과 맞설 수밖에 없고, 애초에 우동관 역시 그러했습니다. 우동관은 아들을 보내 후만에 변란을 일으켰습니다. 겉으로는 칠킹이란 도적이 일으킨 난리지만, 실제로는 우동관이 후만을 점령하기 위해 아들을 보낸 것입니다. 우동관은 그것으로 후만과 융금을 점령하고, 상산에서 화양으로 향하는 수로를 확보하려 했습니다. 화서항은 우리와 사돈지간이라 하나 그리되면 우리를 포기할 것입니다. 어차피 우동관의 아들, 우범신의 처도 화서항주의 딸이니."

"역시 그들은 아무것도 안 할 테지. 적어도, 판세가 정해질 때까지는."

"우동관은 곧 화양을 칠 것입니다. 화양이 확보되고, 금하와 화서항까지 모두 확보한 뒤에 새로운 나라를 만들고, 그 나라를 기반으로 북진할 것입니다. 황상, 아버지께서 지난 전쟁 때 황상께 협조하지 않았던 것은 압니다. 그래도 아버지는…… 적어도, 이 화양을, 이곳 백성을 배신했던 적은 없습니다. 모든 선택은 화양을 지키기 위해서 이루어진 것. 그러니 이번에도, 화양을 지킬 선택을 하실 겁니다."

"화양공이 그럼에도 불구하고 상산과 손잡으면?"

"상산이 화양의 손을 잡지 않을 것입니다. 상산이 내미는 손은 모두 덫이 될 터, 같은 편이 되자 하면 그것 자체가 덫일 가능성이 더 큽니다. 아무리 아버지라 하더라도 택할 길은 하나밖에 없습니다."

"그래."

"그래서 소신은 지금 이 화양을 떠날 수 없습니다."

무염은 깊이 고개를 숙이며 말했다.

"저는 화양 사람이니, 이곳 제 고향을 지키게 해주십시오."

무염은 지금 두 가지 제안을 한꺼번에 하고 있었다. 하나는 이곳 화양에 남고 황제의 수하는 되지 않는다는 것, 둘째는 상산은 어차피 화양과 싸울 터이니 상산과 협조할 일은 없다는 것. 그리된 이상, 상산의 힘을 분산시키려면 무염을 살려 보내줘야 한다는 것.

아직 황제는 무염의 생사를 정하지 않았다. 말이야 하하 웃으며 하고 있지만, 황제는 아직도 저울질 중이다.

황제가 빙그레 웃더니, 그 손이 무염이 든 잔을 후려쳤다. 잔은 허공으로 날아가 바다로 떨어졌다.

"알겠네."

그리고 황제는 손짓을 했다.

뒤에 있던 도부수(刀斧手)들이 물러났다.

황제는 직접 잔을 들고 그 잔에 술을 채운 뒤 마셨다. 그리고 같은 잔에 술을 따라 무염에게 건넸다.

"오늘은 즐기게. 내일은 피를 마시고 모레는 눈물을 흘려도, 오늘은 웃게."

황제는 다른 잔을 채웠다.

"태자가 여덟 살일 때 그 아이가 짐에게 불꽃놀이를 보고 싶다고 했지. 짐은 태자가 되어 노는 데 정신이 팔렸다고 혼을 냈네. 아들을 잃고 나자, 잊으려 하면 할수록 그 생각이 나더군. 왜 그때 같이 가지 않았을까. 왜 그때 웃으며 그럼, 그럼, 하고 고개를 끄덕여 주지 않았을까."

그리고 황제는 무염의 얼굴을 보았다.

"이기고 지는 것은 하늘의 뜻, 받아들이는 것은 인간의 몫."

황제는 잔을 비우고 일어났다.

"닷새 뒤에 떠날 거네. 가는 길은 이리 다르지만 진심으로 공자가 이 시대를 살아내 좋은 날들을 보길 바라네. 어제는 살의를 나누고 오늘은 친분을 나누고 내일 다시 적이 되더라도, 그래도 오늘을 즐기게. 그저 날이 지나면, 그리 좋은 기억만이 남을 뿐. 오늘의 즐거움, 오늘의 기쁨만은 외면하지 마. 지나고 보면 그것만이 아쉬워진다네."

끝이다.

무염은 구름이 걷히고 해를 본 기분이었다. 어깨를 누르던 짐이 사라지고, 다리를 잡던 덫이 사라졌다.

이제 황제는 웃고 있었다.

선의와 호의만을 담은 웃음이 그 얼굴에 있었다.

"이제 자네 여자에게 가봐. 즐거운 내일을 같이 의논하며, 오늘 품에 안게."

사량은 울컥울컥 올라오는 것을 간신히 참으며 바다를 내려다보았다. 해가 저물어 바다는 이제 검게 물결치고, 그 물결을 보니 속에서 또 울컥 올라온다.

"화났나?"

사량은 그 목소리가 들리자마자 반대 방향으로 고개를 돌렸다.

"화났네."

"민망한 건 사실이지만 화난 건 아니에요. 그렇게 말하면 내가 공자에게 미안하잖아요."

말은 그래도 다시 욱 올라온다. 아무리 화가 나도 그렇지, 그리 사방에다 대고.

"생각해 보니, 당신이 겁에 질려 있는 것보다야 그냥 자는 게 나은 것 같아."

"그럼 왜 그렇게 크게 소리를 질러요!"

"긴장이 풀려서 그랬어. 생각해 보라고, 조금 전까지 세상이 끝장난 줄 알았는데 문을 열고 나오니 아무 일도 없는 거야. 그러면 잠시 분하고 억울하고 화가 나고…… 그러지 않겠어. 그래서 그런 거야. 나도 사람이잖아."

그리고 무염은 손끝으로 사량의 머리카락을 건드렸다.

"그러니 이제 화 풀자."

한결 가라앉은 사량의 눈이 무염을 향했다.

"어떻게 여기까지 온 거예요?"

"성 다 뒤집고, 사람들 닦달하고. 다시 뒤집고 닦달하고. 미안, 오늘 깨어 있던 성 사람들은 죄다 당신하고 나 사이를 알게 되었을 거야."

"네?"

"정말이야. 돌아가면 각오 단단히 해야 할걸."

"너무해요!"

"별수 없었어. 당신에게 무슨 일이 벌어졌으면 반역도 일으킬 수 있는 기분이었어. 당신이 없어졌을 때, 그 순간의 기분은 이루 말할 수가 없었으니까. 두 번도 싫고 세 번은 더 싫어. 당해야 한다면 그냥 그거 한 번이면 좋겠더군."

"……."

"그래서 좀 분했는데, 역시…… 당신은 그냥 자는 게 나았어. 울면서 내게 매달렸으면, 나도 같이 화가 났을 테니. 그러면 이리 무사하게 끝나지도 못했을 테고."

무염은 사량의 머리를 당기고 관자놀이와 이마에 입을 맞추었다. 다정한 입술이었다.

"그러니 이제 화 풀어줘. 그래도 안 풀면, 이제부터 설설 길게. 부탁이야."

"화 안 났다니까."

"화난 걸로 보이는데."

"네, 났어요. 풀게요."

무염은 피식 웃고는 머리카락을 다시 쓸어내렸다.

"오는 내내 생각했지. 나는 당신을 나의 무엇이라 하며 찾아가야 하나. 정인이라 불러야 하나, 연인이라 불러야 하나…… 많이 생각하고 생각해도, 정말 부를 호칭은 없더군. 나는 당신에게 아직은 일단 아는 남자인 게 맞잖아."

"그게 그렇게 중요해요?"

"그럼. 적당한 호칭이 있기는 해야겠어. 다른 사내가 당신을 채가지 못하도록 분명하게 말할 수 있는 호칭이. 그냥 내 여자 돌려줘, 하면 억지 같잖아. 당장 뭐라 외쳐야 하는데, 할 말이 없지. 참, 황상과는 무슨 말을 한 거지?"

"청혼…… 을 받은 것 같네요."

무염의 얼굴이 엉망이 되었다.

"뭐야."

"걱정 마요. 일단은 거절했어요."

"일단은?"

"그런데 공자가 하고 싶은 말은 뭔가요."

"선수 친 남자가 있었다니. 분하군."

"네?"

"나도 그렇게 말할 작정이었어."

사량의 손이 굳었다.

"우선은 혼주 되는 당신 동생에게 먼저 말하는 게 맞지만, 융금백에게 허혼을 받는 것보다 융금백하고 결혼하는 게 쉬울 것 같아서, 일단 당신한테 먼저 하는 거지. 당신만 허락하면 나머지는 내가 알아서 할게. 여기저기 허혼받으려고 굽실대며 다니지 않아도 되는 좋은 방법이 생각났거든."

"그게 뭔데요."

"있어, 그런 게."

사량은 뭐라 답해야 할지 몰라 손끝만 보았다. 무염의 손이 턱을 건드려 위를 올려다보게 했다. 고개를 들자, 무염은 어느새 이마를 맞대고 콧

등에 입 맞추고 있었다.

"사량."

부드럽게 부르며, 손은 어깨를 타고 내려와 손목을 매만지더니 난간에 있는 사량의 손에 얹혔다. 그 손은 작은 새를 잡듯 사량의 손을 모아 잡았고, 흘러드는 간절한 감각에 사량은 눈을 감았다.

무염의 입술이 다가와 입술을 건드리고, 그다음 볼을 건드리고, 감은 눈꺼풀을 건드렸다.

"눈을 떠, 사량. 나를 봐."

눈을 뜨자 앞에 그가 있다.

회색 눈을 보며, 사량은 이제 더 이상은 말이 필요 없겠다 싶었다. 목과 혀가 말하는 것은 못 믿는다. 태산을 바다라고 할 수 있는 것이 입이 아니던가. 그러나 눈과 손, 체온과 숨소리는 거짓을 말하지 않는다.

진심, 그리고 진심을 밀어 올리는 의지, 그 의지가 현실이 되게 하는 것은 신의. 가벼운 입도, 유연한 혀도 할 수 없다. 감출 수 없는 진심은 이리 온몸, 뼈가 박힌 몸에서 나온다.

이제, 무엇이 더 필요하겠는가.

이것이 너무 충분해 넘치는데.

"당신이 허락만 하면, 나머지는 내가 다 알아서 할 테니."

"동생은요? 동생은 고집이 세요."

"빌거나 달래거나 설득하거나…… 안 되면 협박할 거야."

"뭐라 협박할 건가요."

"여자의 가족을 단숨에 침묵시킬 수 있는 방법이란 게 뻔하지 않은가."

사량은 흠칫했다. 무염이 웃으며 손등에 입을 맞추었다.

"그건 거짓말이 아닐 수도 있고 말이야, 또…… 지금은 거짓말이라도 일주일 안에 진짜로 만들 수 있어."

"이봐요."

"그리 말한 다음, 당신의 그 싸가지 없는 동생이 박살 낼 바둑판이 더 남아 있지 않을 무렵 내가 직접 가야지. 당신이 내가 좋아 죽어가고 있으니, 누님 살리는 셈 치고 나한테 시집보내라고. 어때?"

"그러지 말아요. 동생은 제가 알아서 할게요."

"그러면 허락한 거네."

"아직…… 그건……."

"허락 안 하면 안 돼요. 이제 다 알고, 곧 여기저기 소문이 무성하게 날 거야. 다른 남자한테 시집가긴 이제 글렀으니, 얌전히 와."

"왜 그렇게 되는 건데요!"

"말했잖아. 나는 재미만 보고 버릴 수 없는 남자라고."

"정말이지!"

"사량, 한 달 전이었다면, 나는 이 화양이 아름답다고도 귀중하다고도 생각하지 않았을 거야. 모든 것이 붕 떠서, 내가 숨 쉬는 공기마저도 존재하지 않는 것 같았지…… 그런데 사량, 지금은 화양이 아름답군. 달빛은 찬란하고 물은 달콤하고 대지는 부드러워."

그날, 주둔지의 언덕 위에서 무염은 오랜만에 별들이 제대로 보였다.

검은 하늘에서 쏟아지는 하얀 별들이 그렇게 많다는 것을 처음 알았고, 저 별이 참 근사하니 어서 보라 말하고 싶었다.

바로, 당신에게.

남위에서 가장 아름답다는 화양을 보아도 아무렇지도 않았는데, 지옥 같다는 팔보산은 지네 가득한 동굴마저 아름다웠다.

대나무 벽을 댄 평범한 집, 창가의 투명한 너울과 선선한 산바람, 끔찍하게 울어대는 새소리를 들어도 아름다웠고, 떠나고 싶지 않았다.

그리고 이제, 화양이 아름답다.

세상의 하늘, 바람, 시냇물, 풀, 나무 하나하나에 그녀가 깃들며 모두 새로 빛나기 시작했다.

당신이 있으면 그곳이 어디이든 눈부시나, 당신이 없으면 태양 아래도 어둡다.

그래서 이곳, 이 순간이야말로 화양(華陽).

"이제부터는 여기서 살아, 사량. 이제 화양은 내 목숨을 걸고서라도 지켜야 하는 곳이 될 테고, 나는 드디어 이 땅을 사랑하게 될 테니."

그리고 무염은 이마에 입 맞추었다.

"자, 그러니 내 여자가 되자."

머뭇대던 사량의 눈에 서서히 기쁨이 오른다. 서로의 눈이 맞물리고, 그 영이 뒤섞인다. 하나가 느끼는 것이 둘이 되고 둘이 느끼는 것이 하나가 되는 순간이다.

"그럴게요."

기쁘다. 이 여자가 그로 인해 기뻐하고, 그로 인해 만족하고, 그로 인해 행복하다 하는 것이.

그 기분에 흠뻑 취하며 무염은 사량을 안았다. 피와 살, 숨 쉬는 모든 것에 충만함이 가득하다. 고작 한 시진 전만 해도 세상이 벼랑 너머로 꺼진 것 같더니, 지금은 별빛마저도 그의 것 같다.

무염은 사량의 어깨 너머로 황제를 보았다. 황제는 소년 무사와 이야기하는 중이다.

그래, 그의 장수는 되지 못해도 한 번 정도 신세 져도 될 테지.

저 황제가 명하면 아버지도 더 이상 짜증내지 못할 테고, 융금백은 이를 갈면서도 혼서(婚書)를 받을 것이다.

그리고 오늘 밤에 이 고생을 한 보람은 그것 하나만으로도 되겠지.

"자네도 한잔하지, 여애."

황제는 노궁녀에게 잔을 주었다. 노궁녀는 잔을 받으며 앞의 한 쌍을 무뚝뚝하게 보았다.

"흥, 좋을 때군요."

궁녀는 잔을 훅 들이켠 뒤에 입맛을 다셨다.

"아쉽군요. 그 붉은 옷을 입혀보고 싶었는데. 그랬다면 말입니다, 저 막무염은 이 배 위에 있는 모든 젊은이하고 싸워야 했을 거라고요. 고작 명천이 하나 말고."

"나도 그러면 참 즐겁게 구경했을 텐데. 신났을 거야."

"거봐요, 소첩이 그냥 깨우라 하지 않았습니까."

"너무 잘 자서."

황제는 어깨를 으쓱하고는 고개를 돌렸다.

"어이, 범아야."

아직도 목이 벌겋게 달아오른 어린 무사가 고개를 들었다.

"목은 괜찮으냐."

"괜찮습니다."

"그러게. 나서지 말라고 했잖으냐."

"저자가 황상을 노렸습니다!"

"아니, 애초에 막 공자는 너를 노렸다. 네가 뛰어들 줄 알고 그리한 게지. 이거, 공자를 비난할 수만도 없겠어. 내가 너를 챙긴다는 것이 너무 뻔히 보였나 보구나. 정말 죽을 뻔했다, 너."

"죄송합니다."

"그래, 그나저나 너는 사내를 찾을 생각 없니. 검이나 학문 등을 가지고 사내와 겨루려 하지 말고 좀……."

"아직 때가 아닙니다."

"너무 나랏일만 걱정하지 말고 가끔은 네 일도 걱정하렴. 나랏일이야 너도나도 걱정하는 거지만 네 일은 네가 걱정 안 하면 누가 하겠느냐. 안 그래? 유람하며 괜찮은 사내라도 나타나면 얼른 꾸며서 보내려고 나하고 여애하고 그리 비단옷을 바리바리 싸들고 다니는데, 너는 거들떠도 안 보고. 저기 저, 공자 좋은 일만 시키고."

"황상!"

범아의 얼굴이 점점 더 붉어졌다.

"가만있자, 막 공자 막냇동생이 괜찮아 보이던데. 그때 들어보니, 애가 뼈도 실하고 손발도 큰 것이 키도 크겠고 말하는 것을 보니 성격도 좋겠더구나. 마음에 들었어."

범아가 경악했다.

"그 꼬맹이는 여덟 살입니다! 여덟 살! 들이댈 데가 없어서 그런 꼬마에게!"

"그러니 더 좋지. 여자가 뭔지 남자가 뭔지 아무것도 모를 때 네가 잡아다 키운 뒤 너밖에 없도록 만들면 되는 거 아니냐. 지금부터 시작해 봐. 할애비가 도와주마."

"십 년도 더 걸릴 것입니다."

"너는 이제 열다섯이잖니. 십 년 지나 보면, 그 정도 나이 차는 아무것도 아니게 될 거란다. 신랑이건 신부건 어릴수록 좋은 거야. 나중에는 이 할애비에게 감사하게 될 거다."

"싫다니까요!"

"그럼 융금백은 어떠하냐. 말투는 은근히 싸가지 없고 성격도 좀 가시 같긴 하다만, 제 성민과 누이를 아끼는 것을 보면 속 깊은 애정이 있는 남자 아니겠더냐. 나이도 스물하나니, 내일이라도 결혼할 수 있다. 게다

가 어차피 본인이 절색이라 여자 얼굴은 다 비슷비슷해 보일 거란다. 어
떠니?"

기어코 범아가 성난 고함을 질렀다.

"할아버지!"

第十章　고요한　비

채규는 바닥에 깨진 도자기를 물끄러미 내려다보며 중얼거렸다.

"이게 뭐지."

우동관의 습격과 황제의 방문 등의 번잡한 일 때문에 골이 아픈 상태가 지속되다 보니, 목 위에 달린 것이 머리가 아니라 통증으로 뭉친 덩어리 같았다.

그리 지쳐, 서재에서 머리나 식히러 왔건만 서재 풍경이 참 심란했다.

도자기가 있던 곳에는 거대한 조각 무더기가 있다.

원래 여기에 사람만 한 도자기가 서 있었다. 거의 사십 년 전, 아버지가 서한의 상인에게서 아주 값지고 귀한 도자기를 샀다 하며 서재에 저 물건을 척 놓았다.

형과 어머니는 너무나 근사하다며 호들갑을 떨었으나 채규가 보기에 그 도자기가 귀한 이유는 두 번 만들고 싶지는 않기 때문인 듯 보였다. 흥

측하고, 크고, 요란하고, 천박하게 생겨먹었다.

그것이 지금 바닥에 와장창 깨져 누워 있는 것이다. 이 일의 원흉이 막내 무흔이란 것은 모두가 일러바친 뒤다.

"……."

아무도 안 볼 때 사고인 척하고 깨버리려던 물건이라 잘되었다 싶기는 한데, 무흔이가 앞으로 채규의 마음에 들지 않는 도자기만 깨준다는 보장은 없다.

지금, 독수리 박제는 창턱에 있고 동제의 기술자들이 만든 누선 모형들은 바닥에서 갈 수 없는 항해 준비를 하고 있다. 그 가격이 전함 열 척과 맞먹는다 할 정도로 비싼 상아 공은 바닥에 댁대굴 굴러다닌다.

채규는 바닥에 쓰러져 있던 탑 모형을 들고 일어서다가 김이 모락모락 나는 찻잔을 들고 있는 아내와 마주했다.

채규는 탑 모형을 흔들며 말했다.

"자, 부인. 이게 누구 짓인 것 같소."

아내는 슬그머니 시선을 피했다.

"누구 짓일까."

"……아, 그게……."

"무흔이는 어디로 갔소."

"제가 혼낼게요."

"어제도 그렇게 말했던 걸로 기억하는데."

그리고 채규는 책상 위에 놓여 있는, 무흔이가 낙서를 해놓은 책을 가리켜 보였다. 무흔이의 교사인 융 선생이 여기 이 본관에 온 김에 귀한 서책을 좀 빌려보고 싶다 해서 보라 했는데, 융 선생이 잠깐 자리를 비운 틈에 참사가 일어났다.

"오늘은 반드시 혼낼게요."

"아니오. 내가 직접 말하겠소."

"아뇨, 나리가 하실 필요 없습니다. 제가 할게요."

"믿어야 할까."

"오늘은 믿으세요."

채규는 깊게 한숨을 내쉬었다.

"대체 누굴 닮아 이리도 천방지축인 건지 모르겠군."

"누구긴 누구인가요. 우리 집안에서 이리 천방지축은 없으니, 다 나리를 닮은 거지."

또 시작인가, 싶어 채규는 아내를 쏘아보았다.

"나는 아니오."

"그래요, 그래. 도도하고 차갑고 완벽하신 우리 화양공 나리. 세 살 때부터 붓과 벼루를 벗 삼고 항상 정좌하여 예를 지켰겠지요. 하지만 다시 한 번 말하는데, 제 탓하지 마세요. 우리 집안사람들은 다 점잖아요. 오라버니도 그랬고, 제 조카들도 다 얌전해요. 그러니 없어요, 없다고요."

"없다고?"

"네, 없어요."

채규는 기가 차서 웃었다.

"당신 소녀 시절에 어땠는지 전혀 기억 안 나나. 담 넘는 것은 다반사, 변장하고 시장 바닥 놀러 나가는 것도 다반사, 문틀 깨고 창턱 넘고, 찻잔 깨고. 정말 그런 적 없나?"

아내의 얼굴이 창백해졌다.

"그, 그걸 나리가 어떻게 알아요."

"그야 다 봤으니까."

"아니, 보긴 언제 봤다고요!"

"우동관이 당신한테 청혼한다고 화서항주의 저택에 들어앉아 있던 그

시기, 내가 딱 두 달간 본 게 그 지경이었는데, 그것도 약혼할 사람이 같은 성안에 있을 때 그랬는데, 그전에는 어땠을까?"

"좀 덤벙댄 건 사실이지만, 그리 요란했던 건 아닙니다."

"밖으로 나돌아 다닌 건?"

"제가 밖으로 나돌아 다닌 건 사실이나, 아무 일도 없었다고요. 저는 제 앞가림은 잘하고 다녔다고요."

"허. 그건 운이 좋아서도, 부인이 요령이 좋아서도 아니요. 나하고 화징이하고 당신 따라다니며 큰일날 것을 막은 게 한두 번인 줄 알아? 우리 둘이 없을 때는 대체 어떻게 무사했는지 의문이더군."

아내가 기가 막힌 듯 입을 떡 벌렸다.

"그, 그러니까…… 그걸 나리가 어떻게…… 아니, 알았으면 말을 하지! 왜……!"

"말해서 뭘 하라고. 이봐요, 화서항주의 따님, 그리 천방지축 나돌아 다니지 말고 저택에 처박혀 계시라고? 거, 참. 그때는 기가 막혀서 말이 나오지 않더군. 그리 옷만 바꿔 입고 다른 이름을 대면 내가 당신인 줄 몰라볼 거라 생각했소? 남자 옷을 입으면 남자인 줄 알 거라 생각했어? 어처구니가 없어서, 원."

아내의 얼굴이 확 붉어졌다.

"아니, 그럼 그때 알면서도 그랬단 말이에요?"

"당연하지. 하도 어이가 없어서 속아주는 척했다만, 거울은 보고 나온 거요? 누가 봐도 화서항주 따님 유미흔인데, 그때 당신이 뭐라 했더라? 이름이 뭐라고? 아니, 댈 게 없어서 오라버니 이름을 대시오? 아는 남자 이름이 그리 없던가. 나중에 화징이가 얼마나 웃었는지, 내가 부끄러울 지경이야."

"그…… 그때는 우동관 때문이었다고요. 벌써 결혼이라도 한 듯 치근덕대는데…… 같은 지붕 아래 있기도 싫었다고요! 게다가 시집 와서는…… 그런 적 없지 않았습니까. 얌전했다고요."

"없기는 했다만, 나는 부인이 언제 담 넘을지 몰라 조마조마하더군. 그런데 정작 조마조마해야 할 일은 따로 있었어."

"뭔데요."

"도대체 부인은 아는 게 하나도 없더군. 설날에 올리는 제사상 상차림은 허구한 날 틀리지. 대체 곡물 다섯 개 외우는 게 그리 어렵소? 어째서 매번 틀리게 올려. 사당에 올리는 제문에 아버지 이름도 틀리게 쓰고, 명절 축문도 틀리지. 부인 시집오고 내가 얼마나 조마조마했는지 아시오."

"그…… 그럼 말을 했어야지요!"

"고쳐질 줄 알았소. 그런데 도무지 고쳐지질 않더군. 완벽한 화양 번비 유미흔? 대체 누가 그래. 당신이 실수할까 봐 내가 따로 사람을 두고 있을 정도인데, 내가 그리 당신 몰래 수습하면 사람들은 당신이 완벽한 줄 알지. 누가 당신이 그리 덤벙대는 줄 알까."

"말…… 말을 했어야지요! 가르쳐 줬으면 고쳤을 거 아닙니까!"

유 부인은 얼굴이 있는 대로 붉어져서 고함을 질렀다.

"속 긁는 말이나 하고, 여자들 찾아다니며 내 속만 뒤집었으면서…… 그…… 그런 건 왜 말을 안 하는 거예요! 쓸데없는 말은 다 하면서! 이해가 안 되네요, 이해가!"

"말해서 무엇하겠소. 또 이렇게 싸우기나 하지. 언제고 나아지겠지, 나아지겠지 이러며 이번에도 이러는구나, 또 이러는구나 하는 거요. 황비? 내가 그 말을 들었을 때 기가 차더군. 부인이 황궁으로 갔으면 있는 망신 없는 망신 다 당했을 거요. 상산? 장담하지. 부인은 우동관의 어머니들과 첩들에게 솜털까지 다 뜯어 먹혔을 거야. 내 형님? 어머니께서 살아 계셨으면 부인은 일 년 내내 타작을 당했을 거요. 그나마 나니까 이 정도지."

"그거야말로 말을 했어야지! 그렇게 말하면, 그건 망신이 아닙니까! 그리 뒤에서 비웃지 말고, 내 얼굴을 보며 제대로 말하라고요!"

"보시오, 오히려 큰 소리지. 이러니 내가 왜 말을 하겠소."

"적어도, 제가 잘못해서 하는 말이니, 당신이 잘못해 놓고 뻔뻔하게 하는 말보다는 들을 만합니다!"

그리고 아내는 찻잔을 쾅 하고 놓았다.

"이거나 먹고 속이나 차려요!"

"그건 뭐요."

"뭐긴 뭐예요. 의원이 그러던데, 나리 두통은 정말 아파서가 아니라 성질을 다스리지 못해서 오는 두통이랍니다. 그러게 마음 씀씀이가 그리 좁고 아량이 없으니 두통이 오지요. 제가 친정에 특별히 부탁하여 동제에서 온 약재로 화를 다스리는 차를 만들었으니, 먹고 그 성격이나 다스리세요!"

그리고 찻잔을 밀었다.

"당신 좋으라고 주는 게 아니라, 내가 도저히 당신 성격을 참을 수 없어서 그러는 거니 하나도 남기지 말고 다 먹어요!"

채규는 어이가 없어서 아내가 내미는 차를 빼앗았다.

"그럼, 나는 내 성질을 다스릴 테니 부인은 부인하고 똑 닮아 천방지축인 부인 아들을 좀 다스리시오."

"그건 내가 알아서 한다니까!"

채규는 차를 한 모금 마신 뒤 큽, 하고 신음을 삼켰다.

"표정이 왜 그러십니까."

채규는 뿜어내는 것을 간신히 면하여 삼킨 뒤, 목구멍에서부터 치솟아 오르는 고약한 기분을 애써 참으며 말했다.

"이거…… 부인이 직접 끓였소."

"네. 왜 그래요?"

"……."

"맛이 이상한가요? 이리 줘봐요."

"……아니, 되었소."

"줘보라니까!"

"……마신다니까……."

채규는 벌컥벌컥 마시며 딸에게 하나도 가르쳐 보내지 않은 장모를 다시 원망했다. 이 맛은 뭔가. 동제에서는 걸레와 신발을 약초로 쓰는 건가.

❖

상산의 습격이 있고 며칠이 흘렀다.

무염은 성의 방위를 재정비하느라 바쁜 날이었고, 황제는 운평관에 있는 황군을 철수시켜 용주로 보내고 정리하느라 바쁜 날들이었다. 그리고 떠나기 이틀 전, 황제는 손녀인 범아에게 선물을 들려 무염에게 보냈다. 마침 무염이 사량과 무흔 셋이 함께 있을 때였다.

무염은 단장한 소녀를 맞이하며 입꼬리를 올렸다.

"이게 누구신가."

얼굴은 황제 옆에 있던 호위무사 꼬맹이가 맞으나, 평소에 입는 남복이 아니라 화려한 비단옷을 걸치고 머리는 기름 먹인 빗으로 곱게 빗어 올려 비단 끈과 황금 비녀로 장식했다.

그뿐인가. 비취 목걸이에 금 귀걸이, 보석을 색색으로 박아 넣은 은팔찌, 비단실로 수놓은 가죽신에, 대단히 화사했다.

"여장했네."

범아의 얼굴이 싸늘해졌다.

"나는 원래 여인이오."

"그건 나도 알아. 그런데 맞지도 않는 남의 옷을 빌려 입고 올 거면, 그냥 그 사내 옷을 입고 오시지."

"내 옷이오."

"아하."

빈정대는 대꾸다.

범아는 그런 무염을 노려보았다.

자그마치 황제의 손녀, 궁주 고범아.

태자의 딸로, 정식 소생은 이 아이가 유일하다 했다. 동생이 있었으나 태어나자마자 세상을 뜨고, 태자비 역시 그날 세상을 떴다. 그런 처지에다 유일한 손녀다 보니, 할아버지인 황제는 이 아이가 어렸을 때부터 옷자락에 싸들고 다니며 아꼈다.

"그럼, 황상께서 사량에게 선물로 하사한 옷은 원래 궁주의 옷이었군."

"그러하오. 여애가 싸 짊어지고 와 배 안에 밀어 넣었지."

무염의 입술 끝이 올라갔다. 범아의 눈꼬리도 따라서 올라갔다.

"왜 그러시나."

"그럼, 같은 본으로 만든 옷이란 건데……."

무염의 눈길이 범아를 아래에서 위로 천천히 훑으며 올라갔다. 다리에서 허리까지는 묵묵하게 올라가던 눈길은 더 위로 올라가 멈추더니 풉— 웃었다. 무염의 시선이 어디에 머문 것인지 알아챈 범아의 얼굴이 분노로 붉어졌다.

"대체 무엇을 보는 거요!"

"사량, 당신이 계속 가슴이 답답하다 답답하다 하더니. 이유가 있었어, 이유가."

사량은 급히 고개를 저었다. 제발, 이제 그만하자고요.

범아가 고함을 질렀다.

"이보시오, 공자! 남녀가 유별한데 어찌 그런 말을 하는 건가!"

"남녀가 유별한 건 맞지. 남. 녀. 가."

그리고 다시 픔 웃었다. 부아가 치밀어 노려보는 범아에게, 무염은 뒤에서 원숭이와 놀고 있던 동생을 잡아다 범아 앞에 놓으며 말했다.

"얘, 막내야. 네가 보기에는 어떠냐."

막내는 눈을 또랑또랑 뜨고 범아를 보더니, 고개를 크게 끄덕이며 말했다.

"호위무사님이 여자 옷을 입으셨습니다."

무염이 옆에서 숨넘어가게 웃어젖혔다.

"푸하, 그래. 우리 무사님이 여자 옷을 입으셨어. 푸하하!"

범아의 턱이 부들부들 떨렸다. 무흔은 범아가 너무 분노하자 이유를 몰라 어리둥절하면서 예의를 차려 말했다.

"화내지 마십시오. 호위무사님, 여자 옷도 참 잘 어울리십니다."

"가, 감사하오."

"그런데 왜 여자 옷을 입으셨나요? 남자 옷보다 더 편합니까? 제가 일전에 치마를 입었을 때, 다들 굉장히 혼을 내셨습니다. 남녀가 유별하니 여인은 남자 옷을 입으면 안 되고 사내는 여인의 옷을 입으면 안 된다 하더군요. 그런데 무사님의 집에서는 여인의 옷을 입어도 괜찮은가 봅니다."

"……."

무염이 다시 뒤에서 뒤집어져라 웃었다. 사량은 쩔쩔맸으나 아무 소용 없었다.

범아가 쏘아붙였다.

"그만하시오, 공자!"

"꾸밈에 관심 없다더니 왜 그러시나."

"내가 내 차림에 관심이 없는 것과 공자가 나를 비웃는 것은 다른 문제란 말이야!"

범아는 간신히 화를 참고, 예의를 갖추어 어린 공자에게 말했다.

"공자, 내가 여인이기 때문에 여인의 옷을 입은 것일 뿐이요."

무흔은 깜짝 놀랐다.

"아, 죄송합니다. 무사님이 제 주변 여인들과 많이 달라 무사님이 여인인 줄 몰랐습니다! 제 오해가 불쾌하신 일입니까?"

"아, 그건 아닙니다…… 만……."

다시 웃으려는 무염의 입을 사량이 틀어막았다.

"제발, 제발. 공자 나이 절반밖에 안 되고 덩치는 반의반도 안 되는 어린 소녀를 상대로 무슨 짓이에요! 그리고 그 일 때문이라면, 이제 용서하자고요."

"저런, 나는 용서할 생각이 전혀 없는데 말이야."

"공자."

"없어. 용서할 일이 아니거든."

이것들이 그의 코앞에서 그의 여자를 들고 갔다. 코. 앞. 에. 서.

그날 용주를 나오며, 무염이 사량에게 저놈들이 어떻게 당신을 데리고 간 것이냐 묻자, 사량은 일단 범아가 자신을 기절시키고 명천이 들고 갔다고 했다.

무염은 굳은 얼굴로 범아의 손을 보았다.

'그러니까, 당신을 때리고.'

그리고 명천의 손을 노려보았다.

'외간 남자가 손대게 했다는 건가.'

분위기가 칼이라도 세울 듯 살벌해지자 사량은 무염을 달래야 했다. 하나도 아프지 않았으며, 어차피 나는 '자느라' 아무것도 몰랐다. 그리

열심히 달래봤자 역효과, 무염의 얼굴은 더 살벌하게 타올랐다.

'그러니까 잠들어 아무것도 모르는 당신에게 외. 간. 남. 자가 손댔다는 거군.'

그리고 저 자식이 무슨 짓을 한지 당신이 어떻게 아느냐, 옆에 범아가 있었는데 행여나 그런 짓을 했겠느냐, 어차피 한통속인데 어떻게 믿느냐 등등의 실랑이가 벌어졌다.

상황이 그따위로 돌아가자 범아는 얼굴이 굳어갔으나, 명천은 가엾게도 눈치가 없었다.

'하하, 제가 말이지요, 잠든 누님이 얼마나 어여쁘시던지, 그대로 들고 도망치고 싶었습니다만 참았어요! 누님이 기분이 나쁘시다면 제 따귀를 치셔도 됩니다. 여기, 한 대 치세요.'

그리고 정말 사량에게 볼을 내밀었다.

사량은 괜찮다고 말하려 했으나, 그리 말하기도 전에 무염의 주먹이 그 얼굴을 단숨에 갈겨 버렸다. 불쌍한 명천은 갑판 끝까지 시원하게 날아갔다. 용주 위의 황제군은 황소보다 큰 명천이 날아가는 모습을 넋을 놓고 보았다.

이리 각자 속을 긁어대는 중에, 무염의 속을 가장 뒤집어놓은 것은 황상 본인이다. 그 빌어먹을 노인네가 '허허허, 다 장난이었네, 어차피 해칠 생각 없었어. 아무리 짐이 배은망덕하다고 하나, 그래도 짐의 장자와 싸우다 전사한 충신의 딸을 해할 리가. 짐이 산 사람의 은혜는 저버려도 죽은 사람의 은혜는 지킨다네.' 라고 했을 때는 죽이는 것까지는 가지 않더라도 적어도 한 대 갈기고 싶기는 했다.

"저기, 공자. 그럼 내가 있을 때만이라도 참아보는 게 어떨까요. 그 사람들을 용서하라는 게 아니라, 내 얼굴을 봐서 참아달라고요. 게다가 하루면 되잖아요, 하루만. 하루를 못 참아요?"

"참아달라고?"

"네."

무염은 무뚝뚝한 범아가 무흔과 이야기하는 것을 물끄러미 보다가 말했다.

"이제 보니 당신 동생하고 아주 닮았군. 싸가지 없는 거나, 꽉 막힌 표정이나, 비비 틀린 말투나. 마지막 벌로 당신 동생하고 선을 보도록 해주고 싶어."

"여기서 사징이 이야기는 왜 나와요."

"둘이 인연 맺어주자고. 아주 잘 어울리겠네? 나이도 적당히 어울리고, 생김새야…… 공작새 옆에 깃털 빠진 까마귀를 놓은 거나 다를 바 없긴 하겠다만, 어차피 당신 동생 옆에서는 절색이나 박색이나 똑같을 테니 상관없을 테고 말이야."

"공자……."

사량은 처음부터 시작해야 했다.

나는 상관없으니 괜찮고, 당신이 상관있다고 하면 적어도 나를 위해 참아…… 제발, 그냥 닥치고 있어줘요, 공자. 안 그러면 정말 화낸다!

그렇게 하여, 사량은 무염으로부터 '사량 앞에서는' 범아를 놀리지 않겠다고 다짐을 받아낸 뒤에 무흔과 이야기하는 범아에게 갔다. 일단 사량은 막내 공자를 뒤로 살짝 당겨 무염에게 맡긴 뒤 범아에게 말했다.

"모레 가시는 건가요."

"그렇습니다."

"이대로 황성까지 가는 건가요."

"아마도 그리될 텐데, 그건 황상의 의중에 달린 문제라 답을 해드릴 수는 없습니다. 저는 그저 황상께서 공자에게 선물을 주셨기에 찾아온 건데…… 저도 저 공자가 숨 쉬는 곳에 있기도 싫습니다!"

"무슨 선물인가요."

범아는 들고 온 보따리를 풀었다. 금빛 새장에, 푸르죽죽하고 자그마한 비둘기 한 쌍이 그 안에서 눈을 말똥말똥 뜨고 있었다.

"청구(靑鳩)네요. 귀한 거죠."

사량이 새장을 들며 감탄하자 범아의 표정은 부드러워졌다.

"역시 낭자는 아시는군요. 이것은……."

무염이 시큰둥하게 말했다.

"그것참, 못생겼네."

"공자……."

"선물로 줄 거면 방울새나 앵무새를 줄 것이지. 정말 못생겼군."

범아가 노려보았다.

"겉모습만으로 그 가치를 평가하지 마시오!"

"새장 안에 넣어 구경할 거면, 겉모습 외에 뭐가 더 필요한지 모르겠어. 노래라도 잘하나?"

그리고 새장을 잡고 탈탈 흔들었다. 놀란 비둘기들이 구구 울었다. 무염은 손을 놓으며 말했다.

"할 줄 아는 말은 구구구, 뿐인가. 정말 아무짝에도 쓸모없군."

"그러라고 주는 게 아니오! 이 비둘기로 말할 것 같으면 천 리 밖에서도 제 주인을 찾아오는 영물. 어디서 이 비둘기를 날리든, 황상께 날아간단……."

"뭐야. 이 녀석들을 먹이고 돌보는 것은 내가 할 일이 될 터인데, 문 열어주면 단번에 배신하고 날아가 제 주인에게 달려간다고? 그러면 나는 밥이나 주는 호구인가. 정말로 왜 주는지 모르겠군."

"……."

무염은 새장을 내밀었다.

"바꿔주시오."

"폐하께서 하사하신 선물을 바꾸어달라 하다니! 이게 얼마나 귀한 건지 아시오!"

"애초에 선물을 줄 거면 받는 사람을 배려해야 하는 거 아닌가. 예쁜 놈으로 바꿔달라니까. 귀하고 못생긴 놈보다야 흔하고 예쁜 게 낫지 않은가."

"이봐!"

"그만, 그만."

사량이 지친 목소리로 말했다.

"그냥 받아요."

"그럼 받아다가 탕탕에게 먹으라고 줘야겠군. 쓸모라곤 그것뿐이겠어."

"공자."

사량은 비위가 뒤틀릴 대로 뒤틀린 범아에게 사과를 하고, 무염을 데리고 다시 구석으로 갔다. 그동안 꼬마 막 공자는 머리에 원숭이를 얹고 새장을 들여다보다가 손가락을 넣어 깃털을 잡아당겼다. 비둘기가 기겁하며 구구거렸다. 범아가 그러면 안 된다며 점잖게 타일렀다.

방구석에서, 사량은 다시 무염을 달랬다.

"공자, 제발, 심술 그만 부려요."

"심술? 당신에게는 그냥 심술이지만, 당신이 없어진 뒤에 내 심정이 어떠했는지를 생각하면 그 누구도 그냥 넘어갈 수 없어."

"명령받고 한 일인데 그리 화풀이를 하면 어떻게 해요."

"명령? 말이 좋아 명령이지, 당신이 얼마나 위험했었는지 알아? 나는 그때 생각하면 아직도 눈앞이 어지러운데 그리 태평한 말이 나오나."

"당사자인 제가 괜찮다고요."

"당사자가 당신 하나인 게 아니잖아. 당신에 관한 한, 나도 당사자야! 당신 말이야, 몸 관리 그렇게 할 거면 당신은 손 떼고 나한테 다 맡겨. 내가 알아서 할 테니!"

"결국 별일 없었잖…… 알았어요, 미안해요. 저기, 화가 나는 건 아는데…… 우리…… 조금 참고, 조금만, 조금만 아량을 베풀자고요. 어차피 떠날 사람들이잖아요."

"아니. 떠나기 전에 충분히 괴롭혀야 하는 것 아닌가. 떠난 뒤에는 늦어."

"으아, 공자. 제발요."

"그리고 그 명천도 말이지."

"그 아이는 그만 때려요. 충분하잖아요."

그나마 범아는 이리 말로만 구박받고 있지, 명천의 경우는 옆에서 보기 안쓰러울 정도였다.

그 바보는 한 대 시원하게 맞았으면 그냥 배 안에 박혀 있을 것이지, 직접 사죄를 하네 뭐네 하고 찾아와서는 또 헛소리를 늘어놓았다. 말이 좋아 사죄지, 놀아달라는 청이었다. 그리고 무염에게 놀아달라 하고 무시당하면 될 일을, 옆에 있던 사량에게도 친한 척 굴었다.

'누님, 형님이 마음에 안 드시면 저한테 오세요. 언제나 환영입니다. 하하하. 아, 농담입니다, 농담! 그런데 농담 속에 진담 있는 거 아시죠? 아직도 잠든 누님의 어여쁜 모습이 눈에 아른거리네요!'

본인은 농담이 맞았다. 그러나 듣는 모든 이들이 등이 식는 것을 느끼며 생각했다. 너는 젠장, 눈치도 없냐.

무염은 핏대가 올라간 얼굴로 빙긋 웃으며 말했다.

'그래, 명 장군. 우리 대련이나 하지.'

'대련입니까!'

이 순진한 열여덟(그렇다, 열여덟) 소년 명천은 무염이 정말 용서해 주고 무인의 도를 나누자 그런 건 줄 착각했다.

그리고 그날, 명천은 화양군이 모두 지켜보는 가운데 두들겨 맞았다. 누가 보아도 열 받은 무염이 두들겨 패는 것이었다. 적어도, 정말 대련이었다면 한 합에 검을 날리고 그다음 발길질을 날리지는 않았을 테니.

그런데 순진한 명천은 무염이 혼신을 다해 상대해 준 거라 감동하여 다음날 또 왔고, 또 두들겨 맞았다.

오늘 오지 못한 것은 무염이 이제 되었다고 해서 그런 것이 아니라, 보다 못한 황제가 출발 준비를 시켰기 때문이었다.

무염은 더 패야 한다고 했으나, 사량이 무염을 말리고('제발, 생긴 건 저래도 아직 어린애예요.'), 범아는 명천을 말렸다('실력을 좀 더 닦은 뒤에 오는 게 좋지 않을까. 그렇게 일방적으로 두들겨 맞아서는 실력이 늘지 않을 것 같아.'). 떠나기 직전인 지금 명천의 꼴은 이루 말할 수가 없었으나, 대련을 했다며 혼자서 좋아하는 중이다. 주변 사람들은 이 녀석이 끝까지 눈치가 없어서 다행이라고 생각했다.

그리고 사량은 이 모든 일들을 보며 무염의 성격 중 하나를 알게 되었다.

이 남자, 뒤끝이 참 길구나…….

범아를 보낸 황제는 선단의 출항 준비를 마무리하게 하고 화양공을 찾아갔다.

이틀 정도 더 머물고 갈 거라는 말에, 채규는 정말 진심을 담아 잘 가라 했다. 제대로 모시지 못해 송구하다, 공의 잘못이 아니다, 라는 속 훤한 인사가 끝나고, 채규는 제발 답이 없기를 바라며 말했다.

"달리 하실 말씀이 있으시면 하십시오, 황상."

"그래, 있지. 자네 아들 말이네……."

"제 아들이 무슨—"

"치하하고 싶은데, 무엇으로 상을 내려야 할지 모르겠더군. 고민 고민하다, 금은보화보다야 인연이 값질 것 같아 공자에게 혼담을 주선하려고 하네. 지난번에 말하기도 했지 않은가. 아는 규수들이 몇 있다고."

"그러셨지요. 황상께서 고르신 규수는 어디의 규수입니까."

"융금 출신의 처자를 소개해 주려 했는데, 이미 여기 와 있더군."

"아."

막채규는 새삼 놀란 척했다.

그 녀석이 내가 반대하니 황상을 찾아간 건가. 이기는 법 하나는 참 잘 안다는 생각이 든다.

"그 부친에게 항상 미안한 마음이 있었네. 그 딸이 과년한데 아직도 연분을 찾지 못한 것을 보고 나서기로 했지."

"네. 그렇더군요."

"자네 장남도 나이가 찼는데 연분을 찾지 못했다 하니, 두 젊은 남녀의 연분을 맺어주고자 하네. 모르는 집안도 아니고 오랫동안 교분을 나누어 온 집안 아닌가. 두 남녀가 백년해로하면 양가의 경사이며 이 위나라의 경사, 두 남녀가 한 지붕 아래 즐겁게 살기를 바라네."

"지극한 광영입니다."

"날이 혼란하니 가까운 길일을 잡아 짝을 지어 보내게. 내년이나 내후년에 공의 집인에 더한 경사가 있기를 비네. 황성에 가 짐의 장수들에게 모두 알릴 터이니, 그중 몇이 구경하겠다고 달려와도 놀라지 말게."

"아직도 아들을 기억하고 있습니까."

"당연하지. 모두들 자네 아들을 좋아했어. 겉으로는 투덜대고 괴롭히고 했지만, 속으로는 안 그랬지. 그래서 자네 아들이 떠나는 날, 모두 아주 인상적인 작별 인사를 해주었다네."

다섯 해 전. 무염이 황성에서 머무는 마지막 날, 황제는 승상을 통해 대장군의 직을 반납하고 고향으로 돌아가라는 명령을 전했다. 누구라도 화가 날 만한 명령이었다. 거의 일 년간 전장을 오가며, 가장 큰 공을 세우고 가장 고생한 사람 중 하나가 막무염이었다.

말을 전한 승상 역시, 분명 분노할 거라 생각했다. 그러나 정작 당사자인 젊은 장군은 순순히 인과 검을 반납하고 다음날 새벽 화양군을 이끌고 떠났다.

이른 아침, 황제는 각 장군의 군영과 집으로 사람을 보내 회의를 열었다. 장수들이 모이자, 황제는 표기장군 장요에게 말했다.

'오늘부로 막무염 장군은 물러나고 당분간 자네가 대장군이네.'

'무슨 일이 있었던 겁니까.'

'어제 짐이 막 장군에게 사직을 명했고, 장군은 받아들이고 물러났네. 그러니 오늘부터는 자네가 대장군이야. 어차피 그건 전쟁이 끝나면 없어지는 지위이니, 그때까지만 자네가 하게나.'

항상 태평한 장요 장군은 그 말도 태평하게 받아들였다.

'알겠습니다.'

황제는 회의실을 둘러보았다. 회의실 안의 무장들은 그럴 일이 벌어질 줄 알았다는 듯 너무도 태연하게 받아들이고 있었다.

그 평화로움이 황제는 오히려 실망스러웠다. 역시, 화양공의 아들인데다 그리 젊은 장군을 상관으로 모시니 불만이 있었나.

앉아 있던 장요가 일어났다.

'왜 그러나.'

장요는 태평한 얼굴로 창밖을 보더니, 꾸벅 고개를 숙이며 말했다.

'갑자기 배가 아픕니다.'

'응?'

'여기 계속 있으면 큰일을 저지르고 말 것 같아, 급히 다녀오겠습니다.'

'그래, 다녀오게.'

허락이 내려지자 장요는 밖으로 나갔다.

조용해졌다. 이만 시작하자고 하려는데, 이번에는 사방장군 중 좌장군 최화 장군이 일어났다.

'자네는 왜.'

최화는 침착한 얼굴로 말했다.

'저도 배가 아픕니다. 아주 오래오래 걸릴 것 같으니 허해주십시오.'

'자네도 다녀오게.'

최화가 나가고 다시 조용해졌다. 황제가 등을 젖히며 이제 정말 시작하자고 말하기도 전에, 너도나도 일어나기 시작했다.

'죄송합니다. 저도 배가 아픕니다!'

'저는 곧 엉덩이가 열릴 것 같습니다!'

'저도 아주 급합니다.'

'저도 급하고 오래 걸릴 것 같습니다!'

'저는 아무래도 내일까지 있어야 할 것 같습니다. 기다리지 마십시오!'

그리고 황제가 알았으니 다 나가라고 한꺼번에 허락하자마자 너도나도 달려나갔다. 우당탕 달리는 가운데 고함 소리가 들렸다.

'같이 가게!'

'젠장, 어디야? 남쪽으로 가나?'

'뒤따라가면 늦어. 동문으로 나가 지름길로 가면 먼저 갈 수 있어!'

'최화 장군, 어느 방향으로 갈 거야! 자네는 황성 출신이니 제일 잘 알 것 아닌가.'

참 웃기는 광경이었다. 남위군을 이끄는 장군들이 허겁지겁 말에 올라타 너도나도 밖으로 뛰쳐나가는 장면은.

보던 승상 조평이 고개를 저으며 말했다.

'아니, 소신 몰래 다들 어디 회식이라도 하고 온 겁니까, 아니면 성 밖에 뒷간이 있답니까. 저게 무슨 꼴입니까.'

'승상은 안 급한가?'

'네?'

'배 안 아프냐고.'

'아, 네…… 뭐, 소신이 그러자고 한 처지이니 소신은 안 아플 겁니다.'

그리고 고향으로 가는 화양군은 그날 장관을 보게 되었다. 함께 싸웠던 남위군은 물론이요, 모든 장군들이 모두 몰려 나와 그들을 배웅해 주었던 것이다.

황제에게는 계획한 것도, 예상한 것도 아닌, 재미있고 흥미로운 광경이었다. 예상대로 되는 것도 좋지만, 예상 밖의 일이 즐거우면 그것 나름대로 좋은 거라는 것을 그날 알았다.

황제는 그날이 생각나 웃으며, 앞의 화양공에게 말했다.

"언제 전쟁이 터질지 모르는 상황인데, 하루라도 빨리 보내는 게 좋지 않은가. 아예 내일 사당에 향 올리고 부부 연을 맺어도 괜찮고 말이야. 그럴 거라면 짐이 출발을 하루 늦출 수도 있네."

"그 정도로 급할 때는 아니고, 또…… 좀, 해결할 일이 있군요."

"자네 아들이 흠이라도 있나."

"아직은 없습니다. 다만, 제가 말씀드리고 싶은 것은 그 규수에게 부친이 정한 혼처가 있다는 겁니다."

"혼처가 있어도 신랑 될 자가 이미 죽지 않았는가. 죽은 짝에 대한 도리는 세 해면 충분하다 했어. 하물며 혼례도 올리지 않은 약혼자. 아무리 아버지가 정한 짝이라 한들 죽은 이상 어찌하겠나."

"절개를 굽히게 하는 것이라 아들이 허물을 저지르는 일이 될까 두렵습니다."

"적장에게도 재가하는 세상인데, 석 달도 세 해도 아니고 다섯 해 전에 죽은 약혼자 탓에 혼인도 못한다면 오히려 안쓰러운 일이네. 아들에게 흠 없는 혼처를 마련해 주고 싶은 부모의 마음은 이해하나, 그런 것을 가지고 흠을 잡는 것은 매정한 처사야."

"그저, 부모가 정한 혼처가 황상께서 정한 혼처보다 중요한 것이 도리가 아닌지, 그리 말씀드리고 싶었던 것뿐입니다."

"아니."

황제는 냉담하게 말했다.

"아니야. 부모가 정한 혼처든 황제가 정해준 혼처든, 가장 중요한 건 혼인하는 당사자들의 정이지. 겉으로도 좋고 속으로도 좋으면 얼마나 좋겠는가. 하지만 겉과 속 중 택하라면, 속이 나아. 게다가 그 정도 나이에 그만한 공을 이룬 아들의 혼사에 아버지가 그리 나서는 건 보기 좋지 않아."

"황상, 제 아들은 이미 흠이 있습니다. 제 어미가 절개를 지키지 않은 흠이지요. 자식인 아들의 혼처도 그리되면 곤란하지 않을까요."

"이보게, 화양공."

황제는 한숨과 함께 말했다.

"적당히 하게."

"무슨 말씀이십니까."

"적당히 하라는 거야. 어지간하면 둘러 둘러 말하려 했네만, 별수 없군. 적당히 해. 이미 알고 있고, 여기서도 내내 알고 있었는데, 짐이 아무 말 하지 않은 것은 몰라서도 상관없어서도 아니고, 그런 문제를 직접 말하면 오히려 나빠진다는 것을 알아서 그런 거야."

"소신이 대체 무엇을 잘못한 겁니까."

"화양공, 자네는 자네 아들을 왜 그렇게 대하나? 서출이라? 아니, 서출이라 꺼려야 하는 것은 자네 부인이지 친부인 자네가 할 일은 아니야. 어린 시절부터 키우지 않은 자식이라 의심이 가나? 태어나면서부터 키운 아들들에게 칼 맞는 아버지도 널리고 널렸어. 대체 뭔가."

황제의 눈이 채규를 향했다.

"이봐, 화양공. 나도 내 아들들이 얼마나 문제가 많았는지 알아. 그런데 그 셋을 다 잃었지. 모두 다 죽었어! 황궁 안에는 남편 잃은 여자들의 곡소리가 가득하고, 나는 장이 끊어지도록 슬프다는 것이 무엇인지 그날 알았지. 정말 너무 슬퍼서 아프더군. 어찌나 슬픈지, 정말 슬퍼서 살에 칼이 꽂히는 통증이 오더라고. 슬퍼서 죽을 것 같고, 슬퍼서 찢겨지고, 슬퍼서 울다 울다 죽는 기분이었지! 그게 뭔지 그날 알았어!"

그리고 채규를 보는 황제의 눈에 가득 차오르는 것은 며칠 전 모두 앞에서 보인 것과 똑같은 증오였다.

"내 아들들 중 하나만이라도 살아온다면, 셋 중 누구 하나라도 살아온다면, 둘째 아들도 상관없고 셋째 아들도 상관없어! 살아만 와준다면! 나는 내 살을 천 번이고 만 번이고 산 채로 도려내도 괜찮아. 내가 대신 천번 거듭 죽어 내 아들이 살아난다면 난 그리할 거야! 얼마든지 그리해! 그런데 다 잃었지! 그런데…… 그런데 공은 대체 왜 그러는 건가."

"황상."

"나는 이해할 수도 납득할 수도 없어. 내 아들들은 다 죽었는데, 자네는 살아 있는 아들에게 왜 그러는 건지. 대체 왜! 그것도 자네인데! 자네도, 우동관도 다! 다 냉대하든 미워하든 버리든, 다 자식들이 살아 있는데 왜 나만! 나는 그리도 사랑하는데, 왜 나는 다 잃고 그리워만 하지? 자네는 냉대하는 아들이든 쓸모없다 내팽개치는 아들이든 다 살아 있는데, 나는 그리운 아이들이 하나도 남아 있지 않아!"

마지막 말은 말이 아니라 울부짖음에 가까웠다.

채규는 여전히 냉정했다. 적어도 냉정한 척은 하고 있었다. 그러나 그도 민감하게 느끼고 있었다. 같은 시절을 비슷한 연배로 지내온 황제였다. 그리고 그리 오래 알아온 만큼, 서로의 성격에 대해서도 알기 싫어도 알게 된다.

아들을 잃고 머리는 하얗게 세고 체구도 줄었으나, 이 황제의 속은 전혀 변함이 없다.

천 리 밖에서도 졸.

이 분노가 무엇을 의미하는지, 서늘하게 다가온다.

"신이 무엇을 잘못한 겁니까."

마침내 그리 말했을 때, 황제 역시 앞의 막채규가 전혀 변함없다는 것을 알았다. 철과 얼음으로 지어진 자, 살은 철이요, 피는 얼음.

"아들의 혼사는 부모의 일이기도 합니다. 제 아들의 혼사에 제가 그리했다는 것이, 무엇이 그리 불충인지 모르겠습니다. 남녀 간에 정분이 나면 눈이 멀고 귀가 먼다 했습니다. 그리고 저는 제 아들에 대해 잘 알고, 제 아들이 어찌 살아야 하는지 항상 생각하고 있습니다. 그저 아비로서 할 말일 뿐인데 신이 대체 무엇을 잘못한 겁니까."

황제는 아무 말도 하지 않았다. 고요한 가운데, 채규가 담담하게 말했다.

"말씀해 주십시오. 신이 대체 무엇을 잘못한 것인지."

잠시 지나고, 다시 잠시 지나고, 그리고 드디어 서로가 밖에서 들리는 소리를 듣게 된 것은 한참이나 지난 뒤였다.

황제는 허탈한 듯 말했다.

"내가 내 아들들에게 될 수 없는 것을 되라 하여 모든 것을 망쳤다면, 공은 무엇이든 될 수 있는 아들을 아무것도 할 수 없게 만들어 망치는 것 같군."

황제를 보내고, 채규는 본관으로 돌아와 창가에 기댔다.

창밖으로 어둠이 완전히 깔리고 어느새 비 오는 소리가 흐르기 시작했다.

툭, 투둑, 툭. 여름의 마지막 열기와 가을의 첫 냉기를 머금은 비다.

문밖에서 며칠간 가까이에서 들리는 데 익숙해진 목소리가 들렸다.

"나리, 저 왔어요."

아내다.

채규는 직접 문을 열었다.

"들어오시오."

아내가 놀라서 보았다.

"왜 그러는 거요."

"아, 아니요."

이 여자는 요즘 들어 내가 무언가 할 때마다 왜 이렇게 깜짝깜짝 놀라나, 싶다.

"할 말이 있다고 해서. 그래서 왔어요."

"내일 이야기해도 되는데, 왜 굳이 이렇게 밤에 온 거요."

"그야, 어…… 뭐, 늦게 듣든 일찍 듣든 같은 말이잖아요."

맞기는 맞았다. 다만, 편안한 마음에 들어도 될 것을 왜 굳이 이렇게 늦은 밤에 와서 들어야 하는지, 그 이유는 모르겠다. 내원으로 돌아가지 않아도 되니 마음 놓고 늦게 오겠다는 건가.

"그래, 그렇긴 하지. 들어오시오. 거기 서 있지 말고."

"길어요, 짧아요?"

"일단 해봐야 알 것 같군."

"그럼, 제가 들어 기분 나쁜 말인가요."

"그렇지는 않을 거야. 당신과는 상관이 없는 이야기라."

"그럼 어서 말씀하세요."

"성을 좀 비워야 할 것 같소. 양릉에 다녀와야 할 거야."

"양릉이요?"

아내는 잠시 말이 없어졌다.

우동관이 습격한 이상 화양과 상산의 전쟁은 이제 뻔하고, 그 분쟁 지역 중 하나인 양릉은 당연히 둘러봐야 하는 곳이다. 우호관계를 맺었다하나. 막채규와 우동관 두 당사자가 결혼을 해도 전쟁이 일어나는 것이 요즘 같은 세상이다. 다만 양릉을 통한다는 뻔한 길로 올지는 의문이다. 그곳으로 지나갔다간 즐비한 요새에서 쏘는 화살을 등에 수북하게 꽂고 지나가야 할 테니. 그러나 너무 뻔해서 가기는 가야 한다. 그만큼 편한 길이기도 하다는 뜻이니.

"다녀오시기는 해야겠네요."

"부인에게 미안한 일이지만, 상황이 복잡해질 것 같소. 그래도 최대한 전란은 피해보도록 하겠소."

"제게 미안한 일인가요."

"전쟁은 싫어하지 않소. 부인이 지난 전쟁 때 얼마나 힘들어했는지 알고 있소."

신경 쓴 거냐는 빈정거림이 날아올 줄 알았는데 아내는 조용했다.

"기억하고 있었어요?"

이 물음은 예상 밖이었고, 채규를 당황하게 했다.

"당연히 기억해야 하는 거 아닌가. 어차피 나도 전쟁은 싫소. 어렸을 때부터 싫었어."

전쟁에 대한 의욕이 재능을 앞서던 것은 요절한 그의 형이었다. 전쟁할 때마다 패하고 서한은 물론이요, 북명의 황자에게도 패했다. 심지어 상산과도 싸워 진 적이 있다. 여기저기, 동서남북으로 골고루도 지고 다녔다.

그런 집안에서 났음에도 아들 무염은 그 재능이 넘쳐 나다 못해 경이로울 지경이었다.

형이 빼앗기고 막채규가 포기했던 성들을 되찾아준 것도 아들이고, 심지어 서한으로부터도 화양이 빼앗겼던 성들을 찾아왔다. 그중에는 중요한 항구 중 하나인 광양항도 포함되어 있었다. 서한은 몇 번이나 광양을 탈환하려고 했으나, 한 번은 무염에게 지고 다음 두 번은 무염과 곽 장군이 추천한 송 장군에게 지고 이제는 포기했다.

아들은 그 전쟁이 당분간의 전쟁은 없애줄 거라 생각했다. 이제는 쉴수 있을 거라 생각하던 아들을, 채규는 월산족이 반란을 일으키자 또 보냈다. 군사들이 지쳤으니 보내기 곤란하다고 말하는 아들에게, 채규는 담담하게 말했다.

"그래? 알겠다. 그럼 너 혼자 가거라."

아내가 옆에서 말했다.

"그럼, 곧 준비시킬게요."

"그래, 그리고…… 돌아오면 염이의 혼사 문제를 진행해야 할 것 같군. 황상께서 조금 전 손수 인연을 골라주셨소."

아내의 얼굴이 밝아졌다.

"어디의 누군가요."

채규는 아내의 얼굴을 살폈다. 기대감에 젖어 있다. 벌써 알고 있군. 채규는 좀 김이 샜다.

"융금의 규수요. 부인이 데리고 있던 그 아가씨지. 혹시 알고 있었소?"

"그럼요. 어차피 스물다섯 넘어가는 자식들의 혼사에는 부모가 끼는 게 아니라 하였는데, 알아서 짝을 찾아낸 데다 황상께서도 다리를 놓아주시니 더 좋지요. 기다리고 있을 테니, 돌아오시는 대로 이야기해요. 그리고 나리, 지난번 같은 그런 말씀은 다시는 입에 담지 마세요. 할 말이 아니었습니다."

말은 저래도 아내는 용서한 것 같았다. 엄한 표정도, 날카로운 표정도 아니다.

"그건 나도 심했다고 생각하고 있으니, 부인이 용서해 주시오."

아내가 더 놀랐다. 이 양반이 드디어 미쳤나, 뭐 숨기는 게 있나, 싶은 얼굴이니.

"왜 그리 놀라."

"아뇨, 그런 말을 듣게 될 줄은 몰라서. 한바탕할 각오를 했는데."

"나도 일일이 다 싸우는 건 피곤하오."

"너무 오래만이군요. 당신하고 나하고 이렇게 이야기를 나누는 것 말이죠. 사이좋았던 적이 있기는 했는지도 가물가물한데, 이상하지요. 이러고 보니 내내 나리와 편히 지냈던 것 같습니다."

채규는 그 걸레 우린 차에 대해 말하려다 그만두었다. 이제는 접시 달그락 소리가 들리기만 해도 속이 쓰리다.

"사흘 뒤 출발할 생각이오. 며칠 걸릴 터이니, 그동안 본관에서 지내도 되고 내원으로 돌아가도 좋은데…… 어쩔 거요."

"당신 올 때 본관에서 기다릴게요."

"그래?"

속 안에서 더운 기운이 올라오는 기분이다. 혼인하고 거의 처음인 것 같다. 아내가 그의 곁에 더 오래 머물러 있겠다 말하는 것은.

나쁜 기분은 아니다.

아니, 썩 좋기도 하다.

기대도 되고, 이대로 기분 좋게 해주고 싶기도 하다. 보령이를 좀 더 밖에 두어도 좋겠다는 생각이 들 정도로.

하긴, 그 아이도 나이가 나이니 시집가야겠다. 어차피 이리된 거, 사실 대로 말하고 혼처를 알아봐 보내주는 게 도리가 아닌가.

"좋소. 그럼 그때 봅시다."

"아, 참. 보령이 말입니다. 이제 내원에 들여보내도 됩니다."

채규가 정말 놀라서 보자, 아내는 눈을 마주치지 않으려 하며 말했다.

"나리도 내원에 며칠 머물러도 되고, 보령이도 같이 와도 괜찮아요."

"고맙소."

"뭐, 그리 아끼시는데 여인은 아니라 하시니, 대단한 재주라도 있나 보다 생각하렵니다."

"제법 야무지고 똑똑한 아이요, 부인. 장점 많은 아이란 걸 알게 될 거요. 서로 사이좋게 지내보시오."

아내가 울컥하는 듯 입술에 힘을 주었다. 채규는 달래듯 말했다.

"여자는 아니라니까. 그건 절대로 안심하시오."

"네, 알았어요."

"그나저나 왜 그렇게 싫어하는 거요. 내가 그 아이를 그리 대한 적도 없거니와, 그리 보이도록 한 적도 없는데."

"어느 여인이 남편 옆에 있는 여인을 좋아하나요. 아무리 여인이 아니다, 아니다, 하는데 그럼 보령이 사내아입니까."

"내게는 다를 바 없소. 그래. 부인, 나도 내 행실이 좋지 않다는 건 알고 있소."

"알면서도 왜 그래요!"

"나쁜 습관이오."

"아무리 나쁜 습관이라도, 하녀 아이들도 사람이고 저는 나리 아내라고요. 첩으로 들이는 것도 아니요, 그렇다고 좋아서 그러는 것도 아니고! 예쁘고 젊은 아이들 몸이 탐이 나 건드린다면, 그런 거라 여기기라도 하겠는데 나리는 그 무엇도 아닙니다!"

"알고 있소."

"알면 하지를 말든가!"

아내가 빈정대지 않고 이리 직접 말하는 것은 참 오랜만이다.

처음에는 그러지 않았다. 그저 덤벙대는 새침데기였을 뿐. 온갖 실수를 하면서도 본인은 전혀 모르고 생글생글 웃던 소녀.

그 얼굴에 금이 가기 시작한 것은 남편에게 혼전에 둔 자식들이 있다는 것을 알게 된 날이었다.

혼전에 데리고 있던 여자가 인사를 한답시고 아내를 찾아왔다. 손에는 다섯 살 된 딸의 손을 쥐고 뱃속에는 곧 태어날 아이를 넣고.

분노와 수치심에 창백해져 달려온 아내에게, 채규는 담담하게 물었다.

"데리고 있던 여자가 맞소. 부인이 하자고 하는 대로 하겠소. 어찌할까."

"쫓아내요. 이 화양성에 저 여자도, 저 딸도 보이지 않게! 혼인하고 처음으로 하는 청이니 반드시 지키세요!"

그리고 채규는 그리했다. 그 여자를 곱게 보내지 않았다는 것은 나중에 알았다. 아내는 매질해 겨울에 맨바닥에 집어 던져 쫓아냈다. 남편에게 보낸 교훈인지 남편을 유혹할 여자들에 대한 교훈인지 모르나, 둘 다

실패했다. 채규는 그 후로 많은 여자들을 침대로 끌어들였고 잊었다.

　동침한 여자들은 죄다 성에서 몰아내며 아내는 분노로 지쳐 갔고 채규는 용서도 구하지 않았다. 차라리 문밖에서 데리고 오는 첩들이 낫다고, 아내가 말했었다.

　그리고 그즈음 염이가 의붓아버지와 함께 찾아왔다. 당장 일가를 성 밖으로 내몰라고 할 줄 알았던 아내는 의외의 청을 했다. 그 아이를 양자로 들여 공자로 키우겠다고.

　어지간하면 아내의 부탁은 다 들어주는 처지가 되어 있던 채규는 그 청을 들어주었다. 어차피 서자 하나 정도는 있어야 했다. 볼모로 가던지, 아니면 부득이한 조약의 희생물로 던져 주든. 대충 뭉개고 친자로 입적시켰다. 열네 살이 되도록 글자 하나 모르던 하녀의 아들이, 하루아침에 적자나 다를 바 없는 공자가 된 것이다.

　그 후, 아내는 동침한 여자들을 성 밖으로 몰아내지 않았고 빈정대는 버릇이 생겼을 뿐 그럭저럭 견뎌냈다.

　"대체 어쩌다 그런 습관이 든 거랍니까."

　"첫정이."

　"네?"

　"첫정이 그랬소. 처음 의지해 본 여자가 나보다 열 살이나 많은 천한 하녀였지. 그때 참 달콤했소. 처음으로 내 편을, 내 여자를 가져본 그런 기분이란 것이. 그러다 보니."

　"뭐라고요?"

　"그러다 보니 그게 버릇이 된 거요…… 씁쓸한 뒤끝밖에 없어도 계속 그리되는군."

　"그럼 그 여자는 어떻게 되었나요."

　"그 여자가 떠나겠다고 해서 보내주었소. 처음 가져 본 여자고, 처음

헤어진 여자가 되기도 했군."

"참 잘나셨네요."

아내는 한숨과 함께 말했다.

"바람기를 따지려 했더니 남편의 첫사랑 이야기나 듣고 있고."

"염이 어미요."

"네?"

"염이 어미였다고."

"어쩐지 이야기가 비슷하더라니! 아니, 그럼 나리는 기억도 못하는 여자가 아니라 그런 여자에게서 본 자식을 그리 박대하십니까."

"그건 그거고, 이건 이거니까."

"허, 참. 대단하시네요, 나리도. 대체 속에 뭐가 들었는지."

"그래도 뭐, 이제는 서자는 없지 않소."

"참 감사합니다. 그게 나리 덕인가요."

울컥 올라올 거라 생각했는데, 바로 며칠 전까지만 해도 확확 달아오르던 감정이 이제는 낌새도 없다. 며칠 아내와 지내다 보니 감정이 물이라도 부은 듯 식었고, 그 덕에 큰아들과는 오히려 멀어진 기분이다. 아내는 가까워진 것 같은데, 녀석은 어딘지 멀리 갔다. 두통도 이제는 견딜 만한 수준이다.

"나리는 혼사나 잘 치러주세요. 요즘 하는 걸 봐선 혼등 올려주자마자 바로 색시 들고 뛰어나갈 것 같지만."

"빠져서 정신을 못 차리나 보군."

"보고 있기 민망할 지경이네요. 어찌 그리 옆에 싸들고 다니는지. 시녀들이야 보는 맛이 있다 하는데, 슬슬 보기 위험해요. 어서 혼례시켜야 혼례 전에 손자 보는 위기는 넘길 것 같아요."

채규는 자기도 모르게 웃었다.

"나리?"

"좀 웃겨서."

"나리가 웃기다고 웃어요?"

"나는 사람 아니오. 웃기니 웃음이 나오는 걸 어쩌라고."

"아, 네. 사람이긴 했지요. 잊고 있었네."

그 말에 채규는 다시 웃었다.

아내는 이제 경악하며 자신이 뭘 보는 건지 모르겠다는 표정이었다. 그래도 나쁘지는 않다. 아내의 말은 온기가 있고, 대꾸하는 채규의 말에도 친절이 있다.

그저 이대로 아무 일 없이, 오늘도 내일도 모레도 항상 이러면 얼마나 좋을까.

아, 그래, 그 녀석.

정신 못 차린다고.

융금의 규수, 갈화징의 딸. 이제 황제가 손수 점지해 주신 내 며느리인 건가.

채규는 눈을 깜빡였다. 웃음이 멈추고 가슴 아래에서부터 냉기가 올라온다. 명멸한다. 황제의 눈, 목소리, 다시 우동관, 습격, 그리고 쓰던 편지, 그다음…….

채규는 이마를 짚었다.

이제 내가 어떻게 해야 하나.

미치겠다.

괴롭히는 과거의 귀신들이, 잊을 만하니 또 와 있다. 어서 빨리 몰아내야지, 하면서도 아내의 웃음이 눈앞에 아른거린다.

이대로 다 잊어버리면 안 될까. 정말, 잊어버리고 싶다.

선단이 떠나는 날, 무염도 배웅을 나갔다. 그저 인사만 하러 갈 생각이었으나, 부둣가에 나온 무릉의 꼴이 굉장해 한마디 할 수밖에 없었다.

"무릉이 너, 꼴이 왜 이러니."

"제가 뭘요."

머리는 빗어 올려 관으로 장식하고 잘 어울리는 청록색 비단옷을 근사하게도 빼입었다. 평소에도 해사한 얼굴은 오늘은 옥으로 빚어놓은 듯 맑았다.

사심 없이는 나오지 않을 행색이다. 그리고 무엇에 사심을 품었을지도 뻔하다.

"릉아, 형이 미리 말한다. 실망한다."

"저는 아무 사심도 없습니다."

"너는 아니라 하지만 옷에서 사심이 뚝뚝 흐르는구나. 이런 자리에 늦게 나오는 것으로 유명한 네가 미리 대기하는 것도 이상하고 말이다."

"오늘이 마지막이잖아요. 아직 얼굴도 못 봤다고요!"

무릉은 '황실의 여인'이라는 범아를 어떻게든 만나보려 했지만, 알아챈 범아가 무릉이 지나가는 길을 알아낸 뒤 그 길을 죄다 피해갔다. 그 덕에, 무릉은 그토록 만나고자 하는 여인을 단 한 번도 보지 못하는 현상을 체험했다. 오늘이 마지막이란 생각에, 무릉은 결사적이었다.

"네가 좋아할 만한 여인은 아니야."

"미색이 좀 모자란다 하더라도 여인의 재치와 상냥함 역시 그 기량이 아니겠습니까."

"그런 거, 전혀 없어."

"제 취향일지도 모르지 않습니까."

"네 취향을 내가 모를까. 그게 아니라니까."

"아니, 형님, 대체 왜 그러세요?"

"정말 아니니까. 그리고 나는 네가 황상의 손녀사위가 되는 것만큼은 피하고 싶구나. 정말 사돈 맺기 싫은 집안이다."

화양이 맞이할 이상한 사돈은 갈씨 집안 하나만으로 족하다 싶다. 사징 하나만으로도 이상해도 너무 이상한 사돈이었다.

그때 범아가 부둣가로 나왔다. 옆에는 유모 여애가 있고, 차림은 '여장'이었다.

"어서 오시오, 들."

범아는 무뚝뚝한 얼굴로 무염을 맞이하고, 조르르 달려와 매달리는 무흔이를 반기고, 그다음 활짝 웃는 무릉을 보았다.

무릉은 정중하게 허리를 숙이며 인사했다.

"화양공자 막무릉입니다."

"궁주 고범아입니다."

그리고 고개를 팩 돌렸다.

잘생긴 얼굴로 단 한 번도 실패해 본 적이 없는 무릉은, 그 쌀쌀맞은 대꾸에 무척 충격받았다. 그런데 바로 다음 제법 놀라운 일이 벌어졌다. 범아가 옆에 뻣뻣하게 굳어 서 있는 무건을 보더니 그 얼굴이 굉장히 부드러워졌다. 무건은 바짝 얼었다.

"화, 화양공자 막무건입니다."

"공자는 처음 뵙는군요."

형들과 같이 나와 여자의 시선을 받는 경험 자체가 처음인 무건의 얼굴이 더더욱 하얗게 변했다. 옆에 있던 유모 여애의 눈길도 무건에게 꽂혔다. 무건은 무릉처럼 꽃처럼 화사한 미남은 아니어도 유 부인 소생의 삼형제 중 가장 장부다운 얼굴이었다.

"궁주님, 제가 보기에는 이쪽이 제일 괜찮아 보이는데요?"

"여애마저도 그 일에 가담하는 건가! 내, 사내에게 관심이 없다고 충분히 말하지 않았나. 보는 사내마다 그리 보는 것도 지치지 않나?"

"아무리 그래도, 저기 저 어리신 막둥이 공자님보다야 이분이 더 나아 보이는데요. 참으로 든든하고 사내답습니다."

"그런 게 아니야! 이 막되어먹은 큰 공자와 참으로 비교되는 점잖은 풍모가 보여 그런 것뿐. 다른 마음이 있는 것은 아니라고!"

그리고 범아는 고개를 돌리다 어처구니없어 하는 무염과 마주쳤다. 범아는 쏘아보며 딱딱하게 말했다.

"왜 그런 눈으로 보시오, 공자."

"참 무서운 말을 들었군. 이보시오, 궁주. 우리 막내하고 놀면서 그리 엉큼한 생각을 하셨던 건가."

"그런 적 없어!"

"여덟 살 꼬맹이가 사내로 보이실 정도로 자신감이 없으면 어쩌시나."

"보시오, 공자! 공자가 나를 여인이라 무시하는 것 같은데, 내 며칠은 잘못한 것이 있어서 참았으나 지금은 도저히 참을 수가 없어! 아무리 나라를 구한 공이 있는 장군이라 하나, 공자와 나는 예를 갖추어야 할 사이야!"

범아는 이를 악물었다 떼며 말했다.

"사량 낭자는 어딜 갔기에 그대처럼 짐승의 예밖에 모르는 자를 홀로 풀어두었단 말이오!"

"사량은 이제 내 부인이나 다를 바 없으니, 외간 남자가 득실득실한 곳에 놓아둘 수 없어 나오지 말라 했소이다."

그리고 무염은 두리번두리번거리며 사량을 찾는 명천을 가리켰다. 범아는 명천의 뒤통수를 노려보았다.

"어쩌다 공자 같은 짐승을 그런 숙녀가 지아비로 두게 된지 모르겠어. 참으로 통탄한 일이야. 아까워."

"분명히 말해두는데, 나 역시 내 동생들 중 그 누구도 궁주에게 보낼 생각 없어."

"장군이 저 공자들의 아버지도 아니지 않은가. 무슨 권한으로 그리한다는 건가."

"낳는 데 기여한 바는 없어도 자라는 데는 기여를 많이 했…… 가만, 이러는 거면 내 동생들 중 마음에 드는 애가 있다는 건데. 어이, 무흔아. 뒤로 물러나라. 너를 자그마치 사내로 보는 무서운 여인이 앞에 있단다. 무건아, 너도 꿈도 꾸지 말……."

그러나 무건이는 하얗게 굳어 있었다. 꿈에 나올 여인을 그리는 얼굴이기는 했다. 악몽이라 문제지. 무염은 둘째 동생을 무릉에게 건네 달래도록 한 뒤, 범아에게 말했다.

"궁주, 신랑감이 필요하다면, 내가 아는 사내 중 궁주와 아주 잘 어울릴 사내가 하나 있는데. 황상께 말을 넣어볼 터이니 한번 만나보겠나?"

"이제 좀 닥치시오, 공자! 동생들 보기 부끄럽지도 않소."

성 쪽에서 북소리가 크게 울려왔다.

범아는 이따위 상황에서 벗어나게 되어 안도했다.

"황상께서 나오신다."

범아는 황군에게 명령하여 열을 잡도록 하고, 선상의 수군들에게도 명령해 깃발을 펼치도록 했다.

구경 나온 사람들이 많아지자, 무염은 동생들을 제자리로 보냈다. 무흔은 범아와 아쉬운 작별을 나누고 다른 동복형들과 황제를 맞이하러 갔다.

범아가 물었다.

"공자는 왜 따라가지 않는 거요."

"나는 서출이지 않나."

"부인의 양자가 아닌가. 친아들이나 다를 바 없어. 게다가 공자들 중 장군만 한 공을 가진 이는 없고 앞으로도 없을 거요. 공자야 태어난 태로 격을 나누지 말라 하였고, 그건 맞는 말이지만 살며 이룬 공으로 격을 나누는 건 당연한 일이오."

"그 공이란 게, 운이 좋아 이룬 거라 생각해, 궁주."

"나는 그리 생각 안 해. 십왕쟁패의 세상에, 그 정도 공을 이루면 누구라도 패업을 생각할 거야."

"위험한 소리 하는군. 천하 통일 이루는 건 쉽소, 궁주. 깃발 들고 남에서 북까지 달리고, 동에서 서까지만 달려도 되는 거야. 한번에 다 이기려고 작정하면 이루지 못할 이가 없겠지. 하지만 꿈이―"

"음?"

"패자란, 그런 거라 생각해. 백성의 꿈을 이루어줄 수 있는 사람, 이 땅이 품은 꿈을 이루어주는 사람이라고. 그건 황상과 그 위업의 영광도, 온 백성이 하나 돼 충성하는 마음도 아니오. 그저 내 땅, 내 고향을 사랑하고 안온하게 지낼 한 줌의 삶. 바로 그런 꿈. 풀 한 포기도 나고 자란 이유가 있는데 하물며 사람은……. 나라만 세우고 저 하나 야심만 채우는 건 쉬울 거요. 하지만 사람들의 그런 꿈을 이루어주는 건 어려워, 아주. 그 어려운 게 패업이오."

"분하군."

"뭐가."

"그냥, 분하다고. 공자에 대해 많이 들었어. 그래서 뭐, 대단한 사람일 줄 알았는데 아니네. 겨우 그리 생각하니."

얼굴도 작고 어깨도 좁은 여자 아이가 표정과 말투만 조숙하니, 웃기기도 웃겼다.

"궁주도 궁주가 원하는 바를 이루길 바라오."

그때 황제와 화양공이 부둣가에 도착해 더 말을 할 수가 없었다.

황제는 화양공의 세 아들들을 직접 맞이하여 인사를 나누었다. 막내 무흔은 손자인 듯 머리를 쓸어주며 아쉬워했다. 무릉을 보고는 '어휴, 뭐야. 이 기생오라비 같은 놈은.' 하고 인사만 하고 지나가고, 무건을 보더니 운명의 상대라도 만난 듯 눈을 번쩍 떴다.

저 노인네가 왜 저러시나 싶어, 무염은 긴장하며 노려보았다.

황제는 무건을 이리저리 보고 위아래로 보고 여기저기 살펴보더니, 손녀를 돌아보며 고개를 끄덕였다.

범아의 얼굴이 굳었다.

무염이 어처구니가 없어 말했다.

"뭐지, 저 욕정 어린 시선은."

"아무 말도 하지 마."

"한눈에 반한 눈치신데. 오늘 밤 담을 넘어 침실로 들어간 뒤에 '애야, 우리 손녀랑 결혼하자!' 하고 들고 도망칠 것 같군."

"하지 말랬지!"

범아가 다시 쏘아보았지만 무염은 무시했다. 드디어 무건을 향한 탐욕스러운 시선을 거둔 황제는 용주 앞에서 기다리는 범아와 무염에게 왔다.

"장군과도 작별이군. 오랜만에 젊은 장군을 보니, 이 늙은 마음이 다시 환해지고 좋더군."

황제가 나타난 뒤에 일어난 일들은 그냥 넘어가기 힘든 일들뿐이었지만, 그 능구렁이 짓들이 다 끝난 뒤에 남은 얼굴은 어딘지 지쳐 보였다.

아들들을 잃고, 아직 마치지 못한 패업을 쥐고 있는 나이 든 남자. 할 일은 있는데 목적도 희망도 없는 얼굴.

무염은 동정이 아닌, 안타까운 마음이 먼저 들었다.

외로운 남자였다, 이 사람.

황상이기 이전에 아버지요, 사내였다. 그것도 아들 없는 아버지요, 여인 없는 사내.

"원하는 모든 것을 이루고, 지킬 것을 지키게. 장군 위에 항상 햇살이 비추기를. 바람이 불어도 굽히지 않기를. 비가 내려도 쓰러지지 않기를."

그리고 무염의 팔을 잡고 두드린 뒤에 웃었다.

"잘 있게. 오래 살아 좋은 날을 보게."

편하고 좋은 기분이 들었다. 황제가 한 일을 생각하면 당장 멱살 잡고 흔들어대며 이대로는 못 보낸다 하고 싶은데, 쓸쓸한 얼굴을 보니 그 마음은 어이없게도 사라진다.

무염은 이 황제가 젊은 시절, 그 많은 장수들이 따르고 영주들이 복종했던 이유를 알 것도 같았다.

도무지 당해낼 수 없는 사내다.

"안녕히 가십시오, 황상."

승선한 황제는 드디어 선단에 출항을 명령했다.

황제가 올라오자, 배 안에서 북이 울리고 노가 올라가며 바닷물이 사방으로 튀어 올랐다. 닻이 완전히 올라오자, 노는 북소리에 맞춰 바닷물을 헤치며 배를 나아가게 했다.

가장 거대한 흑선이 바다로 나아가자 그 뒤로 다른 배 두 척이 따랐다.

하늘의 먹구름이 진해지며 아침에 멎었던 비가 다시 내리기 시작했다. 여름의 열기를 식히고 가을을 시작하는 비다. 비는 고요한 소리를 내며 화양을 적셨다. 붉은 지붕 위로, 운하 위로, 다리 위로, 나무와 풀 위로, 꽃과 바위 위로 끝없이 내리고 적신다.

그리고 그 빗속, 빛도 그림자도 청회색으로 흐려진 수평선을 향해 용주는 노를 저어 나갔다.

어느덧 배들은 수평선 너머로 사라지고 북소리도 희미해지며 그친다.

화양성민들은 모든 것이 사라진 뒤에도 한참을 더 보다가 하나둘 돌아가기 시작했다.

무염은 부둣가에 앉아 그 광경을 지켜보았다. 화양공 부부는 이미 들어가고, 동생들 역시 돌아갔다.

홀로 남아, 무염은 황제가 완전히 사라진 뒤에도 비 내리는 수평선을 지켜보았다.

드디어 끝났다는 후련함도 있지만, 꿈 하나가 완전히 끝난 것 같은 적적함도 든다. 왔을 때의 충격만큼이나 사라진 그 이후의 아쉬움도 크다.

부둣가는 고요하고, 옆에 있던 병사들도 무염이 명하자 다 떠났다. 이제, 아무도 없다. 출렁이는 파도 소리, 갈매기, 배들이 움직이는 소리, 그리고 고요하다.

세상에 홀로 남아 있는 것 같은, 그런 덧없는 고요.

"이제 우리도 가죠."

사량이 우산을 들고 앞에 서 있었다.

무염은 눈부신 듯 보았다.

"여긴 웬일이지."

"저도 배웅해야죠. 재미있는 분이셨잖아요."

"재미있었나, 당신은."

"무사히 끝나니 재미있다고 하는 거죠. 우리 뒤끝 긴 막 공자님, 저는 벌써 잊었어요."

"그래도 내가 나오지 말라고 했잖아."

"저런, 이러다 시집가면 문밖으로 나가지도 못하게 할라."

"그럴 생각이었어."

"자꾸 그러면, 나도 공자가 여자 있는 곳으로 가지도 못하게 만들 거예요."

사량이 가까이 다가왔다. 검고 긴 머리카락에 작은 빗방울들이 무수히 맺혀 있다. 무염은 그 방울방울을 다 따스하게 보았다. 그녀에게 닿는 모든 것이 아름답다.

사량이 비에 젖어드는 치마를 걷어 올리며 말했다.

"역시, 치마가 기네요."

"가까이 와봐."

사량이 고개를 숙이자 무염은 손을 뻗었다. 양손에 따스한 볼이 닿았고, 사량의 눈이 무염을 향했다.

"왜요."

"그냥."

그저, 당신 몸에 닿으면 모든 것이 아름다워진다 말하고 싶었어.

햇살이 등에 닿으면 금이고, 달빛이 머리카락에 흐르면 은, 빗방울이 맺히면 그 하나하나가 다 옥. 당신 몸에 얹히는 모든 것이 다 보옥이고, 그중 가장 귀한 것은 당신이라고.

그리고 그런 당신이 나를 보는 것이, 당신의 눈이 나를 보고, 당신의 목소리가 나를 부르고, 당신의 손이 나를 잡는 것이 그저 감사하고 벅차다고.

"내가 여기 있는 줄은 어떻게 알았지, 사량?"

"요즘은 지나만 가도 너도나도 공자가 어디에 있는지 가르쳐 주니 모르려야 모를 수가 없어요. 그래서 길만 나서면 저절로 공자가 어디에 있는지 알게 돼요."

"다행이네."

당신이 내 여자라는 걸 세상 사람들이 다 아니.

"당신에 대해 이야기하는 것도 들었어요. 당신이 이런 곳에 나와 있는 것은 처음이라고 하던데."

"보통 이런 자리에는 나오지 않아. 나도 사람들 앞에 아버지 가족들과 함께 서 있는 것은 처음이지."

'아버지 가족들'이라는 말에 사량의 눈이 가라앉았다.

그 눈을 보며 무염은 다음부터는 조심해야겠다고 생각했다. 이 여자, 하나하나 다 지켜보며 웃고 운다. 그리 세세하게 하나하나 다 봐주는 건 좋은데, 역시 웃는 게, 기뻐해 주는 게 더 좋다.

"그래서 우산을 사면서 물어봤어요. 왜 당신을 투귀라고 부르냐고."

"일단 물어볼 게 있는데, 그 우산 장수는 남자야 여자야."

"어린아이예요. 그리고 여자 아이였고요."

"아, 다행이군. 뭐라 답하던가."

"전장에만 나타나서 그렇다고 그러더군요. 전쟁이 있는 곳에, 싸움이 있는 곳에만 나타났다 사라진다고, 그래서 귀신같이 왔다가 귀신같이 사라진다고, 투귀라 부른다던데. 정말인가요?"

"의외라는 듯 들리는데?"

"내가 처음 당신을 본 건 전장이었다고요. 과연 투귀라 불릴 만하다고 생각했는데, 그런 사연인 줄은 몰랐죠."

"사실, 나도 몰라. 이제는 별로 궁금하지도 않고. 내가 투귀든 잡귀든 무슨 상관일까. 전혀, 전혀 상관없어."

빗줄기 소리가 점점 거세어졌다.

"가요."

사량은 볼에 얹힌 무염의 손을 잡고 끌었다.

"어서요."

"미안하게 되었네."

"응? 뭐가요?"

"당신 동생은 이곳이 안전할 것 같아 당신을 보낸 건데, 이제 여기서도 전쟁이 일어날지도 모르게 되었으니. 괜찮겠어?"

"나는 보기보다 무서운 일을 많이 본 여자라고요. 화살이 날아오든 칼이 날아오든, 뭐가 무서울까요. 하나도 걱정 말아요. 도망 안 가고 당신 옆에 있을 테니."

태평한 사량의 얼굴을 보며 무염도 깨달았다. 이리 꽃처럼 웃고 있어도 전란의 한복판에서 살아온 여자였다. 점령당했던 성을 되찾았고, 적장을 죽인 적도 있다.

다시 한 번, 그녀가 그 없이 살아왔던 날들이 아프다. 아무것도 해줄 수 없는, 상처와 고통으로 남아 있을 그날들이.

"화가 나."

"왜."

"당신이 나 없이 보낸 날들에, 내가 당신의 이름조차 모르던 날들에."

"공자는 내 이름도 몰랐지만, 나는 몇 년 전부터 공자의 이름은 알았으니 내가 이긴 거네요."

"억울하게도 그렇군. 유명해서 손해 본 기분인데."

사량은 무염에게 우산을 내밀었다.

"이제 둘 다 아니까 공평하지요. 자, 어서 가기나 하자고요. 비가 점점 세지네요."

"성으로 가기 전에 들를 곳이 있어."

"어디요?"

"청향궁."

"청향궁? 사원이요?"

"황명산에 있는 명소궁을 제하곤 가장 큰 사원이지. 구조 복잡한 것으로 치면 최고일 테고. 들어가 보면 말벌집이 따로 없지. 이렇게 붙이고 저렇게 붙이고 하다 보니, 과연 사원인지 마굴인지 모를 지경이지만 재미있어. 같이 가자."

"이번에는 또 무슨 일을 벌이려고요?"

"왜 그리 말하는 건데."

"공자하고 같이 가면 항상 일이 벌어져서요. 이 화양성만 해도, 공자의 장담대로 아주 평화롭고 안전한 곳인 줄 알았더니 상산의 살수들이 담을 넘어오질 않나, 휘말려 죽을 뻔하질 않나, 다쳤다고 걱정돼서 갔더니 곰만 한 남자가 덮치질 않나."

"이봐. 나를 그리 원망하면서, 당신을 잡아간 황상은 원망하지 않나."

"참, 그때 상처는 다 나았나요?"

"어허. 자기가 잘못하니 바로 딴청이군. 괜찮아, 그 정도 상처는 금방 나아."

사량은 무염의 소매를 걷어보았다. 붕대도 감겨 있지 않은 상처는 벌써 붉은 흔적만 남기고 나아 있다.

"정말 튼튼하네요."

"곰처럼 튼튼하지. 그것 하나만은 믿어도 될 거야. 감기 한 번 안 걸리는 대단한 체력이거든."

"그래요. 몸은 대단하죠."

"어떻게?"

"그만. 엉큼하게."

무염은 우산을 펼치고 길 위로 나섰다. 사량은 옆으로 다가와 같이 걸었다.

빗줄기가 끝없이 우산의 지붕을 때렸다. 두둑, 두둑, 두두두— 비는 끝없이 우산 끝으로 떨어진다. 젖은 바닥이 어느새 옷자락을 적셔, 사량은 치마를 더 높이 들었다.

무염은 서두르지 않았다. 두어 걸음 앞서가다, 사량이 따라오면 다시 두어 걸음 앞서갔다. 그리 느릿느릿 걸어 부둣가 끝에 있는 청향궁으로 향하는 다리 앞에 이르렀다.

사량은 우산을 들고 절벽을 보았다. 비에 번들대는 절벽 옆에 좁은 나무 계단이 바짝 붙어 청향궁의 입구로 이어졌다. 계단 난간에는 소원과 복을 비는 색색 종이가 묶여 있었다.

무염은 나무 계단으로 올라갔다.

"자."

사량도 빗물에 젖어드는 치마를 잡고 그 뒤를 따랐다. 계단이 좁고 가파르니 조심하라 말하려 했던 무염은 사량이 거뜬하게 올라오는 것을 보고 그만두었다. 역시, 이 정도 절벽은 평지나 다를 바 없는 팔보산 출신의 여자다. 밧줄 하나만 잡고도 절벽을 오고 가는 여자에게 지붕과 난간까지 달린 계단이야 비단 보료 위를 걷는 거나 다를 바 없을 테지.

계단의 끝에는 사원으로 들어가는 문이 있었다. 그 오래된 처마 아래로도 빗줄기가 떨어졌다. 무염은 사량을 들여보낸 뒤, 우산을 걷고 안으로 들어갔다.

사원의 뜰로 들어서자, 여러 신들의 상과 그 신들을 위한 사당이 나왔다. 화려하게 칠한 목상과 오래된 석상이 여기저기 자신만의 사당 안에 모셔져 촛불에 둘러싸여 있었다. 사람들은 그들이 원하는 것을 관장하는 신들 앞에 초와 향을 바치고 소원을 빌었다.

사당 뜰 한가운데 높은 돌기둥 두 개가 세워져 있었다. 용들이 타고 오르는 그 기둥 그 끝에는 화양을 상징하는 물고기와 해신의 상이 서 있었다. 화양을 지키는 수호석이라, 앞에는 커다란 청동 향로가 놓여 있고 가장 좋은 향이 타고 있었다.

　무염은 사원에 오는 사람이 하는 대로, 그 수호석 앞에 향을 올리고 절했다. 사량 역시 따라 한 뒤에 물었다.

　"여기는 왜 온 건가요."

　"뭐긴 뭐야, 맹세하라고 온 거지."

　"네?"

　무염은 옆을 가리켰다.

　붉은 두건을 쓴 노인의 목상이 인연석이라 적힌 돌 옆에 서 있었다. 마음을 나눈 남녀가 서로 간의 신의를 맹세하는 곳이었으며, 부모 허락을 받지 못하거나 혼례를 올리지 못한 남녀가 부부의 언약을 나누는 곳이기도 했다. 남녀 간의 일은 난세인 지금도 중요한 문제인지, 인연석에는 인연을 맹세한 남녀가 매어두고 간 붉은 실이 가득 엉켜 있었다.

　"이러면, 허혼받지 못해 도망 나온 것 같잖아요. 설마, 동생이 반대할까 봐 자신 없는 건가요."

　"당신 동생이 아직 문제긴 한데, 어차피 황상이 허혼한 혼례니 당신 동생도 별수 없을걸. 이건 당사자인 당신도 반대 못해."

　"그러면 왜 여기로 온 건가요. 얌전하게 기다리기만 해도 되잖아요."

　"미안하지만 그것만으로는 안 되겠어. 지금 여기 이 앞에서 맹세해. 맹세한 다음 마음이 변하면 천벌 받을 줄 알아."

　"저런, 나한테 자신 없나 봐요."

　"그러는 당신은. 당당하면 여기 와서 어서 맹세하지 왜 그리 머뭇대나."

　"그럴 리가!"

　어처구니가 없다고 생각하며, 사량은 향을 집어 불을 붙인 뒤 손에 모아 이마에 대 절을 하고 향로에 꽂았다.

향의 연기가 천장을 향해 실처럼 피어올랐다. 무염 역시, 같이 향을 올렸다. 무염과 사량은 동시에 합장하여 절을 한 뒤에 물러났다.

"자, 끝났으니 이제 배신하면 정말 천벌 받는 거다."

"당신도 마찬가지란 거, 몰라요?"

"나는 자신 있다니까. 당신 아버지가 내 꿈에 오셔서 물어봐도 당당히 답할 수 있어요. 꿈에 아버지가 당신을 찾아오시거든 한번 물어봐."

"우리 아버지가 그리 쉬운 분일 리가 없는데. 당신이 몰라서 그래요."

"그래."

무염은 사량의 아버지를 본 적이 있었다.

언제고 말하고 싶었는데 말하지 못했다. 웃는 얼굴을 볼 때마다 그 얼굴에 슬픔이나 서러움이 맺히는 것이 두려웠다. 보고 있으면, 금방 딴 과일 같은 그 미소가 그저 좋았다. 하나하나, 어찌 이리 사랑스러운 것으로만 만들어졌는지, 그저 좋았다.

"공자? 왜 그래요."

"예전 생각이 나서."

"무슨 생각인데요."

"당신 아버지."

역시, 사량의 눈이 흐려졌다.

동량에서 북명군을 모두 몰아낸 뒤에 전장을 찾았을 때, 며칠이 지난지라 태자의 시신만 간신히 찾아낼 수 있었다. 그리고 그 옆에서 엄청난 공격을 받은 시신을 하나 더 찾아냈다.

얼굴은 알아볼 수 없을 지경이었으나, 마침 융금에서 온 장수가 있어 그 갑옷과 검을 알아보고 통곡하며 엎드렸다.

융금백, 갈화징.

융금은 그리 멀지 않다. 가족에게 그 시신을 보내라 하며 물었다.

'가족이 어떻게 되나.'

'부인은 돌아가셨고, 올해 열여섯이신 아드님과 열아홉 난 따님이 있습니다.'

'어리군.'

성주와 병사를 잃고 아직 소년인 후계자가 성주가 된 성이라니, 고생할 일이 눈에 훤히 보였다. 열아홉인 딸은 운이 없으면 정말 참혹한 처지가 될지도 모르겠다.

그때는 몰랐다. 그의 딸이 누구인지. 그 시신 앞에 흐느끼고 있을 소녀가 누구인지. 다섯 해 뒤에 만나게 될 거란 것도, 이 앞에 있을 거란 것도. 이런 눈을 보고 이런 손길로 만지고 있을 거라곤, 조금도 몰랐다.

'아, 안에 서찰이 있습니다.'

시신을 수습하던 병사가 말했다. 무염은 그 병사가 갈화징의 품 안에서 서찰을 꺼내는 것을 보았다. 서찰은 기름종이로 잘 싸여 있어 피에 젖지 않았다.

무염은 서찰을 받아 봉인 위에 적힌 이름을 확인했다. 하나는 가족 앞으로 보내는 것이고, 다른 하나는 황제 앞으로 보내는 것이었다.

무염은 태자의 시신을 운구할 자들에게 황제 앞으로 적은 서찰을 건네고, 융금으로 갈 이들에게는 가족들에게 가는 서찰을 쥐어주었다. 융금의 무관은 눈물을 훔치며 받아 들었다.

'꼭 전하겠습니다.'

거듭, 거듭 다짐하며 울었다.

그 후로, 몇 년이 흘렀다.

융금을 찾아갈 때까지.

"당신이었군요."

사량은 부드럽게 웃었다.

"젊은, 아주 젊은 장수라고만 했어요. 하긴, 당신이 누구인지 그때 어떻게 알 수 있었을까요. 당시는 경황이 없어 그랬다며, 당신에게 이름도 묻지 않고 돌아온 것이 참 미안하다고 하더라고요. 저 역시, 감사 인사도 못하게 되어 아쉬웠지요."

"뭐라 적혀 있었지."

"당부요. 신의를 지켜라. 사람들의 신의를 받고, 너에게 신의를 바치는 자들에게 최선을 다해라. 그리고…… 나는 믿는다, 내가 지킨 모든 것을. 믿지 못할 자를 믿어 피를 흘릴지라도, 내 살과 뼈 같았던 이들이 내 등에 칼을 꽂아도…… 나는 내 길을 믿는다. 나를 죽음으로 몬 길이더라도, 그래도 이 길이 내 길임을."

사량은 눈을 감았다. 눈썹 끝이 떨리며, 긴 한숨이 나왔다.

"그리고 아버지 친구가 성을 찾아왔지요. 저는 그자가 우리를 도와줄 거라 믿었어요. 지금 생각해 보면, 그자를 믿었다기보다는 누구에게든 의지하고 싶었던 것 같아요. 이 사람이 절망적인 상황을 단번에 해결해 주고, 사징이 성을 물려받아 다스리게 도와줄 거라고…… 하지만 그자는 동생을 가두고 나는 노리개로 삼으려 들었죠. 이제 와 생각해 보니, 그건 믿음이 아니더라고요. 그냥, 포기죠. 그 일에 대해서는 이렇게 생각하기로 했어요. 아, 그건 그러니까 그자가 나쁜 놈인 건 맞지만, 내 잘못도 있다. 믿어서 배신당한 게 아니라 자포자기하고 쉽게 가려 하다가 마음을 다치게 된 거야, 이건 아버지가 말씀하신 믿음이 아니야."

무염의 손이 사량의 머리카락을 쓸어내리고 목을 안아 당겼다. 사량은 따스한 열기가 이마에 닿자 편안해졌다.

"당신 아버지는 대체 무엇을 믿으신 걸까."

"아직은 몰라요. 하지만 모르는 씨앗을 심고 그 씨앗의 꽃을 기다리듯, 그렇게 말씀하셨어요. 그리고 그뿐, 이제는 여쭈어볼 수 없죠."

사량은 무염의 얼굴을 보았다.

"아버지께 당신을 보여 드릴 수도 없고."

"한바탕 욕을 먹을 수도 없겠군."

"좋아하셨을 거예요."

"당신 동생이 하는 것을 보면 당신 아버지도 내가 마음에 안 들었을 것 같아. 당신을 데리고 가려 한다는 이유 하나만으로도 나를 미워하셨을걸. 그러니 나의 그 무엇도 다 마음에 안 들었을 거야. 내 덩치도, 내 얼굴도, 내 목소리도, 죄다."

"좋아하셨을 거라니까."

"전장에서 돌아오는 길에 융금성에 한번 들를까, 생각했었어. 내내 마음에 걸렸거든. 어린 소년이 이어받은 성이란 것이 어떤 꼴이 될지 뻔해서 말이야. 그런데 간다고 하니, 모두 반대하더군. 그곳은 산세가 워낙 험해서 각오하고 들어가야 하는데, 군사까지 끌고 갈 수는 없다며. 나 혼자서라도 다녀올까 했는데, 더더욱 안 된다고 했지……. 그런데 참, 내가 왜 그랬을까. 그때 갔더라면, 이리 다섯 해나 낭비하지 않았을 텐데."

"그때의 내가 당신에게 넘어갔을까요."

"그럼. 당연하지. 그때의 내가 더 잘생겼었거든."

"정말요?"

"당신은 더 어렸을 테니 유혹하기 더 쉬웠을 테고, 당신 동생은 아직 솜털 가득한 애송이여서 더더욱 쉬웠을 테지."

"아닐 텐데."

"아냐, 정말이야. 게다가 아버지 잃고 약해져 있던 당신 앞에 이 잘생긴 막무염이 나타났으면 당장 나하고 사랑에 빠지지 않았을까."

가벼운 웃음이 터졌다.

"설마."

그 웃는 얼굴을 보며 무염이 속삭였다.

"좋아, 그 표정."

고개를 숙이며 다시 속삭였다.

"좋네, 이 얼굴."

그리고 볼에 입을 맞추었다.

"정말, 갈 걸 그랬어."

품에 안으니 열기에 젖은 한숨이 나왔다.

"당신이 있는 줄 알았다면, 절벽을 기어올라 가서라도 갔을 거야. 그 다섯 해 동안, 당신은 고생하지 않고 슬퍼하지도 않았을 테지."

"마촉 장군의 손가락도 다 달려 있었을 테고요."

무염은 웃음을 터뜨렸다.

"마 장군이야말로 내가 안 가는 바람에 가장 큰 피해를 입은 당사자 군."

"공자, 나는 괜찮아요. 동생을 더 사랑하게 되고 융금을 더 아끼게 되었으니. 귀한 것이 무엇인지, 사랑하는 것이 무엇인지도 알게 되었으니까. 손해만 본 건 아니에요. 슬픔 없이 살 수도, 고통 없이 살 수도 없으니. 그러니 괜찮아요."

무염은 사량의 눈이 고요히 젖어드는 것을 보았다.

"그래도 그때의 나는 좀 덜 심술궂었을 거야."

손으로 눈물을 걷어주고 목덜미에 얼굴을 묻으며 말했다.

"좀 덜 비뚤어졌을 테고, 좀 더 친절했을지도 몰라."

서럽고 외롭고, 때때로 비참하고, 어느 날은 울화가 터지다, 대부분은 쓸쓸하던 그날들은 결코 없었을 테니, 나는 좀 더 상냥하고 좀 더 부드러운 사람이었을 테지.

하지만 그런 것은 이제 상관없다.

당신을 지켜주지도 돌봐주지도 못했을 그 나날이 그리 안타깝고 안쓰러운데, 내가 당신 없이 보냈던 시간 같은 것은 애초에 없는 듯 전생(前生)인 듯 느껴진다. 당신이 있고부터만, 당신이 내 눈을 바라보는 그날들부터만 세상이 시작되는 것 같다.

사량이 팔을 들어 무염의 등을 두드렸다.

"가요. 어두워지고, 곧 추워지겠네요."

"그래."

무염은 사원으로 나가며 길을 가리켰다.

"뒤로 가면 지름길이 있으니 이리로 와."

사량은 먼저 우산을 펼치고 걸어갔다. 그런데 무염이 달려와 그 우산을 빼앗아 위로 들었다.

"이봐요, 공자. 공자는 너무 커서 우산 하나로 둘이 쓸 수 없다고요."

"그럼, 이 안으로 들어와."

"네?"

"이 안으로 오라고."

그리고 무염은 팔을 벌리고 옷자락을 펼쳤다. 사량이 들어오자, 무염은 옷 속에 사량을 넣은 뒤 팔로 안았다.

"가자."

무염은 몸을 끌어당겼다. 다른 이의 몸이지만 그의 몸 같은, 밖에서 뛰는 심장 같은 몸이 팔 안에 있다. 그 몸을 잡고 발걸음을 뗐다.

냉기를 머금은 빗방울은 바위와 길, 파초와 비파 나뭇잎 끝에 맺혔다가 구슬처럼 떨어지고, 사량을 안은 팔은 점점 따뜻해진다.

여기서 눈을 감으면 언제나 보이는 먼지 낀 전장, 자욱한 피비린내, 목에 닿던 서늘한 칼날. 그리고 한 걸음 앞에 새카맣고 허무한 죽음이 있다. 깊이 잠들면 항상 그 악몽이 서 있고, 그 안으로 일단 들어가면 처음부터 죽음 직전에 놓였던 그 순간까지 남김없이 다 겪어야 한다. 때때로 그 안에서 죽기도 여러 번.

그렇게 그해, 무염은 전장에 들어갔으나 아직 전장을 떠나지 못했다.

목 옆에는 항상 칼이 있고 등 뒤에는 어둠이 있다.

언제 어디서 떨어질지 모르는 내 목, 내 목숨, 내 삶. 마음 놓고 사랑할 이도 사랑해 주는 이도 없는 이 외로운 날들.

그런데 지금, 이상하게도 불가사의하고 불가능한 장면이 펼쳐진다.

먼지 낀 전장 위로 조용한 비가 내린다. 역한 피비린내가 사라지고 죽원의 향기가 청량하게 피어오르며, 신음과 비명 대신 바람 소리와 비 내리는 소리, 새 울음소리가 들려온다.

그저 멍하니 바라보고 있자면 눈앞 가득 보이는 것은 푸른 대나무 숲과 그 위로 내리는 은빛 빗줄기.

그날, 무염은 세상의 온갖 끔찍한 것들을 앞에 두어도 그 광경을 기억하게 되리라 생각했었다.

무엇이 닥쳐도, 무엇을 보더라도, 항상 이것을 기억하리라.

그리고…… 그 빗소리 사이로 스며드는 은은한 노래, 마주치면 지어주던 상냥한 웃음과 보드랍게 달아오르던 볼, 바라보고 있자면 뛰던 가슴과 목 언저리에서 피어오르던 낯설고 두려운 열기도, 이것도 기억하리라.

위로해 줄 이, 그저 착한 말과 상냥한 대접을 해줄 사람이 필요했던 게 아니다.

그저, 당신이 필요했다.

당신이 나를 바라봐 주기를, 내게 닿는 당신의 손길이 상냥하기를, 당신의 입맞춤이 따뜻하기를, 당신의 세상에 내 자리가 있기를.

그런 당신이 다가오니 봄의 손이 닿고 여름의 입맞춤을 받은 듯 기적과 축복이 내린다. 당신이 부드러운 미소로 외로움을 녹여내고, 싸늘하던 세상은 온기로 차고, 서늘한 어둠이 빛으로, 텅 비었던 회색 하늘이 무지개 같은 아름다움으로 차오른다.

그리, 소중한 당신.

"다 와버렸군."

무염은 작게 말했다.

은하수보다 길기를 바라도, 그래도 길은 끝나고 돌아와 버렸다.

들떴던 마음도 가라앉고 세상은 더없이 고요한 가운데 빗소리만 들려온다.

전장에서 달고 왔던 그 귀신은 이 빗소리에 녹아 사라지고 없다. 재와 먼지만 피어오르던 전장 위로 새벽이슬이 내리고 차가운 새벽 호수 수면 위에 머물던 안개는 아침 햇살에 녹는다.

이제부터 어디로 가든, 어디서 싸우든, 누가 그를 증오하고 누가 그를 멸시하든 하늘에 별이 있듯 그녀는 그를 기다려 줄 것이다. 그리고 그는 그녀가 지척에 있어도 그립지만, 천 리 밖에 있어도 그녀의 숨소리를 들을 수 있을 것이다.

무염은 피어오르는 설렘 속에 사량을 보았다.

눈길도, 숨결도 온통 그를 향한다.

나의 당신, 이리 아름다운.

사량은 들어가자고 말하려 했다. 저녁을 먹을까요, 차와 과자를 먹으며 놀아볼까요.

무염의 손이 볼을 감싸고 입술이 닿는다. 밀려 올라오는 열기 속에 입술을 벌리고 달콤하게 젖어드는 혀를 느끼며, 목까지 밀치고 올라오는 심장 소리를 듣고, 피에 차오르는 환희와 열기를 느꼈다.

입술이 떨어지고, 바로 앞에서 내뿜는 뜨거운 숨과 몸을 매만지는 다

정한 손을 느끼는 사량에게, 무염이 말했다.

"집을 봐뒀어."

"무슨 집이요?"

"항구가 보이는 예쁜 집이지. 담의더러 알아보라고 했더니, 막 나왔다며 그 집을 보여주더군. 크지는 않지만 모란과 작약, 백일홍이 피는 뜰과 비단잉어가 있는 연못이 있지. 대나무 숲도 있어. 아무리 봐도 팔보산만은 못하지만 그래도 없는 것보다는 나을 거야."

"어떻게 구한 건가요."

"예전에 황상이 수고했다며 포상(褒賞)으로 내린 게 좀 많아. 처음에는 그냥 쫓아내는 줄 알았는데, 나중에 몰래 주더군. 상단에 나누어 맡겨두었더니, 제법 불려주었어. 그중에 뇌물도 좀 있지만. 그걸로 다 해버렸어."

"빠르기도 해라."

무염은 사량의 손을 잡아 그 손가락을 매만지다 손끝에 입을 맞추었다.

"이제 무를 생각 같은 건 하지 마."

"공자―"

사량은 무염의 눈 안으로 비치는 쓸쓸함을 보았다.

"당연하죠."

"그리고 항상 그곳에 있어."

"알았어요."

"꼭, 그곳에."

"그럼요."

"사랑해."

갑작스런 말에 사량은 말문이 탁 막혔다.

너무나 갑자기 툭 던진, 이 묵직한 한마디에 발이 땅에 붙는 기분이었다. 무언가가 터지며 찬란하게 반짝이는 것 같다.

무염이 다시 속삭였다.

"사랑해."

이걸 어찌 말할까, 황홀하다 해야 할지 눈부시다 해야 할지.

이 말 한마디에 온몸이 부서지고 다시 만들어지고 부서지고 다시 만들어지는 것 같다.

서늘하게 피어오르는 비의 냉기 속에서 그가 다가온다. 강하지만 부드럽게, 비단의 결 사이로 따스한 물이 스며들 듯 빈틈없이.

뭐라 더 할 수 있을까. 말할 필요도 없고 할 수도 없다.

두근두근 뛰어오르는 맥박을 느끼며, 그의 입술을 받아들이고 온몸을 맡기며 그가 하는 대로 내버려 두었다. 부드럽고 달콤한 혀가 입안에 가득하고, 머리카락 속의 머리를 매만지고 목덜미를 애무하는 손은 뜨겁고 단단하다. 묵직한 몸이 서서히 눌러오며, 숨소리는 뜨겁게 젖고 그 손에도 욕정이 실린다.

이럴 생각이었나요, 하고 작게 말하며 품 안에 머리를 묻었다.

설렘 속에 행여나 기대하는 것은 사량도 마찬가지였다. 어서 내 살에 그의 살이 닿기를, 어서 우리의 숨소리가 뜨거워지기를, 온몸으로 그의 품 안에 안기고 그가 안으로 들어오기를 바란다. 그가 얼마나 그녀를 사랑하는지, 얼마나 원하는지 확인하고 싶어졌고, 그녀가 그를 얼마나 기다리는지 보여주고 싶다. 이 갈망이 만들어낼 열락의 순간은 또 얼마나 찬란할지.

"들어가자."

동의하는 말 대신 사량은 그를 먼저 잡아끌었다. 들어가, 빗소리마저 창밖으로 사라진 뒤에 둘만 남는다.

이제는 조급함도, 격하고 처절한 몰아침도 없다. 부드러운 갈망과 애정, 그리고 열기에 차 짧아지는 숨소리뿐.

무염의 손이 허리띠를 풀고, 어깨를 덮은 장포를 벗겨냈다. 그리고 그 역시, 옷을 벗어 던지고 맨몸으로 덮쳐 왔다.

어느새 모두 벗어 드러난 젖가슴 위에 그의 가슴이 닿는다. 그의 입술이 목덜미를 거듭거듭 애무하고, 두 손이 강하게 젖가슴을 잡고 주무를 때 사량은 그의 머리카락을 매만지고 목덜미를 쓸어 올렸다. 단단한 목이 손바닥에 닿아 미끄러졌다. 손바닥에 예전에 입은 깊은 흉터가 닿자 멎는다. 안타까움 속에 한숨이 나왔지만, 무염이 입술을 덮었다.

살이 스치고, 닿고, 다시 서로를 적시듯 흠뻑 닿으며 열기가 번져 들어간다. 열기에 젖을 대로 젖은 손이 그녀의 몸을 잡아끌어 침대에 눕혔다.

등과 엉덩이에 서늘한 침대가 닿고, 그의 손이 허벅지를 끌어 올리다 다리 사이로 파고들어 왔다. 달아오른 다리 사이로 그의 뜨거운 손이 들어올 때는 이미 젖어 있었다.

손가락은 예민한 끝을 문지르다, 안으로 들어와 벌써 흠뻑 젖어든 속을 즐기듯 어루만지며 더 젖어들게 했다. 으— 하며 사량은 작게 신음을 흘렸다. 그 속살이 움찔대고 감각도 참 달착지근해진다.

"하아—"

조급한 한숨을 흘리자, 가벼운 웃음과 함께 그가 속삭였다.

"이제 급하겠네, 사량."

손이 나가며 허벅지를 쓸어내린다. 사량을 누른 몸에 힘이 들어가더니, 신음과 함께 뜨겁게 일어난 그것이 쇳덩이처럼 파고들어 왔다.

"아……."

열기를 가르는 그 힘에 사량은 젖은 한숨을 내쉬었다. 뻐근한 아픔조차 느낄 틈도 없이 젖어든 속이 그를 흠뻑 받아들인다. 뜨거운 신음과 함께 무염이 말했다.

"얼마나 기다린 거야."

"글쎄요…… 으음一"

크고 따뜻한 손이 턱을 어루만지고, 뒤로 물러났던 그가 허리 아래를 누르며 더 깊이 들어온다. 몸속의 열기가 환희에 젖으며 그를 받아들였다. 다리 사이로, 가슴 위로, 입술로.

"응……."

사량은 그 맨 어깨에 손을 얹으며 올려다보았다. 애정에 찬 회색 눈과 열망으로 팽팽하게 굳은 어깨를 보며 사량은 부드럽게 웃었다. 무염의 손이 볼과 이마를 어루만지고, 아래를 채운 그의 몸에 더 힘이 들어간다. 허리 아래가 맞물리고 들러붙으며, 그의 힘이 물결처럼 깊이 누른다.

아름다운 광경이다. 사랑하고 싶은 광경, 눈을 뜨고 보는 것 중 가장 충만하게 볼 수 있는 광경 중 하나다. 그의 눈, 그의 코, 그의 입술, 그리고 손에 닿는 뜨거운 열기와 맥박이 모두 아름답다.

다시 그의 몸에 힘이 들어가며, 부드럽게 젖은 곳을 단단한 것이 가르고 들어온다. 사량의 온몸이 그를 빨아들이듯 꿈틀거렸다. 견딜 수 없는 환락에 몸이 꿀처럼 녹아내리며 다시 눈물이 나왔다. 몸 위에 얹힌 그의 몸이 물결처럼 밀려들고 다시 밀려들었다.

탄식과 탄성이 뒤섞인 뜨거운 숨소리와 함께, 사량은 절정이 오자 제정신으로 버티기 힘들어지며 발끝에 힘을 주고 그가 온몸을 던져 오는 것을 흠뻑 받아들였다.

열기는 더 이글거리고, 그 위로 흐르는 땀은 불을 담은 듯 뜨겁다. 격렬한 헐떡임과 신음, 탄식과 탄성 속에 끝없는 속삭임이 들려왔다.

사랑해.

사랑해, 정말.

사량은 두 팔 가득 그를 담았고, 그 묵직한 몸이 내뿜는 만족의 숨소리를 들으며 그 품에 기댔다.

이제, 밤중의 부스럭 소리에도 눈을 뜨고 단도를 찾는 일은 없겠지.

손을 뻗으면 당신을 찾으려고 뻗는 것이고 귀를 기울이면 당신의 숨소리를 들으려고 귀를 기울이는 것일 테고, 그러다 당신을 찾으면 나는 당신 품으로 들어가 둥지 속인 듯 안도하며 잠들 테지.

그리고 이 찬란한 순간, 몇 번이나 속삭이고 싶은 말.

내가.

당신을.

사랑해요.

2권에 계속…

예원북스에서는
로맨스 작가님의 소중한 원고를 기다립니다.

투고해 주실 메일 주소는
yewonbooks@naver.com 입니다.
많은 관심 부탁드립니다.